Damas-da-Noite

JETTA CARLETON

Damas-da-Noite

Prefácio de JANE SMILEY

Tradução
Regina Lyra

BERTRAND BRASIL

Rio de Janeiro | 2012

Copyright © 1962 *by* Jetta Carleton. Renovado em 1990 por Jetta Carleton.
Todos os direitos reservados. Publicado originalmente por Simon & Schuster, Nova York, 1962.

Título original: *The Moonflower Vine*

Capa: Angelo Allevato Bottino

Editoração: FA Studio

Texto revisado segundo o novo
Acordo Ortográfico da Língua Portuguesa

2012
Impresso no Brasil
Printed in Brazil

CIP-Brasil. Catalogação na fonte
Sindicato Nacional dos Editores de Livros – RJ

V278d	Carleton, Jetta, 1913-1999
	Damas-da-noite/Jetta Carleton; prefácio de Jane Smiley; [tradução de Regina Lyra] — Rio de Janeiro: Bertrand Brasil, 2012.
	490p.: 23 cm
	Tradução de: The moonflower vine
	ISBN 978-85-286-1569-2
	Romance americano. I. Lyra, Regina. II. Título.
	CDD: 813
12-1663	CDU: 821.111(73)-3

Todos os direitos reservados pela:
EDITORA BERTRAND BRASIL LTDA.
Rua Argentina, 171 – 2º andar – São Cristóvão
20921-380 – Rio de Janeiro – RJ
Tel.: (0xx21) 2585-2070 – Fax: (0xx21) 2585-2087

Não é permitida a reprodução total ou parcial desta obra, por quaisquer meios, sem a prévia autorização por escrito da Editora.

Atendimento e venda direta ao leitor:
mdireto@record.com.br ou (0xx21) 2585-2002

*Este livro é para meu pai e minhas irmãs
e em memória de minha mãe*

Prefácio
JANE SMILEY

A maioria dos romancistas, por mais populares que sejam, acaba caindo na obscuridade. Charles Dickens passou décadas sem ser lido após sua morte; Anthony Trollope, quase inacreditavelmente prolífico, precisou ser ressuscitado na década de 1940. Quem é obscuro atualmente? Você já ouviu falar de Rhoda Broughton? Já leu Summer Locke Elliott ou Camilla R. Bittle? Ainda assim, graças aos caprichos dos leitores e à lealdade editorial, um punhado de romances continua a aparecer. Um desses é *Damas-da-noite*, de Jetta Carleton, publicado aqui em uma nova edição, pela primeira vez em vinte e quatro anos.

Quando *Damas-da-noite*, ambientado no início do século XX na zona rural do Missouri, foi publicado, sua autora, Jetta Carleton, tinha a forte impressão de que ele era diferente do que havia em geral no mercado da época. Ela observou na nota biográfica para a versão dos *Livros condensados da Reader's Digest*: "Realmente é muito fora de moda gostar de alguma coisa hoje em dia, e eu gosto de muitas. Os Rapazes Zangados estão na moda, mas sou uma Velha Garota Contente." Talvez Jetta Carleton, quase cinquentona, estivesse pensando em Norman

Jetta Carleton

Mailer, James Baldwin e Gore Vidal, escritores dez ou doze anos mais jovens que ela, que haviam conquistado reputação ao desafiar o sistema. Carleton, porém, que trabalhara em *Damas-da-noite* durante cerca de seis anos, nada tinha de simplória. Após se formar na Universidade do Missouri e de trabalhar no rádio em Kansas City, foi para a Costa Leste experimentar o mercado de publicidade. Em 1962, morava em Hoboken, Nova Jersey, casada com um publicitário, e trabalhava em Manhattan. Escreveu os comerciais para televisão do Sabonete Ivory — em outras palavras, estava no topo de uma profissão que era a quintessência da modernidade. Sua família, no Missouri, considerava-a incrivelmente sofisticada — a sobrinha-neta, Susan Beasley, comenta que "ela era extrovertida e espirituosa, a estrela da família, a exótica. Sempre identificávamos seus comerciais na TV porque tinham a sua cara. Ela era muito original na maneira de se expressar. Era fantástica, adorava rir e adorava diversão".

Sem dúvida, a própria Jetta Carleton sabia que *Damas-da-noite* estava longe de ser uma obra nostálgica sobre a cultura sentimental americana. Foi considerada complexa e ousada por ocasião do lançamento e assim permanece no século XXI — uma abordagem delicada e carinhosa de alguns dos tópicos mais delicados da vida em família, apresentados em um estilo direto, notável por sua beleza e precisão moral. *Damas-da-noite* é um daqueles livros que deixam o leitor com vontade de ler a continuação. Até Robert Gottlieb, um dos editores mais experientes do mercado, sentiu isso ao escrever em 1984: "Das centenas e mais centenas de romances que publiquei, este é literalmente o único que reli várias vezes desde o lançamento. E, toda vez que o lia, me emocionava novamente com ele — com as pessoas, suas vidas, com a verdade, a clareza e a generosidade da escrita e do sentimento."

Damas-da-noite começa com uma *ouverture*. Somos apresentados à família Soames, em sua pequena fazenda na zona rural do Missouri.

DAMAS-DA-NOITE

Matthew e Callie, setentões, estão hospedando três das filhas — Jessica, na casa dos cinquenta anos; Leonie, de quarenta e muitos; e Mary Jo, bem mais moça — para a visita anual de verão. Faz calor. A fazenda carece de muitos confortos, como sempre aconteceu, e temos a sensação de que as filhas apreciam essa visita anual porque sabem que logo irão embora e retomarão suas vidas. Parte da força do romance, porém, reside no fato de que não vemos coisa alguma dessas vidas. No último dia da estada, várias obrigações inconvenientes com a vizinhança ameaçam, e depois desmontam, o projeto da família Soames de fazer um piquenique junto da velha árvore das abelhas e colher mel. Relutantemente, todos fazem o que todos sabem ser preciso fazer, até que finalmente escapam dos vizinhos e parentes e voltam para casa a fim de admirar o desabrochar noturno das damas-da-noite. Jetta Carleton conta a história num ritmo lânguido, apropriado ao calor e às circunstâncias. Ela deixa o leitor tentado a conjeturar sobre a família Soames, mas também o induz a pensar que Matthew e Callie são um casal simples e antiquado, e que a vida das filhas também sempre foi típica e basicamente americana, do tipo que a gente vê nos filmes de censura livre sobre o Meio-Oeste rural.

No entanto, à medida que a estrutura das partes seguintes leva a história a progredir através do ponto de vista (embora não da voz) de cada um dos membros da família, as coisas mostram não ser o que aparentavam: a vida familiar coesa dos Soames é tão idiossincrática e se revela um triunfo sobre a adversidade tão grande quanto o de qualquer outra família, vista com constância e honestidade. O que emerge é uma narrativa extraordinariamente verdadeira, mas que jamais soa elitista ou tacanha — a anatomia de uma família realizada com honestidade e amor, simultaneamente.

Jetta Carleton

A promessa do romance, como forma artística, é sempre contar uma história com toda a complexidade e, como observou certa vez Edith Wharton, com cada elemento tão "cuidadosamente pensado e pesado" que o leitor não imagine que algo possa estar faltando ou seja desconhecido do autor. Tal integridade deve ser uma ilusão, mas essa é a ilusão essencial de todo romance de sucesso — mesmo partes da história que a narrativa não aborda parecem ter sido compreendidas e consideradas pelo autor. É aí que *Damas-da-noite*, com suas 490 páginas, se supera.

O verdadeiro tema de *Damas-da-noite* é o amor romântico. O narrador explora as escolhas afetivas de cada personagem, inserindo-as plenamente no contexto da história de cada um deles e na visão que têm de si mesmos. E, ainda que Matthew, Leonie, Jessica, Mathy e Callie tenham boas intenções e se sintam ligados aos outros membros da família por laços fortes, suas escolhas invariavelmente tensionam esses laços. É Matthew quem dá o tom, com sua noção quase trágica dos próprios fracassos — mesmo quando conquista Callie, que considera a moça mais atraente e desejável que existe, ele não é capaz de se reconciliar totalmente com a vida familiar ou com o mundinho em que vive. Consciente dos próprios fracassos, torna-se mais severo e mais repressor, e as meninas se veem atraídas por jovens que lhes oferecem a possibilidade de fugir. Jetta Carleton é notável no sentido de ser igualmente competente ao retratar o temperamento de cada um de seus personagens. Mathy, a rebelde, é convincente e deliciosamente anárquica; Leonie, a boa moça, está dolorosamente ciente de que a retidão não a torna sedutora; Callie se sente meio intimidada pelo marido, mas, mesmo assim, ela o entende perfeitamente.

A descrição de Matthew é um festival de empatia. Ele teme a tentação e sempre tenta estar acima dela — sua posição na cidade e suas crenças religiosas exigem retidão absoluta. Tanto o desejo que o impele como a culpa que o consome são honesta e convincentemente retratados.

DAMAS-DA-NOITE

Todas essas paixões acontecem em uma paisagem natural, lindamente trabalhada, de plantas, flores, animais, clima e contornos da região. A fazenda Soames nada tem de especial e jamais vicejou, mas deu às filhas a noção da beleza do mundo natural, que, em geral, funciona para elas como conforto e inspiração. A certa altura, as moças colhem alfaces onde Matthew as havia plantado no início da estação, num local em que ele queimara moitas cerradas, e "o solo, enriquecido com esse adubo puro, produziu uma colheita abundante". A natureza também dá à mãe um sentido de plenitude. "Callie considerou o verão completo. Às vezes, tinha a impressão de que não podia pedir nada além disso — os longos dias ocupados e as noites cálidas e doces, quando o aroma de madressilvas enchia o ar e o marido cantava com as filhas na varanda." Alguns romancistas, com suas observações próximas e ternas das atividades cotidianas dos personagens, acabam esboçando retratos detalhados de estilos de vida posteriormente desaparecidos. Seus romances se tornam artefatos de lugares evaporados e mundos perdidos. Carleton nitidamente entendia que *Damas-da-noite* era uma espécie de cápsula do tempo: os membros da família Soames, a despeito de si mesmos e de suas tentações, continuam a existir em um Éden em miniatura, onde a terra é capaz de incríveis demonstrações que, às vezes, os personagens têm sorte ou sensibilidade suficiente para observar.

Romancistas que escrevem um único e excelente romance são uma espécie rara. Os mais famosos romancistas americanos a fazerem isso foram Harper Lee e Ralph Ellison, sendo que ambos, como Jetta Carleton, beberam sobretudo na fonte das próprias experiências para criar suas tramas. Tanto Lee quanto Ellison exploraram as ramificações privadas de um tópico político, o racismo, e conseguiram um efeito extremamente potente e bem-sucedido, despertando seus numerosos leitores não só para a difusa injustiça do preconceito mas também para seu custo psicológico. Lee e Ellison, ao que parece, porém, rejeitaram o enorme sucesso que tiveram. Dizem que Lee comentou que a receptividade a *O sol é para todos* foi "sob certos aspectos [...] praticamente tão assustadora quanto a morte rápida e piedosa que eu esperava". Ellison chegou mesmo a relatar que um incêndio doméstico destruíra centenas de páginas do seu segundo romance, embora, conforme se soube mais tarde, essas páginas não existissem.

Damas-da-noite em contraste com *Homem invisível* e *O sol é para todos*, explora as ramificações da paixão e parece encaixar-se bem na categoria dos romances que são privados, não políticos. As próprias observações de Carleton para a *Reader's Digest* incentivam essa visão, e é tentador ler o romance como uma encantadora história da vida privada de uma única família. No entanto, o romance continua revivendo porque Carleton realmente toca em temas perenes da vida americana: religião, sexualidade, ambições femininas, a vida numa cidade pequena e a paisagem pastoril. Com efeito, esses mesmos temas, ainda privados em 1963, logo se tornariam políticos, graças ao movimento feminista. A controvérsia que Jetta Carleton consegue amortecer ao usar um foco fechado, um estilo compreensivo e um cenário muito particular seria, dez anos mais tarde, impossível de conter.

Beasley se recorda de que os membros mais velhos de sua família ficaram chocados, e até certo ponto consternados, com o que Jetta escreveu (os membros mais jovens "acharam o livro maravilhoso", contudo). Em 1962, estava em curso uma virada de maré na maneira como a vida das mulheres deveria ser vista. Por volta da época em que Carleton publicou seu romance, Gloria Steinem escreveu um artigo controverso na *Esquire* sobre as escolhas que as mulheres faziam na vida. E Betty Friedan publicou *A mística feminina* em 1963, enquanto *Damas-da-noite* encontrava uma plateia entre os leitores dos *Livros condensados*. Steinem, porém, era vinte anos mais moça que Carleton, e Friedan, oito. Carleton conseguiu escrever seu romance de um jeito não político; seu tema tornou-se político a despeito de seu esforço.

O sol é para todos, *Homem invisível* e *Damas-da-noite* partilham uma característica: fizeram sucesso porque são retratos profundamente íntimos, intensamente sentidos, baseados em material autobiográfico. Os leitores os adoram por causa de sua autenticidade, porque, em certo sentido, o decoro *poderia* ter impedido seus autores de escrevê-los, mas isso não aconteceu. São surpreendentes, em parte, porque não são confessionais — o romancista se retira do material a fim de examiná-lo com mais objetividade. Cada romance parece "verdadeiro", com uma força que um livro de memórias ou um relato em não ficção talvez não possuam. Um romancista estreante, mesmo sofisticado como Carleton, talvez não antecipe a noção de autoexposição envolvida na intimidade novelística. Outros romancistas (Dickens me vem à mente) só chegam ao material autobiográfico mais tarde na carreira, quando já se habituaram ao olhar público e à profissão de escritor.

O fato de Carleton aparentemente ter trabalhado em um romance posterior durante vários anos (segundo Susan Beasley) torna este mais pungente. Nenhum dos parentes vivos de Jetta Carleton viu o romance ou sabe onde estão suas páginas. É possível que o manuscrito estivesse junto com seus documentos, perdidos em um tornado (um toque da característica ironia do Missouri) que destruiu a cidade em que se encontravam guardados em 2003. Mas *Damas-da-noite* aqui está para ser aproveitado, e a sorte é nossa.

Jane Smiley sinceramente agradece a assistência de Susan Beasley e Carlin Landoll, sobrinhas-netas de Jetta Carleton, na elaboração deste prefácio.

A Família

1

Meu pai tinha uma fazenda no lado oeste do Missouri, descendo o rio, bem onde o planalto Ozark se nivela e se junta às planícies. É uma região cortada por córregos, onde os pastos montanhosos se erguem dos vales arborizados para apanhar sol e depois se derramam sobre os rochedos de calcário. É um belo interior. Não exige a admiração de quem passa, como ocorre com alguns lugares, mas se mostra agradecido se a recebe, retribuindo com serenidade, milho e caquis, amoras, nozes, capim do campo e rosas silvestres. Uma terra providente, do seu jeito modesto. A fazenda ocupava o coração dela, oitenta hectares junto a um córrego preguiçoso e barrento chamado Little Tebo.

O século XIX ainda não havia terminado quando meus pais, Matthew e Callie Soames, pisaram ali pela primeira vez. Eram recém-casados e tinham como bagagem uma chaleira, um colchão de penas e uma parelha de mulas. Mais tarde, o casal se mudou para uma cidadezinha, onde meu pai passou a atuar como professor. Às vezes, os dois veraneavam na fazenda, e vários anos depois se instalaram ali de vez. Pintaram a casa e puseram de pé o velho celeiro encanecido, compraram um touro e um tanque de gás. A partir de então, passaram a morar lá o ano todo, felizes como se fossem uma dupla de jovens vigorosos em vez de um frágil casal de velhinhos que já vira setenta primaveras.

Minhas irmãs e eu costumávamos visitá-los na fazenda todo verão — Jessica morava bem no interior da mesma região, Leonie, numa pequena cidade no Kansas, e eu, em Nova York, onde trabalhava na televisão, na época uma indústria nova e cheia de mistérios para a minha família. Para mim, e de certa forma para minhas irmãs, essas visitas eram uma espécie de imposto de renda, um aborrecimento anual. Havia sempre tantas outras coisas para fazer em vez disso! Ainda assim, embora já fôssemos bem crescidinhas, nossos pais ainda mandavam em nós. Como o governo, cobravam o imposto, que pagávamos.

Uma vez lá, acabávamos gostando. Retomávamos com facilidade os velhos hábitos, ríamos de velhas piadas, pescávamos no córrego, comíamos creme de leite caseiro e nos deixávamos engordar e dominar pela preguiça. Era um período de plácida irrealidade. A vida que levávamos lá fora ficava em suspenso, as questões mundanas, esquecidas, e o nosso parentesco de sangue, mais vivo que nunca. Por mais diferentes que fossem os nossos valores agora, tendo cada qual seguido o próprio caminho, nesses encontros em território familiar aproveitávamos a companhia umas das outras.

Eu me lembro especialmente de um verão no início da década de 1950. Os maridos de Jessica e de Leonie ficaram para trás naquele ano. Um era fazendeiro e o outro, mecânico, e nenhum dos dois pôde largar suas atividades na ocasião. Só o filho de Leonie chegou com ela. Soames era um garoto alto, bonito e desconsolado em seus dezoito anos recém-completados. Poucas semanas depois, entraria para a Força Aérea, e

DAMAS-DA-NOITE

Leonie mal podia suportar a ideia desse adeus. Tanta coisa ficaria por fazer, tanto por dizer, coisas que nenhum dos dois jamais teria chance de recuperar. Era uma época triste para ambos, bem como para todos nós, principalmente porque a guerra continuava na Coreia. A guerra em si nos perturbava bastante, o que tornava especialmente sombria essa partida. Não conseguíamos pensar numa sem pensar na outra. Ainda assim, ali, praticamente no mato, tão apartados do mundo exterior, era possível, naquele momento, não pensar em nenhuma das duas. Não recebíamos jornais. Ninguém dava importância para o rádio. As poucas notícias que nos alcançavam pareciam irreais e remotas. Apenas os aviões que passavam roncando diariamente, vindos de uma base aérea ao norte, nos faziam recordar o perigo, e em pouco tempo até eles deixaram de parecer uma ameaça. Suas sombras se estendiam sobre o pasto e o curral como as sombras das nuvens, apenas um tantinho mais sinistras. A fazenda era uma ilhota num mar de verão. E uma guerra longínqua que provocava a morte de jovens aflige menos que o tiro dado num velho.

Isso acontecera perto de casa, a um ou dois quilômetros de distância. Um fazendeiro recluso chamado Corcoran levara um tiro do filho único, um infeliz recém-dispensado do Exército. Meus pais encontraram o velho na manhã seguinte, embaixo de uma cama, onde havia sido deixado para morrer, tal qual um tapete enrolado durante o verão. Ele ainda estava vivo, embora nas últimas. Os dois o levaram de carro para um hospital, minha mãe no banco de trás com a cabeça do velho no colo durante a viagem de cinquenta quilômetros.

Tudo isso havia acontecido antes da nossa chegada. Faltando um dia para irmos embora, ainda falávamos no assunto.

— Coitado do velho — comentou minha mãe —, para ele seria uma bênção morrer.

— É mesmo — concordou meu pai. — Não tem uma só alma para cuidar dele.

— Era um velho rabugento, mas não merece sofrer.

— Quantos anos ele tem? — perguntei.

— No mínimo, uns setenta, acho eu — respondeu mamãe, como se o homem pudesse ser seu avô.

— Pegaram o garoto? — indagou Soames.

— Ainda não.

— Fico pensando no que deu nele para fazer aquilo.

— Sei não — atalhou meu pai. — Dizem que o velho era um bocado severo com ele.

— Histórias não faltam! — emendou minha mãe. — Dizem que o pai acorrentava o rapaz no defumadouro e coisas assim. Nunca acreditei nisso.

— Mexerico de quem não tem o que fazer — concordou papai. — O velho gostava de contrariar, e o pessoal precisava ir à forra. Tinha um jeitão rude e grosseiro, mas não era má pessoa.

— Não mesmo. O rapaz é estranho, só isso. Tem algum parafuso a menos. Não sei como entrou no Exército.

— Não me espanta — disse Soames com um risinho, antes de se levantar.

— Você é uma figura! — exclamou mamãe, com uma palmadinha no fundilho do jeans do neto. — Santo Deus, esquecemos de esquentar a água para lavar a louça.

E assim teve fim o debate sobre violência doméstica. A contragosto, deixamos a mesa, todos empanturrados de comida. Havíamos almoçado lombo assado, purê de ervilhas, tomates verdes tostados na manteiga e bolo caramelado de sobremesa. Minha mãe servia comida de interior, e o almoço era ao meio-dia.

— Nossa, estava tudo uma delícia — disse Jessica. — Quem dera eu tivesse três estômagos como uma vaca!

— E eu idem — completou Leonie, comendo o último tomate frito que restara na travessa.

— Depois do bolo? — indaguei.

— Preciso sempre arrematar com alguma coisa salgada.

— Você vai ficar gorda como uma porca — comentou meu pai, com uma palmadinha no ombro da filha.

— Aonde você vai? — perguntou mamãe.

— Só até a varanda — respondeu papai.

— Bom, não se esqueça do gelo que você precisa comprar na cidade à tarde. Você ou o Soames Júnior.

— Eu vou, vovó! — ofereceu-se Soames, que jamais perdia a oportunidade de dirigir meu carrinho.

— Ora, meu bem — interveio Leonie —, você não precisa escapulir para a cidade, precisa? Por que não fica em casa como um bom menino e dá um jeito no telhado do celeiro? Mamãe ficaria orgulhosa se você conseguisse terminar uma tarefa, para variar.

— Vou terminar.

— Bom, não deixe para amanhã o que pode fazer hoje. Você sabe que amanhã vamos cortar a árvore das abelhas.

— Sei.

— Tem um apanhado de telhas em que você ainda nem tocou.

— Sei disso também, mãe. Pode deixar que eu chego lá.

— Não se sair correndo para a cidade.

— Ora, deixe o garoto ir — disse meu pai. — Faz um bocado de calor naquele telhado, não é, meu filho? Daqui a pouco vamos os dois.

— Não esperem até muito tarde — alertou mamãe. — Queremos o nosso sorvete pronto antes de as damas-da-noite desabrocharem.

— A gente volta com tempo de sobra.

— Veja lá! — disse mamãe, acrescentando, dessa vez para nós: — Acho que vamos ver umas duas dúzias se abrirem esta noite! Contei os botões de manhã. Nunca vi tantos! Agora, meninas, o que vamos levar para o piquenique amanhã? Temos que decidir.

Jetta Carleton

Conversamos sobre isso enquanto lavávamos os pratos. Meu pai encontrara no mato uma árvore oca onde as abelhas haviam feito uma colmeia. No dia seguinte, iríamos expulsá-las com fumaça, cortar a árvore e colher o mel silvestre. Também pescaríamos e cozinharíamos o jantar junto ao córrego sombreado. Papai e mamãe planejaram o evento como uma excursão de dia inteiro, um arremate alegre para as nossas duas semanas em casa. Enquanto discutíamos os méritos respectivos de batatas fritas e salada de batatas, o telefone na sala de jantar tocou: duas campainhas curtas e uma longa.

— É para nós — exclamou mamãe.

— Eu atendo — gritou papai. Um minuto depois, ele surgiu à porta da cozinha. — Mãe, é Jake Latham. Ele e Fanny, os Barrow e alguns outros vão até a casa dos Corcoran amanhã. Jake disse que o capim-rabo-de-gato passou do ponto e precisa urgentemente ser cortado. Ele acha que os pêssegos também precisam ser colhidos.

— Ah, ele acha, é? — O sorriso de mamãe foi meio irônico. — Já estava na hora de essa gente dar uma mãozinha ao velho. Vai ser a primeira vez.

— Antes tarde do que nunca. *Absit invidia.*

— Suponho que estão querendo que a gente vá também e ajude.

— É isso mesmo.

— Suponho que você disse que não podemos.

— Eu disse que ia ver.

Mamãe lançou um olhar para papai como se ele tivesse perdido o juízo.

— Mas amanhã vamos cortar a árvore das abelhas!

— Sei disso, mas...

— Não falou isso para ele?

— Não...

— Por quê?

— Bom — respondeu papai, sem jeito —, não sei se Jake ia achar uma árvore de abelhas uma grande desculpa.

— Ora bolas, quem se importa com o que Jake acha?

— Não queremos parecer egoístas — insistiu papai com afetação.

— Egoístas são eles, isso sim. Nunca fizeram nada para o velho na vida. Bom, de todo jeito, é simpático estarem fazendo agora. Eu não me incomodaria de ajudar, mas será que isso não pode esperar até segunda-feira?

— Perguntei ao Jake. Ele disse que não é conveniente para *ele*.

— Bom, amanhã não é conveniente para *nós*. Já estamos com a nossa programação pronta.

— Eu sei — disse papai com expressão preocupada. — Odeio ter que ir amanhã, mas não vejo como recusar. Façam o piquenique de vocês que eu vou à casa dos Corcoran ajudar.

— Não seria justo — atalhou Jessica. — Por que não vamos todos? Suas filhas crescidas podem ajudar.

— Não senhor! — protestou mamãe. — Ninguém vai. Não tem serventia nenhuma deixar que eles estraguem o nosso dia. Eles são muitos e dão conta de fazer o serviço sem nós, e, para variar, podem fazer isso sozinhos.

— Vão achar que somos um bocado egoístas — alertou papai.

— Então que achem. É o preço que temos que pagar.

— Tudo bem. Se é assim que você pensa, não digo mais nada.

Papai pôs o chapéu e saiu com um ar de resignação nobre. Estava bastante aliviado.

Terminamos de lavar a louça, e mamãe subiu para tirar um cochilo. Soames voltara ao trabalho. Leonie foi lá fora elogiá-lo.

— Coitada da Leonie — disse Jessica —, parece que ela vai *obrigar* o garoto a terminar aquele telhado.

— Não se ficar enchendo a paciência dele — observei. — Se não calar a boca, o garoto vai se enfurecer e desistir, como sempre faz.

— É — concordou Jessica. — E depois vai se sentir culpado, pobrezinho.

— E descontar em cima dela...

— ... que vai achar que ele não gosta dela ou teria feito o que ela queria. Ai, ai.

— Exatamente como as aulas de canto — emendei. Leonie havia implorado, implicado, encorajado e exigido, usando todos os estratagemas que as mães conhecem para transformar Soames em cantor. Tinha razão, claro, porque Soames era dono de uma bela voz. Talvez desse realmente um grande cantor caso se esforçasse. No entanto, não estava interessado em cantar ou em muita coisa além de pilotar aviões.

— Coitados — disse Jessica. — Tenho tanta pena dos dois que mal consigo aguentar.

— Vamos tratar de trazer Leonie para dentro de casa, se possível, e fazer com que ela deixe o garoto em paz. Vou tocar piano. Isso deve funcionar.

Fomos até a sala da frente, nos dirigimos ao piano castigado e desencavamos alguns exemplares antigos da revista *Étude*. Fiz uma tentativa com uma peça chamada "Atração de Cupido", umas das minhas preferidas na juventude. Levei um bom tempo para posicionar os dedos, e a melodia, volta e meia, se perdia entre os acordes.

Leonie entrou com as mãos tapando os ouvidos.

— Ai! Chega pra lá!

Ela deu conta de "Atração de Cupido" de forma competente e tocou algumas outras peças no fundo, incluindo as canções — todas cheias de *Eta!* e *Ah!* e nostalgia ao cair da tarde — que Jessica e eu interpretamos no clima apropriado. Nós nos achamos um bocado engraçadas.

Em meio a tudo isso, um beagle perdido que passara a semana rondando o quintal começou a uivar.

Saí para consolá-lo.

— Pobrezinho. Quem dera eu soubesse onde você mora!

— É uma criaturinha triste — comentou Jessica.

— É um cachorrinho bem bacana. Gosto dele.

— Tem pulga.

— A culpa não é dele.

— Que diabo aconteceu com aquele barbudo? — indagou Jessica.

— Um cachorro com barba?

— Bom, ele era uma espécie de cachorro. Estou falando daquele guri esquisito que você trouxe para cá no ano passado.

— Ah, aquele! Eu não trouxe, ele simplesmente veio. Fez uma romaria.

— Romaria verbal, eu diria.

— Lembro dele — interveio Leonie. — Usava tênis.

— Sem meias — acrescentou Jessica.

— E tinha um cheiro engraçado.

— Um daqueles fedidos com quem ela anda!

O olhar das duas faiscava de malícia. Lá iam elas embarcar novamente numa crítica maldosa sobre os tipos com os quais eu andava. Jamais entenderiam os tipos anarquistas de cabelos revoltos que aparentemente gravitavam na minha direção e nos quais nem eu mesma às vezes achava graça.

— Lembram dele e do melado? — perguntou Jessica. — Ele respingou tudo na barba.

— E deixou a barba cair no prato!

— Havia sempre um enxame de moscas em volta dele.

— Agora chega! — gritei. — Ele era muito intelectual.

— Intelectual! — Leonie se empinou indignada. — Ele *torceu o nariz* para *Shakespeare*!

— Psiu! Vocês vão acordar a mamãe! — Todo mundo caiu na gargalhada de novo, sem motivo especial.

— Estou fervendo — disse Jessica. — Estou fumegando entre as pernas. Vamos até a banheira.

A única banheira na fazenda era um espaço amplo no rio. Pegando algumas toalhas e uma barra de Ivory, descemos pelo pasto até onde o riachinho encontrava seu caminho por uma densa ravina. A certa altura, meu pai escavara uma nascente, e mantinha uma caneca pendurada num galho de vidoeiro. Ele acreditava no valor terapêutico da água de nascente, do mel silvestre e da luz do sol. Escorregamos até lá embaixo e nos acocoramos na areia. Era fresco ali e havia um aroma doce pairando no ar.

— Tome um pouco de água de nascente — disse Jessica, entregando-me uma caneca cheia. — É bom para os rins.

Ela e eu fazíamos uma competição para ver quem conseguia segurar mais água. Nenhuma de nós ouvira falar de afogamento interno. Leonie, finalmente, nos mandou parar.

— Vocês vão fazer xixi na banheira — avisou.

Descemos patinhando até onde o riacho se alargava, formando uma piscina. A água era mais funda ali, tão cristalina que dava para ver as sombras das folhas no fundo de arenito liso. Penduramos nossas roupas nos arbustos, e Jessica entrou, gritando estridentemente quando a água gelada lhe chegou à cintura. Leonie foi mais delicada, jogando água nos pulsos e na parte de trás dos joelhos. Meu pé escorregou e caí lá dentro. Depois de um tempinho, a gente se acostumava ao frio. Nós nos ensaboamos e enxaguamos, espalhamos água e pulamos como três moleques em vez de mulheres adultas. Jessica tinha quase cinquenta anos e Leonie, não muito menos. Eu estava chegando aos trinta. Nenhuma de nós, porém, agia de acordo com a idade ou sentia seu peso. Em geral, nos comportávamos como crianças retardadas, porque nossos pais gostavam que assim fosse.

Nossos corpos brilhavam com a ardência da água.

— Não somos lindas? — falei.

Paramos de espadanar água e olhamos umas para as outras.

— Ora, somos sim — concordou Jessica. — Somos realmente bonitas.

Embora ela estivesse acima do peso e eu fosse magricela, nós três tínhamos a pele macia e imaculada, além de esticada sobre os ossos. Ali, ao ar livre, rendilhadas pela luz do sol, éramos bonitas, e parecia natural dizer isso. Saímos da água e nos sentamos numa pedra chata, esfregando as toalhas grandes no corpo para nos aquecermos.

— Quem dera papai e mamãe mandassem instalar encanamento — disse Leonie. — Vocês não acham que eles gostariam?

— Sei lá... — falou Jessica. — Há setenta anos vivem sem isso, acho que não sentem falta.

— Poderiam se habituar.

— Ora, qual é o problema aqui? — indagou Jessica, imitando o tom do pai. — Ora, isso é bom o bastante para qualquer um!

Rimos, e pensei na cidade onde cresci, em que apenas o banqueiro e o merceeiro podiam se dar ao luxo de ter uma fossa séptica e de arcar com os constantes consertos de uma bomba no porão. O restante de nós se virava como podia. Lembro-me da cozinha nas manhãs de inverno, a água fervendo no enorme fogão preto, meu pai se barbeando na mesa da cozinha e eu, de combinação, lavando-me na bacia cinzenta de esmalte (o pescoço e debaixo dos braços), enquanto mamãe fritava bacon e a gordura fervia no fogão. A cozinha não era um aposento gracioso. Era banheiro, sala de jantar, lavanderia e queijaria, uma coisa de cada vez ou tudo ao mesmo tempo. Não que a gente pensasse muito no assunto. Quer dizer, ao menos até nos hospedarmos na cidade. Depois de cada exposição ao estilo de vida de outros, era difícil se sentar na casinha quando fazia dez graus abaixo de zero ou tolerar aquela urna funcional no quarto.

Assim era no inverno. No verão, a vida se expandia com a luz do sol. Era possível tomar banho lá em cima, lavar roupa do lado de fora, à sombra do pessegueiro. Era possível passar roupa ao frescor da brisa, na varanda dos fundos. A casa ficava mais alta, mais ampla, mais bonita. Os aquecedores eram exilados no defumadouro e surgiam flores para ornamentar as mesas. Continuava a ser preciso encher os baldes e despejar fora a água suja, mas nada de carvão para carregar para dentro nem cinzas para carregar para fora. E não havia necessidade do penico. A gente usava a casinha antes de ir para a cama — uma excursão agradável numa noite de verão.

— Bom, de todo jeito — insistiu Leonie —, eu gostaria que eles modernizassem um pouquinho a fazenda, se é que vão continuar morando aqui.

— Não vai dar para eles ficarem por muito mais tempo — observou Jessica.

— Eles acham que sim.

— Sei disso, mas não podem. Deus os abençoe, mas estão velhos demais. De todo jeito, um encanamento não teria a metade da graça disso aqui.

O sol se derramava por entre as folhas do carvalho. Lá dentro da mata, um cardeal chamava nossa atenção com seu canto, repetido sem cessar. Jessica se sentou numa toalha azul, abraçando os joelhos. A pele ainda continuava rosada da água e a fenda entre os seios, carnuda como um enorme pêssego. Parecia a Diana de Boucher ou uma banhista de Renoir. Teria rido, porém, se eu lhe dissesse isso, acrescentando que o roto não fala do esfarrapado ou algo do gênero. Jessica não pretendia fingir que fosse algo diferente daquilo que mostrava ser quando vestida — uma mulher de meia-idade comum, um bocado desmazelada e necessitada de uma cinta.

Olhei para minha outra irmã, sentada ao sol, morena e reluzindo como um ovo marrom quente. Era dela a pigmentação invejável, uma loura de pele morena amada pelo sol. Conforme a pele bronzeava, o cabelo ficava cada vez mais claro. Caía sobre seus ombros agora, fino e prateado, como barba de milho novo. Pensei que nenhuma mulher como aquela merecia aquele jeito Carry Nation de ser, mas Leonie era meio assim. Mais que o restante de nós, Leonie carregava o ardor residual, herdado dos nossos antepassados, uma raça movida ao fogo do inferno que abriu caminho pregando através de Indiana e Kentucky, desbravando o deserto com a Palavra de Deus. Se em seu fanatismo juntavam macieiras novinhas e hera venenosa, tudo bem, pois isso decorria da Palavra de Deus. O Livro Sagrado era a lei e a luz e o caminho, e não era amor. E nada podia demover esses fanáticos de olhos faiscantes que desbravaram o caminho para o Missouri e o século XX — assim como nada demovia Leonie. Ela possuía esse fogo, esse machado de Deus. No entanto, seu caminho foi difícil, como o deles, e as derrotas, numerosas. Quando a praga da dúvida se abatia sobre ela, dava pena ver. Duas semanas antes, quando chegara à fazenda, o rosto de Leonie estava tenso de preocupação e seus olhos eram fundos. Mas, os dias tranquilos, o creme caseiro e as risadas a cercaram e a suavizaram, e a deixaram novamente bonita. Sentada nua sobre a pedra, penteava o cabelo louro comprido e parecia uma Lorelei. Eu disse isso a ela, que aceitou o elogio com um sorriso tímido, sem acreditar, mas satisfeita por recebê-lo.

— Imagino que a mamãe já tenha acordado a essa altura — falou. — É melhor voltarmos.

— Também acho.

Mas ninguém se mexeu. Observamos uma folha cair lentamente e aterrissar na água. Outra a seguiu. Um gafanhoto abriu um buraquinho no silêncio com seu ruído serrilhado.

— Outono... — comentou Jessica. Deixamos que o som se dissipasse no ar morno.

Passado algum tempo, nos vestimos e pegamos o longo caminho para casa. Subindo uma encosta, demos de cara com o lugar que chamávamos de Casa da Velha Chaminé. Uns poucos tijolos desbotados marcavam o local onde uma casa havia pegado fogo muito antes da nossa época. Jessica e Leonie conseguiam se lembrar de onde ficava a alta chaminé, visível da estrada.

— Lembram — indagou ela — que a gente costumava demarcar os cômodos dentro das antigas fundações?

— Com correntes de trevo — respondeu Leonie.

— E decorar com margaridas?

— E cenoura selvagem e serralha.

— E como a serralha decorava a gente! — Elas riram. — Tinha um matagal de ameixeiras aqui. A gente costumava comer as ameixas antes de amadurecerem, lembram?

— A gente passava tão mal que a mamãe ficava furiosa! Era agradável aqui naquela época.

— Faz muito tempo.

— É...

— Mathy tinha uma casinha de bonecas aqui — disse Jessica. — Lembram que, vira e mexe, a gente vinha procurar por ela depois que escurecia?

— Eu lembro!

As duas sorriram uma para a outra e passaram à minha frente, perdidas numa época de que eu pouco fazia parte. Não partilhei a infância de ambas. Elas haviam tido outra irmãzinha, muito antes de mim, Mathy, a terceira filha, da qual eu me lembrava apenas vagamente. Ela partiu quando eu tinha três anos. Mas Mathy teve um filho, um menino chamado Peter, nascido quando eu tinha cinco anos. Por meio dele, fiquei sabendo um pouco da natureza dessa minha irmã. Peter se parecia muito com ela, segundo diziam — moreno, de traços finos, com olhos escuros brilhantes. Esperto, brincalhão e imperturbável, era, como a mãe, fascinado pelo mundo. Peter adorava árvores e pedras, e escavava ossos e, sobretudo, investigava o mecanismo complicado de qualquer coisa que rastejasse ou voasse — insetos, besouros, borboletas. Fez deles o próprio trabalho. Estava estudando na Europa agora, com uma bolsa, na Universidade de Leyden. Tínhamos imenso orgulho de Peter.

Jessica e Leonie deram a volta nas velhas ruínas, ainda falando de Mathy.

— Deve ter sido uma vida dura — disse Leonie. — Eu não gostaria.

— Nem eu. Mas acho que ela era feliz.

— Espero. Espero sinceramente! — Leonie ergueu a cabeça, séria, como se Jessica não acreditasse nela.

— Quem dera Peter estivesse aqui — falei, observando uma joaninha subir pelo caule de uma flor.

— Quem dera eu estivesse lá! — retrucou Leonie. — Eu daria tudo para conhecer a Europa.

— Um dia eu levo você — se ela não explodir antes. Não seria divertido passar um tempo lá com Peter?

— Se seria! — disse Leonie. — Ele escreveu para você contando das férias, da viagem que fez? Suas cartas são maravilhosas.

— E abundantes.

— Espero que Soames mande ao menos a metade. No verão passado, quando ele viajou, recebi só um postalzinho. — Sua expressão se anuviou brevemente e voltou a se iluminar. — Peter manda cartões de todo lado: Londres, Veneza, Dinamarca. Imaginem que ele foi a Elsinore!

— É, ele me escreveu.

— Elsinore! Todos aqueles lugares que a gente lê nos livros! E Peter aproveita um bocado.

— É verdade.

— Eu queria que Soames fosse assim. — Novamente aquela expressão de perplexidade magoada surgiu em seus olhos. — Nossa, quando eu *penso*! Se ele tivesse continuado com as aulas de canto, poderia ter ido estudar na Europa também. Itália, Paris! Se eu tivesse descoberto um jeito, se o pai tivesse ajudado só um pouquinho...

Ela virou as costas, o rosto bonito contraído de frustração.

Um leve "Uh-uh?" ecoou pela faixa de mata e passou através das árvores artríticas e prateadas do pomar, com suas juntas inchadas e calcificadas pelo tempo. Aqui e acolá meu pai plantara novas árvores, reflorestando seu arvoredo. Nada tinha permissão para morrer.

— Lá vai o carteiro! — exclamou Jessica, quando um carro subiu a estrada. — Chegou tarde hoje.

— Quem sabe tem alguma carta de Peter — disse Leonie. Ela correu até a caixa de correio, ao lado da qual mamãe segurava uma carta.

— É de Peter?

— Acho que é de Ophelia — respondeu mamãe.

— Ora bolas!

Ophelia era uma prima de segundo grau. Ela e a família moravam a cerca de setenta quilômetros de distância. Mamãe abriu a carta e a entregou a mim.

— Leia, Mary Jo. Não consigo entender a letra dela.

Dei uma olhada na carta e a segurei a certa distância. A caligrafia de Ophelia parecia um quadro abstrato. Quem quisesse ler precisava afastá-la e semicerrar os olhos para decifrar.

— "Queridos primos" — comecei —, "há tempos não recebo notícias. Fico pensando se ainda estão vivos, há-há! Bem, Ralph e eu vamos indo. Com a ajuda de Jesus. A mãe reclama um pouco. Ela anda ruinzinha este verão. Não sei por mais quanto tempo nós a teremos conosco."

— Coitada da tia Cass — comentou mamãe, fazendo menção à mãe de Ophelia. — A cabeça dela divaga, mas, caramba, para a idade que tem, ela é mais forte que eu.

— E fede também — acrescentei. — Estava um bocado fedida quando estivemos lá no ano passado.

— Credo, Mary Jo!

— É verdade, ora. Todos três fediam. Ophelia e Ralph gritam e se empolgam naqueles encontros religiosos, ficam suando um bocado e nunca tomam banho.

— São lavados pelo sangue do Cordeiro — interveio Jessica.

— Nada substitui um bom Lifebuoy.

— Já chega, meninas — repreendeu mamãe. — Vocês deviam ter vergonha. Que mais ela diz aí?

Semicerrei os olhos de novo.

— "Mamãe vai fazer noventa e seis anos, se Deus quiser. Esperamos por vocês no aniversário dela. Vocês prometeram vir com as meninas."

— Me dá vontade de bater com a cabeça na parede — falou mamãe. — Prometi mesmo, quando fomos lá no Memorial Day. Esqueci completamente. Por que ela não?

— Porque ela tem memória de elefante — respondi.

— E não é só a memória — comentou Jessica. — Ophelia era bastante gorda. — Quando é o aniversário da tia Cass, mãe?

— Amanhã!

— Não!

— Não é que é verdade!

— A gente não precisa ir, não é?

— Deveríamos ir.

— Não podemos. Vamos cortar a árvore das abelhas.

— Mas eu prometi! — gemeu mamãe, olhando para nós desesperada.

— Bom — disse Jessica —, esse tipo de promessa pode ser quebrada. Deus não vai castigar você por isso.

— Não, mas Ophelia vai. Ela há de ficar roxa de raiva. E a tia Cass está tão velhinha... Pode ser o último aniversário dela.

— Mãe, você já percebeu que a gente tem ido às festas de despedida da tia Cass faz nove anos?

— Sei disso, mas...

— E talvez continue a ir durante mais nove, se aquelas confraternizações de dia inteiro não acabarem com ela antes. Todo aquele chororô e aquela beijação...

— O primo Ralph e o seu bigode molhado! — acrescentei.

— E aquela gritaria e cantoria de hinos! — prosseguiu Jessica. — Se Ophelia anda tão preocupada com a mãe, é melhor cortar as comemorações. *Ela* é quem gosta e é por isso que faz.

— Acho que vocês têm razão — disse mamãe —, mas não se pode culpar a coitada. É um bocado solitário naquelas bandas.

Jessica deu um risinho zombeteiro:

— Ora, mãe, eles não são solitários! Frequentam aquelas reuniões, vão à cidade, e Ralphie e os netos vivem fazendo visitas. Eles se divertem à beça.

— Ophelia *diz* que eles são solitários.

— Só para se fazer de vítima com você. Ela sabe que você cai nessa conversa. Assim você e o papai a toda hora correm para lá. E a viagem é cansativa para vocês.

— É mesmo — admitiu mamãe —, mas, da próxima vez que eu for lá, garanto que ela vai querer saber por que quebrei minha promessa. Que desculpa eu posso dar?

— Diga que a gente ia cortar uma árvore de abelhas. Fale a verdade.

— Para muita gente, a verdade é difícil de entender.

— Então facilite para Ophelia. Minta!

Mamãe nos olhou pensativa.

— Acho que é o que vou fazer.

Rimos e lhe demos um beijo no rosto, que tinha a textura macia de roupa de cama antiga (nunca me acostumei a mães jovens. A minha já era de meia-idade quando nasci, e mães jovens e fagueiras jamais me pareceram autênticas).

— Além disso — prosseguiu mamãe —, se a gente for lá, não vai voltar a tempo de ver as damas-da-noite.

Passada essa crise, nos dedicamos a descascar pêssegos na sala de estar. Era mais fresco ali. Mamãe queria fazer geleia antes do jantar. Não precisávamos de mais geleia, mas ela gostava da tarefa. Toda manhã, nas férias, ela nos saudava com o rosto brilhando e dizia: "Hoje não vamos trabalhar, vamos fazer só o que tivermos vontade!" E todo dia descobríamos que tínhamos vontade de lavar todos os edredons, ou polir a madeira, ou fazer outro lote de geleia. Tinha sido assim a vida toda. Nossa mãe nos governava com mão prática: a vassoura e o vidro de geleia eram seus distintivos do cargo; o tanque, seu escudo e proteção. Podíamos estudar, pois nosso pai era professor, mas raramente ela nos deixava ler. Será que não havia algo mais útil a fazer? E não seria melhor? A mamãe precisa de você — vamos limpar o defumadouro —, oba! Minha mãe adorava seu trabalho e jamais tanto quanto nas ocasiões em que podia contar com as filhas para ajudá-la.

A idade em nada diminuiu sua paixão. Lá estava ela, aos setenta anos, cuidando da casa com a mesma assiduidade de sempre. Não tinha na fazenda nenhum dos confortos modernos, mas, aleluia, contava com alguém para ajudá-la.

Uma amiga, cujo nome era Hagar, uma solteirona encarquilhadinha que morava nas proximidades e havia se mudado alguns anos antes com o pai idoso. Quando o velho morreu, a srta. Hagar ficou na fazenda dilapidada, solitária como um cão vira-lata. Muitas vezes nós a víamos sozinha no campo, uma ceifadora solitária de boné, macacão desbotado e sapatos velhos de homem. Era uma criatura rude, tímida e apática que se virava sozinha e não pedia favores. Fazia o trabalho de homem com mais facilidade do que o de mulher. Fumava cachimbo. Afora certa predileção feminina por "luto, perda ou sofrimento", praticamente não tinha nenhum traço de feminilidade, mas era dedicada à minha mãe. Várias vezes por semana, ia visitá-la e as duas, juntas, enlatavam, limpavam e conversavam, felizes como gatos num celeiro quentinho.

Tratava-se de uma estranha companhia para minha mãe, que cheirava a sachê e usava fitas em suas combinações e anáguas. Minha mãe enfeitava as janelas com fru-frus e punha paninhos nas mesas, ansiava pela elegância vitoriana de estofados de luxo, cristal polido, longos reposteiros de veludo e uma bela casa branca na cidade. Uma casa grande de esquina, cercada de varandas, um gramado amplo e verdejante e um moleque para aparar as cercas vivas aos sábados. Ficaria muito à vontade rodeada de criados.

No entanto, por outro lado, minha mãe já arara o campo na mocidade e não tinha vergonha disso. Seus valores eram camponeses. Gostava da colheita e de gado gordo, vidros de conservas brilhantes em seus tons de vermelho, amarelo e verde na penumbra cheirando a terra de porões empoeirados. Aos domingos, gostava de encher a cozinha de parentes e de velhos amigos. E gostava de uma boa visita, da conversa pesada e rica em torno de morte, de perda e de pena.

A srta. Hagar pertencia ao seu naipe, muito mais que as senhoras entre as quais minha mãe vivera na cidade. Essas senhoras, em sua maioria, jogavam bridge e davam almoços. Chamavam as coisas por nomes chiques, compravam aparelhos domésticos e ouviam novelas no rádio. Minha mãe as desdenhava, mas elas a deixavam pouco à vontade. Como sua gramática era imperfeita e seus valores, não, acabava por se sentir deslocada.

Carente de pessoas como ela, guardava muita coisa para si. Cuidava da casa, criava as filhas e, durante quarenta anos, atendeu o marido. Manhã após manhã, acordava, fazia o café dele e o via sair para a escola. Noite após noite, sentou-se a seu lado, observando-o trabalhar. O vento gemia na chaminé, a chaleira suspirava, a cadeira de balanço rangia e ele jamais dizia uma palavra. Tinha trabalho a fazer, não podia ser interrompido. Ela se sentava imóvel para não deixar a cadeira de balanço ranger. O relógio tiquetaqueava, a chaleira suspirava. E ela ia dormir. Foi solitária durante quarenta anos, mas amava o marido e esperou.

As filhas cresceram com uma gramática perfeita e rebeldias estranhas, mas ela as amava e era paciente. Todas partiram, uma delas morreu. No final, porém, incompleta como são todas as coisas, mas reconhecível ainda assim, a alegria que esperara chegou. Ela pôde voltar para sua querida fazenda junto ao córrego. O marido era todo seu, finalmente. As filhas iam visitá-la em casa no verão. E ela contava com uma amiga, dedicada como uma boa empregada, que adorava falar de morte e desgraça e não sabia ler uma palavra.

— A srta. Hagar foi à cidade hoje à tarde — disse mamãe, erguendo os olhos de seus pêssegos. — Não sei para quê. Devia ser importante... Ela não pisou na cidade mais que três vezes o verão todo.

— Pena que ela não sabia que o papai também ia — disse Jessica. — Podia ter ido com ele.

— Não iria, de todo jeito. Vivemos dizendo para ela ir com a gente, mas ela acha que vai dar trabalho. Praticamente não deixa ninguém fazer nada para ela. E olha que ela faz um bocado para nós!

— Sem dúvida, ela é uma grande ajuda.

— E não aceita receber um vintém. A gente tenta pagar uma coisinha, mas ela recusa. Seu pai leva uma caixa de mantimentos, de vez em quando, ou um saco de ração. — Mamãe ergueu novamente os olhos. — *Onde está* seu pai? Eu queria que ele fosse logo comprar o gelo.

— Ele já foi — falei.

— Tem certeza? — perguntou Leonie. — Achei que o Soames ainda estava por aqui.

— Acho que papai foi sem ele.

— Sério? — exclamou Leonie indo até a porta dos fundos e olhando para fora. — Mal posso acreditar — disse ela, na volta. — Alguém foi à cidade e Soames continua aqui trabalhando!

— Ele está fazendo um bom serviço naquele telhado — falou mamãe. — Ouçam só, não é bonito?

Soames começara a cantar.

— Ah, sim, agora ele vai cantar, achando que ninguém está ouvindo.

O rosto de Leonie estampou melancolia quando a voz doce e cristalina de barítono se ergueu do telhado do celeiro, sonhando com a Jeanie de cabelo castanho-alourado. Quanta esperança ela depositara naquela voz!

Mamãe suspirou satisfeita.

— Que música triste! Ela me faz pensar no pobre sr. Corcoran.

E de novo ela nos contou como haviam encontrado o coitado naquela manhã, quando foram levar para ele uma libra de manteiga... Não que o velho desse mostras de reconhecer o que o casal fazia por ele, mas esse era o seu jeitão... e mamãe não aguentava ver como ele comia mal, um sujeito tão velho morando sozinho sem ninguém para cuidar dele. Sua vozinha doméstica soava como uma velha balada, cheia de amor e pesar.

Uma brisa afastou as cortinas de renda, acariciou-as por um instante e desapareceu na quietude da velha casa de fazenda. Minhas irmãs e eu nos balançávamos e nos abanávamos, esticando as pernas nuas sobre o carpete floral, debaixo dos quadros de Cristo andando sobre as águas e rezando no jardim de Getsêmani. O milagre passou despercebido e a paixão no jardim não nos tocou, envolvidas como estávamos nos prazeres profanos da desgraça da qual não fazíamos parte e na serenidade da longa tarde calorenta.

Jessica abanava as pernas com a saia do vestido.

— Nossa, que calor! Eu bem que podia tomar outro banho.

— É, está quente — concordou mamãe, dobrando a gola para dentro. — Abaixe esse vestido, Jessica, estou vendo tudo.

— Ora, mãe, tudo bem. Você conhece o que tem aqui embaixo.

— E se alguém aparecer na varanda?

— Se surgir assim, sem avisar, bem feito para ele.

— Lembra do ano passado — falei —, quando o pastor chegou pelos fundos e pegou você experimentando aquele velho espartilho? Puxa, que susto ele levou!

— Eu avisei que a varanda dos fundos não era lugar para experimentar um espartilho! — disse mamãe.

— Onde você experimentaria? — perguntou Jessica.
— Lá em cima, é claro.
— Mas estava quente lá em cima. E, aliás, o pastor não tinha nada que vir aqui, para começar. Aqui nesta lonjura, no meio de uma tarde de calor. Já estamos salvos, e ele sabe disso. Devia ter ficado em casa lendo a Bíblia ou satisfazendo a esposa.

Leonie e eu rimos, e mamãe disse:
— Jessica, tenha modos!
— Ela bem que parece necessitada, coitada.
— Já chega dessa conversa. Não é bonito.
— Certo, mãe — concordou Jessica com uma careta. — Mas dá a impressão de que ela anda meio carente, não?
— Basta disso!

Prendemos o riso, nos esticamos e bocejamos. Leonie foi até a varanda dos fundos e trouxe de lá uma jarra de chá gelado. Afundamos nas cadeiras e balançamos o gelo nos nossos copos. O ar era doce e fragrante, cheirando a madressilva e cedro. Nas janelas, as cortinas brancas se enchiam e se esvaziavam, e tornavam a encher, naturalmente, como a respiração. O som de marteladas crivava o ar morno intermitentemente, vindo do telhado.

A tarde passou devagar, pesada como mel, doce e dourada e nada opressiva. A gente se balançava e o gelo tilintava nos copos, e as cortinas subiam e baixavam. E eu pensei, sem pensar realmente em palavras, naqueles momentos em Tchekhov, quando o ritmo da peça se reduz a uma estase. A mulher no balanço dá impulso para a frente e, passado um tempão, outro para trás. O médico (porque há sempre um médico) afunda na cadeira, demasiado ciente de coisas ruins para se mexer. Filhas ou tios se encostam em cercas de treliça, num transe de frustração.

E a imobilidade e o calor e o tédio do interior exercem um peso sobre a peça que mal a deixa avançar.

O barulho de rodas na estradinha arenosa rompeu o silêncio.

— É a srta. Hagar — disse mamãe. — Achei que já era hora.
— Fomos atrás dela no quintal. — Vai ver ela soube de alguma coisa sobre o sr. Corcoran. Uh-uh! — chamou ela.

A amiga chegou numa carroça rangente, sentada aprumada e ereta, os pés juntos e os joelhos apartados, debaixo de um guarda-chuva preto.

— Ho! — disse ela ao cavalo. O cavalo parou com um grande suspiro de alívio. Os joelhos amoleceram, o lombo encolheu e o pescoço baixou lentamente, como um palitinho de licor no calor. Quando o focinho tocou na terra, o animal começou, satisfeito, a comer grama.

— Tarde — saudou a srta. Hagar.

Pôs o cachimbo no banco. Jamais se permitiria fumar na frente de mamãe.

— Calor por aqui? — perguntou, abrindo um sorriso sobre os dentinhos encardidos. Respondemos que sim.

— Novidades? — indagou mamãe.

— Não se ouviu nadinha desde ontem. Parece que está tudo na mesma. Mal.

— Coitado do velho.

— Santo Deus, nem sei como ele não morreu!

— Nem eu. Será que ainda não pegaram o rapaz?

— Ainda não. Alguém falou que ele foi visto lá para os lados de Osceola. Tem gente que diz que ele continua por aqui.

— Cruzes, espero que não! — disse mamãe.

— A gente não precisa se preocupar com ele.

— Não. Acho que não sobrou mal nenhum ali. Ele e o pai só tinham alguma conta para acertar. Fico meio desconfiada, de todo jeito, imaginando que ele está por aí metido em algum lugar. Não dá aflição em você ficar sozinha naquela lonjura?

— Ele não mete medo em mim.

— Acho que eu também não devia ter medo, coitado do garoto. Jake Latham ligou hoje de manhã. Tem um pessoal que vai até lá amanhã dar uma mãozinha.

— Ouvi falar. Nossa, eu fui até lá no outro dia, plantei uma faixa de milho para ele.

— Ora, que coisa boa!

— Aquele tantinho de terra plantada não carece desse tantão de gente para cuidar. Acho que o Jake está é querendo se mostrar. Vocês mandaram o exibido pastar, né não?

Mamãe sorriu.

— Bom, falamos para ele que não ia dar para ir lá amanhã. É o último dia das meninas.

— Achei que fosse. Você não vai querer passar o dia todo trabalhando lá no último dia delas aqui.

— Tem razão.

— Já deve estar de mão cheia sem precisar de mais essa.

— É, estaremos bem ocupadas.

— Ocupadas demais, vai ver, para cozinhar para vocês mesmas!

— Tem razão, um bocado ocupadas.

— Foi o que eu achei — confirmou a srta. Hagar antes de fazer uma pausa. Seu rosto rude e escuro, normalmente tão despido de expressão quanto um biscoito de aveia, adquiriu um brilho ansioso. A boca se abriu num sorriso envergonhado. — Quero convidar vocês pra jantar lá em casa amanhã!

— O quê? — exclamou mamãe, atônita, esquecendo as boas maneiras. Desde que a conhecia, a srta. Hagar jamais havia recebido convidados.

DAMAS-DA-NOITE

A srta. Hagar virou a cabeça na direção da parte de trás da carroça.

— Estou me aprontando para fazer sorvete pra todo mundo!

Olhamos e vimos, num saco de aniagem molhado, uma barra de gelo, um luxo para a solteirona, que havia percorrido o longo caminho até a cidade para comprá-la.

— Minha nossa! — exclamou mamãe.

— Estou com uma galinha na gaiola, que vou depenar de manhã. E vou bater um bolo!

— Credo, srta. Hagar!

— Não vai ficar tão bom quanto o seu, mas quem sabe dá pra comer?

— Não precisava fazer tudo isso só para nós.

— Diabos, não é tanta coisa assim — respondeu a srta. Hagar, encantada.

No entanto, era, sim, e mamãe sabia. A srta. Hagar devia ter se esforçado e planejado e poupado durante todo o verão para essa ocasião.

— Nem sei o que *dizer*, srta. Hagar. A gente adoraria ir, adoraria mesmo, mas...

Mamãe hesitou, e o sorriso vacilou no rosto da srta. Hagar.

— Vocês já têm algum programa?

— É... Desconfio que sim...

— Oh!

— O sr. Soames encontrou uma árvore de abelhas lá perto do córrego, e achamos que deveríamos cortá-la.

O sorriso reapareceu.

— Bom, isso aí não vai levar o dia todo. Se vocês forem bem cedinho de manhã...

— É claro que a gente *poderia* fazer isso... — Mamãe parou, vivendo um genuíno dilema. Nitidamente a srta. Hagar depositara grande expectativa na honra da nossa presença e jamais pedira coisa alguma antes. Mamãe deu uma olhada para nós, o rosto pesaroso. Então, tornou a encarar a amiga. — Sinto muito, srta. Hagar, mas acho que não vamos mesmo poder aceitar.

— Oh! — A carinha escura de brownie tornou a assumir a expressão inescrutável de antes. — Foi só uma ideia.

— Uma ideia ótima. Sinto muito, srta. Hagar, de verdade.

— Não faz mal.

— A gente vai adorar jantar na sua casa outro dia.

— Vamos adorar! — ecoamos.

— Sei não... Sendo amanhã o último dia delas, e elas não sendo de ficar muito tempo... — A voz foi sumindo e ficamos em silêncio, humilhadas pelo desapontamento mudo da srta. Hagar. — Parece que não vou ver vocês de novo — disse ela. Concordamos. — Então, adeus pra vocês.

— Não quer entrar um pouquinho? — perguntou mamãe.

— Não, preciso ir pra casa, tenho o que fazer.

Segurou as rédeas, o cavalo se compôs e a carroça saiu rangendo estrada abaixo. A pedra de gelo continuou despejando lágrimas na terra.

Mamãe observou-a descer o morro.

— Coitada — comentou com os olhos marejados.

— Mãe? A gente podia mudar de ideia. Não *precisamos* cortar a árvore das abelhas — disse Jessica.

Mamãe se voltou e nos encarou, os olhos castanho-claros inundados de ternura.

— Precisamos, sim.

Quando estávamos voltando para a casa, uma estupenda algazarra irrompeu do celeiro — um brado e um grito, o ruído de um motor e um enorme alvoroço das galinhas.

— Misericórdia! Que barulheira é essa?!

Era Soames, perseguindo galinhas no meu carrinho.

— Pare com isso! — gritou Leonie.

Soames pisou no freio, deu meia-volta e partiu roncando na direção da cerca, parando a centímetros de distância.

— Pare já com isso! — voltou a gritar Leonie.

— Já parei — disse Soames, com um risinho de maníaco, o peito nu e parecendo uma só coisa com o carrinho sem capota, uma espécie de centauro mecanizado.

— Você merecia uma surra! — disse Leonie. — Vai fazer as galinhas do vovô pararem de pôr ovos!

— Que nada, mãe, elas gostam de ser perseguidas. Acham que é um galo.

— Você tem sempre que se divertir. Devia estar lá naquele telhado terminando seu trabalho.

Meu pai entrou de carro, provocando outro alvoroço entre as galinhas. Soames pulou do carro e o ajudou a levar o gelo até o defumadouro, onde os dois o depositaram numa banheira.

— Prontinho — disse meu pai. — Assim que vocês, mulheres, aprontarem o sorvete, estaremos prontos para começar a trabalhar.

Sentou-se na beira do poço e se abanou com o chapéu. Aos setenta e dois anos, ainda conservava boa parte do seu cabelo — muito claro, já grisalho, e quase igual ao que sempre havia sido. O rosto continuava magricela e severo, mas as linhas de riso junto à boca estavam mais profundas. Ele amolecera com a idade. Agora nos deixava dormir até as seis e meia. Indulgentemente.

— Olha só quanta fruta caída dos galhos — exclamou. — Meninas, vocês andam negligenciando o trabalho.

Corremos até o pessegueiro no canto do quintal e pegamos do chão os frutos. Estavam macios e pesados, e o sumo escorreu pelos nossos queixos enquanto comíamos. Soames voltou a mexer com o carro. Era um MG vermelho que comprei assim que os ingleses desvalorizaram a libra. Não havia muitos deles rodando na época, e Soames jamais vira um. Era seu xodó. À noite, ele dirigia até Renfro, a cidade mais próxima, e estacionava na praça, onde as mocinhas acorriam histéricas de admiração. O bonitão do Soames e um carro inglês, que combinação!

— Posso pegar emprestado de novo hoje à noite, tia Jo?

— Não me importo, desde que as suas namoradinhas não emporcalhem o painel com chiclete.

Meu pai arremessou um caroço de pêssego em dois gaios palrando na árvore:

— Caiam fora!

— Espere, vovô, vou pegar meu estilingue!

Soames pulou do carro e atirou uma pedra nos galhos. Os gaios se dispersaram na direção do pomar, gritando esganiçados. As folhas do pessegueiro se aquietaram de novo, imóveis no ar parado como folhas de gerânio em geleia de maçã. Além do pomar, o sol roçava as copas das árvores na Casa da Velha Chaminé. As sombras começavam a se espalhar pelo quintal.

— Vamos até o córrego! — chamou Leonie.

— Agora, não! — protestou mamãe.

— Acho que tem um peixe esperando meu anzol, um bagre enorme!

— Mas vocês não vão voltar a tempo. As damas-da-noite vão desabrochar!

Leonie entrefechou os olhos contra o céu e espiou ao longe.

— As sombras nem estão chegando perto. Dá para ir e voltar se corrermos.

— Ora, Leonie, é mais tarde do que você pensa — lembrei a ela.

DAMAS-DA-NOITE

Alguém precisava sempre lhe avisar. A péssima noção de tempo de Leonie era uma piada constante. Como todos os fanáticos, ela queria tão sofregamente fazer tudo que lhe desse na telha que o tempo certamente tinha que se moldar a ela, que ajudá-la. Com sua crença inabalável, Leonie perdia trens e queimava o jantar, e jamais sabia como começava um filme. Não conseguiu sequer chegar ao hospital quando Soames estava para nascer. Insistiu que tinha o dia todo pela frente e continuou a amarrar laços de fita na cestinha do bebê — queria tudo na maior perfeição —, partindo para o hospital quando bem entendeu. Soames nasceu no banco da frente do carro. Ela jamais aprendeu a lição.

Enquanto discutia conosco, em vão, por hábito, as sombras foram ganhando terreno e chegaram ao defumadouro. Fui olhar a trepadeira das flores. Ela subia, passava pelo telhado do defumadouro e alcançava a nogueira, um emaranhado de folhas em forma de coração e longos casulos bem fechados. Tudo isso derivava das sementes marrons jogadas na terra na primavera, sementes duras como uma noz e tão protetoras da vida em seu interior que era preciso serrá-las com uma lima para abrir.

Pelo canto do olho, percebi um movimento. Virei-me de chofre. Nada se mexeu. A trepadeira permaneceu imóvel. Mas eu sabia. Estava começando. Chamei os outros, que vieram correndo, minha mãe agarrando o banquinho dobrável no caminho. Sentou-se, então, para apreciar o espetáculo. Meu pai acocorou-se a seu lado. Pouco a pouco, paramos de falar. O silêncio ficou intenso. No instante seguinte, as flores começaram a desabrochar.

— Olha!

— Onde?

— Não, acho que não. Ainda não.

A vigília recomeçou. Logo, um caule estremeceu, um leve tremor percorreu a trepadeira, mais sensação que imagem. Uma folha se torceu. Não, foi imaginação. Mas, sim, ela se mexeu! Um ligeiro espasmo balançou o casulo comprido. Devagar a princípio, depois cada vez mais rápido, o botão verde se desenrolou, deixando entrever as finas extremidades alvas do botão e a espiral ascendente, formando círculos e se ampliando, até que finalmente a corola branca da dama-da-noite, visível ao mundo pela primeira vez, se abriu com um tremor, intacta e perfeita, abrigando bem no fundo da garganta uma minúscula gema de suor.

— Olha!

— Mais uma!

— Três... Quatro!

A trepadeira despertou para a vida num rompante, e os botões de flores explodiam — cinco, doze, uma cascata deles, despejando sua beleza extravagante no ar noturno.

— Vinte e dois, vinte e três, vinte e quatro... Vinte e quatro! Você tinha razão, mamãe!

— Nunca vi tantas de uma só vez.

— É um bom ano.

— Como são lindas!

— E morrem tão rápido.

— Mas agora estão lindas!

Os grandes botões pródigos se alongaram, abrindo-se em toda a amplidão, como para-sóis de seda. Ao alvorecer, cintilariam tenuemente, murchos e amarelos como luvas velhas depois de um baile. Mas não agora. Agora, as flores estreladas reluziam alvas de encontro à trepadeira escura e enchiam o ar com o aroma doce, levemente acre, do seu primeiro e último suspiro.

Continuamos ali, na esperança de ver mais um botão tardio. Mas aquilo foi tudo. As luzes se acenderam. O espetáculo acabou. Viramo-nos, sorrindo, uns para os outros, leves, confessados, absolvidos e renovados. O desabrochar das damas-da-noite era uma espécie de milagre e, como todo milagre genuíno, tinha o poder de curar.

2

Jantamos no quintal aquela noite. Quando nos sentamos à mesa, meu pai disse:

— Abençoe esta refeição, Senhor, para que cumpra sua finalidade... Abençoe nossos entes queridos, onde quer que estejam, e nos conceda a graça, Senhor, de seguir os caminhos da retidão...

O que ele queria era agradecer pelos aromas e sons agradáveis da noite de verão, pela estrela empalada no para-raios, pelos tomates frescos do seu pomar. Contudo, teria considerado uma atitude pagã admitir seu prazer em termos tão comezinhos. Fez isso a seu modo, e, sem dúvida, o Senhor é capaz de traduzir. Deve ter um bocado de tradução a fazer num dia de trabalho.

— ... e, quando chegar a hora, nos receba no Céu, nosso Lar. É o que pedimos em nome de Cristo, amém.

Houve um leve movimento de pés enquanto aguardávamos um intervalo razoável após o amém para passar o pão.

— Agora, sirvam-se — disse mamãe — e não se esqueçam de guardar lugar para o creme gelado.

Aparentemente, ela achava um requinte chamar sorvete de creme gelado.

Ninguém guardou lugar algum, mas, depois do presunto, dos tomates e do milho verde, tomamos quase um galão de sorvete de pêssego. Leonie deu uma olhada na sorveteira.

— Jessica, olha só, ainda sobrou um pouco.

— Então, está pra mim — disse Jessica.

— Você vai passar mal — avisou mamãe.

— Vou nada. Nossa, você caprichou na baunilha hoje.

— Ficou um bocado forte, não é? Foi aquele vidro novo que comprei do rapaz do Jewel Tea.

Acredito que jamais existiu um ambulante que não fosse capaz de vender alguma coisa para mamãe.

Jessica começou a esculpir seu sorvete com a colher.

— Você está brincando com a comida — falou mamãe. — Já comeu demais.

— Mas ainda sobrou na sorveteira.

— Por que não levam para a srta. Hagar? — sugeriu papai.

— Ora, seria delicado — concordou mamãe. — Uma de vocês podia dar um pulinho lá e levar.

Soames e eu entramos no MG, com o sorvete no meu colo, e partimos na noite. Estava muito escuro. Sentada no carro sem capota, senti a noite imensa nos engolfar, fechando-se sobre nossas cabeças e nos perseguindo pela estrada solitária. Pensei nas "coisas que vagam na noite", aquela noção gótica de pestilência, e me arrepiei, embora sem saber se de medo ou de prazer.

Um pouquinho antes da casa da srta. Hagar, uma das pistas embicava na outra direção, entre duas fileiras de cedros. Era a estradinha do sr. Corcoran. Levava até a velha casa de tijolos onde o velho vivia numa hostilidade solitária e onde o rapaz lhe dera um tiro.

— Que lugar para um assassinato! — comentei.

Soames reduziu a velocidade.

— Vamos lá dar uma olhada.

— Na casa?

— É!

— Não tem nada para nos fazer mal. Vamos!

Ele deu a volta na caixa de correio e penetrou na penumbra densa, fantasmagórica, sob os cedros. O carrinho sacolejava na trilha acidentada. Finalmente, a casa alta de tijolos surgiu à luz dos faróis, de janelas cerradas, secreta e ameaçadora. Ficamos ali sentados sem dizer nada. Os cedros sussurravam à nossa volta. Salvo esse som e o troar miúdo e isolado do motor, o silêncio era intenso. Na noite escura, o garoto chegara, furtivo e letal. Pensei numa porta se abrindo sem fazer barulho, um rosto na janela...

— Vamos embora daqui! — disse Soames.

Sacolejando, descemos a trilha e pegamos a estrada para a casa da srta. Hagar. A ideia da calma impassível da mulher pareceu confortadora.

— Só um instantinho — falei quando alcançamos a casa. Pegando a sorveteira, caminhei até a porta e bati. Não houve resposta. Como a lamparina ardia, presumi que ela estivesse acordada e bati novamente.

— Quem é? — indagou uma vozinha.

— Sou eu.

— Eu quem?

— Mary Jo. A filha da sra. Soames.

— Ah! Estou indo.

Um barulho que sugeria que móveis pesados estavam sendo afastados precedeu a abertura de uma tranca, e logo a srta. Hagar surgiu à porta. Um bafo de ar quente escapou para a escuridão.

— Minha nossa, nem me deu na telha quem podia ser!

— Desculpe, srta. Hagar. Acordei a senhora?

— Eu só estava cochilando. Vamos entrando!

— Não posso demorar. Só demos um pulinho para trazer um pouco de sorvete para a senhora.

— Obrigada. Vai ser gostoso numa noite como esta. Vamos lá. Vou passar para um prato.

— Ora, não se preocupe.

— Não quer esperar para levar de volta a sorveteira?

— A gente pega numa outra hora.

— Entre um pouquinho, vamos — insistiu ela.

— Está tarde. Acho que vamos andando.

— Ah, só um pouquinho, não?

Estendeu a mão, como se quisesse me puxar para dentro, e, quando deu um passo para fora, pude ver a sala. Uma cômoda pesada havia sido enviesada junto à porta e as janelas estavam cobertas de papel. De encontro à cama, uma machadinha. A srta. Hagar estava com medo!

— Bom, acho que posso ficar uns minutinhos — falei.

— Pode sentar na cadeira de balanço. É só puxar até a porta.

O calor na salinha era doentio. Senti que ficava verde e musgosa como uma folha de verbasco. Enxugando o rosto, puxei conversa, enquanto a srta. Hagar se sentava na beira da cama e comia direto da sorveteira, abocanhando o frio. Enquanto falava, pensei nela deitada ali a noite toda, naquela casa abafada, de ouvidos atentos a qualquer som furtivo nas janelas, aos passos do assassino. E pensei na nossa casa não muito longe — ampla, com a brisa levantando as cortinas, o riso ecoando por todos os cômodos e a luz da lamparina vazando para o quintal, criando uma ilha de alegria e segurança.

— Srta. Hagar, por que a senhora não volta conosco e dorme lá em casa?

O rostinho escuro contemplou, esperançoso, a sorveteira e eu a vi vacilar.

— Obrigada, mas vocês lá gostam de ficar sozinhos e é assim que deve ser — respondeu ela sem um único vestígio de censura.

Passado algum tempo, Soames e eu voltamos para casa sem ela.

— Podem tratar de voltar para pegar a srta. Hagar — disse minha mãe. — E dessa vez não aceitem um não.

Lá fomos nós e trouxemos a srta. Hagar para casa. Nós a pusemos para dormir na velha cama de armar na sala de jantar. O restante de nós tentou pegar no sono lá em cima. Mas, mesmo na casa grande e arejada, fazia calor naquela noite. Nem sinal de uma brisa. Pouco tempo depois, estávamos todos de pé, trocando de cama, pulando para lá e para cá, tal qual pipoca. Soames partiu para a varanda da frente com um edredom. Jessica e eu armamos duas camas de campanha no quintal. Mamãe andava para lá e para cá com uma lanterna, como um fantasma doméstico ocupado, tentando dar um jeito para ficarmos todos confortáveis. Àquela altura, uma lua amarela liquefeita pairava no céu, e podiam-se ouvir trovões a distância.

Uma hora depois, o vento começou a soprar e veio a chuva.

Todo mundo tornou a se levantar e a correr para lá e para cá fechando janelas e derrubando coisas. Soames pegou meu carro e foi até o celeiro de milho. Mamãe mandou papai pôr a banheira debaixo do escoadouro. A chuva castigou a casa e o ar esfriou. Como todos estavam acordados, acendemos as lamparinas e fizemos chocolate quente.

— Senhor Todo-Poderoso! — exclamou a srta. Hagar, de xícara na mão. — Isso é um acontecimento!

Passado um tempo, meu pai foi até o quintal dos fundos.

— Está indo embora — gritou lá de fora. — Está um bocado bonito agora.

Saí e me pus a seu lado, descalça na grama molhada. O vento levara a chuva para leste, embolando as nuvens numa trouxa além do pomar. Acima da mata no oeste, a lua, branca e fria, brilhava lavada pela chuva. De repente, meu pai falou:

— Olhe, filha! — e apontou para o leste. Lá, contra as nuvens, havia um arco-íris. Era alvo.

Quase três horas da manhã e, ainda assim, o fantasma de um arco-íris formava um arco sobre a mata. Sob aquele luar, a fazenda parecia um pequeno presépio debruado de prata. Penas brancas de galinhas cintilavam nas folhas encurvadas do pessegueiro. A cerca ensopada reluzia. As telhas novas formavam uma trilha prateada sobre a sombra escura do celeiro.

Chamamos todos para fora e ficamos de pé, esfregando os braços, para nos aquecer. Minha mãe pôs um xale na cabeça. Meu pai descascou uma espiga de milho branco, para se manter ocupado, e os grãos brilhavam ao cair numa panela prateada. Durante um bom tempo, ninguém abriu a boca. Atrás de nós, o vento balançava as folhas da trepadeira das damas-da-noite.

— Amanhã vai ser um dia bonito — disse meu pai, afinal.

Um por um, os outros voltaram para dentro de casa. Sobramos apenas meu pai e eu, contemplando o arco-íris da lua.

— Você já tinha visto algum? — perguntei a ele.

— Nunca. Somos uns privilegiados.

Quando o último lampejo se dissolveu na escuridão, entramos em casa.

DAMAS-DA-NOITE

Naquela noite, sonhei que meu pai havia morrido. Nós o enterramos no pomar. O sonho me despertou e fiquei deitada algum tempo a relembrá-lo. Parecia a coisa mais natural do mundo enterrá-lo não sob a terra ou num túmulo de mármore, mas entre as cenouras e cebolas, com os pés no canteiro de morangos. Quando o pomar revertesse a seu estado natural, o mesmo aconteceria com ele, ambos se transformando aos poucos em mentruz, verbasco e prímulas selvagens. Ele estaria à vontade entre essas coisas tão familiares. Dormiria em paz.

3

— Meninas? — ressoou a voz de bedel do meu pai ao pé da escada. — Já é tarde. É melhor se levantarem!

— O Evangelho segundo São Mateus — disse Jessica, levantando-se da cama. Corremos até a escada para dar bom-dia.

— Estou aparelhado para as abelhas. Já pus o machado e a banheira no carro. Se vocês vão cortar uma árvore de abelhas comigo, é melhor se apressarem!

— Pode deixar!

— Está uma manhã linda — gritou ele em despedida.

Corri para a janela e olhei para fora. Nunca tinha visto uma manhã tão linda, e eu já vira muitas. Acordo em busca delas. Vestimos nossas roupas, tremendo no friozinho delicioso, e descemos correndo. A cozinha estava vazia, mas o fogão estava aceso e o cômodo cheirava a biscoitos frescos. A luz do sol se espalhava pelos talheres e dançava no teto.

DAMAS-DA-NOITE

Mamãe, lá fora, cuidava da trepadeira. Com um movimento rápido e frio, arrancava os botões amarelados até deixar os galhos nus.

— Preciso me livrar desses para abrir espaço para os de hoje à noite. Credo, meu bem, você devia pôr um vestido. Suas pernas não estão geladas nesse short curtinho?

— Estão! — respondi. — Gosto assim.

Enfiei uma calêndula em seu cabelo e saí correndo para a casinha.

Enquanto tomávamos café, mamãe desencavou umas cortinas de renda velhas para enrolarmos na cabeça. Para nos proteger das abelhas, explicou. Àquela altura, Soames apareceu e anunciou que o telhado do celeiro estava pronto.

— Você terminou! — exclamou Leonie, levantando-se de um salto e envolvendo o filho nos braços. — Que bom menino! Não está orgulhoso? Não é boa a sensação de ter terminado alguma coisa? Da próxima vez que começar uma tarefa, não se esqueça dessa maravilhosa sensação de satisfação.

— Não sei por que tanto estardalhaço — falou mamãe. — Eu sabia que ele terminaria. Ele disse que terminaria.

— É, mas nem sempre ele...

— Bom, dessa vez terminou. Andem, meninas, lavem a louça. Soames, meu bem, pegue a cesta de piquenique da vovó lá no defumadouro. Vamos nos preparar.

— Acho que vou fazer biscoito! — disse Leonie.

Mamãe, Jessica, Soames e eu nos viramos para ela ao mesmo tempo:

— *Agora?*

— Um prêmio para o Soames! — exclamou Leonie.

— Ah, mãe! — interveio o garoto.

— Aqueles de gengibre que você adora.

— Não está meio tarde? — sugeriu mamãe.

— Só leva um minuto.

Mamãe olhou para ela e depois para nós com um meio-sorriso.

— Ora, vá em frente. Não estamos mesmo com muita pressa, acho eu.

— Ótimo! Ficam prontos em três tempos.

Jessica olhou para mim e piscou.

— Vamos empapelar a cozinha antes de sair.

— E tricotar uma colcha! — atalhei.

— Só leva um minuto.

Leonie olhou à volta com uma expressão inocente de mágoa.

— Estamos implicando com você, amor — disse Jessica e lhe deu um abraço. — Vá em frente com os biscoitos. A gente ajuda.

Mexemos ruidosamente na cozinha com rolos de pastel e panelas, e Jessica pôs na cabeça uma cortina de renda e cantou "Lá vem a noiva". O barulho que fizemos foi tão grande que mal reparamos que o cachorro latia como um louco.

— O que foi que deu nele? — perguntou Jessica, olhando pela janela. — Merda!

— Jessica! — repreendeu a mamãe.

— Lá vem o pastor!

— Ai, Cristo, ele vai passar a manhã toda aqui!

— Corram e se escondam. Ele vai achar que saímos!

Corremos para a sala da frente, puxando mamãe conosco.

— Não devíamos fazer isso — protestou ela.

— Shh!

— Não está direito.

Mas ela ficou ali enquanto o cachorro latia freneticamente e o pastor subiu, saudando numa voz confiante. Bateu à porta dos fundos, aguardou um instante e voltou a bater.

— Cachorro bonzinho — falou.

Os latidos pararam e o rabo do cachorro socava a parede da casa.

— Irmão Soames? — chamou o pastor. Houve uma longa espera. — Tem alguém em casa?

— A gente devia deixá-lo entrar — sussurrou mamãe.

Mais uma batida, uma longa espera e outra batida meio desesperançada. O pastor desceu os degraus.

— Quietinho — disse ele, em tom suave, ao cachorro.

— Pobrezinho — falou mamãe. — É como Jesus batendo à porta e ninguém atendendo. Vou deixá-lo entrar — emendou, marchando na direção da cozinha.

— Uh-uh! — chamou mamãe. — Oh, irmão Mosely. *Achei* que tinha ouvido alguém batendo.

— Bom-dia, bom-dia! Achei que não tinha ninguém em casa.

— Estávamos todos lá na frente — disse mamãe. Não seria dela a culpa, caso ele achasse que se tratava do quintal da frente. — Não quer entrar um minutinho?

— Ou uma hora, ou duas — cochichou Jessica.

— Obrigado — aceitou o pastor. — Espero que seu caro marido esteja em casa.

— É, ele anda por aqui. Entre, pois aqui dentro está mais fresco.

Demos uma corrida para a porta da frente, mas ele nos flagrou quando alcançamos a varanda.

— Vamos, meninas, entrem — disse mamãe, como se o tempo todo tivéssemos estado do lado de fora. — Este é o irmão Mosely. Vocês se lembram do irmão Mosely.

Voltamos para dentro e o cumprimentamos com apertos de mão. O pastor, por sua vez, um jovem franzino, derreado pelo orgulho da própria vocação, abençoou cada uma de nós.

— É um prazer vê-las de novo. Deus as abençoe, prazer em vê-las.

Desfiou um punhado de comentários espirituosos sobre o charme feminino e, tendo cumprido esse dever, recompôs o rosto numa expressão solene.

— Bom, vim aqui numa missão triste — disse ele, fazendo uma pausa pesada. — Más notícias, lamento. O irmão Corcoran partiu para sua morada distante.

— Não! — exclamou mamãe, levando a mão ao rosto.

— Ele descansou. Seu sofrimento acabou. O rapaz está preso em Clinton.

— Pobre rapaz. Papai? — chamou mamãe, vendo, pela janela, meu pai passar. — O sr. Corcoran faleceu.

— Não diga! — exclamou papai, entrando com uma espiga de milho na mão. — Bom-dia, irmão Mosely.

— Deus o abençoe, irmão — retribuiu o pastor.

— Quando foi que aconteceu?

— Ontem, no fim da tarde. Eu estava com ele.

— Fico feliz de saber que o pobre velho não morreu sozinho.

— Rezei com ele diariamente — disse o pastor. — Espero ter lhe dado alguma ajuda.

— Garanto que sim — falou meu pai.

— O irmão Corcoran não era muito de igreja.

— Acho que não. Não sei a que Igreja ele pertencia.

— Mesmo assim, deve ter um enterro igual a todo mundo, e estou decidido a pregar na ocasião.

— É, precisamos dar àquela pobre alma um enterro cristão. Suponho que teremos que providenciar uma sepultura.

— Não — retorquiu o pastor. — Ele já tinha uma, descobri. Lá em Cole Camp.

— Nessa lonjura!

— Ele veio de lá e nós o levaremos de volta. Mas acho que a cerimônia deveria ser em Renfro, para que os amigos possam comparecer. Não serão muitos, creio eu.

— Não muitos.

— Só vocês aqui e um punhado de vizinhos. Conto com você para a música.

— Tudo bem, providencio um coro. Quando está pensando em fazer o enterro?

— Às três e meia — respondeu o pastor.

Fez-se um silêncio mortal.

— Três *e meia* — repetiu meu pai.

— O corpo vai chegar no trem das três horas.

— *Hoje?*

— Não me pareceu haver motivo para aguardar.

Meu pai e minha mãe se entreolharam. Tinham se esforçado tanto para proteger esse dia. Certo ou errado, haviam resistido contra vizinhos e dever, amizade e pena. Mas não havia como resistir à morte. Virando para o pastor, meu pai disse:

— Estarei lá.

— Iremos todos — disse mamãe.

— Ótimo — falou o pastor. — Eu sabia que podia contar com vocês. Preciso correr agora e arrumar quem carregue o caixão. Que tal uma oração?

Baixamos a cabeça e contamos de trás para a frente até cem.

— ... e nos faça permanecer em Vosso caminho, oh, Senhor. Ajudai-nos a percorrer o caminho da retidão em louvor Àquele que deu Sua vida por nós...

Finalmente, o jovem pastor pronunciou um solene amém e pegou o chapéu.

— Ora bolas! — exclamou mamãe, enquanto ele passava pelo portão. — Está um dia tão bonito.

— É — suspirou papai.

— E o enterro lá em Cole Camp! Não vamos voltar a tempo nem de ver as damas-da-noite! — queixou-se ela, com um olhar esperançoso para a cesta de piquenique. — Suponho que a gente não é obrigada a ir. Ele não era um amigo tão chegado...

— Não, mas não vai haver muita gente, mesmo conosco. Eu me sentiria mal se não fôssemos.

— Acho que eu também — suspirou mamãe. — Bom, não adianta chorar sobre o leite derramado. Tire o terno do armário, papai. Acho melhor eu passar a calça. E vocês, crianças... — começou ela, virando-se para nós com uma expressão de ternura desafiadora. — Vocês mal conheciam o velho. Vão em frente com o piquenique. Não precisam ir a um enterro no último dia em casa.

— Isso mesmo — concordou papai. — As damas-da-noite vão desabrochar antes da nossa volta. Vocês fiquem e se divirtam.

Minhas irmãs, Soames e eu nos entreolhamos. Seria gostoso um piquenique num dia tão lindo, e vinte botões de damas-da-noite aguardavam na trepadeira, prontos para desabrochar.

— Nada disso — disse Jessica. — Não seria justo. Se vocês têm que ir a um enterro, vamos juntos.

Lá se foi o piquenique. Guardamos a cesta, prendemos o cabelo e corremos para passar roupa. Em algum momento desse processo, Leonie aprontou seus biscoitos.

— Uma de vocês corra até a casa da srta. Hagar para avisar — pediu mamãe. — Ela quer ir, com certeza, e acho que podemos nos apertar no carro.

— Soames e eu vamos no meu — ofereci.

Mamãe deu uma olhada no carro esporte vermelho.

— Sei não. Será que não vai ficar meio deslocado num enterro?

— Imagine! — atalhou Jessica. — Vai animar o cortejo. Tentem ficar bem atrás do carro fúnebre.

— Chega, Jessica, estou tentando falar sério. Acho que vai ser preciso ir no seu carro, Mary Jo. Mas leve alguma coisa para cobrir a cabeça!

— O quê, por exemplo? — perguntei.

— Um chapéu, por exemplo. Você tem um chapéu, não tem?

— Aqui não. Não trouxe. — Nenhuma de nós tinha levado chapéu.

— Bom, não se pode ir a um enterro sem chapéu.

— Todo mundo daqui vai.

— Não faz diferença para mim, não é correto. Corram lá em cima e peguem aquela caixa no guarda-roupa. Vão ter que usar alguns dos meus.

Desci com a caixa e experimentamos seu conteúdo — chapéus de verão, de inverno, chapéus velhos e novos.

— Acho que posso me virar com este — disse Leonie, franzindo a testa para si mesma num modelo Imperatriz Eugênia.

— Está mofado — observou Jessica. — Você vai precisar arrancar a pena. Este aqui não fica mal em mim.

— Você pôs com a frente para as costas — falou mamãe.

— Fica melhor assim.

— Então, use ao contrário, mas andem logo, as três. E parem de agir como bobocas!

Às quinze para as três, estávamos todas prontas. Jessica, Leonie e eu, usando chapéus da mamãe e nos sentindo como as três bruxas de Macbeth, marchamos para os carros.

— Vocês estão brincando! — exclamou Soames.

— Mal reconheci vocês — comentou a srta. Hagar.

— Estão umas gracinhas — elogiou mamãe.

— Pronto, pronto, vamos — apressou papai. — Já é tarde. Soames, fique bem atrás de mim.

Papai não queria Soames guiando a toda a caminho de um enterro. O garoto e eu nos entreolhamos com uma careta quando me sentei a seu lado. Papai deu a partida em marcha lenta e, tão lentamente quanto possível, nós o seguimos. Subimos o morro nos arrastando, no meio da estrada, pouco nos incomodando de empatar o caminho. O carrinho tossia e dava guinadas, pouco habituado a um ritmo tão comportado.

— Jamais vou passar a segunda! — queixou-se Soames.

— Hum-hum — concordei, recostando-me no banco.

A estrada para Renfro serpeava para cá e para lá. Deixamos para trás a plantação de milho-zaburro dos Latham; atravessamos em cheio a propriedade dos Barrow, entre a casa e o celeiro; passamos pela escola Bitterwater, onde meu pai costumava dar aulas; por uma ponte sobre o Little Tebo, cujas tábuas sacudiram ruidosa e assustadoramente, soltas como sempre. Era tudo tão familiar. Em todos aqueles anos, nada mudara, salvo os nomes em algumas caixas de correio. Pensando bem, tive dúvidas sobre se eu também mudara muito. Tentar, eu bem que tentei. Fugi para o mais longe possível. No entanto, lá estava eu na mesma velha estrada. E não fazia grande diferença se agora eu dirigia meu próprio carro, meu símbolo reluzente de sucesso. Continuava seguindo meu pai no ritmo determinado por ele.

— Aí vem o seu cachorro, tia Jo! — A voz de Soames me despertou do devaneio.

Olhei por cima do ombro. Lá vinha o cão, as orelhas levantadas, a língua tremulando como uma flâmula. Seguira-nos ao longo da metade do caminho até a cidade.

Paramos e Soames atirou uma pedra, mas bem podia ter se poupado o esforço. O cão não deu a mínima bola. Eufórico, ele nos alcançou, pulou no meu colo e cobriu meu rosto de beijos. Essa era a história da minha vida: amada por qualquer coisa perdida, desviada, deslocada e rejeitada. Essa tropa me seguia, como meu passado. Eu não conseguia escapar de uma nem de outro.

— O que vamos fazer agora? — indaguei, empurrando para fora o cachorro.

— Levar o bicho com a gente — respondeu Soames.

Ele jogou o animal de volta em meu colo, assumiu o volante e disparou para a cidade como um morcego saído do inferno. Não desaceleramos até alcançar a praça.

— Chegamos! — exclamou Soames pisando no freio, por um triz deixando de bater numa picape. — Ei, achei que seríamos os únicos aqui.

Olhamos para a rua. Ao longo de todo o caminho que levava à Igreja metodista, uma multidão se acotovelava. Havia carros fechando o anel em torno da praça. Aparentemente, todos os moradores do condado haviam comparecido ao enterro. Tínhamos nos esquecido de que o sr. Corcoran não morrera de morte natural, mas assassinado, e o assassinato o tornara famoso. O pátio da igreja fervilhava de gente, crianças corriam de um lado para o outro. Exceto pela presença do carro funerário, a impressão era de uma grande quermesse. A morte é sempre um evento social, e aquela parecia um jubileu.

Soames estacionou ao lado do carro de papai e eu tentei esconder o cachorro.

— Boa-*noite*! — exclamou Jessica, descendo do automóvel. — Bem que a gente podia ter ficado em casa e ninguém notaria.

— É — concordou mamãe —, mas a maioria desse pessoal só veio por curiosidade. Não é o certo. Será que vocês, crianças, não podem estacionar longe da vista? Cruzes! Donde saiu esse cachorro?

Demos marcha a ré e circundamos a igreja, parando bem junto ao muro. Soames amarrou o cachorro ao carro com a gravata. Não conseguimos arrumar outra coisa.

A igreja estava lotada quando finalmente entramos. Meu pai foi até o coro e Leonie dirigiu-se ao piano. O restante de nós teve que se sentar no primeiro banco, de frente para o caixão. O velho sr. Corcoran jazia a poucos centímetros de distância, severo e desaprovador contra o cetim barato, o nariz comprido e cerdoso apontado para cima, numa atitude de desdém.

Olhei à volta.

— Cadê o Soames?

— Sei lá — respondeu Jessica. — Ah, lá está ele, no coro!

— Será que foi obrigado por Leonie?

— Acho que não.

— Irmãos e irmãs — começou o pastor, de cima do púlpito, contemplando com prazer solene uma plateia que jamais arrebanharia em um mês de domingos. — Irmãos e irmãs, todos de pé para uma oração.

A congregação se pôs de pé. No último banco, ouviu-se uma voz de criança:

— Quero ver o homem!

A criança foi ruidosamente calada e teve início a oração.

Contei até cem de trás para a frente, cheguei ao zero, e o irmão Mosely continuava invocando o Senhor. Vez após vez, sua voz grave se elevava num *tremolo* trovejante e baixava uma nota. Alternei meu peso para o outro pé. A queimadura de sol coçava, e uma das minhas orelhas doía no lugar onde o chapéu da mamãe roçava. Suspirei discretamente, ansiando pela tarde dourada lá fora. Com toda essa gente, quem haveria de dar pela nossa falta? Mas minha mãe tinha razão. Embora muitos estivessem ali para comemorar, poucos tinham vindo para lamentar. E isso era triste, porque ali jazia um homem que devia ter achado a vida boa vez por outra e sentido alegria e tristeza como qualquer um de nós. No entanto, não havia ninguém ali para sentir sua falta, salvo o irmão Mosely e meus pais, que sentiriam um pouquinho, não porque ele lhes dera muita coisa, mas porque eles lhe haviam dado algo.

— Pedimos em Vosso nome, amém.

Agradecidos, nos sentamos. A um sinal de meu pai, o coro ficou de pé, Leonie tocou uma introdução, e todos começaram a cantar:

Permaneça comigo: cai rapidamente o entardecer.

O velho hino ressoou pela igreja, as vozes malcombinadas forçadas a entrar em sintonia pelo tom autoritário de barítono do meu pai.

A escuridão aumenta; Senhor, permaneça comigo:
Quando não houver quem me ajude e o consolo fugir...

O coro atingira esse ponto quando o cão fez ouvir sua voz. Amarrado ao carro e abandonado, o animal mergulhou em autopiedade movido pela música e a expressou em um uivo comprido e lúgubre. O pastor ergueu os olhos, consternado. Um riso nervoso percorreu a igreja. A meu lado, Jessica sufocou o dela e me cutucou com o cotovelo. Do meu outro lado, mamãe se mexeu, impaciente, empertigando-se. Ela sabia de quem era o cachorro e não havia nada que pudesse fazer sem que todo mundo acabasse sabendo também.

Os uivos sentidos continuaram. Sucumbindo à concorrência, o coro começou a falhar. Um por um, seus membros se calaram, baixaram a cabeça, até restarem apenas meu pai e Soames. O rosto do meu pai estava lívido. Ele tropeçava nas palavras, perdia o ritmo e começava de novo. Por fim, irremediavelmente atrapalhado, papai desistiu. Soames continuou cantando sozinho.

No início, foi difícil ouvi-lo, pois os risos sibilavam no interior da igreja. Mas ele permaneceu ali, jovem, firme e imperturbável, parecendo um daqueles anjos do Senhor na arte eclesiástica, alto e louro, masculino e sincero, e sua voz cristalina derramou-se sobre os presentes como uma bênção. Pouco a pouco, fez-se silêncio. O cão, envergonhado, emudeceu. Quando os últimos acordes do hino se calaram, o único som que se ouvia era o do gorjeio dos pardais no pátio. Soames permaneceu imóvel por um instante. Virou, então, a cabeça e sorriu para Leonie como se não houvesse ninguém mais na igreja além dela.

De repente, tive a impressão de olhar para aquele sorriso de uma perspectiva muito distante e voltar a vê-lo — o sorriso e o dia, todo aquele dia ensolarado, triste, engraçado, maravilhoso, e todos os dias que havíamos passado juntos. O que eu faria quando esses dias não mais existissem? Não deveria haver muitos em estoque, pois éramos uma família já envelhecida. E como eu aprenderia a viver sem essa gente? Eu, que precisava tão pouco deles que podia passar o ano todo longe — o que eu faria sem eles?

Olhei-os — minha mãe, ainda uma tirana, com sua vassoura e vidros de geleia; meu pai, amolecido pela idade, mas apenas na medida em que uma pedra é amolecida pelo musgo; Leonie, correndo contra o relógio e o mundo; Jessica, a engraçada, envergando o chapéu da mamãe ao contrário. Soube, então, que gostava mais deles do que de qualquer outro ser vivo. Foi quando olhei para o sr. Corcoran e comecei a chorar.

DAMAS-DA-NOITE

A cerimônia prosseguiu por mais de uma hora, mas, finalmente, terminou. O agente funerário empurrou o caixão até o vestíbulo, e o velho ali ficou exposto, aguardando a passagem da longa fila de curiosos que haviam vindo contemplar de olhos esbugalhados o fato do assassinato.

Fomos os últimos a sair. Como parentes, deixamos a igreja devagar e permanecemos, indecisos, formando uma roda fechada enquanto o agente funerário, com um ríspido "Tudo bem?" para meu pai, fechou a tampa do caixão e despachou os restos do sr. Corcoran para a eternidade.

As pedras mornas da igreja estavam à sombra agora. Passava das cinco. Em torno da praça e ao longo de toda a rua, motores de carro foram ligados.

Virei-me para meu pai.

— *Precisamos* ir até o cemitério?

Ele hesitou. Cole Camp ficava a milhas de distância.

— Não consigo imaginar essa pobre alma descendo à cova sem ninguém presente.

Enquanto ele falava, o cortejo fúnebre avançava lentamente, seguido pelo Ford do pastor. Mais um carro aderiu à fila, seguido de um terceiro e mais outro. Quando o cortejo alcançou a autoestrada, havia um séquito que chegava quase a dar a volta na praça.

— Bem — disse meu pai —, se todos eles vão...

Minha mãe olhou para o marido, pensativa.

— Se você acha que não tem problema, e se a gente se apressar, ainda dá para chegar em casa a tempo...

Não esperamos mais nada. Com a nossa consternação próximo ao ponto de ruptura, começamos a descer a escada. Quando chegamos aos carros, pode-se dizer que corríamos. Soames e eu partimos primeiro. Quando entramos na estrada municipal, ele ergueu o traseiro do assento e soltou um grito comanche.

Jetta Carleton

Lá fomos nós morro acima, a toda velocidade, meu pai logo atrás; passamos pela ponte, passamos pela Bitterwater, por dentro da fazenda Barrow e morro abaixo, fizemos a curva, entramos pela porteira, chegamos ao celeiro — levantando poeira, fazendo as galinhas cacarejarem, gritando... A primeira dama-da-noite começava a desabrochar.

— Conseguimos! — gritou mamãe.

Vou me lembrar disso pelo resto da vida.

Jessica

1

Para as filhas enquanto cresciam, Matthew Soames era Deus e o sol e a chuva. Além de onipotente, também estava em todo lugar — em casa, na escola, na igreja. Aonde quer que fossem, não havia outro espírito dominante que não o do pai. E, como a chuva e o sol, o humor dele condicionava tudo que elas faziam.

Com outros à volta, o pai não podia ser mais agradável, risonho e espirituoso, com uma conversa maravilhosa de se ouvir. As senhoras costumavam dizer às meninas: "Seu pai é o homem mais formidável do mundo!" Para as filhas, era inevitável observar que o pai voltava seu lado ensolarado para o público e nublava em casa. Aí, mostrava-se, em geral, preocupado e caladão, indiferente às meninas, salvo para dar ordens ou fazer censuras. Chamava todas, indiscriminadamente, de "filha", o que soava um pouco mais autoritário do que o nome de batismo, que, de todo jeito, podia não lhe ocorrer no momento.

— Papai é mais gentil com os outros do que conosco — disse certa vez Leonie.

— É, meu bem, às vezes — concordou a mãe. — Mas é preciso. Seu pai é um homem importante na comunidade. É assim que ele tem que agir.

Sua importância poderia ter sido um alento para as filhas se não fosse tão incômoda. Havia tantas coisas que elas não tinham permissão para fazer "porque não ficaria bem"! E elas não podiam escapar das vistas do pai e fazê-las porque ele era onipresente. Quase sempre acabavam se conformando com a situação e agindo como o pai mandava. O propósito na vida, segundo ele, era trabalhar. *Laborare est orare*, dizia. E trabalhar significava estudar e ajudar a mamãe.

As meninas viveram bons tempos entre essas duas coisas. Os parentes apareciam com frequência. Na fazenda, podiam brincar no mato e pescar. Quando se mudaram para a cidade, ganharam amigas e festas da Escola Dominical. Praticamente não possuíam brinquedos (uma boneca, legada de uma para outra), mas, passando tanto tempo ao ar livre, não tinham necessidade desse tipo de brinquedo. Brincavam com o que tinham, o que encontravam ou inventavam e se divertiam imensamente. Muito cedo, porém, entenderam que brincar era algo de certa forma suspeito, permitido por mera indulgência, um passatempo trivial em pouco tempo superado, apenas duas vezes menos sério que o pecado. O prazer era só uma vez menos sério. As meninas cresceram antes que se dessem conta de que prazer não era um palavrão. No vocabulário do pai, significava sair de automóvel com o namorado, dançar, jogar cartas, fumar e outras coisas terríveis demais para definir.

A recreação, no entanto, era honrosa. O pai falava disso com respeito. Era uma abstração, uma pitada de instrução e algo bom, como nabos cozidos. As filhas só tinham dificuldade de identificar quando o que faziam equivalia a recreação. Mas sabiam o que era diversão. E o mais divertido acontecia quando o pai levantava os olhos do trabalho, uma vez por mês, mais ou menos, e as via à sua volta. Então, sentadas em torno do aquecedor numa noite de inverno, elas estouravam pipoca e ouviam histórias da infância dele ("Minha nossa, como a gente trabalhava quando era garoto! Papai costumava nos acordar às quatro e meia da manhã para debulhar milho"). Vez por outra, cantavam juntos, acompanhados por Leonie ao piano. O pai chamava isso de recreação, mas elas se divertiam do mesmo jeito.

Valorizavam esses momentos como pequenas dádivas. Dádivas que iam além do que elas mereciam. Papai não tinha obrigação de lhes fazer tal favor. Vivia *ocupado*. Tinha deveres para corrigir e aulas para preparar, reuniões para comparecer e mil e uma coisas a providenciar: livros para a biblioteca, mapas, giz, além de música para o Clube do Júbilo. Ou, então, tinha os ensaios do coro na igreja, um encontro dos diáconos e aulas para dar. Precisava ordenhar a vaca e cavoucar no jardim, armar um aquecedor ou desarmá-lo, limpar o galinheiro ou uma vela de automóvel e remendar um pneu do Modelo T. No sábado, gostasse ou não, precisava dirigir até Clarkstown para falar com o superintendente do condado ou até a fazenda para ver por que os inquilinos não haviam pagado o aluguel.

Sua excessiva atividade tinha precedência sobre tudo o mais e, com frequência, interrompia outras programações — como quando a família planejara uma surpresa para o aniversário dele. Isso ocorreu depois da mudança para a cidade, quando tomaram conhecimento da existência de festas de aniversário. Assaram um bolo, e a mãe deixou que comprassem velas e até mesmo decorassem a sala de jantar. Foram horas em segredo colorindo tiras de papel com lápis de cor e grudando umas nas outras para formar anéis interligados. Naquela tarde, todas correram para casa depois da aula e penduraram as tiras por todo o cômodo. Tiraram do armário a melhor toalha de mesa, arrumaram tudo com esmero e puseram o bolo no centro. Tudo parecia formidável. Mal podiam esperar o pai chegar. Por volta das cinco horas, o telefone tocou. Os colegas professores do pai haviam acabado de lhe fazer uma surpresa na escola — um jantar em que todos contribuíram com um prato, montado no salão de estudo e com um bolo enorme. Ele não iria jantar em casa.

A mãe explicou que as meninas haviam planejado uma surpresinha, mas, claro, o pai não podia decepcionar os colegas. Jessica e Mathy coraram e Leonie ficou furiosa. A mãe, finalmente, precisou repreendê-la.

— A gente faz a surpresa amanhã à noite — disse ela.

Então, o bolo foi guardado e a ornamentação, retirada, e na noite seguinte houve outra tentativa. Só que não funcionou. No meio do jantar, Mathy, que tinha sete anos e já era crescida demais para chorar, explodiu em lágrimas e enfiou a mão no bolo. O pai lhe fez um sermão sobre perder as estribeiras e querer sempre as coisas do seu jeito. Finalmente ela se calou e todos tentaram comer o bolo como estava, mas não conseguiram.

Naquela noite, a mãe subiu ao quarto das filhas e teve com elas uma boa conversa. Foi gentil sobre o episódio, mas obrigou-as a dar boa-noite ao pai e pedir desculpas. As meninas quase engasgaram, mas obedeceram. O pai as perdoou, como faz o Pai Celeste.

Dessa maneira, todas aprenderam a aceitá-lo como se aceita o clima. Embora às vezes se queixassem dele, não havia muita coisa que pudessem ou esperassem fazer. O pai era ameaça e autoridade, aquele que dizia não, o enigma severo. Mas a mãe lhes ensinara que o pai era como um credo, e as filhas acreditavam piamente nele.

Matthew, por sua vez, amava as filhas, mas de um jeito abstrato, com uma preocupação talvez um pouco menos direta do que com os bezerros ou pintinhos. Quando chegaram à idade escolar, ele costumava se esquecer de que eram suas. Cinco dias por semana, as meninas se fundiam a um grupo de outras crianças cuja estima era mais importante. Para não parecer parcial, ele as tratava com uma objetividade elaborada.

Em parte, era uma questão de autodefesa, pois, se elas jamais podiam escapar dele, ele também não podia escapar delas. Em todos os seus anos de magistério, poucas vezes conseguiu ficar de pé diante de uma classe sem confrontar uma ou mais das próprias filhas. A sala de aula o envolvia em autoridade, transformando-o em fidalgo toda manhã. No entanto, sempre à sua frente havia uma carinha que ele vira poucas horas antes usando pijama, ou saindo do estábulo com um guarda-pó sujo, cheirando a leite e estrume. Ser uma figura pública e também um pai era muito complicado.

Mas essa era uma falha insignificante em sua vida. Embora com frequência ansiasse por horizontes mais amplos, por viagens, mais conhecimento, mais tempo para atingir seus objetivos (ele começara tarde), na maior parte do tempo Matthew era intensamente feliz. Amava o seu trabalho. Uma escola era seu principado. Tudo que fazia ali era para ele fonte de prazer cotidiano, bem como "o calor, o lar, a saúde e o lazer", como disse Emerson, e ele sequer cogitaria trocar de lugar com qualquer pessoa no mundo.

No entanto, "sino e arado têm, cada qual, sua utilidade", e Matthew amava a escola apenas um tantinho mais do que amava a fazenda. Havia conservado a propriedade próximo a Renfro — uma proposta onerosa, já que os impostos eram elevados e os inquilinos, difíceis de arrumar, sobretudo durante a guerra, quando quase todo mundo desertou para a cidade. Não tinha tempo para cultivar a terra ele próprio; quando não estava dando aula, frequentava cursos de verão. Em alguns anos, um fazendeiro vizinho fazia hora extra por uma participação na colheita, noutros, o lugar ficava negligenciado, mas sempre exigia atenção, como acontece com uma amante dispendiosa.

Às vezes, era preciso ser quase secretivo quanto à atenção dispensada à fazenda, pois, embora amasse o lugar tanto quanto ele, Callie não conseguia se impedir de reclamar um pouquinho. "Você precisa comprar um sobretudo novo. Parece um bocado maltrapilho para um superintendente escolar", dizia ela. Ou "Olhe, não quero saber, Jessica vai se formar de vestido novo. Se não der para a cerca nova da fazenda este ano, ela fica para o ano que vem!". Sabe-se lá como, Jessica ganhou o vestido, e a fazenda, a cerca. Mas era uma situação sempre arriscada, e Matthew trabalhava como um burro de carga.

2

Numa primavera logo depois da guerra, a casa que alugavam em Shawano foi vendida de repente. O novo proprietário exigiu ocupá-la de imediato. Havia apenas duas outras residências para alugar na cidade — a mansão Cooper, muito pretensiosa e simplesmente cara demais, e uma casinha humilde que só ficaria vazia no outono. Matthew foi assaltado por uma ideia maravilhosa. Estava pra lá de cansado de livros e quadros-negros. Por que não, disse à família, passar o verão na fazenda?

As duas filhas mais velhas tinham, somados, noventa motivos para não ir. Leonie, uma jovem elegante de dezesseis anos, odiava abandonar suas amigas e a professora de piano. Jessica, com dezoito e prestes a se formar, queria frequentar o curso de verão em Clarkstown. Sua melhor amiga faria isso e ambas queriam dividir um quarto e estudar didática, aprender a jogar tênis e frequentar sorveterias e sessões de cinema. O pai explicou que não tinha recursos para tanto; a fazenda precisava de cercas novas e ele teria que contratar empregados para o verão — esse tipo de coisa. De todo jeito, acrescentou a mãe, Jessica teria de ir junto e ajudar.

— A mamãe não é mais tão forte como antes.

Callie nem tinha quarenta anos e era durona e flexível como uma nogueira novinha. Por ser flexível, porém, vergava facilmente. Quando vergava sob o peso de uma de suas moléstias episódicas, todos tremiam de medo de que ela jamais se aprumasse. Até os trinta anos, vivia sugerindo que a morte a aguardava na esquina.

O real motivo de Jessica para permanecer na cidade não podia ser revelado. Ela havia descoberto os rapazes. Uma descoberta tardia, já que Matthew e Callie vigiavam as filhas como fazendeiros vigiam abóboras premiadas. As meninas não saíam com rapazes. Jessica tentara uma vez, de um jeito experimental. Um garoto a acompanhara até em casa depois de uma festa no diretório escolar. Matthew os vira saindo do prédio, mas, admitindo com certa relutância os fatos da vida, deixou-os em paz. Infelizmente chegou em casa antes do casal, com uma diferença de uns dez minutos. Postou-se à porta para esperar os dois. Congelou o ar com sua raiva, envergonhou mortalmente Jessica e pôs em pânico o adolescente. Como a notícia correu rapidamente, qualquer rapaz que tivesse um dia sequer olhado para as filhas do "Fessor" não ousou mais fazê-lo.

Entretanto, numa noite na primavera, durante os ensaios da peça do colegial, um garoto chamado Marvin, mais inquieto do que a maioria e possivelmente num arroubo, encontrou Jessica no escuro junto ao bebedouro e a beijou. Ela ficou apavorada — até se certificar de que o pai não viesse a descobrir. Na mesma hora, apaixonou-se. Perdidamente. Não havia nada a fazer senão olhar para Marvin, mas até isso já era bom. Lá no campo, ela sequer o veria no domingo!

Seus pedidos e os de Leonie caíram em ouvidos moucos. O pai ora repreendia, ora zombava.

— Mas vocês estão precisando plantar milho! — disse ele uma noite. — Estão precisando acordar às quatro da manhã e ordenhar a vaca! — Pôs Jessica no colo, embora ela já fosse crescida demais para isso. — Até deixo vocês darem milho aos porcos!

— Ora, papai! — retrucou Jessica, zangada. Riu porque era o que se esperava dela, uma moça alta e magra com o rosto tão limpo, sem graça e virtuoso quanto uma barra de sabão. O cabelo lhe caía pelas costas, castanho-claro e brilhante, preso por um grande laço de fita. Segundo a mãe e o pai, quando o prendia, ela parecia velha demais. Jessica não ligava. Não gostava mesmo de prendê-lo, pois ficava se sentindo demasiadamente formal.

Matthew apertou a bochecha da filha com os dedos.

— Trate de tomar cuidado com este nariz no próximo verão. Talvez a gente precise armar um toldinho para protegê-lo do sol.

— Ora, papai! Ele não é tão grande assim — exclamou Jessica, escondendo o rosto no ombro. O nariz fino e arrebitado lhe emprestava uma espécie de beleza clássica, mas ninguém jamais lhe dissera isso. Apenas implicavam com ela, sobretudo o pai, que se achava no direito de implicar, pois o nariz da filha puxara ao seu.

Ele olhou para a menininha sentada no chão.

— Mathy, em compensação, está ansiosa para ir para a fazenda, não é, filhota?

A garotinha ergueu os solenes e brilhantes olhos negros.

— Adoro a fazenda. Estou louca para voltar.

— O que está fazendo aí? — perguntou Matthew.

— Secando um trevo de quatro folhas.

— Não acho que a Bíblia seja o lugar apropriado para isso.

— Foi o maior livro que consegui achar.

— Use um daqueles de gravuras — sugeriu Callie, erguendo o olhar da costura.

— Está bem — acatou Mathy, cuidadosamente tirando o trevo da página e levando-o até a estante, cuja última prateleira ostentava os doze volumes ilustrados do *Índice de Mitologia e Literatura Universal*. Matthew o comprara de um caixeiro-viajante que, como todo vendedor nato, era em parte proselitista e em parte fanfarrão. Matthew simplesmente não tivera coragem de dizer não. Para si mesmo e para Callie, argumentou que os livros seriam educativos para as meninas. As meninas os acharam estranhos e confusos.

Mathy puxou o volume I e o folheou até dar de cara com uma gravura de Andrômeda, gorda e nua, acorrentada a uma rocha.

— Vou pôr isto nela como uma folha de parreira — disse, colocando a folha estrategicamente no lugar.

— Onde foi que você aprendeu sobre folhas de parreira? — indagou Callie.

— Sei lá.

Callie olhou para Matthew e deu de ombros. Era impossível prever o que Mathy aprenderia e onde. A garota lia um bocado. Às vezes, lia o mesmo livro várias vezes. Um deles se chamava *The Tree-Dwellers*, que ela encontrou na prateleira da terceira série: a história de um garotinho no tempo do mamute peludo. Mathy monopolizou o livro, até que o professor falou do assunto com Matthew. Logo depois, o livro sumiu. Matthew o encontrou numa manhã chuvosa em uma de suas galochas. Mathy ouviu um sermão sobre o Oitavo Mandamento e ficou de castigo sem sair de casa durante toda a tarde de domingo. Devolveu o livro na manhã seguinte e pediu desculpas ao professor. Passadas poucas semanas, o texto inteiro do *The Tree-Dwellers* surgiu nas paredes do seu quarto. Ela o copiara a mão, palavra por palavra, no seu caderno do Índio. Matthew falou seriamente com ela, mas as páginas permaneceram nas paredes. O pai teve a impressão de haver perdido um combate.

Mathy pôs o pesado livro ilustrado de volta na prateleira e sentou-se no colo de Jessica, de modo que as duas ficaram no colo do pai.

— Pai, quando a gente se mudar para a fazenda, posso ir na carroça da mobília? — perguntou Mathy.

Matthew riu.

— Pode, se pedir *por favor*.

— Posso, *por favor*, viajar na carroça da mobília?

— Vamos ter que perguntar à mamãe.

— Posso, mãe, *por favor*? — pediu Mathy, atirando-se no colo de Callie.

— Ai, minha nossa! — exclamou Callie, livrando-se dela como de um fio de linha. — Você vai cair de lá e quebrar o pescoço.

— Vou nada. Eu tomo cuidado.

— Não posso deixar você viajar desse jeito, sozinha com os homens da mudança.

— Por que a Jessica e a Leonie não podem ir no caminhão também?

Leonie virou de costas para o piano, onde praticava uma música nova.

— Eu não *quero* viajar na carroça da mobília.

— Por quê?

— É indigno.

— Eu acho que seria bem divertido — disse Jessica.

— Ora, meu bem, você já está crescida demais para fazer coisas assim — interveio Callie.

— Por quê? Qual é o problema de viajar numa carroça?

— Não fica bem para uma moça fina.

Jessica escorregou do colo do pai.

— Não quero ser uma moça fina. Moças finas não podem se divertir.

Leonie tornou a falar:

— Moças finas não sobem em árvores, foi o que você quis dizer. Nem põem o taco de críquete entre as pernas quando lançam a bola!

— É mais fácil assim — disse Jessica. — Não consigo acertar a bola quando seguro o taco ao lado da perna.

— É, e outro dia você lançou de perna aberta e rasgou a bainha do vestido!

— Eu sei. Já contei para a mamãe.

Callie falou calmamente:

— Não sei por que você não consegue manter a roupa limpa, como a Leonie. Leonie, pare de fazer essa coisa com a boca. Você fica parecendo metida.

Callie soltou um suspiro. Apesar do esforço, não conseguira domesticar Jessica, que era uma boa garota, é claro. Fazia tudo que a mandavam fazer e não ficava discutindo a toda hora, como Leonie. Havia alguma coisa nela, porém, que Callie não era capaz de administrar. Jessica ajudava um bocado na casa, mas preferia colher batatas a descascá-las ou limpar o galinheiro a arrumar a casa. Leonie, apesar de todas as perguntas e argumentações (porque sempre sabia mais que qualquer um), estudava piano, terminava o bordado e tinha alguma dignidade. Quando se tratava de Jessica, porém, bastava virar as costas que ela já estava lendo ou, então, lá fora no celeiro com Mathy, escorregando no feno. E agora cismara de viajar na carroça como um moleque.

— Então — disse Leonie —, vou viajar no Ford. Se é que temos mesmo que ir — acrescentou com um olhar sombrio para Matthew, que não percebeu, ocupado em corrigir provas. — Você e Mathy podem ir na carroça se quiserem.

— Eu ainda não disse que deixava — atalhou Callie.

Mas, quando chegou a hora, em meados de maio, a mãe cedeu. O carroceiro disse que não se incomodava, e ele pertencia à igreja. Ficou decidido que Mathy podia viajar na carroça se Jessica fosse também.

— Agora, tratem de não cair — advertiu Callie — e prestem atenção para as pernas ficarem cobertas. Logo, logo a gente alcança vocês. Mathy, seu boné.

— Não quero ir com ele, mãe.

— Trate de botar o boné. Você já está queimada, vai ficar roxa.

— Está bem. — Mathy enfiou o boné na cabeça e se atirou sobre a mãe numa despedida veemente. — Até logo, mamãe querida!

— Nossa, meu bem, cuidado! Você quase me derrubou no chão!

Jessica se postou ao lado da carroça, olhando esperançosa rua acima. Rezava para que Marvin aparecesse, os olhos esbugalhados de tristeza, para lhe entregar uma rosa. Para isso, valeria a pena aguentar a fúria dos pais. Como o rapaz não deu sinal de vida, ela subiu na carroça com um suspiro. Uma vez acomodada na banqueta do piano, porém, e com Mathy refestelada numa gaveta da cômoda, Jessica começou a rir de excitação. Quando a carroça partiu, as duas gritaram e se seguraram nas laterais, acenando para Leonie até perdê-la de vista. Leonie viajou, como uma moça fina, com a mãe e o pai no Ford de segunda mão, usando luvas e seu segundo melhor chapéu.

3

Fazia cinco anos que Callie se mudara para a fazenda. Estava de volta a seu elemento, arejando a casa, esfregando o assoalho de madeira, jardinando e fazendo conservas. E, sem a escola para distraí-las, as filhas eram todas suas. Como se divertia com essa companhia — as meninas ágeis, obedientes, entravam e saíam correndo da casa, disparavam pelo jardim, iam ao galinheiro, ao celeiro de feno, enveredavam pelo pomar e descendo até o córrego num alvoroço de idas e vindas, com as mãos cheias de frutinhos e ovos e peixes e flores. Callie fabricava o mel, mas precisava de seus zangões.

Não menos que dos dias, ela gostava das noites, quando a família se sentava na varanda da frente e os sons noturnos teciam uma rede macia à volta. Às vezes, apenas conversavam. Às vezes, cantavam, suas vozes se espalhando com doçura na escuridão, a de soprano de Leonie, a de contralto de Jessica e a vozinha meio rouca de Mathy, conduzidas pelo barítono discreto que era Matthew. Nessas noites, ele se deitava de costas, relaxado e satisfeito, sem os estudos para reclamá-lo.

DAMAS-DA-NOITE

Às vezes, quando todos se levantavam para entrar, descobriam que Mathy havia sumido. Era preciso acender uma lanterna e sair à sua procura, no pomar ou na Casa da Velha Chaminé. Ela nunca ia longe demais, mas essas excursões sombrias deixavam todos perturbados e perplexos. Fazia tempo que a criança começara a vagar na noite, destemida, e nem todos os protestos e castigos foram capazes de curá-la. Ao crescer, e sobretudo na cidade, ela aparentemente abandonara o hábito. Agora, porém, que estavam de volta à fazenda, tivera uma recaída, atraída pela escuridão. As noites pareciam um mundo próprio, que ela descobrira prontinho a aguardá-la. A família tinha a sensação desconfortável de que naquele cenário a menina assumia outra forma, vestia a pele de um animal ou se desmanchava na bruma. Mas acabavam por encontrá-la, uma figura sólida e conhecida, simplesmente vagando ou encostada numa árvore, cantando para si mesma. Aí vinham os sermões e as broncas e as promessas repetidas, antes que todos se acomodassem novamente.

Apesar desses episódios, Callie considerou o verão completo. Às vezes tinha a impressão de que não podia pedir nada além disso — os longos dias ocupados e as noites cálidas e doces, quando o aroma de madressilvas enchia o ar e o marido cantava com as filhas na varanda.

No início da temporada, Matthew plantara um canteiro de alfaces no mato, num lugar onde certa vez queimara uma pilha de galhos. O solo, enriquecido com esse adubo puro, produziu uma colheita abundante. Callie mandava as meninas até lá dia sim, dia não, para pegar o necessário para uma salada. Numa tarde do fim de junho, elas partiram para a mata: Jessica carregando uma cesta de feira para a alface e Leonie, um balde de metal para o caso de encontrarem amoras maduras. As três usavam bonés e meias compridas de algodão sem pés cobrindo os braços.

— Odeio essas coisas — comentou Jessica.
— Por que não tira? — perguntou Leonie.
— Por que *você* não tira?
— Quero que a minha pele continue bonita.
— Pois sim, você só usa porque a mamãe manda.

Leonie jogou a cabeça para trás.

— Se eu não quisesse usar, não usaria.
— Vamos montar na Velha Blossie — interveio Mathy. Blossom, uma vaca tão macia, gorda e inofensiva quanto um sofá, levantou a cabeça e ruminou.

— Vai ver que ela não quer ir até a mata — argumentou Jessica.

Mathy partiu a haste de uma cenoura silvestre.

— A gente pode chutar o traseiro dela.
— Mathy! Onde você aprende esse tipo de palavreado?
— Sei lá. Oi, Blossie! — exclamou Mathy, afagando a lateral gorducha e amarela da vaca e subindo em seu lombo.
— Vamos lá, tem lugar para todas nós.

Jessica montou atrás dela.

— Vem, Leonie, dá para você se apertar atrás de mim.
— Não quero. Não combina com uma moça fina.
— Ninguém vai ver a gente.
— Tanto faz. Prefiro ir a pé.
— Bom, eu acho que Blossie bem que prefere também — disse Jessica, cutucando a vaca com os joelhos vestidos em meias pretas. — Anda, Blossie, vamos até a mata!

A vaca saiu andando pela trilha com um movimento meio que trançando as patas. Jessica começou a cantar:

— Ela virá contornando as montanhas quando vier! Elka virá montada na Velha Blossie quando vier!

Mathy e Leonie engrossaram o coro.

— Segura o rabo dela — disse Jessica. — Ela não para de bater em mim!

Leonie conseguiu segurar o rabo da vaca e seguiu atrás do animal, o balde de metal pendurado no braço. As três cantaram durante todo o caminho até o canteiro de alfaces.

Quando já estavam prontas para iniciar o caminho de volta, Leonie disse:

— Já que estamos tão perto, vou até o córrego pegar um peixe.

Jessica descansou a cesta no lombo de Blossom.

— Ora, Leonie — contestou em sua voz suave —, a mamãe disse pra gente voltar direto.

— Ela falou meia hora. Não está nem perto disso ainda.

— Aposto que sim.

— Aposto que não. Vou pegar um peixe. Não leva nem um minuto.

— Você não trouxe vara.

Leonie tirou do bolso do avental uma corda enrolada.

— Tenho linha e anzol. Posso muito bem arrancar um galho.

— Certo. Tudo bem — concordou Jessica. — Se acha que dá tempo. Suponho que a mamãe não vá se importar de ter um bagre para o jantar.

Deixaram a vaca pastando à sombra e cortaram caminho pela vegetação do brejo até o lugar preferido das três para pescaria. Ao atravessarem o milharal, um trem de carga passou, a um quilômetro do córrego, rangendo e balançando a caminho de Renfro.

— Viu? Eu bem que falei! — exclamou Leonie. — É o Katy. Não são três horas ainda.

— Se ele estiver na hora — argumentou Jessica. — Em geral, está atrasado.

O leve cheiro de fuligem da fumaça do trem se espalhou pela plantação de milho.

— Uh-uh? — fez o apito.

— Uhhh — disse Jessica. — Como é solitário!

O som foi se tornando cada vez mais suave, até se perder no farfalhar dos pés de milho.

Às margens do córrego, crescia densa vegetação, sumagre e roseiras-bravas. As meninas estavam prestes a se embrenhar ali quando Mathy, que seguia à frente, de repente parou.

— O que é isso?

Todas ficaram caladas e ouviram. Do córrego vinha o som de uma voz de homem cantando.

— É o papai?

— Papai está cortando feno no Casa da Velha Chaminé — falou Jessica.

As três prestaram atenção. Era um som satisfeito e doce, mas sem dúvida masculino. As meninas se entreolharam estupefatas. Finalmente! Perigo! A vida toda, Callie havia avisado: "Se algum dia vocês virem um homem estranho na mata, não percam tempo! Voltem para casa o mais rápido possível e *fiquem juntas*!"

— Corram! — sussurrou Jessica.

Mathy deu um passo à frente, com Leonie logo atrás.

— Quero ver! — disse Leonie.

— Voltem!

— Shhh!

A cantoria prosseguiu, miúda, solitária e satisfeita. Mathy se esgueirou por trás de uma moita de sumagre. Com cuidado, sem um ruído sequer, afastou as folhas.

— Lá! — sussurrou.

Leonie e Jessica olharam por cima do ombro. Abaixo delas, à beira da água, um jovem estava deitado numa pedra sob uma nesga de sol.

DAMAS-DA-NOITE

Totalmente nu. Deitado de costas, tinha um joelho no ar e as mãos atrás da cabeça, cantando para as copas das árvores.

Em Londres, onde eu vivia bem,
Morava alguém que me encantou.
Que me cortejou, minha vida levou,
Mas comigo não ficou.

O rapaz rolou de lado e se levantou, plantando os pés bem afastados na pedra enquanto esticava os braços. Os Velhos, babando por Susana, não ficaram mais fascinados do que as três garotas escondidas nos arbustos. Ali estava um homem nu em pelo diante delas. As três contemplaram aquele corpo com uma curiosidade desavergonhada.

— É um cigano? — cochichou Mathy. Callie as avisava para tomar cuidado com ciganos desde que eram pequenininhas.

O jovem se esticou de novo, coçou o peito e mergulhou na água. Afundava e subia à tona e dava pulos. As nádegas molhadas cintilaram de leve quando ele mergulhou. Passado um instante, passou para um ponto mais raso e começou a esfregar vigorosamente os braços. Jogou água em si mesmo, como um elefante, e balançou o cabelo molhado, emitindo um ruído de gargarejo. As meninas começaram a rir. Taparam a boca com força e ficaram vermelhas de tanto conter o riso.

— Ele é engraçado! — sussurrou Mathy.

— Todo peludo! — disse Leonie.

O homem nadou até a margem oposta, onde estava sua roupa, e saiu da água. Elas o viram enxugar-se com as mãos e um enorme lenço vermelho.

— Vamos atirar uma pedra e correr! — sugeriu Mathy.

— Ah, não! — sussurrou Jessica, nervosa. — Ele pode seguir a gente.

Tarde demais. Mathy já atirara uma pedra na direção do córrego. Ela aterrissou na água com um sonoro *poft*! O jovem ergueu a cabeça, sobressaltado, e as meninas não viram mais nada. Saíram correndo dos arbustos como animais em fuga e atravessaram o milharal o mais rápido possível.

— Não parem aqui! — exclamou Jessica, ofegando quando saíram do outro lado. — Ele pode nos seguir! — Subiram correndo o morro, entraram no mato e chegaram ao canteiro de alfaces.

— Blossie vai nos proteger! — gritou Mathy, envolvendo com os braços o pescoço da vaca. — Minha Velha Blossie!

— Você acha que ele é um feitor de escravas brancas? — indagou Leonie, tentando recuperar o fôlego.

— Nossa, não pensei nisso! — exclamou Jessica, empalidecendo. — Mas acho que não. Eles ficam na cidade e se vestem de um jeito chique, segundo a mamãe. Além disso, ele parecia moço demais.

— Era um cigano? — insistiu Mathy.

— Claro que não — respondeu, com impaciência, Leonie.

— Como você sabe?

— Era branco demais. Menos nos lugares queimados de sol. E o cabelo não era preto.

— Mas um bocado cacheado — disse Jessica.

— Deve ser algum vagabundo saído do trem de carga.

— Para mim, não parecia um vagabundo — discordou Mathy. — Eu o achei bonitinho.

— Ora, Mathy! Todo peludo! — disse Leonie.

— O rosto não. Era bonito.

— Homens não são bonitos — explicou Leonie. — São bem-apessoados. Só que esse não. Era bem comum.

— Não para mim.

— Bom, para mim, sim.

Mathy virou-se para Jessica.

— Você o achou comum?

— Não dá para dizer. Não chegamos tão perto assim.

— Chegamos perto o bastante para ver aquela coisa entre as per...

— Tudo bem, Mathy, agora chega. Eu disse basta! — Jessica ficou roxa.

— Eu quis dizer que, se a gente estava perto o bastante para ver *aquilo*, estávamos perto o bastante para dizer se ele parecia comum.

— Não me lembro da aparência dele. Não iria reconhecê-lo se o encontrasse no meio da estrada. — Jessica riu. — Não saberia dizer a diferença entre ele e Adão! — Ela e Leonie estremeceram de tanto rir. — Eu ia morrer se visse aquele sujeito de novo!

— Eu também!

— A gente vai contar à mamãe? — perguntou Mathy. Leonie e Jessica de repente pararam de rir. — Vamos contar, Jessica? Contar à mamãe sobre o homem?

— Bom, acho que não precisamos.

— Por que não? — indagou Leonie, toda metida e empinando o queixo. — Acho que ela precisa saber.

— Por quê?

— Ela precisa saber, só isso.

— Acho que a gente não deve dizer nada.

— Por que não, Jessica?

— Sei lá, é só que... Ora, *sei* lá!

— Se a gente contar — argumentou Mathy, olhando de soslaio para Leonie —, ela vai querer saber por que fomos até o córrego.

— Isso mesmo — concordou Jessica. — Talvez ela nunca mais nos deixe ir pescar.

Leonie baixou o queixo.

— Bom, talvez — concordou, pegando o balde de amoras vazio. — Não vamos contar. Eu não conto se vocês não contarem.

— Tudo bem — concordou Jessica.

— Só iria deixar a mamãe nervosa.

— Tudo bem. Não faz sentido. É melhor a gente voltar agora. Ela vai acabar aparecendo aqui para nos procurar.

Mathy subiu novamente no lombo da vaca.

— Todos a bordo!

— Acho que vou a pé — disse Jessica.

— Aiou, Blossie!

A vaca saiu rebolando pela trilha, com Leonie segurando seu rabo. Jessica foi caminhando atrás, lentamente, balançando o boné de encontro às folhas. Tinha sido uma sensação estranha a de ver um homem pelado. Se o papai soubesse! Ela estremeceu. Mas ela não conhecia o homem. Não era como se fosse o pai. Ou Marvin. De repente, Jessica tentou imaginar Marvin despido e corou ante a ideia. Gostava de pensar em Marvin em seu terno de domingo, parecendo crescido e importante. Fechou os olhos e sentiu novamente o beijo apressado junto ao bebedouro. Ai, como *queria* estar na cidade, onde podia vê-lo!

Callie chegara ao portão, à procura das filhas.

— Por onde vocês andaram, crianças? Eu já estava ficando preocupada.

— Descansamos um pouco na sombra — disse Jessica. Era verdade. Elas *haviam* descansado um instante, depois de saírem correndo do córrego.

— Deve ter sido um longo descanso, imagino. Vocês não trouxeram nenhuma amora. Não estavam maduras?

Leonie lançou um olhar assustado para Jessica. Elas tinham se esquecido de procurar.

— Não *vi* nenhuma madura — respondeu.

— Bom, acho que só depois do Quatro de Julho. Vamos, meninas, me ajudem a preparar o jantar. O papai está para chegar, e com fome. Mathy, filhota, pegue um balde-d'água para a mamãe, sim? Oh, Jessica, tenho um belo trabalho para você!

Jessica já ia se afastando em direção à escada.

— Qual?

— Enquanto Leonie descasca batatas, por que você e eu não plantamos um canteirinho de feijão-vagem? Não seria divertido?

— Bom, eu estava pensando que preciso escrever para a srta. George. Sabe? A minha professora de inglês. Ela me pediu.

A mãe pareceu decepcionada.

— Então, vá em frente se quiser. Pensei que seria agradável trabalhar no jardim a esta hora. Poderíamos plantar um pouquinho antes do jantar. Agora está mais fresco lá fora. E as ervilhas doces estão tão cheirosas! Achei que você gostaria da ideia.

Jessica deu um suspiro imperceptível.

— Está bem. Eu ajudo.

— Ótimo! Ponha o boné, meu bem. Ainda está fazendo sol lá fora e você não vai querer ficar queimada.

4

Jessica o viu primeiro, assoviando estrada acima com uma trouxa bem-feita sobre um ombro. Ele usava uma calça escura, pequena demais para o seu tamanho, e uma camisa azul. Sem chapéu. O cabelo castanho era muito cacheado. Passou pela cerca do jardim e, enquanto ela o espiava por baixo do boné, virou-se e a viu. Parou, o assovio cessou, o rosto se abriu num sorriso amistoso e ele acenou.

— Oi!

Callie, inclinada sobre o canteiro, se empertigou e se virou para olhar.

— Boa-tarde, dona — saudou o rapaz, aproximando-se da cerca e descansando a trouxa num pedaço de madeira. — Dia bonito.

— Sim? — disse Callie.

— Sou novo por aqui. Acabei de chegar num trem de carga. Minha casa fica lá para o sul. Abaixo de Cabool. Bem a leste de Springfield. Vai ver a senhora sabe onde é.

Callie assentiu.

— Será que sabe onde posso arrumar trabalho?

— Bom... — falou Callie, passando a enxada para a outra mão.

O jovem sorriu.

— Posso não ser o melhor ajudante do mundo, mas sou disposto. — Ele pronunciou "judante" em vez de "ajudante".

Callie tornou a trocar de mão a enxada. Embora soubesse que Matthew precisava de ajuda, não pretendia admitir o fato. Mas o estranho era um garoto amistoso, e Callie não queria ser demasiado ríspida.

— Quem sabe meu marido pode dizer se alguém por aqui anda precisando de empregado — respondeu. — Ele está trabalhando no campo no momento.

— Eu bem que gostaria de falar com ele.

— Bem... — hesitou Callie. — Acho que pode esperar aqui, se quiser.

— Isso seria ótimo.

Mathy, tendo ouvido as vozes, foi até o quintal da frente. Ao ver o estranho, ficou boquiaberta. O rapaz se virou e sorriu para ela.

— Tarde — saudou com educação.

— Oi — retribuiu ela, disparando para dentro de casa.

— Quer saber? — disse Callie. — Você pode dar a volta e esperar lá atrás. Tem um portão nos fundos — explicou, acenando para o caminho que ia da estrada até o celeiro. Não permitiria que um estranho recém-chegado num trem de carga entrasse pela porta da frente.

— Brigado, dona.

O garoto enfiou a trouxa debaixo do braço e se afastou na direção indicada.

— Vá lá para dentro — disse Callie a Jessica. — Espero que o papai chegue logo. Não sei se devia ter dito a ele que o papai não estava.

— Ele não parece muito perigoso.

— Nunca se sabe. Às vezes os que parecem mais inofensivos são os piores.

Enquanto Callie guardava a enxada, Jessica entrou em casa. Encontrou Mathy e Leonie grudadas na janela da sala.

— É *ele*! — exclamou Mathy.

— Eu sei — disse Jessica. — Fique de boca fechada. Ele está procurando emprego. A mamãe mandou que esperasse pelo papai.

— Até lá a gente já pode estar morta! — disse Mathy alegremente, os olhos negros nublados de excitação. — Ele pode cortar nossas gargantas e pôr fogo na casa!

— Que bobagem — falou Leonie. — Não tenho medo dele.

— Me pareceu um bocado educado — observou Jessica.

— Ora, ele é um empregado.

— Mesmo assim, pode ser educado.

O jovem pulou o alto portão da fazenda e começou a subir a trilha. As meninas correram para a cozinha de modo a poder vê-lo melhor. Callie observava tudo do quintal.

— Você pode esperar aí! — gritou. — O sr. Soames está chegando a qualquer momento.

O rapaz se aproximou da cerca.

— Posso cortar lenha enquanto espero?

Mathy começou a pular num pé e noutro.

— Tomara que a mamãe não entregue o machado a ele. Ele vai cortar nossas cabeças fora!

— Não, obrigada — respondeu Callie com firmeza e entrou na casa. — Meninas, saiam da janela.

— Por que não deixou o rapaz cortar lenha? — indagou Mathy.

— Foi por medo de dar o machado a ele? Foi por isso, mãe?

— Cruzes, não! Isso nem passou pela minha cabeça! — Callie fez uma pausa, como se *devesse* ter passado. — Só não quero que ele ache que estou lhe devendo um favor, é isso. Para ele não pensar que, porque fez alguma coisa para nós, pode folgar com a gente. Vocês tratem de me ajudar a terminar o jantar. Saiam dessa janela! — Lavou as mãos na bacia esmaltada antes de acrescentar: — Ele parece um bom menino Não sei como pode estar tão limpo depois de viajar num trem de carga.

Callie foi até a varanda dos fundos. As meninas reviraram os olhos umas para as outras e quase sufocaram tentando conter o riso.

— Tem que estar limpo! — sussurrou Leonie. — Acabou de tomar um banho!

Quando Callie voltou, as três estavam de costas.

Matthew chegou na carroça de feno alguns minutos depois, e todas o viram conversar com o rapaz enquanto desatrelava o cavalo. O rapaz o ajudou. Passado algum tempo, Matthew o deixou sentado num toco junto ao estábulo e foi até a cozinha.

— Mãe — disse ele —, estou pensando em botar esse rapaz para me ajudar por aqui uns dias. O que você acha?

— Você é quem sabe.

— Ora, bem que eu podia contar com uma ajudinha agora, e parece que os rapazes daqui não esquentam mais lugar em casa. Estão todos fugindo para o Kansas para trabalhar na colheita do trigo ou para outro lugar qualquer. (Os rapazes estavam sempre correndo atrás de dinheiro ou de garotas.) — Como todos os vizinhos também andam atolados — prosseguiu —, mesmo quando a gente se reveza, o trabalho é grande. Esse garoto dá a impressão de ser honesto. É educado e parece bem-disposto.

— É meio franzino.

— Bom, não pretendo matar o coitado de trabalho.

— Sei disso. Mas, nossa, onde é que ele vai dormir?

Jetta Carleton

— No celeiro de feno. Já acertamos isso. Ele não se importa. É limpo lá em cima, e a gente pode dar uma colcha a ele. Não chega a ser o pior lugar que o garoto poderia encontrar para dormir.

— Bom, papai, se você quer assim, por mim tudo bem.

O nome dele era Tom Purdy. Tinha cinco irmãos e era nascido e criado numa fazenda no planalto Ozark.

— Fui embora quando fiz dezesseis anos. Já estive em Little Rock e em St. Louis. De vez em quando, vou em casa e passo um tempinho com meus pais. A gente se diverte um bocado, eu e os meus irmãos. Nem sempre comemos muito bem, mas a gente se diverte.

— Coma mais um pouco de batata — disse Matthew.

— Acho que vou aceitar. Às vezes mando dinheiro pro meu pessoal, quando tenho — comentou o rapaz e sorriu, mostrando os dentes alvos e ligeiramente tortos. Os olhos grandes e azuis tinham cílios longos e revirados que davam a seu rosto uma estranha aparência angelical. — Resolvi que este ano eu iria para a colheita do trigo. Tenho um tio que mora lá no Kansas e tem uma baita fazenda de trigo. Não planta nadinha além de trigo! Era para onde eu estava indo, lá pra cima, para Kansas City, e de lá ia pegar a estrada. Mas dá uma solidão danada viajar de trem de carga, além da sujeira. Hoje de manhã, naquele vagão aberto em que eu estava, comecei a me sentir sujo e encalorado. Olhei para os pastos verdinhos, o mato e tudo o mais e não aguentei. Pulei e rolei pelo acostamento. Depois comecei a andar. Gente, quando cheguei lá naquele córrego, mergulhei direto na água! Dei uma boa nadada. — O rapaz riu. — Acho que alguém atirou uma pedra em mim, depois que acabei o banho.

Jessica, Leonie e Mathy fixaram o olhar nos próprios pratos, engolindo em seco.

— Mas não vi ninguém — prosseguiu o garoto. — Vai ver foi um sapo grandão.

— Aposto! — interveio Mathy e quase morreu de rir.

Callie franziu a testa e lançou um olhar desconfiado para Jessica.

— Me passe o pão, por favor — pediu Jessica.

— Você já tem pão.

— Eu quis dizer a manteiga, por favor.

O rapaz descansou o garfo e a faca sobre o prato vazio.

— Nunca fiz trabalho nenhum para um professor — disse ele —, mas vou me casar com uma professora — acrescentou com modéstia.

— Que beleza! — exclamou Matthew.

— Que ótimo! — disse Callie.

— Eu e ela estamos noivos, acho que é assim que se diz. A gente vai se casar quando eu voltar para casa. — Apoiou o queixo na mão. — Acho que ela vai ter que me ensinar a falar bonito depois do casamento. Nunca aprendi. Acabei a oitava série e precisei trabalhar. Nunca chegou a hora de voltar para a escola.

— Você deveria tentar — observou Matthew com carinho.

— Estou meio velho agora, eu acho.

— Oh, não, nunca se é velho demais para ir para a escola. Ora, eu tinha a sua idade ou mais quando entrei no ginasial. A sra. Soames e eu já éramos casados!

Ele levou Tom para a varanda e lhe contou tudo sobre os velhos e bons tempos.

Callie e as meninas tiraram a mesa.

— Vocês, meninas, foram aonde hoje à tarde? — perguntou a mãe de um jeito casual.

— Você não lavou direito este prato — queixou-se Leonie com Jessica.

— Bom, não estou enxergando direito. A luz está fazendo sombra.

— Pensei que talvez tivessem ido até o córrego — continuou Callie — quando foram buscar a alface.

Esperou, então.

— Bom, uma de vocês trate de me responder.

Jessica virou as costas para a bacia, ficando de frente para a mãe.

— A gente foi até lá sim, mamãe. Só um minutinho.

— Foi o que eu pensei — disse Callie. — E imagino que viram aquele rapaz tomando banho. — Mais uma vez, ninguém respondeu. — Falei para não irem até o córrego hoje à tarde.

— Não falou não, mãe! — retrucou Leonie.

— Bom! Eu mandei voltarem direto pra casa depois de pegarem alface. Dá na mesma. O que fez vocês irem até o córrego, afinal?

— A gente queria pegar um peixe para o jantar, só isso.

— E aí foram até lá e viram uma coisa que não deviam ver.

— Mas, mãe, a gente não sabia que ele estava lá! — disse Leonie, impaciente.

— De todo jeito, vocês não tinham nada que fazer lá.

— Tínhamos mais direito que ele. O córrego é nosso.

— Mas eu *disse* para não irem até lá hoje!

— Não disse, não!

— Está bem, Leonie, já chega! Se o seu pai descobrir que vocês estavam lá, você não vai se achar tão espertinha.

— Mas, mãe — interveio Jessica —, a gente *não tinha a intenção* de ver o garoto!

— Ora, eu sei disso, mas... Qual de vocês atirou a pedra?

— Fui eu — respondeu Mathy.

— O que foi que deu em você para fazer isso?

— Achei engraçado.

— Bom, eu não acho graça nenhuma. — Sentando-se, Callie abanou-se com o avental. — Como se não bastasse vocês *olharem* para ele, sem que ele *soubesse* que estavam lá!

— Ele pensou que fosse um sapo! — exclamou Mathy, jogando-se numa cadeira e tendo um ataque de riso. — Ele não sabe que era a gente.

— E não quero que saiba. Pode acabar fazendo ideia errada de vocês. Quero que tenham o maior cuidado com um rapaz por aqui. Cuidem para que os vestidos cubram as suas pernas e comportem-se. E não deixem que o papai descubra o que aconteceu hoje à tarde. Se ele descobrir, vai ficar furioso a ponto de passar a semana toda de cara feia. E vai ficar furioso comigo por ter deixado vocês saírem.

— A culpa não foi sua, mãe — observou Jessica.

— Não vamos discutir de quem foi a culpa. Mas eu gostaria que nada disso tivesse acontecido. Vocês se portaram mal e quero que subam direto para o quarto e peçam perdão a Deus.

— Não podemos nos sentar um pouquinho na varanda? — indagou Mathy.

— Não, não podem. Vão direto para o quarto e para a cama. As três. Mathy, não se esqueça de lavar os pés.

Enquanto Jessica escovava o cabelo sentada diante da penteadeira, Mathy entrou no quarto, de camisola comprida.

— Jessica?

— O que foi, meu bem?

— Não sei pelo *quê* devo pedir perdão a Deus.

Leonie, sentada na cama com o Novo Testamento (ela lia um capítulo por dia), disse:

— Nem eu. O que foi que a gente fez de tão horrível?

— Bem — começou Jessica, devagar —, a mamãe disse para voltar direto e a gente não voltou. Acho que foi isso que fizemos de errado.

— Só isso! — Mathy caiu de costas na cama e balançou os pés no ar. — É um pecadinho tão pequenininho. Leonie, foi você quem quis ir. Por que não pede perdão a Deus por todas nós, para Jessica e eu não precisarmos pedir?

— Ora, não pense que podem se safar assim tão fácil! — disse Leonie. — Vocês foram, não foram? Eu só pensei primeiro, só isso.

— Vamos todas pedir perdão — falou Jessica. — Basta dizer "Perdoe os nossos pecados, sejam eles quais forem". Isso deve resolver tudo.

Mathy foi para o próprio quarto e, passado um momento, gritou:

— Já fiz!

— O quê?

— A minha oração. Já rezei.

— Ótimo.

— Fiz uma pequeninha hoje, porque não consegui achar muita coisa pra dizer. Está quente demais. Bem que a gente podia dormir no quintal.

— Vá dormir e esqueça o assunto. Você vai se refrescar logo, logo.

Jessica continuou a escovar o cabelo. Pelo espelho deformado podia ver o quadro na parede oposta, um presente dos pais. Nele, uma menina se agarrava a uma cruz de pedra num mar revolto. Sempre que olhava para o quadro, sua consciência a incomodava. Fez uma longa trança bem apertada e se deitou na cama.

Leonie terminou o capítulo da Bíblia, apagou a lamparina e se ajoelhou ao lado da cama. Jessica não estava com muita vontade de rezar. Não de joelhos, ao menos, dizendo palavras reais, como estava fazendo Leonie. Esticou-se no colchão de penas e se esforçou um bocado para se sentir pecadora.

Finalmente, Leonie terminou e se deitou na cama.

— Tanto trabalho por causa de um empregado! — resmungou. — Nossa, eles continuam conversando lá embaixo. Nunca imaginei que papai se interessasse em conversar com alguém tão ignorante.

— Ele não é ignorante.

— É, sim. Você viu o jeito como ele fala.

— Ora, a mamãe é meio assim e não é ignorante.

Leonie não respondeu. As duas ficaram deitadas no escuro, ouvindo as vozes que vinham da varanda. O cheiro de fumo entrou pela janela.

Leonie disse com desdém:

— Ele *fuma*!

Passado um tempo, Matthew e Callie subiram para o quarto e ouviram o rapaz passar pelo portão rumo ao celeiro. A casa emudeceu. De repente, Jessica se apoiou no cotovelo.

— O que é isso? — perguntou.

Leonie ergueu a cabeça.

— Alguém está tocando gaita.

O som vinha do celeiro, fraco, doce e muito distante.

— É *ele*!

As duas se sentaram e ouviram. Era uma melodia triste, mais ainda por causa do tom solitário da gaita. Tocada ao jeito simples do rapaz, era tão arrevezado e divertido quanto sua fala. O som subia e descia, perdendo-se de quando em vez sob o ruído rascante dos grilos ou a fungadela de um cavalo no celeiro, mas tornando a emergir para se dissipar suavemente na noite cálida. Jessica pensou que aquele era o som mais solitário que já ouvira. Deitou novamente a cabeça no travesseiro, desmanchando-se em pena — pena do rapaz, de si mesma, de Marvin, desolado sem ela, e de todas as almas solitárias, andarilhas e sem-teto do mundo. Era uma tristeza agradável. Ela adormeceu na mesma hora.

5

Os poucos dias de Tom se transformaram em duas semanas e Matthew nada dizia sobre a sua partida. Embora tivesse seus defeitos (armazenava o feno descuidadamente, esquecia-se de trancar a porta do celeiro de milho e precisava sentar-se à sombra de vez em quando para fumar um cigarro), o rapaz era tão bem-humorado quanto o dia era longo e recebia ordens como se fossem uma espécie de incumbência especial. Comportava-se muito bem com as meninas, com as quais tinha uma atitude avuncular, sem lhes dispensar atenção especial, salvo por uma ou outra implicância inofensiva. A noiva professora, à espreita vagamente no limbo, tranquilizava tanto Matthew quanto Callie.

Todos admiravam a limpeza de Tom. Callie providenciara um lavatório junto à parede da casa, bem próximo à porta dos fundos: uma bacia sobre um caixote de cabeça para baixo, um prego para a toalha e um pires rachado para uma barra de sabão. Tom adicionou a isso uma escova de dentes e uma navalha. Toda manhã, tomava emprestada a chaleira de Callie para aquecer a água, a fim de se barbear. E toda noite voltava do campo e se despia até a cintura para se esfregar até ouvir de Callie que era um espanto que ainda sobrasse alguma pele para lhe cobrir os ossos.

Um dia, Mathy descobriu um pedaço de espelho quebrado no defumadouro e o colocou de pé no lavatório de Tom. Ele agradeceu a gentileza e, vez por outra, quebrava um pedacinho nas pontas apenas para provar que era feio o bastante para partir o aço.

De todas as suas virtudes, havia uma que o tornara especialmente caro a Matthew. Tom amava música. E, afora um talento natural e um bom ouvido, nada conhecia a esse respeito. Matthew adorava ensinar. Os dois começaram, por isso, a ter aulas de música na sala de estar depois do jantar. Suando ao lado da lamparina, Matthew ensinava Tom a ler partituras. Leonie acompanhava ao piano. Tocava sem grande inspiração, mas era competente. Planejava tornar-se pianista. Com uma paciência altiva, praticava duas, três, quatro vezes exercícios simples com Tom, que soprava diligentemente sua gaita e às vezes, com a ajuda de Leonie, tocava piano. Passado um tempo, já era capaz de entender um pouco as partituras, e tocavam em dueto. Matthew acompanhava o ritmo com as mãos, como um maestro, cantando um ocasional *ré mi* ou *fá fá sol* para mantê-los na linha.

Às vezes, Callie dizia: "Tomara que eles aprendam logo outra música. Já estou cansada dessa."

Mas os três músicos suarentos na sala repetiam exaustivamente as mesmas notas simples, eufóricos quando chegavam ao fim sem cometer erros.

Jessica, ouvindo da cozinha, onde ajudava com os pratos, sentia-se excluída da diversão. Começou a se arrepender de não ter estudado piano como a mãe queria. De vez em quando, ao longo do dia, sentava-se e praticava durante meia hora. Mas os dedos eram rebeldes, e seu timing, errático. Em geral, acabava folheando os velhos exemplares da *Revista Étude*, que a professora de piano dera a Leonie, e se envolvendo num combate mortal com alguma peça de título romântico. Callie jamais permitia que isso se estendesse por muito tempo.

Às vezes, à noite, quando estavam cansados demais para aulas, Matthew e Tom se juntavam às mulheres na varanda. Mathy não sossegava enquanto Tom não tocasse a gaita, e ele não tocava, a menos que ela concordasse em cantar. O sarau em geral tinha início com a animada interpretação de "The Three Blind Mice", com Tom fazendo a gaita rinchar e Mathy rindo às gargalhadas. Depois, todos cantavam juntos. Às vezes, era "The Butcher Boy", a balada que Tom estava cantando no dia em que o flagraram no córrego. Ele havia ensinado aos outros a letra. No início, as meninas riam, recordando onde a tinham ouvido. Mas era uma canção nostálgica, cheia de pesar camponês, e agora, quando ele a tocava, elas acompanhavam baixinho. Nessas noites, Jessica ia dormir nas nuvens, embalada por uma doce melancolia, e olhava sonhadoramente para o espelho, lembrando-se de Marvin. Evangeline separada de Gabriel. Era tudo tão belo e trágico!

Num dia úmido e quente, logo depois do meio-dia, Tom desmaiou no campo de feno. Matthew levou-o para casa na carroça e partiu no Ford para chamar um médico.

— Calor demasiado — concluiu o médico, sugerindo que Tom reduzisse o ritmo por uns dois dias.

Callie o pôs de cama na sala.

— Não posso deixar o pobrezinho doente no celeiro — explicou. Esticou um lençol lavado e passado no colchão de molas e ajeitou o travesseiro sob a cabeça do rapaz. No período quente do dia, mantinha as persianas abaixadas, para que o cômodo parecesse fresco e penumbroso.

As meninas acharam a situação toda incrivelmente dramática. Entravam e saíam com sopa de batatas, copos-d'água e pedras de gelo em panos limpos. Mathy lhe levou samambaias e pedras coloridas, além de ler histórias para o doente. Leonie tocava piano e, vez por outra, deixava Jessica juntar-se a ela para um dueto. Jessica conseguia administrar os graves sem grandes problemas.

Uma tarde, enquanto Tom dormia, Jessica entrou na sala na ponta dos pés para baixar as persianas. Quando se virou, Tom abrira os olhos e a contemplava, pensativo.

— Jessica — disse ele, num tom pensativo.

— O que foi?

— Nada. Só "Jessica". Nunca conheci ninguém com esse nome. Conheci uma Jessi e um garoto chamado Jess. Mas não é a mesma coisa. — Continuou a olhar para ela com a mesma expressão séria, pensativa. — Você tem cara de Jessica.

A moça riu, sem graça.

— O que *isso* quer dizer?

— Sei lá. Mas você tem, sim.

Jessica ocupou-se com a cortina, alisando as pregas.

— Quer uma pedra de gelo?

— Agradeço muito.

Depois de dar a ele o gelo, Jessica subiu para seu quarto, onde se postou diante do espelho e se avaliou. Virou de lado a cabeça, levantou o cabelo e tornou a deixá-lo cair, arrebitou a ponta do nariz e contemplou os próprios olhos durante um bom tempo, franzindo levemente a testa, concentrada. *Você tem cara de Jessica.* O que foi que ele quis dizer com isso? Sorriu timidamente para o espelho, como uma garota de calendário. Então, fez uma careta horrível para si mesma e se afastou.

— Jessica? — chamou, da cozinha, a mãe.

— Estou indo.

No sábado à noite, Tom já estava se sentindo bem o bastante para acompanhar a família até a cidade. As senhoras da Igreja metodista de Renfro estavam oferecendo um festival de sorvete, para o qual Callie contribuiu com sorvete e bolo. Tom sentou-se no meio, entre Mathy e Jessica, com a sorveteira entre os pés.

— Se vocês, garotas, me tratarem direitinho, talvez eu compre um sorvete para as três — disse ele.

— É melhor poupar seu dinheiro, rapaz — aconselhou Matthew.

— Ora, eu preciso comprar para a Mathy aqui um sorvete! Senão ela vai escrever uma carta para a minha noiva professora e contar que ando atrás de outras garotas!

— Vou nada!

— Você não me disse que ia? Não me fez subir numa árvore ontem, me ameaçando com uma ceifadeira até eu prometer comprar um sorvete para você?

— Nada disso! Papai, ele está inventando essa história!

— Bom, vou comprar um sorvete pra você de todo jeito, pelo sim, pelo não. Não quero que você fale mal de mim pra minha garota.

Mathy bateu nele com os punhos.

— Aposto que você não tem namorada.

— Aposto que tenho.

— Por que você não escreve e conta pra ela?

— Porque não sei escrever, só isso! — Ele riu. — Gostou da resposta, srta. Metida?

Na igreja, Tom descarregou a sorveteira e saiu. Voltou logo depois, usando um chapéu de palha novo, encontrou Mathy, depois de muito procurar, e a acompanhou até uma mesa, onde o casal pediu dois tipos de sorvete e bolo. Callie, que estava ajudando a servir, se aproximou e balançou a cabeça.

— Garanto que vocês vão passar mal, os dois.

— Não vamos, não, sra. Soames — disse Tom. Assim que terminarmos aqui, vamos direto à farmácia comprar óleo de rícino.

— Ai, Tom, como você é bobo!

Callie riu para ambos.

— Bom, não comam mais nada hoje. Tom, você não devia gastar seu dinheiro com ela.

Mathy se afastou para se divertir com as outras garotinhas. Tom foi ajudar as senhoras. Quando entrou, vindo da rua, onde havia despejado a água gelada da sorveteira, viu Jessica de pé à beira do gramado.

— Oi!

— Oi. Cadê o papai? Quero pedir um dinheirinho a ele. Preciso de uma fita nova para o cabelo.

— Ele está por aí. Venha. Vou comprar um sorvete para você.

— Ui! — falou Jessica alisando o estômago. — Já tomei alguns. Estou empanturrada.

— Que nada, você pode comer mais um. Vamos!

Jessica ergueu um ombro.

— Está bem. Acho que sempre arrumo espaço para mais um sorvete. — Jessica se sentou num banco junto a uma das mesas de cavalete. — Credo, como está quente! — exclamou, levantando o cabelo e abanando o pescoço com o lencinho.

— Tome, eu ajudo você — disse Tom, desdobrando o próprio lenço e agitando-o diante dela. — Você tem um cabelo bonito.

— Odeio o meu cabelo. Queria que fosse louro como o de Leonie.

— Eu gosto de cabelo castanho e sedoso, como o seu.

— Ui, eu não! — Jessica enxugou o suor da testa. — Uau! Sem dúvida é preciso tomar sorvete numa noite assim!

— Tem um de banana com um cheirinho delicioso. Descarreguei a sorveteira da sra. Latham.

Jessica fez uma careta.

— Se foi ela quem fez, provavelmente está cheio de casca de ovo dentro. Ou de penas de galinha, ou coisa do gênero! Ela é meio bagunceira quando cozinha.

— Que bom que você me avisou! E o da sra. Barrow? Me pareceu um bocado gostoso.

— O dela é sempre ralo. Ela é sovina demais para usar creme concentrado. É o que diz a mamãe. Mas a sra. Buxton sempre traz sorvete bom. Vamos pedir o dela — decidiu, acenando para a senhora que se aproximava. — Queremos um pouco do seu sorvete, sra. Buxton. Espero que não tenha acabado.

— Acho que não — disse a senhora. — Vou servir uma boa porção para vocês, crianças.

Jessica discorreu sobre a lista das senhoras da igreja e a competência culinária de cada uma. O bolo *devil's-food* da sra. Sells sempre tinha quatro camadas de altura e o glacê, um gosto estranho; a srta. Serena Hicks punha passas em seu sorvete, e daí por diante. Ela e Tom mal haviam terminado quando Callie surgiu diante deles.

— Jessica, venha nos ajudar um pouco.

— Está bem, mãe. Obrigada pelo sorvete, Tom.

— De nada — disse ele, saindo em direção à rua.

— Tom comprou sorvete para mim, mãe. Não foi delicado da parte dele?

— Agora vamos lá. Trate de nos ajudar. Estamos com muito movimento.

— Mãe, você acha que o papai me deixa comprar um belo pedaço de fita? Estou precisando muito.

— Não sei, mas quero que você fique perto de mim. Depois a gente vê essa coisa da fita.

As lojas fecharam antes que Jessica fosse liberada, mas ela não se incomodou. Beliscara bolo e sorvete a tarde toda e não estava se sentindo muito bem. Quando chegaram em casa, fazia tanto calor que ela cismou que não conseguiria dormir. Mathy era da mesma opinião. Depois de uma boa dose de bajulação, Callie deixou que elas levassem o colchão para o quintal.

Tom já se retirara para o celeiro. Quando começou sua serenata noturna, Jessica e Mathy formaram um coro com ele. Os três gritavam de um lado para o outro, e as meninas agiam como bobas. Matthew precisou falar rispidamente com os três da janela do segundo andar. Finalmente, todos se aquietaram, e, quando Callie deu uma olhada, cerca de meia hora depois, as garotas dormiam pesadamente com os lençóis puxados até o queixo.

Próximo do amanhecer, quando a lua já sumira e o céu começava a ficar cinzento, Callie acordou e olhou pela janela. Só havia uma menina no colchão lá embaixo. Jessica desaparecera. Na mesma hora, Callie foi assaltada por um medo que tinha um velho sabor conhecido. Jogou um xale nos ombros e desceu.

— Mathy? — sussurrou ela, sacudindo o ombro da filha. — Cadê a Jessica?

— Não sei — respondeu Mathy, sonolenta.

— Você ouviu alguém... O Tom...

— Qual é o problema, mãe? — perguntou Jessica, surgindo por trás da mãe.

Callie deu meia-volta.

— Nossa, meu bem! Aonde você foi?

— Ao banheiro.

— Quase me matou de medo!

— Onde achou que eu estava?

— Sei lá. Não pensei. Durmam de novo, as duas. — Acomodou as filhas no colchão e, abaixando-se rapidamente, beijou o rosto de Jessica. — A mamãe ama vocês — falou, antes de tornar a entrar em casa.

— Onde ela achou que eu *estava*? — murmurou Jessica.

6

Jessica odiava as tardes de domingo. As manhãs eram boas. Ela gostava do alvoroço do café da manhã e dos preparativos para ir à igreja. As roupas de domingo eram uma chatice, mas bonitas, ainda que desconfortáveis (Callie ficava nervosa porque Jessica teimava em não querer se vestir como uma moça vaidosa, continuando apegada aos vestidos infantis com saias folgadas e nada que a apertasse ou sufocasse). Era agradável sentar-se na Escola Dominical com as amigas e fofocar no intervalo até a hora do culto e depois se acomodar para ouvir o sermão e se sentir invadir por uma calma enorme. O ministro era um sujeito velho, seco e magro como uma página da Bíblia, cheio de palavras bonitas que ecoavam lindamente na igreja. O irmão Ward não gritava e socava o ar como fazem muitos pregadores; simplesmente se debruçava sobre a enorme Bíblia aberta e falava, e todos ouviam e se sentiam melhor.

Saía-se, então, para o brilhante sol do meio-dia de domingo com aquela sensação de euforia. A plateia estava tão pura e tão leve, o céu brilhava e todos eram amistosos, e havia sorvete para o almoço! Jessica adorava as manhãs de domingo.

Mas tarde de domingo era outra história. Uma ocasião solitária. A fazenda não mais parecia o lar. Nada dava a sensação de ser familiar e nada era real. Ficava-se refém, aparvalhado, do calor e da quietude; não se podia sair e ninguém podia entrar. E batia uma solidão impossível de descrever.

As pessoas em volta também se transformavam. Faziam a sesta. Sentavam nas varandas, em cadeiras de balanço, se abanavam, liam o boletim da Escola Dominical e olhavam para a estrada. De vez em quando, um jipe, e a grandes intervalos um carro, passava, levantando uma nuvem de poeira que pairava no ar durante um bom tempo antes de cair de novo na terra por conta do próprio peso. A casa parecia alvo de um feitiço, como o castelo que dormiu durante cem anos. Até as aranhas cochilavam em suas teias. Uma tábua do assoalho rangia, uma mosca zumbia, uma página farfalhava. Isso era tudo, salvo o som desanimado dos gafanhotos nas árvores.

Nas tardes de domingo, Leonie escrevia cartas para as amigas e primas, estudava a lição do domingo seguinte e praticava piano — tudo isso com uma seriedade que lhe fazia franzir o cenho. Mas Jessica ficava demasiadamente infeliz para fazer qualquer coisa relevante.

Na tarde depois da quermesse, ela vagou pela casa algum tempo e, finalmente, foi se sentar no quintal dos fundos com um livro de poemas de Longfellow. O vento gemia em torno do estábulo. Achou que fosse morrer de saudade, embora não tivesse certeza do quê. Ansiava pela segunda-feira, a bem-vinda segunda-feira, com o alegre ir e vir e todo mundo *fazendo* coisas.

Lá dentro, Leonie começou a praticar piano. Ela subia e descia a escala musical com mão pesada, mas competente. Subia e descia, subia e descia, monótona como os gafanhotos. Mathy apareceu com um lápis e seu caderno do Índio e se sentou sob uma árvore. Estava desenhando uma joaninha. Enquanto desenhava, cantava baixinho:

> *Serpes manchadas, feios ouriços, fugi asinha,*
> *Que nossas vozes deem sumiço*
> *Enquanto dorme nossa rainha.*

— Onde você aprendeu essa música? — perguntou Jessica.

— Inventei. Não a letra, a música.

— Onde aprendeu a letra?

— Num livro.

— Que livro?

— Não sei. Um daqueles da estante. O que é uma serpe, Jessica?

— Sei lá. A gente vai ter que perguntar ao papai.

— Escuta! — disse Mathy, erguendo a mão. — Ouvi um avião!

As duas deram um salto e correram para o celeiro, esquadrinhando o céu. Mas não havia coisa alguma à vista.

— Você deve ter ouvido os gafanhotos lá na mata — concluiu Jessica.

As meninas tornaram a se sentar debaixo da árvore. Mathy tentou desenhar um avião, e Jessica voltou a "Evangeline". A tarde parecia interminável. *Dó ré mi fá sol lá si dó*, cantava o piano... *dó si lá sol fá mi ré dó*. Tom, que estivera cochilando no quintal da frente, veio até o poço.

— Me arruma uma água fresquinha — pediu Mathy.

— Traz o balde que eu encho.

Mathy trouxe o balde e a caneca e os dois beberam. Depois, ela bombeou água enquanto Tom lavava o rosto sob a bica e passava as mãos molhadas no cabelo.

— Eu ajudo — disse ela, jogando água na cabeça do rapaz.

— Cuidado, srta. Metida.

Tom salpicou algumas gotas no rosto dela.

— Que delícia! — exclamou Mathy.

— Tome mais um pouco — disse ele, e molhou-a novamente.

Mathy tirou uma caneca cheia do balde. Tom correu e ela o perseguiu. Precisamente quando Mathy mirou, Tom se abaixou atrás da árvore e a água da caneca acertou Jessica. Ela pulou, rindo, e correu até a casa para pegar outra caneca. Os três começaram a brincar de pique-pega em volta do quintal. Riam e gritavam e ficavam cada vez mais molhados. Ouvindo a comoção, Leonie saiu para ver o que estava acontecendo. Levou uma caneca-d'água na cara.

— Parem com isso!

Mathy não parava de rir.

— Foi sem querer! Eu estava tentando acertar o Tom.

Leonie se atirou sobre o balde de água e entrou na brincadeira. O cabelo das garotas começou a pingar e a grudar em seus pescoços. Os vestidos de algodão ficaram colados ao corpo, moldando pernas e seios pequenos. A camisa de Tom e sua calça de domingo estavam empapadas.

Enquanto Mathy e Leonie travavam um combate junto ao poço, Tom pulou a cerca dos fundos para escapar de Jessica. Ela saiu a toda pelo portão e os dois encararam um ao outro por cima do poço.

— Vou jogar você lá dentro! — ameaçou ele, ofegante.

— Não vai mesmo! — Jessica encheu a mão de água e atirou no rapaz. Tom avançou, passou um braço pelo pescoço dela e a obrigou a deitar a cabeça em seu ombro. Encheu a mão livre de água e jogou no rosto dela. Jessica gritou e lutou, mas estava bem presa. As gargalhadas e os gritos ecoavam por todo lado e a água voava. A tarde de domingo se escancarou como uma cela de prisão e a rebelião tomou conta do quintal. No meio de tudo isso, a voz de Matthew chiou como um chicote:

— Ouçam bem! Agora já chega!

Mathy, que perseguia Leonie com o balde, se virou e viu o pai, e com uma expressão de euforia maníaca jogou a água na cabeça dele.

Já era tarde da noite quando Callie subiu. A insurreição já terminara há um bom tempo. Roupas molhadas estavam penduradas no varal; Mathy levara uma surra, e Jessica e Leonie foram mandadas de castigo para o quarto pelo restante do dia. Deitadas na cama, as duas riam quando Callie surgiu à porta.

— Jessica, quer vir aqui um minuto, por favor?

Jessica foi até o quarto da mãe, e Callie fechou a porta.

— Sente, meu bem. A mamãe quer falar com você.

Jessica sentiu de repente como se tivesse engolido uma pedra. Se havia alguma coisa que a enchia de medo e apreensão era uma conversa de mulher para mulher com Callie.

— É sobre Tom — começou Callie.

— O que tem *ele*?

— Ontem à noite. Não acho que fica bem ele comprar sorvete para você.

— Por que não? Ele comprou para Mathy.

— Sei disso. Mas não é a mesma coisa. Mathy é só uma garotinha. Você agora é uma mocinha, Jessica, e precisa tomar mais cuidado na companhia de rapazes.

— Mas foi só o *Tom*!

— Isso mesmo, meu bem. Acho que não fica muito bem você se sentar a uma mesa em público daquele jeito com o rapaz que é nosso ajudante na fazenda.

— Ah!

— As pessoas vão começar a pensar que você é namorada dele.

— Ah, mãe!

— Vão, sim. O pessoal fala, por mais inocente que vocês sejam. E não quero que pensem que a filha do superintendente anda por aí com um empregado. É embaraçoso para o seu pai.

— Nunca pensei sobre isso assim.

— Sei que não pensou. Mas não quero que *ele* pense também. Hoje à tarde, quando vocês estavam brincando com a água, vi que ele estava com o braço em volta do seu pescoço.

— A gente só estava brincando!

— Eu sei que *você* sim. Mas não sei se ele também. A mamãe quer que você seja mais cuidadosa, que não deixe que ele segure você assim de novo ou chegue perto demais. Rapazes têm ideias estranhas. E não quero que ele tenha nenhuma ideia a seu respeito.

Jessica baixou a cabeça, grata pela escuridão do quarto.

A mãe prosseguiu:

— Tom é um bom rapaz, mas não passa de um empregado, uma espécie de vagabundo, suponho. E a mamãe quer para você alguém de primeira, alguém de boa família para cuidar e tratar bem de você.

— Mas, mãe, quem foi que disse que...

— Sei que você não tem nada a ver com Tom, mas quero que seja cuidadosa. Não deve dar muita intimidade a ele. Quando rapazes e moças têm muita intimidade, podem acontecer coisas ruins. Você precisa prestar atenção a esse tipo de situação agora. Já está na idade.

Callie foi até a janela e prendeu a cortina num nó frouxo para deixar entrar mais ar. Jessica achou que ia vomitar.

— Posso ir, mamãe? Está quente demais aqui.

— Agora pode — respondeu Callie.

Jessica disparou escada abaixo e saiu para o quintal, onde estava escuro. Ela bem que gostaria de correr para o mato, se esconder e nunca mais ser vista de novo. Encolhida nas sombras junto ao defumadouro, pôs a cabeça no colo e contorceu o rosto, antecipando o choro. Mas as lágrimas não vieram. Estava mortificada demais. O que a levara a fazer aquilo?, perguntou a si mesma. O que a fizera se sentar na noite passada com um empregado! Era *isso* que não tinha perdão. O empregado pôs o braço em volta dela e a fez deitar a cabeça em seu ombro! E ela gostou! Enfiou as unhas na terra, furiosa consigo mesma.

Por outro lado... Por que não haveria de gostar? Por que todo mundo desprezava Tom? Ele era um bom rapaz. Se tinha nascido pobre, será que a culpa era dele, afinal? De repente, sentiu pena do garoto e isso fez as lágrimas brotarem em seus olhos.

7

Em primeiro lugar, Tom não era feio. Era limpo e bem-humorado e tão educado quanto sabia ser. Embora sem instrução, era brilhante. Acima de tudo, porém, estava lá. A proximidade quase sempre é a maior virtude. Quando adormeceu naquela noite, Jessica se descobriu loucamente apaixonada. Envergonhada ou não, teve de admitir: ela o amara desde aquela primeira tarde, quando o viu subindo a estrada.

Acordou na manhã seguinte com dor de cabeça e ficou no quarto até Matthew e Tom saírem. Passou o dia todo calada, suportando a própria vergonha. O tempo todo, sem um instante de folga, pensou nele. Olhou-o do ponto de vista da mãe e de Leonie, e pensou o que pensariam as amigas da cidade se o vissem! Ele era pobre e mal-ajambrado, um simplório que falava errado e tinha os dentes tortos. Um joão-ninguém. Então o viu com os próprios olhos — um rapaz risonho de olhos azuis, dentes alvos e um jeito doce — e amou até o estábulo, o poço e o sofá da sala, só por causa dele.

Mas Tom tinha uma garota na terra dele com quem iria se casar. Ao se lembrar disso, o coração de Jessica ficou apertado. Não havia nada que ela pudesse fazer. Para Tom, ela não passava de uma garotinha, uma palerma sem graça de nariz grande. Sequer sabia tocar piano. Jessica mordeu as juntas dos dedos, prometendo praticar diariamente. Mas, mesmo que praticasse piano, de que isso adiantaria? Mesmo se Tom a *enxergasse* — mesmo que começasse a notá-la —, o pai e a mãe jamais permitiriam. Nem de brincadeira. De todo jeito, ele era mal-ajambrado e comum, não falava direito e ela não queria mesmo nada com ele. Só que queria.

Correu para o quarto e se olhou no espelho. Um rosto fino com um nariz que se projetava como um bico, olhos castanho-claros com expressão assustada, cabelo castanho liso. Ele disse que gostava do cabelo dela — não devia estar falando sério. Era brincadeira. Jessica começou a chorar e, ao ver a boca distorcida e os olhos vermelhos no espelho, escondeu o rosto nas mãos.

— Você é muito feia! — exclamou. — Você é muito idiota!

Uma semana depois, estavam todos sentados à mesa quando a mãe comentou:

— O que você tem, Jessica? Está brincando com a comida no prato e seu rosto não tem cor nenhuma. Está se sentindo mal?

— Estou bem. Só não tenho fome.

— Essa não, sem fome!

— Está muito calor.

— É, está quente e úmido. — Com a frente do vestido, Callie abanou o pescoço e o colo. — E vai piorar. Um péssimo dia para receber visitas.

— Eu queria que eles não viessem — observou Jessica, pensando com desprazer nas tias, nos tios e na prima Ophelia, e em qualquer um que não fosse Tom.

— Como assim? Achei que estava ansiosa por visitas.

— Eu estava, mas...

— Eu estou *satisfeita* por eles virem — disse Leonie. — Mal posso esperar que cheguem.

— Bom, temos muito a fazer antes disso — lembrou Callie. — Se vocês, meninas, vão lavar a cabeça, é melhor se apressarem, para depois poderem me ajudar.

As três lavaram a cabeça no quintal dos fundos, no lavatório de Tom, usando uma grande barra branca de sabão desinfetante. Jessica e Leonie enrolaram o cabelo uma da outra com papelotes. Depois de arrumarem a bagunça, Callie encarregou Jessica do preparo de uma torta de frutas. Quando a botou no forno, todos já estavam lá fora. Jessica escapou para a sala a fim de ler *Lorna Doone*.

Mal havia começado a leitura, Callie apareceu.

— Você não está tomando conta do forno — disse a mãe.

Jessica soltou um suspiro e fechou o livro.

— Vou dar uma olhada.

Esvaziou o balde de carvão no fogo, que imediatamente se apagou. Agora, ela teria que arrumar espigas de milho e começar do zero. Pegando o balde, tomou a direção do celeiro de milho. O sol estava quente e pinicou seu couro cabeludo no intervalo entre os papelotes.

— Você está um bocado engraçada — disse Mathy, vindo do celeiro. O cabelo de Mathy era curto e liso e ela não suportava papelotes.

— Pouco me importa — respondeu Jessica.

Mas, ao se aproximar do celeiro, Tom apareceu, pulando por cima do portão do pasto.

— Gente, que visão maravilhosa é você!

Jessica continuou andando, imperturbável, mas corando até a raiz dos cabelos.

— Está parecendo uma árvore de Natal decorada!

— Pode ser — admitiu ela. — O que você está fazendo aqui na casa, afinal?

— Vim buscar o forcado. Esqueci de levar hoje de manhã.

— Também esqueceu de trancar a porta do palheiro — disse ela, entrando e fechando a porta de ripas atrás de si.

— Fiz isso de novo? Arre!

Jessica se sentou numa pilha de milho amarelo. Não sairia até que Tom pegasse o que quer que tivesse ido buscar e voltasse para o campo. Ociosa, foi deixando cair espigas no balde de carvão.

— Ei!

Ela ergueu os olhos, levando um susto ao ouvir a voz suave do rapaz. Lá estava ele, dentro do palheiro, sorrindo.

— O que você quer? — perguntou Jessica, irritada.

— Não foi minha intenção fazer troça de você.

Jessica não conseguiu encontrar nada para dizer. Continuou deixando cair espigas no balde.

— Mas você está meio engraçada — acrescentou ele, rindo.

— Cala a boca!

— Ah, Jessica! Uma garota bonita como você pode ficar engraçada que não faz mal.

— Não sou bonita. Sou feia.

— De onde tirou essa ideia?

Ela se virou para dizer algo malcriado e, antes que se desse conta, foi beijada em cheio na boca.

— Pronto! — exclamou Tom. — Tem tempo que eu queria fazer isso, mas não pegava você sozinha.

Ela baixou a cabeça, tentando esconder o sorriso largo que repuxou seus lábios.

— Você não devia ter feito isso.
— Por que não?
— Não é legal.
— Acho que foi.
— Ora, não é. De todo jeito, você é noivo.
— Não, não sou.
Ela ergueu os olhos e viu o amplo sorriso dele.
— E a professora — indagou —, aquela com quem você vai se casar?
— Não tem professora nenhuma.
— Você disse que tinha.
— Inventei.
— Você não está noivo de ninguém?
— Não.
— Então, por que disse que estava?
— Achei que seu pai se sentiria mais seguro. Com duas filhas crescidas, não iria querer um sujeito descompromissado por aqui.

Jessica franziu a boca do jeito que Leonie vivia franzindo.

— Acho isso uma traição!
— Talvez. Mas eu queria trabalhar e seu pai queria me empregar. Então, que mal tem isso?
— Você não... — Ela tentou dizer "ama", mas a palavra não saiu. — Você não *gosta* de ninguém, então?
— Sim. Eu gosto de alguém. — Os olhos azuis pestanudos sorriram direto para os olhos dela, e Jessica sentiu o coração pular como um peixe fora d'água.
— *Jes-sica?* — gritou uma voz do lado de fora.

Tom se empertigou.

— Garotas bonitas sempre têm irmãs pequenas. Acho que é melhor eu voltar para o campo — disse ele, saindo do palheiro. — Oi, Mathy, já era hora de você vir ajudar sua irmã.

Ele pulou o portão a caminho do pasto.

Mathy espiou dentro do celeiro de milho.

— Jessica? A mamãe queria saber por onde você andava.

— Estou pegando espigas para acender o fogo.

— Ele apagou faz um bocado de tempo.

— Eu sei. Por isso vim até aqui. Tom se esqueceu do forcado... Só ficou aqui um minutinho. A gente estava só conversando e...

— Jessica?

— O quê?

— Não vou contar.

As duas se entreolharam em silêncio.

— Como assim? — indagou Jessica.

— Não conto se você e Tom se beijarem.

— Francamente, Mathy! — Jessica baixou a cabeça, corada e assustada.

— Você não beijou ele?

— Ora, claro que não! Quer dizer, *eu* não beijei...

— E por que não? — retrucou Mathy, impaciente. — Você é muito boba, Jessica. *Eu* beijaria Tom, se tivesse a oportunidade. Eu *amo* o Tom. Mas não sou crescida o bastante e isso me deixa furiosa! Jessica, não posso casar com ele, por isso você vai ter que casar!

O rosto de Mathy ardia de veemência, e Jessica desatou a rir.

— Quem falou em casar?

— Não quer casar com ele, Jessica?

— Ora, Mathy, faça-me o favor!

— Não quer mesmo?

— Sou muito jovem para casar.

— Você tem dezoito anos. Mamãe tinha dezoito anos quando casou.

— Mas eu vou para a faculdade e tudo o mais. De todo jeito, Tom não quer casar comigo.

— Ele disse isso?

— *Claro* que não. Não tocamos nesse assunto!

— Aposto que ele quer. Aposto que vai pedir sua mão.

— Aposto que não.

— Quer que ele peça, Jessica?

— Ora, *francamente*, Mathy!

— Vamos dar um jeito para ele pedir!

— Mathy, já chega! Nunca ouvi tanta bobagem! Se você não fosse... — Jessica parou, olhou para Mathy com exasperação e depois lhe deu um abraço apertado. — Você é a irmãzinha mais linda que existe no mundo!

As duas se embalaram juntas, morrendo de rir. Saíram de fininho do celeiro, alegres e importantes. Pela primeira vez em vários dias, Jessica não se sentiu culpada.

Naquela tarde, quando os parentes chegaram, ela os recebeu de braços abertos, carinhosa com todos. Jamais vira um dia tão lindo na vida.

Dali em diante, Jessica viveu em estado de sítio. Não havia nada que fizesse sem ter a sensação de que Tom a observava. Lavando os pratos, ela imaginava como devia parecer para ele (com quanta graça ela levantava uma panela!). Quando trabalhava no jardim, não ficava mais abaixada entre as flores com o traseiro empinado. Agachava-se, como uma moça fina, em cima da saia devidamente arrumada. Secando o cabelo recém-lavado ao sol, deixava os fios caírem soltos nos ombros, a melhor maneira de se sentir como Lorna Doone. Desistira dos papelotes.

Um dia, tomando banho na tina do segundo andar, olhou-se no lado bom do espelho, onde a imagem ficava menos distorcida. Tinha um corpo comprido e magro, mas de uma cor bonita. Alvo, sem sardas. Estudou a pequena constelação de sinais num dos ombros. Será que isso o incomodaria? A ideia de Tom vê-la despida a fez corar. Desviou o olhar e imediatamente tornou a encarar o espelho, encorajada por uma estranha euforia. Pensou no corpo nu dele naquele dia no córrego, e começou a desejá-lo de um jeito que a amedrontou. Entendeu isso sem querer. Quando se olhou de novo, viu por sobre o ombro o quadro na parede oposta — a menina agarrada à cruz no mar revolto — e abruptamente se afastou do espelho.

Em todos aqueles dias, tinham um do outro, ela e Tom, apenas o beijo único e, de vez em quando, o toque das mãos quando atravessavam a casa à noite. Ela quase considerava isso suficiente. Era um sabor raro, perigoso, que não se devia arriscar a beber em grandes goles. Era o gosto forte, provocante e verde das folhas de parreira, que a gente podia mascar, mas não engolir. Mais que uma prova amargava.

Jessica tinha medo também de ficar sozinha com Tom e decepcioná-lo, sem saber o que dizer ou fazer. Mas, quando finalmente os dois se viram sozinhos, ela não sentiu constrangimento nem medo.

Matthew mandou-a num certo fim de tarde prender as galinhas. O céu mal havia escurecido, continuando muito azul, e uma lua nova pairava acima do pomar. Jessica parou e fez um pedido. Então, ergueu o rosto e se virou lentamente completando um círculo, sentindo o mundo encantado se estender em todas as direções com ela mesma no centro. Quando se dirigiu de volta ao portão, Tom saiu das sombras. Estava escuro nos fundos da casa. Da frente vinha o som de vozes na varanda. Jessica correu para ele como a água desce o morro e os dois colaram seus corpos, sedentos demais um pelo outro para sequer se beijarem. Parecia que todos os sentidos dela se haviam aberto para engolfá-lo — ela o sentiu, provou, inspirou —, e sua boca esmagou a dele. *Estou aqui!* gritou para si mesma. Enquanto permaneciam assim, enxertados, uma voz vinda de trás os atingiu como o golpe de um machado. Afastaram-se de um salto e se viraram, dando de cara com Matthew.

Por um instante, os três ficaram sem fala, a fúria de Matthew inundando a noite. Recuperando a voz, ele disparou uma rajada de balas. Houve termos como "sorrateiro" e "podre", como "insolente", como "confiança traída". No fim, Tom disse baixinho:

— Sinto muito, sr. Soames. Não tive a intenção de criar problema.

Mais uma rodada se seguiu, dirigida a ambos, e Matthew mandou que Jessica voltasse para dentro de casa. Ela foi sem protestar. A última coisa que ouviu foi:

— ... nunca mais ver a sua cara.

De manhã, Tom já partira. Seu nome não foi mencionado.

8

Embora sentisse pena de Jessica, Leonie achava difícil entender o episódio todo.

— Ele era tão comum — vivia dizendo, como consolo. — Você não iria querer casar com *ele*. Você tem que se casar com um professor ou alguém assim.

Para Mathy, porém, assim como para Jessica, a perda de Tom foi uma catástrofe. As duas lamentavam em segredo, imaginando sem cessar para onde o rapaz teria ido. Jessica tinha certeza de que ele pegara o primeiro trem de carga a caminho do oeste.

— Ele sempre falou do Kansas — disse ela —, da colheita de trigo.

Mathy acreditava que ele continuasse por perto.

— Ele vai voltar para levar você — prometeu à irmã. Jessica ficou agradecida pelas palavras, mas sem esperança. Tom não a amava muito ou não teria partido sem ela, para início de conversa.

Ainda assim, na noite de sábado, as meninas o viram na cidade. Estavam entrando no armazém no instante em que ele saía. Jessica achou que ia morrer de felicidade — e de pavor. A boca do pai congelou. Mal conseguiu emitir um gélido "boa-noite" para o casual "oi" de Tom. Ela rezou para o pai não ter visto o olhar que Tom e ela trocaram.

— Vocês ficam aqui comigo — sussurrou Callie para as filhas. Como se Jessica tivesse coragem de correr atrás dele!

Ela não voltou a vê-lo naquela noite. Normalmente ela e Leonie passeavam em volta da praça com as amigas e tomavam refrigerante na lanchonete. Nesse dia, não conseguiram se afastar dois passos sem serem fulminadas pelo olhar da mãe. Mathy conseguiu escapulir antes que Callie desse por sua falta, mas Jessica e Leonie jamais puseram o pé fora do armazém. Assim que os mantimentos foram comprados e os ovos, vendidos, tiveram que voltar para casa. Fizeram a viagem em silêncio, o pai de cara amarrada e espumando, furioso com Tom, sem dúvida, simplesmente por ele existir. Jessica não se incomodou. Desde que Tom estivesse por perto, nada mais importava.

Mal pôde esperar até chegar em casa para dar vazão à euforia juntamente com Mathy. Continuavam passando a noite do lado de fora, no colchão de molas. Nem bem se haviam deitado e Mathy puxou o lençol para cobrir as duas cabeças, sussurrando no ouvido de Jessica:

— Ele mandou um recado para você!

Jessica quase engasgou de felicidade.

— O que foi que ele disse?

— Que quer se encontrar com você no pomar.

— Quando?

— Hoje, à meia-noite!

Jessica abafou um grito no travesseiro.

— Sério? Como você sabe? Quero saber tudo que ele disse.

— Só disse para você encontrar com ele lá à meia-noite. Encontrei ele na rua quando estava dando a volta na praça.

As duas cochicharam freneticamente sob o lençol, Jessica aterrorizada, Mathy tentando lhe dar coragem.

— E se o papai descobrir? — perguntou Jessica.

— A gente espera até ele dormir.

— Como vamos saber?

— Ele ronca.

— Mas e a mamãe? Ela vai acordar, olhar pela janela e descobrir que eu sumi!

— Não vai não — disse Mathy.

— Por que não?

— Ela nunca sabe quando eu sumo.

— Mathy Soames! Você tem vagado por aí novamente durante a noite?

— Só de vez em quando.

— Isso é perigoso. O papai e a mamãe já disseram para você não fazer isso!

— Eles não sabem. Nem você sabia, e estava bem aqui.

— É melhor você parar. Se a mamãe um dia olhar para cá e não encontrar você, nós duas levaremos uma surra.

— Ela não vai descobrir, mesmo que olhe. Tenho um sistema. — Mathy se levantou sem ruído, sem sequer o ranger de uma mola, e atravessou, correndo, o quintal na direção do defumadouro. Voltou trazendo uma pequena pedra redonda. Com um gesto rápido e treinado de mão, pousou a pedra no travesseiro, puxou o lençol para cobri-la e criar um volume debaixo da colcha. No escuro, dava uma razoável impressão de haver uma figura sob as cobertas. Ela riu de mansinho. — Faço isso toda vez que acordo e quero dar uma voltinha.

— Você é danadinha! — disse Jessica. As duas ficaram deitadas debaixo do lençol abafando o riso no travesseiro e tentando não sacudir o corpo. De vez em quando inclinavam a cabeça para ouvir. Parecia que o murmúrio jamais cessaria no quarto dos pais. A lua subiu no céu acima do pomar, espreitando na escuridão.

— Estou com medo — falou Jessica.

— Eu não — disse Mathy.

Passado um tempo enorme, as vozes lá em cima se calaram. Os grilos cricrilavam, as folhas farfalhavam. A escuridão era ruidosa, com todo tipo de sons misteriosos. Finalmente, um conhecido som demorado e rouco se fez ouvir acima da cacofonia, como um serrote cego cortando contra o fio, e a noite ficou silente como a morte.

— Ele dormiu — disse Mathy. — Pode ir.

Jessica se sentou de um salto, apertando o lençol de encontro ao pescoço.

— Não vou.

— Você tem que ir. Cuidado, olha o barulho.

— Ele não vai estar lá, sei que não.

— Ora, você precisa ir para saber.

— Está escuro lá! — gemeu Jessica.

— Ai, Jessica! — resmungou Mathy, impaciente. — Se você é tão medrosa, vou junto!

— Você não pode. Temos apenas uma cabeça.

— Arranjo outra.

Mathy correu até o barracão para pegar outro caco de barro e o ajeitou no travesseiro. Juntas, as duas atravessaram, pé ante pé, o quintal e se puseram a correr pelo pomar.

O coração de Jessica disparou.

— Eu sei que ele não vem.

— Vem, sim.

Passaram entre as cerejeiras e os pessegueiros até chegarem ao arvoredo de macieiras. À frente, estendia-se uma faixa de terreno baldio que separava o pomar do mato. Podiam vê-lo claramente à luz mortiça do luar. Não havia ninguém à vista.

— Ele não veio! — falou Jessica.

— Bu! — exclamou Tom, saindo de trás de uma árvore.

— Eu disse a você — provocou Mathy.

Jessica soltou um gritinho e cobriu o peito com os braços, lembrando-se pela primeira vez de que estava de camisola.

— Oi, Jessica.

— Oi.

Os dois sorriram um para o outro, sem graça.

— Estou muito feliz de ver você — disse Tom.

— Estou feliz de ver *você*.

— Fiquei surpreso com o seu recado.

— Que recado? — indagou Jessica.

— Você não me mandou um recado? Pela Mathy?

— Ora, não!

— Ela me disse que sim. Que você queria que eu me encontrasse com você.

— Ela *disse*? Bom, eu nunca fiz isso. Ela me disse que *você* é que queria *me* encontrar. Mathy, o que você... *Mathy!*

Mathy tinha dado no pé.

— Volta aqui!

A camisola branca reluziu entre as árvores e desapareceu.

— Vou arrancar os dentes dela! — disse Jessica, virando-se para Tom.

— Por que, Jessica? Não ficou satisfeita de me ver?

— Claro, mas...

— Eu fiquei — disse ele, pondo a mão no braço da moça.

— É melhor eu ir, Tom.

— Ainda não, Jessica. Você acabou de chegar.

— Eu sei, mas é melhor eu voltar antes que o papai descubra que sumi.

— Ele está dormindo, não é? Mathy não vai ficar de vigia?

— Vai, mas...

— Fica, Jessica. Só um minuto.

— Bom... — A brisa era suave e a noite, tão linda (lua minguante... uma luz prateada varrendo o pomar), e ela sentira tanta saudade dele.

— Jessica? — disse Tom, aproximando-se.

— Não.

— Não está com medo, está?

— Não.

— Não vou fazer nada para magoá-la.

— Eu sei.

— Não vou nem encostar em você se você não quiser... Você quer, Jessica?

— Não sei.

Ela baixou a cabeça e ficou assim por um instante.

— Vou partir em pouco tempo, Jessica.

— Vai? — disse ela, erguendo o olhar. — Pra longe?

— Acho que preciso ir. Estou na casa do sr. Latham desde que saí daqui, mas ele não vai mais precisar de mim na semana que vem.

— Está pensando em ir para onde, Tom?

— Para o Kansas, para onde mora meu tio.

— Pra essa lonjura?

— Tenho que ir para algum lugar.

— Não pode ficar por aqui, em algum lugar mais perto?

— Pra quê? Não há nada que me prenda por aqui. A não ser você... Jessica?

— O quê?

Fez-se uma longa pausa.

— Acho que nunca mais vou ver você, vou?

— Não sei, Tom.

— Não acho que o seu pai vai me deixar pôr os pés aqui de novo.

— A menos que... A menos que ele mude de ideia.

— Já estou até vendo isso! — Tom pegou uma maçã, balançou-a na mão e a atirou longe. — Acho que esta é a última chance que temos de ficar juntos, não?

— Acho que sim.

— Então... Devemos aproveitar ao máximo, não é mesmo?

O coração de Jessica parecia que ia explodir no peito.

— Jessica? — disse ele, pousando a mão no braço da moça.

— Estou com medo — falou ela numa vozinha débil.

— Não de mim. Por favor, Jessica. Eu te amo.

— Ama? — gritou ela.

— Claro.

— Mesmo?

— Claro.

— Oh, Tom, eu amo *você*!

Com um gritinho, Jessica abraçou Tom e casou-se com ele de coração.

9

A luz do dia, porém, deu uma cor diferente a tudo aquilo.

Embora sua ausência não tivesse sido descoberta (Mathy vigiou fielmente), a escapada ainda podia se fazer evidente por conta própria e do jeito mais terrível possível. Alguns dias mais tarde, quando seu corpo a tranquilizou, Jessica teve algum consolo. Mas apenas momentaneamente. Descoberta ou não, ela violara um mandamento e, de todos os mandamentos, o mais assustador — não o mais grave, segundo a Bíblia, mas decerto o mais grave para sua mãe. Jessica via os mandamentos como dez lajotas de mármore, velhos túmulos num velho cemitério, brotando da grama em uma fileira branca bem-arrumada. Quando um caía, todos os outros vinham abaixo com ele. Dia após dia, ela se imaginava nas ruínas do Decálogo e se sentia amaldiçoada. Tom era seu único refúgio e salvação.

— Preciso encontrar com ele — disse a Mathy. — Preciso de verdade! Ele tem que voltar.

— Ele vai voltar.

— Não sei quando.

— Talvez quando voltar do Kansas.

— Mas falta muito. Quem sabe ele fica por lá!

— Eu disse que você devia ter ido com ele! — falou Mathy.

Jessica tentou explicar à irmã que não se pode simplesmente partir assim, de camisola.

— De todo jeito, ele não me pediu para ir com ele — observou pesarosa.

— Ele vai voltar. Não se preocupe, Jessica.

Mathy se esforçava um bocado para distraí-la. Diariamente aparecia com presentinhos: buquês de grama, a metade azul de um ovo de tordo, um espinho comprido e marrom, brilhante como madeira encerada, um ninho abandonado de papa-figo (tirado, com certa dificuldade, de um galho alto). Convidava Jessica para visitar sua caverna secreta acima do córrego. Jessica ficava agradecida, mas nada disso ajudava muito.

Uma noite, depois de todos terem ido dormir, Mathy convenceu Jessica a acompanhá-la até o mato.

— Tenho uma surpresa — avisou.

As duas escapuliram pelo quintal e desceram através do pasto, dois pequenos fantasmas de pés descalços e compridas camisolas brancas. A lua ainda não surgira. Às vezes, Jessica mal podia enxergar a figura de Mathy à sua frente. De vez em quando, tropeçava, tentando acompanhar a irmã. Mathy esvoaçava pela escuridão, deslizando com facilidade por uma trilha cujos calombos e curvas seus pés haviam decorado. Passaram por um arvoredo de nogueiras e alcançaram o sopé de uma longa encosta. Ali, fizeram a volta, pegando uma velha estrada que levava ao mato.

— Onde você está? — chamou Jessica baixinho. — Não consigo ver.

— Aqui. Por aqui.

Jessica tateou na direção da voz e contornou uma curva na trilha. Ali, à sua frente, em uma cavidade negra junto ao barranco, milhares de luzinhas alfinetavam a escuridão.

— Aí está! — gritou Mathy. — Todos os vaga-lumes do mundo!

A escuridão pulsava com eles — um grande enxame, uma torrente, uma explosão de pirilampos. Arquejavam e nadavam, flutuavam e caíam, e voavam tão alto quanto as copas das árvores. O ar estava cheio do odor de insetos, delicado e ácido, que exalavam.

Mathy pulava, deleitada, batendo os pezinhos fortes no chão.

— Eles ficaram esperando você, Jessica, esperando você! — disse ela, e deu um grande passo à frente, com os braços abertos. — Vem, Jessica! Dança!

E saiu dando piruetas, sua alegria uma espécie de redemoinho que se ampliou para abarcar Jessica.

— Oh, Jessica... — começou Mathy, parando abruptamente. — Não está gostando?

— Estou, claro!

— Não é lindo?

— É... É bonito!

— Achei que fosse animar você — disse Mathy num tom cheio de decepção.

— E animou, meu bem! Um pouco... Quer dizer... Ora, é bonito!

Mathy recuou até onde estava a irmã e as duas ficaram admirando os vaga-lumes.

— Acho que você está querendo muito encontrar o Tom — disse ela. Passado um momento, as duas tomaram o caminho de volta para casa.

10

Jessica acordou na manhã de domingo com dor de cabeça. Enquanto se vestia para ir à igreja, a dor foi ficando cada vez pior. O estômago revirava e ela estava febril. Depois de alguma deliberação, Matthew e Callie decidiram que as meninas deviam ficar em casa.

— Qual é o problema dela? — indagou Matthew.
— Só está enjoada — respondeu Callie.
— Você não acha que... Ela e aquele rapaz não...
— Não — garantiu Callie com firmeza. — Não fariam isso. Tenho certeza.
— Só fiquei pensando. O que vi lá no portão naquela noite foi o suficiente para deixar qualquer um desconfiado.
— Não tem nada de errado com ela além do que é de esperar... Desconfio que você me beijou uma ou duas vezes antes do nosso casamento.
— Matthew não fez qualquer comentário. — Continuo achando que

você foi duro demais com ela. E com ele também. Acho que ele não fez por mal.

— Eu não poderia permitir que ele ficasse depois daquilo!

— Acho que não, mas fico contente porque o Jake deixou que ele trabalhasse lá por um tempo. Assim ele não passa fome.

— Você acha que ela sabe que ele está lá?

— Duvido. De todo jeito, a esta altura, ele já foi embora. A Fanny me disse que ele ia para o Kansas.

— Já foi tarde! — disse Matthew.

Callie pôs o chapéu na cabeça.

— Até eu ficaria em casa hoje. Está tão quente! E a minha cabeça está doendo. Mas acho que é melhor eu ir.

Leonie bufava na sala.

— Quero saber quem vai tocar piano na Escola Dominical.

— Provavelmente vão encontrar alguém para isso — disse Callie. — A menina dos Barrow, quem sabe? Ela tem aula de piano. Vai ser bom para ela ter uma chance de tocar de vez em quando.

Leonie pisou forte no pedal e batucou nas teclas do piano.

— Ei, mocinha, trate de se comportar, viu?

— Por que a Mathy não fica? Ela e a Jessica têm muita coisa pra fazer.

— Ela vai ficar.

— Sozinha, eu quis dizer.

— Quero que você fique também. E trate de desmanchar essa cara feia. Mamãe fica com pena de você não ir, mas tem que ser deste jeito. Mathy, comporte-se e veja se não some.

Matthew e Callie pegaram o carro e se foram. Jessica ficou deitada lá em cima, só de combinação e com um pano molhado na testa, ouvindo o canto solitário dos gafanhotos. Leonie tocava piano. Passado algum tempo, Jessica ouviu-a chegar até a porta e chamar Mathy. Chamou da porta da frente e da porta dos fundos e depois do pé da escada.

— A Mathy está aí em cima com você?

— Não.

— Onde foi parar aquela endiabrada? — gritou Leonie mais uma ou duas vezes antes de voltar ao piano.

Jessica continuou deitada de olhos fechados. Alguns instantes depois, Mathy entrou na ponta dos pés.

— Shh! — alertou ela, com um dedo nos lábios, enquanto atravessava com cuidado o quarto. — Tom está aqui! — sussurrou.

Jessica deu um pulo, deixando cair o pano molhado no chão.

— Onde?

— Lá no pomar.

— O que eu faço? E a Leonie?

— Você espera aqui... Não desça até eu mandar.

Ela desceu bem devagar, sem fazer um único ruído. Então a porta bateu.

— Mathy? — chamou Leonie.

— O quê?

— Onde você estava? Andei gritando por você.

— Lá fora.

— Lá fora onde? Não me ouviu?

— Hã-hã.

— Vou contar para a mamãe.

— Então conta.

— Aonde você vai agora?

— Até o poço. Vou tirar um balde-d'água. Quer um copo?

— Acho que sim.

Jessica começou a se vestir, mal conseguindo fechar os botões. Escovou o cabelo e o prendeu com uma fita recém-passada, jogou água fria no rosto e beliscou as bochechas para deixá-las rosadas. O sinal não chegava. Leonie continuava tocando. Jessica se sentou, trêmula, na beira da cama. De vez em quando, lançava um olhar para o quadro da menina com a cruz e depois virava a cabeça com um tremor. Na cozinha, o relógio deu onze horas.

Leonie terminou sua música. Jessica ouviu-a sair pela porta dos fundos e atravessar o quintal. Um instante depois, houve um baque surdo, um ruído de passos e, em seguida, de murros. A voz de Leonie se elevou numa fúria abafada. A porta dos fundou bateu de novo e Mathy subiu correndo a escada.

— Anda, vem! Eu tranquei Leonie no banheiro!

— Ela vai morrer! — guinchou Jessica. — Vai botar a porta abaixo!

— Não vai, não. Escorei com uma tábua. Ela só vai sair de lá quando eu deixar.

— Tem certeza?

— Claro que tenho. *Vem*, Jessica!

Agarrando Jessica pela mão, Mathy a arrastou escadaria abaixo. As duas atravessaram correndo o pomar, Mathy dois saltos à frente.

— Tom? — chamou ela, quando alcançaram o final do pomar. — Estamos aqui. Pode vir, é seguro!

Tom espreitou com cautela por detrás de uma árvore.

— Oi — saudou, com um sorriso.

— Você voltou! — gritou Jessica.

— Voltei — respondeu ele. — Como vai, Jessica?

— Estou ótima!

— Você está bem de verdade?

— Estou ótima, Tom! Ora bolas!

— Fico muito feliz de saber! — O rapaz hesitou, ainda com o mesmo sorriso tolo nos lábios. — Mathy disse que você queria me ver.

— Eu fui atrás dele — disse Mathy.

Jessica se virou devagar, o sorriso se apagando.

— Você foi?

— Achei que ele talvez ainda estivesse na casa de Jake Latham, por isso resolvi dar uma espiada.

Jessica se virou novamente para Tom.

— Você continua por aqui? Achei que ia para o Kansas.

— E vou... Ainda não fui.

— Ah!

— Nossa, que bom que você mandou me chamar. Tenho andado pensando...

— Não mandei chamar você — falou Jessica baixinho. — Não sabia que a Mathy tinha ido.

— Ela não me mandou, Tom — confirmou Mathy. — Ela não me mandou. Eu menti pra você.

Tom riu, inseguro.

— Ora, acho que não faz diferença o que ela disse. Estou feliz de ver você, de todo jeito.

— Está? — perguntou Jessica.

— Claro.

— Então por que não veio na semana passada, Tom?

— Bem, eu...

— Sem precisar ser trazido?

— Credo, Jessica, eu não tinha certeza... Eu não sabia se você ia ter coragem pra sair escondida de novo.

— Eu teria vindo.

— Eu não *sabia*. Não fique zangada, Jessica.

— Não estou zangada! — contestou ela, piscando para secar as lágrimas.

— Ora, chega dessa discussão — interveio Mathy. — Não é hora pra isso. Andem logo e decidam.

— Decidir o quê? — indagou Tom.

— Sobre o casamento.

— Casamento!

— Vocês vão casar, não vão?

— Bom, eu... Nossa! Acho que nunca fomos tão longe, fomos, Jessica?

— Acho que não.

— Ora, vocês se gostam. Eu só achei que... — falou Mathy.

— Não entendo muito de casamento! — retrucou Tom.

— Basta ir falar com o pastor — disse Mathy.

— Acho que não é tão fácil assim.

— Por que não?

— Um sujeito precisa ter algo *com* que se casar.

— Está falando de dinheiro?

— É! — respondeu Tom. — E emprego e uma casa para morar.

— Ora, quem precisa de casa!

— Gente casada precisa. Um casal tem que ter uma casa para morar.

— Vocês não podem morar com seus pais?

— Mathy, basta dessa conversa! — interveio Jessica. — Não podemos casar. Papai não deixaria.

— Não contem pra ele — falou Mathy. — Casem e pronto. *Fujam* pra casar!

— Ai, Mathy, chega! — disse Jessica, rindo.

— Vocês teriam medo? — indagou Mathy. — Você teria, Tom?

— Acho que eu não teria medo, mas...

— Vocês não querem se casar? — insistiu Mathy.

— Não pensei muito no assunto.

— *Eu* penso — disse a menina. — Eu adoraria me casar. Acho que ia ser muito divertido!

— Com certeza — atalhou Tom com um sorriso zombeteiro.

— Também acho — disse Jessica baixinho. — Tom? Eu podia ir com você para o Kansas. Eu iria para qualquer lugar que você quisesse e faria o que você dissesse. Eu não seria um trambolho.

Tom olhou-a alarmado.

— Não tenho muito dinheiro, Jessica.

— Não me importo.

— Nem emprego nem nada!

— Eu não me importo de a gente ter que morar com seus pais durante um tempo. Eles parecem boas pessoas.

— Caramba! Não tenho dinheiro suficiente para a gente ir até lá!

— Vocês podem usar o dinheiro dos ovos — sugeriu Mathy. — Eu pego pra vocês.

— Isso é roubo — disse Tom.

— Não se vocês devolverem.

— A gente pode devolver — concordou Jessica.

Tom se encostou numa árvore, a camisa úmida de suor.

— Não entendo nada de fugir pra casar!

— Vocês pegam um trem — falou Mathy.

— É? E como a gente chega lá?

— Domingo que vem, quando a gente for pra igreja, Jessica pode escapar e encontrar com você na estação de trem.

— Posso — assentiu Jessica. — Podíamos ir para a casa dos seus pais...

— E se o seu pai pegar a gente? — indagou Tom.

— Ele não vai pegar — garantiu Mathy. — Vai estar cantando no coro.

— Com certeza vai ficar furioso quando descobrir.

— Vai só gritar um bocado. E daí? Vocês já vão estar longe.

Tom olhou aterrorizado para Jessica.

— Podemos, Tom? — disse ela.

— Credo, não sei...

— Ora, decidam! — teimou Mathy. — Preciso tirar Leonie do banheiro.

Tom enxugou o suor da testa.

— Minha nossa!

— Por favor, Tom! — choramingou Mathy. — A gente te ama tanto!

Tom permaneceu encostado na árvore, contemplando suas adoráveis adversárias — ambas delicadas, jovens e doces, a sincera e determinada e a tímida e apaixonada, e ambas tão letais em termos de intenção quanto uma pistola. Um sorriso lento, derrotado, instalou-se em seus lábios.

— Bom — disse ele, olhando para Jessica —, acho que topo se você topar.

— Eu topo! Oh, Tom... — exclamou ela antes de fazer uma pausa abrupta. — De todo coração, Tom.

— Sim.

— Você me encontra domingo na estação?

— Encontro.

— Promete?

Ele assentiu solenemente:

— Prometo.

— Muito bem! — disse Mathy. — Agora, vamos, Jessica, antes que nos peguem.

11

Se Jessica não estivesse tão obcecada pelo primeiro amor, se não estivesse tão oprimida pela culpa, talvez jamais se deixasse tranquilizar por Mathy, talvez jamais tivesse saído de casa naquela manhã de domingo com o coração na boca e o dinheiro dos ovos na carteira.

Se Tom tivesse um temperamento menos tranquilo e afável, e, acima de tudo, se houvesse feito outros planos, talvez jamais fosse encontrá-la na estação.

Mas ela estava e ele não tinha, e ambos pegaram o trem do meio-dia.

Quase à mesma hora, a família saía da igreja. Mathy convenientemente se perdeu na multidão até ouvir o apito distante do trem, altura em que produziu a carta deixada por Jessica. A família estava parada ao lado do carro, esperando que Jessica aparecesse. Matthew não terminou sequer a leitura da primeira página.

— Entrem — disse ele, pondo o carro a caminho da estação a toda disparada.

— Aquela era a *sua* filha? — indagou o chefe da estação com o leve vestígio de um sorriso.

Matthew pulou de volta no carro e desligou o motor. Precisou sair do carro e girar a manivela. O suor lhe escorria pelo rosto, a camisa estava grudada nas costas. No caminho de volta para casa, o motor morreu de novo e ele teve de limpar uma vela. Ninguém disse uma palavra. Callie chorou a viagem toda.

Jamais descobriram como Tom e Jessica se encontraram. Mathy jurou inocência, mas recebeu seu castigo. O pai não deixaria o casal voltar nunca mais.

A despeito do marido, Callie mandou as roupas de Jessica.

— Não me interessa o que ela fez. Não vou deixar que ande com os trapos de outra pessoa. — Empacotou os vestidos, as roupas de baixo e as belas fitas, salgando tudo com suas lágrimas e sua exasperação. — Não me conformo! Ela fugir com aquele caipira! Eu queria um bom marido para minha filha.

— A água procura seu próprio nível — dizia Matthew.

Ele não conseguia perdoá-la por tamanha degradação. A filha destruíra sua imagem na comunidade. E por quê? A seu bom jeito protestante, ele deveria aceitar a responsabilidade e transformar em virtude essa aceitação. Mas por nada neste mundo Matthew era capaz de ver de quem era a culpa. Ele dera à filha uma vida fácil, um bom lar, instrução. Sentado um dia na mata sob a chuva fina de agosto, queixou-se com o Senhor:

— O Senhor sabe como eu dou duro, inverno e verão! Sabe o quanto tentei! O que eu podia ter feito que não fiz?

Mas nenhuma sarça ardeu e não houve resposta, além do suave sibilar da chuva nas folhas de um carvalho.

12

Tom e Jessica passaram o inverno com a família dele, uma tropa hilária que simplesmente se apertou e abriu espaço para ela na mesa. Era uma família de pescadores de trutas, caçadores de esquilos e fazendeiros de colina, que vivia feliz, embora precariamente. Beliscavam um ensopadinho quando a chance se apresentava. Nos sábados à noite, vestiam suas melhores roupas e batiam palmas e cantavam nas reuniões festivas. Nos domingos de manhã, vestiam as mesmas roupas e batiam palmas e cantavam na igreja. Devoção era prazer e vice-versa, e Jessica ficou chocada e encantada com eles.

Muito pouca coisa naqueles dias não a deixava chocada e encantada. Ela vivia permanentemente atônita de se ver ali e com Tom. Cada vez gostava mais dele, à medida que se conheciam. Até mesmo as mazelas do marido — resfriados, febre, momentos de fraqueza aos quais ele parecia propenso — o tornavam mais caro a ela, que distribuía afeto tanto para ele quanto para quem o rodeava, e ambos viviam nessa cálida e radiosa atmosfera, como um par de peixinhos dourados num aquário. Todos à volta observavam e sorriam com indulgência.

A única preocupação dela era de ordem financeira. Não estavam contribuindo. Sem ver qualquer maneira de Tom ganhar a vida, Jessica arrumou um emprego de professora na escola local. Ensinava por intuição, lembrando-se do que podia e revisando o método quando lhe parecia permissível. Era uma escolinha de interior com um grupo de alunos pequeno e composto de crianças alegres que a adoravam. Juntavam-se a ela no recreio para cantar e fazer brincadeiras. Frequentemente faziam reuniões em casa e todos os vizinhos compareciam. Uma noite, numa quermesse de tortas, Jessica ganhou a caixa de bombons que premiava a Garota Mais Bonita. Tom ficou tão orgulhoso quanto ela.

— Eu disse a você que ia me casar com uma professora!

Ela escreveu para casa assim que arrumou o emprego, segura de que o pai gostaria da notícia. Ele não respondeu. Leonie e Mathy escreveram. A carta de Leonie obedientemente transmitia a mensagem de solidariedade da mãe. Que pena que Jessica era obrigada a sustentar o marido! Jessica ficou mais que desapontada; ficou indignada. Lá estava ela, feliz da vida, e tudo que a mãe sabia fazer era sentir pena.

Quando chegou o verão, a saúde de Tom melhorou. Seu pior problema foi uma recaída da sede de viagens. Mais uma vez, voltou a falar de viajar para o oeste. Jessica o encorajou, achando que uma mudança de clima talvez fosse benéfica. Só que dessa vez ele não iria sozinho, como um clandestino, num trem de carga. Ela economizara um pouco durante o inverno, e ambos partiriam juntos. Vestiriam suas melhores roupas e viajariam decentemente num trem de passageiros.

— Seu tio não vai se importar se eu for junto, vai? Posso ajudar sua tia a cozinhar para os operários. Vou trabalhar duro.

Tom admitiu que o casal ficaria contente de tê-la, assim como ele. Mandaram um postal para Kansas City e, no fim de junho, arrumaram o almoço numa caixa de sapatos e embarcaram num trem.

Jessica estivera uma vez em Oklahoma City, para visitar a rica tia Bertie (irmã de Matthew, cujo marido se dera muito bem com a venda de mantimentos no atacado). Os vagões de carga haviam transportado Tom pelo estado. Mas nenhum dos dois fizera uma viagem tão longa, e Tom jamais viajara tão bem. Entabularam conversa com outros passageiros, comeram a galinha frita e o bolo direto da caixa e tiraram ciscos dos olhos um do outro. Levaram dois dias e uma noite para chegar a uma cidadezinha no oeste do Kansas e descobrir que o tio se mudara. Ninguém sabia para onde. Ele perdera a fazenda de trigo.

Tom ficou atônito. Seu irmão mais velho não tinha ido trabalhar para o tio apenas três verões atrás? Não, ninguém ouvira falar do tio desde então. Mas ele sempre estivera lá, sua existência era líquida e certa. Tom achou que não havia nada a fazer, senão dar meia-volta e ir para casa.

No entanto, seria uma pena, disse Jessica, agora que tinham vindo de tão longe. Devia haver outras fazendas de trigo nas redondezas. Por que os dois não podiam trabalhar para outra pessoa? Valia a pena tentar. Tomaram um refrigerante na lanchonete para animar a alma e começaram a indagar pela cidade — uma cidadezinha arenosa e miserável agrupada em torno do elevador de cereais, cujas torres prateadas se erguiam desafiando as planícies.

— Por que a gente não pergunta lá no elevador?

E foi assim que encontraram o sr. Olin.

O sr. Olin era um homem pequeno de cabelo cor de areia cujo bronzeado lhe dava a cor da paisagem, totalmente comum, salvo pelos brilhantes olhos azuis. Tinha um jeito feroz, um coração generoso e duzentos e quarenta hectares de trigo hipotecados, até os para-raios do celeiro. Tinha também uma pequena casa de aluguel onde Tom e Jessica poderiam morar. Os dois voltaram para casa com ele, encantados, na grande carroça de cereais.

O sr. Olin era uma máquina debulhadora depois de tantos anos nessa atividade — ocupado e rude, além de barulhento. Barulhento, mas cheio de propósito. E capaz de separar o joio do trigo. O casal gostava dele, embora recebesse uma remuneração pequena (nunca sobrava o suficiente depois dos pagamentos ao banco) e trabalhasse muito. O patrão não exigia dos dois mais do que exigia de si próprio e era dono de um bom humor seco.

Jessica e Tom também gostavam da mulher dele, e ela e Jessica se tornaram amigas. A sra. Olin, uma mulherzinha sem graça e cansada, tinha uma qualidade cativante que parecia deslocada nessa terra teimosa: uma doçura que trouxera, como um buquê de flores secas, de alguma paragem verdejante e pródiga. Jessica ficava maravilhada de ver que a amiga conservara essa virtude durante todos aqueles anos, vivendo dia causticante após dia causticante naquele palmo de terra arenoso que abrigava sua vida: a casa, o quintal e o jardinzinho de dar dó.

Era um palmo de terra assustador. A casa era minúscula e miserável, o celeiro, grande e imponente como um caixão na sala. Não havia como negar o significado daquele celeiro. Essa era uma fazenda de homem, administrada segundo a vontade de um homem, e a casa e a mulher iam em frente como podiam. Entre a casa e o celeiro ficavam o galpão das máquinas, peças de trator espalhadas, graxa de eixos e ferramentas; o bebedouro para o gado; depósitos de metal corrugado cintilando à luz do sol; o silo — uma torre cega desprovida de castelo —; e o moinho, rangendo e reclamando enquanto puxava água das profundezas da terra. Salvo pelo grande celeiro, tudo parecia inconsistente e temporário, como uma fazenda de papelão que uma criança monta no chão. Nada conseguia fincar raízes num solo tão inflexível.

Ali não crescia grama. A distância, um arvoredo de catalpas traçava uma poeirenta linha verde ao longo dos limites do trigal. Mas no palmo de terra da sra. Olin não crescia nada além de legumes e verduras resistentes, girassóis teimosos e um ou dois algodoeiros — árvores toscas, cinzentas, que enchiam o quintal com seu algodão inútil. O vento em suas folhas produzia um estertor lúgubre.

Quase sempre Jessica ficava de pé à porta da casa alugada e contemplava os campos, pensando em casa. Grama verde e rosas no quintal e o Little Tebo correndo fresco e tranquilo; o pomar verde e sussurrante, Mathy patinhando no córrego. Quando ela e Tom se sentavam no degrau da entrada à noitinha, Jessica pensava naquelas noites passadas na varanda no verão anterior e quase podia sentir o aroma de madressilvas. Às vezes, Tom tocava gaita e cantava "The Butcher Boy", e outras vezes ela chorava. Mas eram lágrimas confortáveis, que secavam logo.

Muitas noites, Tom ia direto para a cama, exausto demais para sentar lá fora. Andava extremamente pálido, apesar do bronzeado, e com olheiras roxas. Vinha perdendo peso com constância. Os Olin estavam preocupados; enchiam-no de comida e insistiam para que fosse com calma no trabalho. Tom foi ficando cada vez mais magro e cansado. Uma noite desmaiou. Ninguém deu muita bola, já que foi na noite em que o restolho de trigo pegou fogo. No calor e no meio do frenesi, é comum os homens desmaiarem. Tom dirigia a carroça com o tanque de água. A certa altura, desceu do veículo para ajudar a apagar o fogaréu com sacos de aniagem molhados. Foi quando caiu. Um dos homens o arrastou até a carroça. Depois de alguns dias de cama, tendo recuperado a força, foi levado ao médico. O médico o olhou e cutucou, resmungou vagamente e receitou um tônico. Quando já estavam de saída, porém, foram chamados de volta e, com seu jeito vago, o médico sugeriu um hospital a sessenta quilômetros de distância. Jessica ficou apavorada.

— Meu amor, não vou para hospital nenhum — disse Tom. — Não tem nada errado comigo. Só o calor e rabugice.

— Fique um tempo de cama — recomendou o sr. Olin — e tome o tônico. Vamos alimentar você direitinho e logo botá-lo de novo de pé.

Mas Jessica não se convenceu. Havia algo errado, e em sua cabeça isso tinha relação com aquele lugar árido. Tom precisava de chuva. E ela pensou na chuva que cai em agosto no Missouri, varrendo as febres do alto verão. Pensou na fazenda — na fazenda do pai —, onde o quintal era gramado, a casa, branca e arrumada, e o pai, o Todo-poderoso. Mentalmente recorreu mais uma vez a ele.

— Vamos para casa — falou.

Nada mais servia para ela. Numa manhã causticante de julho, o sr. Olin levou-os de carroça até o trem. Tom foi deitado num catre, à sombra do guarda-sol franzido (exumado do baú no qual a sra. Olin enterrara sua meninice) nas mãos de Jessica. Ao longo de toda a viagem, Tom conseguiu mostrar-se animado, mas, quando o trem chegou, o rapaz desabou, mal conseguindo ficar de pé. Praguejando de pena, o pobre sr. Olin arrastou-os pela plataforma até o vagão-bagageiro.

— Este homem está doente demais para viajar sentado — disse ele. — Vamos deitá-lo num catre. Tenho um na carroça.

O maquinista, porém, respondeu:

— O senhor não pode fazer isso.

— Deus do céu! — exclamou o sr. Olin, atirando o catre pela porta enorme. — Não está vendo que o rapaz está doente?

— Ele tem de viajar lá na frente. É o regulamento.

O sr. Olin escoiceou o ar com a sua indignação.

— Que mal ele vai fazer é o que eu gostaria de saber! Se os passageiros podem levam parte da bagagem lá na frente, imagino que parte dos passageiros pode ocupar o lugar das bagagens.

— Não posso deixar o senhor fazer isso.

— Bom, eu vou fazer, e eles pagaram a passagem e você não pode colocá-los pra fora.

Ele arrastou Tom, então, para dentro do vagão-bagageiro, com Jessica empurrando por trás. Tom se deitou de costas no catre, entre engradados e caixotes, exausto demais para se importar com o lugar onde o colocavam. O sino soou. Jessica abraçou o sr. Olin e chorou.

— Vocês vão ficar bem — disse ele. — Aquele sujeito não vai botar vocês pra fora. Os dois vão viajar bem aqui até Kansas City. Vão esperar vocês lá, não é? — Jessica balançou a cabeça. — Você não escreveu avisando que ia chegar? — perguntou o sr. Olin, pasmo.

— Achei que não devia.

— Raios, garota!

— Eu ligo quando chegarmos a Renfro. Eles vão nos apanhar.

— Embarcar! — gritou o maquinista.

O sr. Olin desceu e acompanhou, correndo, o vagão, gritando incentivos conforme o trem bufava deixando a estação. Esperou até perdê-lo de vista em meio às planícies quentes e ventosas. Depois correu para a carroça, partiu diretamente para o posto telefônico e fez uma ligação interurbana. Esperou mais de uma hora, tomando copo após copo-d'água de uma grande jarra de vidro, enquanto as vozes das telefonistas percorriam os cabos, passando por Salina, Abilene, Topeka, entrando no emaranhado de Kansas City e atravessando as florestas do Missouri até, finalmente, fazer tocar o telefone na sala de jantar da fazenda próxima a Renfro.

O sr. Olin rosnou seu recado acima da estática:

— Botei os dois no trem da Union Pacific hoje de manhã! — gritou. — Meu senhor, imagino que eles não vão ser muito bem-vindos aí, mas não vai ser preciso aguentar o garoto por muito tempo. Não é da minha conta, mas tenho que dizer mais uma coisa. O que quer que tenham feito, eles já enfrentaram problemas suficientes. Não merecem mais. É tudo o que tenho a dizer. Espero que haja alguém para encontrá-los quando chegarem a Kansas City.

A ligação caiu antes que ele terminasse, mas Matthew ouvira o bastante para saber que Jessica estava voltando para casa e que Tom Purdy estava morrendo. Ficou um instante com a testa encostada no bocal do telefone, tentando pôr em ordem os próprios sentimentos. Castigo do Senhor, pensou com rigor — e com certa dose de pena também. Pobre menina. Por outro lado, ela precisava aprender.

O trem se arrastou e tremeu ao longo de toda aquela tarde comprida. Jessica, sentada num engradado, abanava Tom e lhe enxugava o rosto com um lenço molhado. Tentou alimentá-lo com o almoço que a sra. Olin mandara, mas o marido estava sem fome.

A certa altura, ele a olhou com uma inquietação débil.

— Vou compensar você, Jessica — murmurou.

— Não tem nada para compensar.

— Tantos problemas — sussurrou ele e fechou os olhos. — Vou ficar bom e compensar você.

— Sei disso, amor.

Passado um tempo, ele disse:

— Fico feliz de a gente ter casado.

— Eu também.

— Verdade?

— Verdade, Tom.

Ele ergueu os olhos, com um sorriso cintilante nos lábios.

— Acho que a gente nunca teria coragem se a danadinha da Mathy não tivesse empurrado pra nós o dinheiro dos ovos. — Jessica riu. — Ela é uma figura! — completou ele.

— É mesmo.

— Sou grato a ela... A gente fez bem, não foi, meu amor?

— Fizemos, sim.

Ele sorriu, em paz, e fechou os olhos. Dormiu ao longo de vários quilômetros. Então acordou, murmurando e virando a cabeça de um lado para o outro. Jessica se inclinou sobre o marido.

— Muita sede — disse Tom.

Então, impotente, olhando-a de um jeito suplicante como o de um pequeno animal enfermo, Tom morreu.

O vento quente soprava fuligem pela porta do vagão-bagageiro. Jessica se levantou, imaginando o que faria. Sentou-se de novo e começou a abanar o marido. Então, parou e tapou a boca com ambas as mãos, enquanto o apito do trem soava estridente num cruzamento.

13

Matthew recebeu outro telefonema naquele dia — da cidade onde o corpo de Tom foi retirado do vagão. Pegou o primeiro trem para lá. Jessica não havia chorado até ver o pai.

Levaram Tom de volta para a família e o enterraram no cemitério da igreja local. Mas a grama ali era marrom e quebradiça, e dela brotavam gafanhotos, zumbindo. As folhas, amareladas pelo verão seco, já haviam começado a cair, e os gafanhotos arranhavam e zuniam, clamando amargamente que tudo, tudo estava perdido. Jessica ficou atordoada. Havia se esquecido das estações secas e só se lembrava do verde, da sombra bem-vinda, da água fresca e das frutas maduras nas árvores. O que acontecera para fazer o verão ficar assim? E onde estava Tom?

Zonza e dócil, ela voltou para casa, para a fazenda, e enquanto desempenhava as antigas tarefas e conversava com as irmãs, o sofrimento aos poucos amainou. Sofrer não lhe dava prazer, e ela deixou para trás a dor. Simultaneamente, o tempo também virou. Depois da longa seca do verão, a chuva de agosto chegou. A grama voltou a verdejar, os dias corriam frescos e azuis e dourados e as noites, frias e brancas. A casa perdeu sua calma e se encheu de barulho outra vez, de riso e de cantoria e do bater das portas de tela. O ritmo mudou, o movimento se acelerou. Como se aproximava a hora de se mudarem de volta para a cidade, Callie se apressou a pôr em vidros tudo que sobrevivera à seca. Seus pés corriam para lá e para cá, da casa para o jardim, para as videiras e o pomar, e da cozinha exalavam aromas fortes.

Foi uma convalescença feliz. Todos foram gentis. O pai a punha no colo; a mãe a beijava antes de dormir. Eles a acolheram de volta, abriram-lhe os braços e a receberam como ao filho pródigo, com amor, perdoando e esquecendo. Jessica se sentia péssima, pois, por mais que eles fossem bons, por mais que ela os amasse, partiria novamente. E não sabia como lhes dar a notícia.

Aconteceu um dia no café da manhã. Estavam sentados à mesa da cozinha se acabando de tanto rir. Tudo era engraçado naquele dia. O pai fazia troça e ria como um palhaço. O fogo no fogão a lenha dava ao cômodo um calorzinho agradável, e a mesa estava cheia de geleias frescas. Passando manteiga num biscoito quente, Matthew fez uma pausa e abriu um sorriso vago dirigido à mesa toda.

— Isto não é uma maravilha? — disse ele, virando-se para Jessica. — Estamos felizes por ter você em casa.

— Obrigada, papai.

— Sentimos sua falta, meu bem — disse a mãe.

— Se sentimos! — exclamou Mathy. — Todo mundo vivia chorando.

— Muito bem — disse Callie, franzindo o cenho.

— Andei pensando — começou Matthew. — Claro que adoraríamos que você passasse este inverno conosco, mas sei que seu desejo era ir para Clarkstown no ano passado para estudar na universidade. E eu andei pensando se você não teria vontade de ir neste semestre. Acho que posso dar um jeito de mandar você. — Recostou-se na cadeira com um amplo sorriso. — Então, o que acha disso?

— Ora, eu... Minha nossa, pai, eu gostaria à beça, mas...

— Pensei em irmos até lá no sábado e inscrever você.

— Quanta bondade sua, pai!

— Encontramos um bom quarto para você num dos dormitórios...

— E você pode nos visitar todo fim de semana! — emendou Callie, toda esperançosa. — Não que eu não preferisse que você ficasse em casa.

— Não é isso, mãe. Eu gostaria de ir para a faculdade e de ficar em casa também. Mas não posso.

— Não pode o quê?

— Nenhuma das duas coisas.

A mão de Matthew parou a meio caminho da boca, segurando a xícara de café.

— Não pode por quê?

— Vou dar aulas de novo.

— Ah, é? Onde?

— Lá.

Matthew pousou com cuidado a xícara no pires.

— Entendi.

— Lá, com os pais *dele*? — indagou a mãe. — Achei que você tinha desistido daquela escola.

— E desisti — disse Jessica —, mas, quando estivemos lá para o enterro, eles me procuraram e me disseram que o emprego poderia ser meu de novo se eu quisesse.

— E você aceitou — disse Matthew.

— Não na mesma hora. Pensei no assunto primeiro. Só falei com eles na semana passada.

— Entendo — repetiu o pai.

Fez-se um silêncio gelado. Mathy e Leonie pararam de comer.

— Pensei que você quisesse que eu fosse professora — falou Jessica timidamente.

— Não sem um certo preparo a mais. Por isso me ofereci para mandar você para Clarkstown.

— Mas já dei a minha palavra. Eu não poderia voltar atrás.

— Aparentemente as circunstâncias justificariam, nesse caso.

— Meu bem — interveio a mãe, com um sorriso acolhedor —, você não vai querer voltar a morar lá, não é? Sem ele?

— Tenho um monte de amigos lá.

— Você tem ótimos amigos aqui.

— Sei disso, mãe, mas eu sinto que o meu lar agora é lá. Ah, eu sei — acrescentou correndo ao ver a expressão do pai — que aqui é o meu verdadeiro lar. Mas, como morei lá quando era casada e lá é a casa de Tom, achei...

— Não está planejando morar com os pais dele, está?

— Eles querem.

— Ora, os seus também querem! — explodiu Callie. — Por que precisa voltar correndo para os dele?

— Na verdade, não estou...

— Gente rude e ignorante que não sabe coisa nenhuma, mal consegue se sustentar...

— Mas eles são ótimos. Sempre foram maravilhosos comigo.

— Achei que nós também éramos!

— Vocês são, mãe — disse Jessica, com a voz trêmula. — Você e o papai têm sido tão bons!

— Então por que tem que voltar correndo pra eles?

Jessica começou a chorar.

— Não sei — respondeu, sabendo apenas que precisava voltar.

Apesar de todas as torrentes de lágrimas, das acusações e dos apelos ao bom-senso, Jessica se manteve firme. Havia partido antes, arriscado tudo, e não saiu perdendo. Embora tivesse perdido Tom, conservara o amor dele. A morte não é a maior decepção do mundo. E, tendo vencido uma vez, poderia vencer de novo. Mas foi preciso ter mais coragem dessa vez, muito mais do que a necessária para fugir com Tom. Porque ela sabia que, embora os pais a tivessem perdoado por fugir, dessa vez não a perdoariam.

Vendo que a filha estava decidida, os dois aceitaram o martírio com relutância. Nada mais foi dito. Ela foi tratada com uma polidez elaborada, como uma estranha. As gargalhadas desapareceram da casa, deixando um clima sombrio. A mãe não parava de suspirar; o pai vivia de cara amarrada. Até Mathy lhe faltou. Mathy, que a animara a se tornar mulher, era incapaz de ver agora que a irmã precisava disso. Não podia voltar e ser uma garotinha. Embora as duas patinhassem no córrego, escorregassem no feno e tivessem longas conversas, nada tinha a mesma graça de antes. Jessica fingia que sim, pelo bem de Mathy, mas mal podia esperar para ir embora.

Conforme a hora se aproximava, porém, cada vez mais ela a temia. Quando chegou, finalmente, o dia, acordou realmente nauseada. Engoliu a contragosto o café e de imediato o devolveu. A cabeça doía como uma consciência. Todos se ocupavam com um frenesi mudo. Vestiram-se como para uma ocasião solene, como se fossem a um enterro, e fizeram solenemente a viagem até a cidade. Jessica tagarelou o tempo todo, ouvindo a si mesma e odiando aquele som. Era só por uns tempos, falou.

Voltaria para casa no Natal. Num piscar de olhos, chegariam as férias e ela voltaria para casa no verão.

— É, tem razão — falou a mãe com tristeza. — Vai passar muito depressa.

— Escreverei toda semana.

— Que ótimo!

— Talvez vocês possam ir me visitar.

— Veremos.

Na estação, ficaram todos juntos esperando o trem. A conversa brotava e morria. A cabeça de Jessica latejava, e ela começou a tremer. Lá longe nos trilhos soou um apito, atravessando-a como uma estaca.

— Pronto, aí vem ele — disse ela com um riso enlouquecido.

Mathy gritou:

— Não vai, Jessica, não vai!

Leonie olhou-a com uma reprovação lacrimosa.

O trem entrou lentamente na estação, e o maquinista desceu com o banquinho.

— É você quem vai embarcar, minha jovem?

— Sou.

— Então suba logo — disse ele, pegando a mala que Matthew lhe entregou, e deu alguns passos na plataforma. — Embarcar! — gritou.

Jessica engoliu em seco e se virou. A família formava uma fila como a de um esquadrão de fuzilamento.

— Bom... — disse ela.

— *Meu neném!* — exclamou Callie, desabando contra a filha, em agonia, o corpo em convulsão como o de um epiléptico. Seus soluços, inspirados e expirados pelo nariz, soavam como uma tempestade no ouvido de Jessica. Mathy e Leonie se agarraram uma à outra, chorando alto. E o pai ficou parado com o rosto contorcido e as lágrimas escorrendo até o queixo.

Jetta Carleton

O rosto de Jessica se fechou como um punho, e um bolo do tamanho de uma locomotiva se formou em sua garganta. Ela escapou dos braços da mãe e se atirou sobre o pai.

— Eu te amo! — gritou, com um guincho pavoroso.

Então, subiu depressa os degraus — sofrendo com a certeza de que assim seria pelo resto da sua vida. Ela não podia ficar, mas não podia se manter longe, e voltaria vez após vez, fadada para sempre a ir e vir e a suportar essas despedidas terríveis. Era esse o preço da própria liberdade. E assim teria que ser.

Matthew

1

Era Sexta-Feira Santa. Empurrado pelo vento norte na subida da encosta a caminho da escola, Matthew se perguntou por que cargas-d'água aquele dia tinha esse nome.

A filha caçula saltitava a seu lado, tagarelando a respeito de milagres.

— Aposto que ele pôs alguma coisa ali — disse Mathy. — Ele não transformou aquela água em vinho. Jogou alguma coisa na jarra enquanto servia.

Mathy se referia a um milagre encenado na noite anterior na igreja batista, durante a reunião anual de renovação. Matthew e a família eram metodistas, mas em Shawano as distinções entre denominações religiosas, embora estritas, com frequência acabavam se confundindo. Durante a semana precedente, metodistas, batistas e campbelitas (todos, menos os batistas casca-dura e os batistas alemães) se haviam reunido para ouvir um convidado evangélico arrebanhar, com um discurso pomposo, almas desgarradas para Cristo. Com essa finalidade, ele usara vários truques, nem todos, na opinião de Matthew, necessários.

— Ele falou que o Senhor deu a ele poder para isso — disse Mathy. — Você acredita, pai?

— Bom... — Não podia dizer abertamente que o homem era um charlatão. Semear dúvidas na cabeça de uma criança...

— Todo mundo acreditou.

Infelizmente ela tinha razão. O cavalheiro em questão não era nenhum São Paulo, tampouco um mágico de grande talento, mas conseguira provocar histeria suficiente na congregação para que os fiéis engolissem seus milagres como vinho sacramental. Matthew, no fundo, deplorava esse método e gostaria que o sujeito não tivesse feito a história da Páscoa soar como um linchamento. Ainda que fosse isso mesmo. Parecia uma pena descrever a agonia da cruz de maneira mais vívida do que a alegria da Ressurreição. Isso era totalmente católico! Por outro lado, refletiu, o amor da Igreja Romana pelo drama continua a existir, a despeito de Calvino e Wesley. E não há vida eterna que chegue para gerar um drama tão bom quanto a morte.

— Eu não acreditei — declarou Mathy e saiu saltitando à frente do pai.

O vento soprava direto da calota polar. A Páscoa estava sendo comemorada cedo naquele ano. Os ossos de Matthew doíam com o frio. Ele estava farto das agruras do inverno, e a excitação da primavera ainda não o assaltara, com as competições esportivas, os torneios municipais, bem como o teatro escolar, os trabalhos finais e todo o alarido da formatura.

Mathy cantarolou em voz alta a música da cantiga de ninar "Here We Go' Round the Mulberry Bush":

DAMAS-DA-NOITE

Quando lá fora sibila o vento
e a tosse ao cura deixa sem fala
e as aves buscam o seu sustento
e a zagaleja de frio cala.*

— Onde você aprendeu isso? — indagou Matthew.
— É Shakespeare.
— Sei disso. Faz parte da sua leitura obrigatória?
— Não. Li por minha conta.
— É melhor gastar seu tempo com seus deveres. Já terminou o seu ensaio para a União Feminina Cristã da Temperança?
— Ai, pai! Preciso mesmo escrever aquilo?
— E por que acha que seria dispensada?
— Porque odeio, só isso.
— Não chega a ser uma justificativa. Você precisa aprender que não podemos fazer só o que temos vontade.
— Caramba, que novidade! — Subindo num calombo, Mathy abriu os braços. — Veeennnto! — gritou. — Adoro o vento! Acho que vou voaaaar! Deu um salto, os braços balançando, o casaco se abrindo, e caiu de cara junto ao muro da igreja dos batistas alemães.
— Pelo amor dos céus, menina, levanta daí! — exclamou Matthew, pegando a filha pelo braço. Seu chapéu voou, Mathy saiu correndo em seu encalço e o resgatou.
Quando se abaixou, a saia lhe cobriu a cabeça, revelando as calçolas de cetineta preta. Matthew fez uma careta.
— Peguei, pai, peguei seu chapéu!

---

* *Trabalhos de amor perdidos*, William Shakespeare, edição Ridendo Castigat Mores, E-books Brasil.

— Obrigado. Suba suas meias, tenha dó!

Algumas meninas de doze anos já são umas mocinhas, mas não essa moleca filha dele, pensou Matthew. Ela gostava de salto de vara e falava "caramba"! Os dois subiram a encosta em silêncio.

A escola pública de Shawano ficava nos limites da cidade. Do outro lado da estrada, havia um pasto; depois dele, outro pasto; depois dele, campo aberto. O prédio era um caixote alto de tijolos, uma estrutura tão sem graça como jamais se ergueu em nome da instrução. Vermelha e desajeitada como um garoto de fazenda, ocupava sua faixa de quatro hectares e suportava a força dos elementos. Nenhuma árvore ou sebe ou conformação generosa do terreno a protegia contra as intempéries. Sol e granizo a castigavam, e o vento soprava nas árvores que Matthew plantava a cada Dia da Árvore com solenidade e esperança.

Do lado de dentro, um lance de ruidosos degraus de madeira levava ao porão. Outro conduzia ao segundo andar e às salas de aula do ensino elementar. No terceiro andar, uma área grande e aberta com uma plataforma numa extremidade, ficava o colegial.

Matthew governava seu reino do escritório do superintendente, no segundo andar, uma sala pequena no fim de um comprido corredor central. Com a porta aberta, era capaz de observar todas as idas e vindas. A janela da sala dava para o poente, com vista do pátio dos fundos. Do lado de fora, facilmente ao alcance, ficava o sino enorme, pendendo de uma alta armação de madeira, uma espécie de campanário, na qual as crianças viviam subindo. Com efeito, subir por uma corda grossa amarrada a essa armação fazia parte do programa de atletismo. Praticamente em todos os recreios, Matthew era confrontado por uma carinha afogueada e por gritos triunfantes junto à janela.

No meio da sala, havia uma mesa e, num dos cantos, uma escrivaninha com tampo de correr. Três ou quatro cadeiras de armar, uma cadeira giratória, um arquivo e uma estante completavam o mobiliário. Na parede, ficava o telefone. Em sua moldura dourada, o certificado de noventa horas, qualificação de Matthew como professor, conferia a chancela de autoridade ao aposento, e George Washington, segundo a visão de Stuart, olhava de cima com supremo desdém. Nesse território, Matthew dava conta do orçamento e do conselho escolar, orientava os professores, administrava os primeiros socorros, imprimia disciplina, corrigia provas e recuperava o fôlego.

Naquela manhã, depois de pendurar o casaco, contemplou por um instante a paisagem, que não dava mostras da proximidade da primavera. O pátio da escola se inclinava obliquamente em direção a uma cerca que marcava o início do pasto dos Seabert. Além daquele pasto, talvez a um quilômetro e meio de distância, começava a mata. Um aglomerado de bordos, carvalhos e sumagres crescia na lateral de um morro alto coroado pelo cemitério municipal. O branco-osso dos túmulos podia ser visto acima das árvores. Matthew muitas vezes apreciava essa vista. De sua minúscula sala, seguro no útero dos sons conhecidos, era capaz de pensar confortavelmente nos prazeres de uma morte tranquila. Prazeres sensuais, que nada tinham a ver com extinção. Eram "coisas antigas, infelizes e muito distantes" e enchiam sua alma com uma melancolia deliciosa. Permitiu-se esse luxo por um momento, antes que o olhar, retornando do morro ao lar, pousasse nos dois banheiros castigados pelo clima situados no pátio. O romantismo se dissolveu na lembrança de que precisava arrumar um jeito de arrancar dinheiro do conselho escolar para instalar algum tipo de encanamento decente. Virou-se com um suspiro e começou o trabalho do dia.

Os professores entraram e saíram com seus problemas. Dois garotos foram despachados para sua sala por indisciplina. Um havia batido no outro com um ovo cozido de Páscoa, e ambos brigaram no playground.

Na calma que se seguiu ao sino das nove horas, Matthew se trancou no escritório e conseguiu dar conta de um pequeno volume de trabalho burocrático. Acabara de se levantar para subir ao segundo andar e dar sua segunda aula quando a sra. Delmora Jewel apareceu. Abriu a porta em cima da matrona volumosa que erguera a mão para bater, quase acertando em cheio o rosto dele.

— Professor Soames — disse ela, acrescentando um ponto após o nome. — Posso ter uma conversinha com o senhor? É sobre Delmora.

Como sempre. Dessa vez, o papel de Delmora na peça do segundo ano do colegial era pequeno demais para satisfazer a mãe.

— O senhor sabe, nós a levamos todo domingo a Clarkstown para aulas de dicção. Imagino que alguém tão *versado* quanto ela... — E daí por diante.

Matthew se atrasou para a aula. Estava habituado a pessoas como a sra. Jewel. Ele a desprezava e não podia, sem ferir em demasia os próprios princípios, ceder às constantes exigências da mulher. Ainda assim, ela era o público, e Matthew não pretendia desgostá-la. Isso o deixou nervoso.

Quando desceu após a aula, encontrou outra visita em sua sala: Garney Robles, um carpinteiro e empapelador local. O sujeito era também, sem qualquer qualificação que Matthew pudesse imaginar, membro do conselho escolar. Garney, refestelado numa cadeira, não se deu ao trabalho de ficar de pé.

— Tudo bem, prof? Eu estava passando e resolvi entrar um minuto. Achei que a gente podia conversar um tantinho, se o senhor não estiver ocupado.

— Estamos sempre ocupados por aqui — disse Matthew com um sorriso afetado.

— Eu queria falar um pouco mais sobre essa professora de latim.

— Ah!

As sobrancelhas de Matthew se ergueram de leve. Garney vinha repisando o assunto desde a primavera anterior, quando Matthew lutara para que o ensino de latim entrasse no currículo e insistira para que contratassem outro professor. ("O prof e a professora nova dizem gracinhas um pro outro em língua estrangeira!" e outros comentários vulgares do gênero corriam à boca pequena.)

— Acho que seria melhor discutir isso numa reunião...

— O senhor não faz questão absoluta de manter o latim no "crículo", faz? — indagou Garney. — Eu ouvi dizer que só tem uma meia dúzia de alunos estudando a matéria.

— São doze — esclareceu Matthew.

— Meia dúzia, doze, que diferença faz, no meio de setenta alunos? Custa um dinheirão um professor só pra um grupinho.

— Ela também ensina inglês — disse Matthew.

— É, mas outra pessoa podia fazer isso. Não teria mais serventia um treinador de basquete realmente bom no ano que vem?

— Tenho a impressão de que o estudo dos clássicos é muito mais valioso do que...

— Droga, prof, me desculpe o palavreado... Precisamos de alguma coisa para melhorar nossa reputação no condado!

— Para uma escola do nosso tamanho, estamos em primeiro lugar no condado, em termos de escolástica.

— Ora, eu não entendo desse negócio de escolástica, mas sei que, com certeza, não vamos bem no basquete. Tem três anos que a gente não ganha um torneio. Temos uns garotos bons no time, garotos como Ed Inwood... Como ele salta! Mas não sabemos como vencer.

— O que conta é o espírito esportivo — disse Matthew. — Jogar um jogo limpo. Não é preciso vencer sempre.

— Onde é que está seu espírito escolar, professor? A comunidade quer um time vencedor. Eu sei que o senhor faz o melhor que pode como treinador, mas, droga, já tem trabalho suficiente sem ter que pisar naquela quadra. Me perdoe, mas precisamos de alguém mais jovem. Sem querer ofender, o senhor não está remoçando com a idade. Precisamos de um jovem cheio de brio, que possa ir lá e brigar!

Matthew ficou agradecido quando ouviu baterem à porta nesse momento. O zelador deu uma olhada para dentro.

— Professor, estou gripado. Será que posso ir pra casa?

— Claro, pode ir — concordou Matthew. — Vá pra cama e cuide-se bem. Eu me incumbo da fornalha.

O zelador agradeceu e foi embora. Matthew consultou o relógio.

— Vou ter que me desculpar, Garney. Tenho aula daqui a alguns minutos. Garanto que podemos abordar esse assunto na próxima reunião do conselho.

— Ele será abordado — disse Garney, levantando-se. — Mas a gente poderia economizar tempo se entendendo antes.

Que afronta às boas maneiras, pensou Matthew, observando Garney, com andar deselegante, deixar sua sala. O conselho escolar não chegava a ser nenhum Congresso Continental, mas a maioria dos membros era decente e honesta e tentava acertar. Como um sujeito como Garney Robbles teria conseguido se eleger? Sem dúvida, impôs sua eleição, como iria impor aos demais conselheiros a contratação de um treinador. *Sic transit* o latim, refletiu com tristeza. Ele se orgulhava da matéria, que acrescentava certo verniz à escola. Gostaria de frequentar ele próprio as aulas, estudando com os alunos. Tinha aprendido muito pouco de latim na faculdade, e seu ouvido para línguas não era grande coisa. Mas como venerava os clássicos! Havia arado os campos acompanhado de perto pelas *Geórgicas*, um punhado de linhas decoradas que ressoavam em sua cabeça. A perda do latim seria uma perda pessoal.

Além disso, perderia também seu time de basquete! Gostava de treinar e se orgulhava da própria agilidade. Ainda era capaz de driblar uma bola na quadra tão lepidamente quanto os garotos com metade da sua idade. No entanto, como Garney dissera sem rodeios, ele não estava remoçando. Subiu, cansado, a escada e foi dar sua aula.

2

Os eventos da tarde em nada contribuíram para melhorar seu humor. Matthew estava habituado a crises em torno de uma janela quebrada por uma bola ou de um aluno vomitando no corredor. Mas fumaça na fornalha na ausência do zelador lhe parecia ofensa pessoal. Veio então a assembleia especial de Páscoa, e os alunos acabaram com a paciência de Matthew. Em geral, um grupo bem-comportado — para o que se pode esperar nessa idade —, não era preciso muito para agitá-los, e alguma coisa os agitou naquela tarde. Todos cochichavam e se contorciam e tossiam em uníssono. Ondas de riso reprimido varreram a sala. Matthew deu conta de manter a situação sob controle até se levantar para reger o grupo de madrigal. Teve, então, de virar de costas, só lhe restando imaginar o que acontecia atrás dele. Com esforço, conseguiu que seus cantores levassem até o fim o hino (que ele ensaiara com tanto carinho nas últimas quatro semanas).

Voltou para sua sala totalmente descontrolado.

— Comportamento de hotentotes! — exclamou, de pé junto à janela. — Quanta falta de respeito! E esse lixo!

O invólucro do almoço de alguém voava pelo pátio, seguido de pedaços de folhas de bloco e uma página de caderno. E alguém deixara uma pipa amarrada à cerca dos fundos. Ela se agitava no chão como uma galinha sem cabeça. Matthew virou-se, enojado, e saiu do prédio, pegando pedaços de papel pelo chão a caminho da cerca. Tirando do bolso o canivete, cortou a linha e começou a enrolar a pipa, notando, enquanto ela balançava de encontro às suas pernas, que havia algum desenho ali. Ergueu-a e virou-a ao contrário. Era uma pipa bem grande, feita de papel de embrulho marrom e, num dos lados, desenhada com bastante competência em tinta vermelha, estava a figura de Cristo, crucificado numa das varetas entrecruzadas. No outro lado haviam escrito: "Que vergonha, Pôncio Pilatos!"

Matthew olhou para o objeto com uma espécie de desespero. Como se já não tivesse enfrentado problemas suficientes nesse dia, agora surgia mais um, automaticamente condenando-o a um entrevero com o culpado. E ele sabia perfeitamente quem era. Apenas um menino na escola teria a audácia de transformar uma pipa em crucifixo: Ed Inwood. Suspirando interiormente, Matthew levou a pipa para sua sala. Durante um tempinho, ele a jogaria na cesta de lixo e fingiria que jamais a vira — o vento a levou embora. Mas todos os alunos sabiam da sua existência, talvez até mesmo os professores. A história se espalharia pela cidade. Ele precisava chamar Ed às falas, menos pelo garoto do que por si mesmo. Fechando a porta da sala, Matthew se sentou diante da mesa para reunir forças.

Ed Inwood estava terminando o curso graças a professores indulgentes — isto é, às professoras, e não a Matthew. O garoto lia um bocado, mas não estudava nadinha e sabia muito pouco sobre coisas demais. Tinha uma mente tão inquiridora quanto o focinho de um cachorro e igualmente discriminatória. Vivia farejando entre dogmas conhecidos e desdenhando pelas costas o Todo-poderoso nos momentos mais constrangedores. Muitas haviam sido as vezes em que fez eclodir uma discussão na classe com suas perguntas irrelevantes.

— Sr. Soames, se a teoria da evolução é verdadeira, Adão e Eva não seriam uma dupla de macacos?

— Sr. Soames, se Cristo estivesse vivo hoje, não seria chamado de bolchevista?

Sr. Soames isso e sr. Soames aquilo, até que Matthew perdia as estribeiras e tropeçava nos próprios argumentos.

No Halloween, Ed pichara as letras KKK no flanco da vaca de Matthew. Admitiu o fato no dia seguinte e se ofereceu para remover a marca. Matthew o pôs para trabalhar com terebintina somente para descobrir depois que Ed havia raspado o pelo naqueles pedaços, o que deixou as letras claramente gravadas. O garoto jurou que precisara fazer isso para remover o piche.

Ed era indomável como o ar! Bastava tentar cerceá-lo e ele escapava como o vento de um saco de papel, com um ruidoso estouro — mais barulho que danos, mas como perturbava! A culpa cabia à maneira como fora educado, achava Matthew — criado por uma irmã casada (os pais haviam falecido), com permissão para correr solto e fazer mais ou menos o que lhe apetecesse (jogar basquete, dirigir automóveis e perseguir garotas. Muitas foram as vezes em que Matthew arrancou o menino de um carro estacionado à noite perto da escola). E era uma pena, pois Ed tinha uma mente afiada.

— Ed — dizia Matthew vez após vez —, por que você não se esforça? Sossegue e estude um pouco. Você podia se tornar alguém.

A resposta era sempre a mesma:

— Não quero ser alguém. Só quero me divertir.

Diversão! Era só nisso que ele pensava. E crucificar Cristo numa pipa era bem sua ideia de diversão!

Matthew se levantou, tocou o sino da saída e abriu a porta da sala. Crianças irromperam em tropel das classes para o corredor. Ele tentara impor a regra de que todos saíssem calmamente, mas talvez o ano já estivesse avançado demais para esperar muita ordem, até mesmo dos professores. Além disso, era sexta-feira. Enquanto observava, um rapaz alto e de boa compleição desceu a escada do terceiro andar, dois degraus de cada vez, abraçou uma garota, sapecou uma palmada no traseiro de um garoto e caminhou pelo corredor em direção ao escritório, o rosto bonito estampando uma expectativa alvissareira, como se antevisse algum prêmio. "Grande astro do basquete!", pensou Matthew. Junto à porta, o aluno parou educadamente.

— O senhor me chamou?

— Entre, Ed — disse Matthew. — Feche a porta, por favor — pediu, apontando para a pipa. — Suponho que já tenha visto isso.

Ed se debruçou sobre a mesa.

— Sim, senhor. Creio que é minha.

— Tem certeza? — indagou Matthew secamente.

— Tenho, senhor. Não há dúvida.

— E foi você quem fez esse desenho?

— Fui eu. Tenho um bocado de jeito para isso.

— Estou ciente (ora, quantos anos de cartões debochados, de tirinhas cômicas nas margens de livros, além das tatuagens nos braços da Vênus de Milo!). — Ed, o que levou você a fazer uma coisa dessas?

— Bom — começou Ed numa voz arrastada —, eu estava fazendo essa pipa outro dia...

— Para início de conversa, você acha que esse é um passatempo compatível com a sua idade?

— Ora, veja Ben Franklin!

— Deixe Benjamin Franklin fora disso.

— Bom, como já falei, eu estava fazendo essa pipa e fiquei pensando como as varetas formavam uma cruz. Sr. Soames, o senhor acha que a pipa teve algum significado religioso no passado? Como o senhor disse outro dia, algumas cantigas de ninar tinham significado político no início. Será que a pipa, um dia...

— Não estamos aqui para discutir a história das pipas.

— Tem razão. Seja como for, notei que uma pipa é montada numa cruz. E, como estamos na Páscoa, resolvi adotar o espírito da ocasião. Acho que ficou um bocado bom.

— Não há dúvida quanto à sua habilidade. Estou questionando aqui a maneira como você a utiliza.

— É errado fazer o retrato de Jesus?

— Não é um retrato...

— Copiei de um boletim da Escola Dominical. Acho que a origem é um quadro de Van Dyck, o grande artista holandês.

— Ed, o problema não é o quadro ou o retrato! É o lugar que você escolheu para botá-lo. Uma pipa não é lugar para a imagem de Cristo. Pôr o Senhor num brinquedo frívolo é zombar dEle. E a legenda — acrescentou Matthew — é altamente impertinente!

— O senhor não acha que Pilatos devia se envergonhar do que fez?

— É claro. E você também, por tratar de forma tão leviana um tema sagrado.

— Sr. Soames, o senhor rotularia isso de pecado?

— O seu ato? Bom... Não — respondeu Matthew, amolecendo um pouco. — Eu não rotularia de pecado. Mas é um grande desrespeito.

— Com quem?

— Com o Senhor. É uma blasfêmia.

— E se eu não acreditar que Ele *seja* o Senhor?

— A maioria de nós acredita. Eu, por exemplo.

— Então, é um desrespeito com o *senhor*.

— E com todos aqueles que acreditam.

— Mas é um desrespeito com o Senhor se eu não acredito que Ele *seja* o Senhor? O que eu quero dizer é... Bom, a minha irmã tem um negócio daqueles para queimar incenso. Parece uma estátua do Buda. Sabe, um daqueles troços em que a gente queima um negócio fedorento em cima e a fumaça sai pela boca? Os chineses acham que o Buda é Deus, quer dizer, a gente pega o deus deles para transformar numa quinquilharia e depois queima incenso em cima. Só que não temos a intenção de ofender, não consideramos isso blasfêmia porque não acreditamos que o Buda *seja* um deus. Por isso, se eu não acredito que Cristo seja...

— Ed, não vou desculpar você em função da sua visão ateia! Se insistir nessas noções equivocadas, não tenho como obrigá-lo a mudar de ideia. Mas não vou tolerar que você as esfregue no nariz de todo mundo nesta escola.

— Está bem. Mas tudo que eu fiz foi um retrato. Não vejo por que eu seria pior do que Van Dyck e os outros.

— É a sua atitude, Ed! Atitudes fazem toda a diferença entre reverência e profanidade. Você pode dizer "meu Deus" e isso ser uma coisa ou a outra, dependendo da sua atitude. Com a sua atitude, você profanou a imagem de Jesus Cristo, o que equivale precisamente a dizer o nome do Senhor em vão — completou Matthew com eloquência, recostando-se novamente.

— Esse é um dos mandamentos, não é? — indagou Ed.

— O terceiro — respondeu Matthew.

— É... Nesse caso, desconfio que estourei um mandamento.
— Pode-se dizer que sim.
Ed olhou para o professor com uma expressão inocente.
— Mas o senhor disse que não era um pecado.
— Bem, o que eu quis dizer foi que...
— Achei que violar um mandamento fosse um pecado para vocês, cristãos.
— Se você recordar as minhas palavras, Ed...
— Vai ver os Dez Mandamentos estão ultrapassados... Sei que tem gente que acha isso, mas eu com certeza não sabia que o senhor pensava assim. Estou surpreso!
— Olhe aqui, rapaz...
— Acho que um monte de gente vai ficar surpresa!
— Escute aqui agora!
— Mas não se preocupe, fessor. — Ed se inclinou para a frente com um ar de cumplicidade malévola. — Não vou denunciar o senhor!
— Agora preste atenção! — exclamou Matthew, alteando a voz. — Não vou admitir que você saia por aí dizendo que refutei a Bíblia, está entendendo? Você torceu o que eu disse, e quero que saiba... *Pare de rir*, Ed!
— Não estou rindo do senhor!
— Então o que é tão engraçado?
Matthew olhou por cima do ombro. Encostado no vidro da janela, estava um rostinho contorcido numa careta horrível, os olhos envesgados e um palmo de língua para fora.
Pondo-se de pé num salto, Matthew abriu de supetão a janela.
— O que você está fazendo aí, posso saber?
— Praticando escalada — respondeu Mathy.
— Desça daí o mais rápido possível e trate de ir direto para casa!

Mathy sumiu de vista. Um longo *zummmm!* se fez ouvir enquanto ela deslizava corda abaixo.

Matthew fechou a janela com um estrondo e se virou.

— Agora vamos esclarecer este assunto! — gritou.

Ed sorria com puro deleite malicioso.

— Ah, fessor, esqueça isso. Eu só estava brincando.

— Se essa é a sua ideia de brincadeira...

— Nada boa, não é verdade?

— Decerto que não.

— Eu não devia ter feito aquela pipa. Foi um grande atrevimento meu.

— Típico do seu comportamento.

— Eu sei. Desculpe, fessor.

— Bom... — relutou Matthew.

— Lamento ter feito o que fiz e lamento ter deixado o senhor nervoso. Não fiz por mal, realmente. Não sei o que dá em mim de vez em quando, mas vou tentar evitar que se repita.

Matthew se sentou.

— Muito bem, Ed. Desta vez vamos esquecer o assunto.

— Obrigado, senhor. Não vou profanar mais nenhum outro símbolo religioso, mesmo não acreditando...

— Está bem, Ed. Já chega. Pode ir agora.

— Sim, senhor. Acho que alguém deve fazer alguma coisa a respeito daqueles queimadores de incenso, o senhor também não acha?

Furor loquendi!

— Boa-noite, Ed.

— Fico pensando se os chineses queimam incenso em estatuazinhas de Jesus Cristo!

— Acho que não precisamos debater...

— Eu gostaria de ver isso, o senhor não? Fumaça saindo de todos os buracos dos pregos...

— Boa-*noite*, Ed.

— Certo. — Ed se levantou e abriu a porta. — Boa-noite, sr. Soames. Feliz Páscoa — acrescentou alegremente, fechando a porta atrás de si.

Matthew se encostou pesadamente na mesa. A cabeça começara a doer. Ele a tomou entre as mãos, esfregando as têmporas com os polegares. Sentia-se velho e derrotado. Talvez Garney tivesse razão. Talvez precisassem de alguém mais jovem.

Aos poucos, registrou uma cantoria a distância. Vozes de meninas entoando Mendelssohn:

A lua brilha gloriosa, as estrelas clareiam o céu
Pouco antes de nascer o sol...

Era um som inocente e curativo.

Pois o Senhor sabe quando nos veremos de novo
No mês de maio, maio, esse mês jubiloso.

O trio de meninas ensaiava o número escolhido para apresentar no torneio da primavera em Clarkstown. Matthew ergueu a cabeça, recordando, culpado, que orientara as meninas a ficarem depois da aula para que ele pudesse ajudá-las. Dirigiu-se à porta, mas se atrasara demais e podia ouvi-las agora descendo a escada. Sentou-se de novo à mesa. Um instante depois, bateram à porta.

— Entre.

— Sou eu — disse Leonie, entrando na sala e parecendo tão virtuosa quanto a Galinha Ruiva. — Vi que você estava ocupado, pai, e então fui em frente e ensaiei o trio para você.

— Obrigado, filha.

— Fiz cada uma cantar sua parte sozinha, primeiro com o piano e depois à capela, só lendo a partitura. Depois, fiz a contralto e a segunda soprano cantarem juntas e, depois, a soprano e a contralto. No fim, repassamos tudo em conjunto uma vez. Depois...

— Certo, meu bem. Você não precisa me contar a história toda agora.

— Mas achei que você iria querer saber como a gente fez.

— Sim. Isso é ótimo. Agora vá, meu bem. Estou ocupado.

— Não está se aprontando para ir para casa? Eu espero e vou com você.

— Tenho muita coisa para fazer primeiro. Vá você na frente.

— Mas eu posso subir e estudar até... Ora, tudo bem. Fecho a porta?

— Pode deixar aberta.

Leonie foi embora. Matthew voltou a se levantar e caminhou até a janela. Todos já haviam partido e o prédio estava silencioso. Podia ouvi-lo acomodar-se depois do dia comprido, suas juntas estalando, os ecos atravessando os corredores vazios. Que desânimo! Estava aborrecido e cansado, desgastado pelas contrariedades do dia. Enquanto o olhar apontava, sem ver, para além do cemitério no morro, e sua testa quente pressionava o vidro, a sala começou a se encher de luz dourada. Nesgas de nuvem pegavam fogo, uma após a outra, e a chama e o movimento de um pôr do sol ventoso se espalharam pelo céu. Aos poucos, conforme aguçava os sentidos, a cena o atraiu para algum ponto de vista celeste de onde podia ver a si mesmo — uma figura solitária em uma escola deserta —, e ele se sentiu como um general abandonado na planície sombria, enquanto todos os guerreiros fugiam (Lear na charneca... o triste Henrique III em Yorkshire). Quanta solidão a minha!, disse a si mesmo. Sozinho em sua luta contra a ignorância, em seu amor pela sabedoria, pela verdade e pela ordem. Sozinho também em seu amor pela beleza. Perguntou-se se em toda a cidade haveria outro alguém que também tivesse parado agora para contemplar o pôr do sol. O grande, lento e mudo espraiar de cor no céu! Aquela beleza lhe doía, exigia dele alguma reação — estava em *débito* com a beleza. E desejou de todo coração naquele momento uma resposta, uma maneira de louvar, desejou *alguém* a quem dizer simplesmente "Como é bonito". Alguém que escutasse.

Como em resposta, a porta da frente se abriu e alguém começou a subir as escadas. Virando-se, Matthew viu uma cabeça loura surgir no corredor ensolarado. Afrodite emergindo das espumas! Uma menina se aproximou, envolta em ouro, os olhos cálidos e azuis como o céu no verão, e parou, sorrindo, à porta da sala. O coração dele levantou-se para dar a ela boas-vindas.

— Entre!

Ela entrou, carregando o livro de inglês: uma bela aparição vestida num conjunto de saia e blusa com gola marinheira. O cabelo castanho estava preso com uma fita azul. Os dois ficaram lado a lado ante a janela e contemplaram o pôr do sol. Ele disse a ela como era bonito aquilo. Ela juntou as mãos, exclamou *Oh!* e olhou-o com uma expressão tímida e jubilosa. Então, sentaram-se juntos e abriram o livro, e ele falou sobre literatura e aprendizado. Ela escutou atentamente. Ele recitou poesia em voz alta.

> *Teu cabelo de jacinto, teu rosto clássico,*
> *Teu ar de náiade trouxeram-me para casa.**

---

* "To Helen", Edgar Allan Poe, versos 9 e 10, Portal Graecia Antiqua — greciantiga.org. (N.T.)

— Soa tão lindo na sua voz! — disse ela.

Ele falou e falou. A voz, calma e sábia, os levou gentilmente sobre um mar perfumado enquanto a sala cintilava com a luz dourada que se derramava, brilhante, da janela-nicho. De repente, a menina olhou para ele e disse:

— Eu te amo!

— Minha querida — retrucou o mestre, sorrindo. — Você ama a poesia.

— Amo você!

Ele olhou dentro dos olhos azuis e titubeou:

— Acho — falou, afastando-se com dignidade — que está na hora de você ir.

Ela protestou. Ele foi firme. Ela implorou. Ele sorriu com doçura. Então, ela ergueu o rosto e o beijou com os lábios macios e rosados, antes de sair correndo da sala, esquecendo o livro de inglês. Ele ouviu a porta da frente bater.

Matthew fixou o olhar no livro aberto. *Helena, tua beleza é para mim...* Tentou arrumar a mesa, mas descobriu-a atopetada de objetos desconhecidos — provas, lápis, cadernos — e não conseguiu pensar onde colocá-los. Voltou-se novamente para a janela e percebeu, olhando para fora, que tudo que via era o rosto dela.

3

Na verdade, a menina não dissera "Eu te amo".

Na verdade, ela havia meramente entrado com seu livro de inglês e lhe pedido, por favor, para explicar um poema que não havia entendido. Seu nome era Alice Wandling. Estava no último ano e frequentava sua aula de história toda tarde, sentada junto à janela onde a luz do sol lhe caía nos cabelos. Isso não passou despercebido. Alice também era a menina escolhida para representar a Escola Shawano no torneio de locução. Durante a semana anterior, ou mais, ao longo dos períodos de estudo dirigido, Matthew a ajudara com a leitura dramática. Deu-se conta, apenas quando ela entrou em sua sala naquela tarde, de que apreciara intensamente essas sessões — bem mais do que parecia assegurar a obrigação de ouvir vez após vez "O mundo perdido", de Henry Van Dyke.

Ele e ela, com efeito, ficaram lado a lado diante da janela e admiraram o pôr do sol. Então, Alice (sem dúvida, observando que os banheiros externos faziam parte da vista) virara as costas com um sorriso envergonhado.

— Nosso dever de segunda-feira — disse ela — é um poema de "Alexander" Poe. Ele é meu escritor preferido, mas como é *profundo*!

Então os dois se sentaram e abriram o livro em "Alexander" Poe. Matthew falou da beleza da literatura, esqueceu-se da vida e continuou falando. Leu "Para Helena" em voz alta. Uma vez a menina tocou em seu braço.

— Nossa, sr. Soames, fica tão bonito na sua voz!

Em seguida, acrescentou que ele era um professor esplêndido e parecia muito moço para saber tanta coisa.

Cada ondulação daquele corpinho maduro, o aroma do sachê de rosas, cada olhar intenso e azul foram para ele conforto e consolo. Quanto mais tempo ela se demorava, mais eloquente ele ficava. Estava se deleitando. Finalmente tinha a seu lado alguém que o escutava e, de tão agradecido, seria capaz de tomá-la nos braços. Sem ousar, porém, nutriu a esperança de que ela o pouparia da afronta tomando-o nos seus.

Imaginou por um instante por que motivo ela voltara ao prédio depois de todos terem partido. Não era possível (seria?) que tivesse voltado propositadamente, esperando encontrá-lo. Mas que tolice! A menina só precisava de ajuda com o dever. Mas por que a ajuda dele, que não lhe dava aulas de inglês? Por que não havia procurado a srta. Coppidge? Porque a srta. Coppidge era burra. Que Deus me perdoe, mas era verdade. Só o seu tom de voz já conspurcava a poesia. Além disso, a srta. Coppidge há muito fora embora para casa para aproveitar o fim de semana. Então, o que fazia ali aquela garota, cheirando a rosas e sorrindo para ele com aquela linguinha vermelha entre os dentes? Estaria descaradamente flertando com ele?

Jetta Carleton

Decerto que não, disse a si mesmo com firmeza. Só estava prestando absoluta atenção. Alice dos Olhos Azuis amava literatura, só isso ("Oh, sr. Soames, adoro o jeito como o senhor fala!"). Ela o admirava pela sua inteligência.

No entanto, apesar de toda a racionalidade e apesar de todo o decoro da jovem, bem que ela podia ter se atirado em seus braços declarando uma paixão imorredoura. Quando lhe agradeceu e partiu, esquecendo-se do livro de inglês, Matthew estava, na verdade, ao menos naquele momento, totalmente louco por ela.

Era um hábito seu esse, o de se apaixonar por alunas. Uma moléstia, como a epilepsia, adormecida por longos períodos e irrompendo inesperadamente como surtos. Loucas palpitações, mãos suarentas, veleidade incontrolável e fantasias de brilhantismo, atrativos pessoais, invencibilidade — em outras palavras, de grandeza. Tudo isso fazia parte da euforia secreta, proibida, de saber que uma jovem o admirava dia após dia como se ele fosse o sol nascente a brilhar sobre ela. Isso o revigorava, o enchia de um prazer excessivo e selvagem.

E o apavorava. Esse hábito, ou doença, ou tendência, que era sua alegria secreta, também gerava angústia. Fazia com que se sentisse uma espécie de monstro. Com uma honestidade desesperada, ele tentava examinar-se a fundo, chegando a imaginar se tudo não seria fruto de um profundo e vergonhoso desejo incestuoso. Mas nem por um instante conseguia acreditar nisso! Que semelhança tinham as filhas com as meninas que roubavam seu coração — aquelas lindas garotas sabidas e maduras, sem dúvida espécimes bem diversos?

Fosse qual fosse a causa, a coisa toda o perturbava enormemente, pois o fazia trair não apenas Callie — o que já era ruim o bastante! —, mas também seu outro amor genuíno, o aprendizado. Esses surtos do coração desgastavam seu raciocínio e o distraíam de suas metas meritórias.

Ficava quase satisfeito quando passavam. Então, como um convalescente, lia livros. Lia avidamente, compensando o tempo perdido. Fazia cursos por correspondência ou voltava para os cursos de verão. Palestras, pesquisas, várias horas na biblioteca (suando, as calças de lã pinicando a pele, a camisa tirando o verniz da cadeira) — tudo isso o ajudava a recuperar o bom-senso e a curar a alma.

Havia descoberto uma frase de Francis Bacon, que anotou num pedaço de papel em sua melhor caligrafia: "Busque primeiro as coisas da mente e o resto virá em seguida ou sua perda não será sentida." Guardou o papel na escrivaninha e toda vez que esbarrava nele se enchia de respeito por aquele nobre imperativo. Porque amava as boas coisas da mente. Conforme envelhecia, amava-as cada vez mais. E achava que elas poderiam curá-lo dessa velha e recorrente fantasia. No entanto, lá estava ele — com mais de quarenta anos agora, numa posição sólida, estabelecida, um bastião na comunidade — suspirando como um adolescente por uma garota da idade da segunda filha.

Da janela do escritório, Matthew olhou para o céu que escurecia.

— Meu Deus — falou. — Lá vou eu de novo.

4

Carregando a marmita, Matthew voltou para casa a pé, passando pelo pasto defronte à escola. Essa trilha estava sempre deserta quando ele a alcançava. Gostava desse passeio a céu aberto, que lhe abria um espaço de privacidade entre as pressões da escola e a casa. Naquela noite, caminhava lentamente no entardecer ventoso, recordando os momentos passados no escritório durante o pôr do sol. Reprisou-os mentalmente, saboreando cada olhar, cada palavra e tentando interpretar cada insinuação. A imagem de Alice falava alto dentro dele, e Matthew se perguntou como poderia mantê-la calada na presença da família. Com um estremecimento, pensou em todos os ouvidos e olhos e vozes femininas intrusivas que o esperavam no final da rua. Desejou que houvesse algum lugar aonde pudesse ir, mas lá estava a casa, atraindo-o com o jantar, e não lhe restava saída.

Panelas fumegavam sobre o fogão. Mathy, levantando uma tampa para xeretar, deixou-a cair com um ruído, a fim de enlaçar o pai pela cintura.

— Pai! Finalmente você chegou! Estamos mortas de fome. Que fraqueza... Mal consigo ficar de pé! Ai!

— Não faça isso — repreendeu Callie. — Seu pai está cansado.

— Ele teve um dia extremamente atarefado — disse Leonie, que passava roupa num canto da cozinha. — Precisei ensaiar o trio das meninas para ele.

— Tire o casaco — pediu Callie. — Meu bem, pendure para o seu pai. Por que você não senta e encosta os pés na porta do fogão? Tenho certeza de que estão gelados. Preparei chá de sassafrás. Achei que você ia gostar. Me dá uma xícara, meu bem.

Leonie pousou o ferro de passar sobre o fogão.

— Passei sua camisa boa, pai. Não está bonita?

Todas esvoaçavam em volta do pai, mimando-o com chá quente, chinelos e boas-vindas.

— É melhor a gente jantar assim que você se esquentar um pouco — disse Callie. Vamos nos atrasar para a igreja.

— Igreja? — perguntou Matthew.

— O culto especial de Páscoa. Você esqueceu?

Ele havia esquecido. Desde que Ed Inwood lhe havia desejado uma boa Páscoa, a data lhe sumira da cabeça.

— Muito bem, gente — chamou Callie. — Vamos jantar.

Todos baixaram a cabeça enquanto Matthew dava graças. Callie ergueu os olhos e passou a mão na testa lisa.

— Eta! — exclamou. — Quase arrumo uma baita dor de cabeça de tanto esperar.

Pronto, ela desembuchou! Era o golpezinho sutil que Matthew sabia que sempre o aguardava, mas nunca sabia quando. Acertou-o em cheio, e ele se encolheu. Callie mimava o marido, era gentil e bondosa e o fazia se sentir mal como um ladrão de cavalos. Depois de amolecê-lo, desferia o golpe — uma coisinha qualquer para que ele soubesse que agira errado e que ela, embora o desculpasse, não havia ignorado o fato.

— Por que não jantaram sem mim? — indagou ele, meio irritado.

— A mamãe nos obrigou a esperar — disse Mathy.

— Ora, é claro! — exclamou Callie. — Não gostamos de jantar sem seu pai. — Virou-se, então, para o marido. — Parece que nunca vemos você, a não ser à mesa.

Ela o estudou por um instante, descansando o cotovelo na mesa com o queixo apoiado na mão. Seu rosto bonito esbanjava amor, aberta e obviamente, como se as filhas não estivessem presentes. Matthew desviou o olhar. Isso o deixava muito mal.

5

Enquanto os batistas atingiam o clímax em sua semana da Ressurreição com trombetas de Juízo Final e imagens coloridas, os metodistas, em número mais reduzido, preferiam, por sua vez, acalentar a própria dignidade e faziam um culto tranquilo. A congregação cantou um hino, o pastor conduziu as preces e, depois, sem qualquer alvoroço, leu a história da crucificação segundo o Evangelho de São Lucas:

— "Aproximava-se a Festa dos Pães Ázimos, chamada Páscoa. E os chefes dos sacerdotes e os escribas procuravam de que modo eliminá-lo..."

Matthew, sentado com a família perto do altar, se esforçou para ouvir. Cristo e Alice competiam pela sua atenção.

O pastor continuou a leitura:

— "E tomou um pão, deu graças, partiu e deu-o a eles, dizendo: 'Este é o meu corpo que é dado por vós. Fazei isso em minha memória'".

Sim, pensou Matthew, passando um sermão em si mesmo, achei que você se lembraria, ao menos nessa hora, quando Ele estava morrendo em seu benefício.

— "O Filho do Homem vai, segundo o que foi determinado, mas ai daquele homem por quem ele for entregue!"

Matthew se sentiu tão amaldiçoado quanto Judas. Você é aquele homem, disse ele, não há como negar. Não pôde fazer vigília com Ele uma horinha sequer. Tinha de estar cobiçando a carne.

Ele se encolheu, envergonhado.

É, você fez isso, prosseguiu. Desejou apertá-la nos braços. Beijá-la. Pensou nisso, com certeza. Não me diga que não pensou.

Ele tornou a reviver o episódio, de propósito, como se fosse uma prova apresentada no tribunal, e achou tão agradável que ficou chocado consigo mesmo. Com enorme esforço, voltou a atenção novamente para São Lucas.

— "Grande multidão do povo o seguia, como também mulheres, que batiam no peito e se lamentavam por causa dele. Jesus, porém, voltou-se para elas e disse: 'Filhas de Jerusalém, não choreis por mim, chorai, antes, por vós mesmas e por vossos filhos!'"

À sua direita, sentava-se Leonie, ereta e atenta, as mãos entrelaçadas no colo. Sua expressão era tranquila e inocente, um rosto de criança. Parecia muito mais jovem do que os dezoito anos que tinha. E era bonita quando vista assim, sem defesas.

Com a consciência doendo, Matthew se lembrou da urgência com que ela insistira em participar do torneio de locução.

— Quero representar a escola só uma vez, antes de me formar. Por que não posso, pai? Sou capaz de vencer, pai, sei disso. Quando lemos juntos na assembleia, vários alunos acharam que eu leio melhor do que Alice Wandling.

Mas claro que ele não podia permitir. Os pais de Alice — alguém — certamente diriam que era protecionismo.

E de todo jeito, pensou ele, contemplando mais uma vez Leonie, a filha não havia sido abençoada com grande talento dramático. Tinha uma boa memória e uma voz forte, não mais do que isso. Sentiu por ela uma espécie de pena. Lamentava não gostar da filha mais do que gostava. Leonie era uma criança cansativa e teimosa como uma mula, mas se esforçava e tinha boas intenções. Era uma boa garota. Nada fizera para merecer um pai falso e lascivo. Nem a pequenininha ali. Nem a mãe das duas.

Esqueça essa garota, implorou a si mesmo. Você é um velho boboca e não existe ninguém como elas. Trate de se comportar. Trate de não pensar mais em Alice.

Empertigando os ombros, Matthew ergueu, bravamente, a cabeça.

Além disso, acrescentou, ela não lhe dá a mínima bola.

O pastor encerrou o capítulo.

— E, agora — falou, fechando a Bíblia —, fiquem todos de pé, enquanto o irmão Soames conduz a oração.

Matthew se pôs de pé e pediu ao Pai Celestial orientação e perdão. Rezou interiormente para ser sincero em sua oração.

O culto terminou por volta de quinze para as nove. No final da rua, os batistas cantavam.

— Posso ir lá esperar a Genevieve? — indagou Leonie, cuja melhor amiga era batista. — A gente volta para casa junto.

— Vou com você — disse Mathy.

— Nada disso — interveio Callie. — Fiquem as duas aqui. Tem sempre rapazes do lado de fora da igreja.

— Ora, eles não vão me fazer mal — atalhou Leonie. — Todos morrem de medo do papai.

— Pouco me importa. Vamos embora.

As duas meninas seguiram Callie e Matthew. Era uma noite turbulenta, cheia de vento e de sombras. Erguendo a cabeça, viram nuvens enormes se deslocando no céu.

— O céu é de creme! — exclamou Mathy, caindo de costas, toda contente.

— Não é, não — retrucou Leonie. — Você é uma boba. Levanta daí antes que o papai veja.

Adiante delas, Callie enfiou a mão sob o braço de Matthew.

— Não está com muito jeito de primavera, não é?

— Não — concordou ele. — Arre!

— O que foi?

— Esqueci os trabalhos na escola. Queria corrigi-los hoje.

— Não pode fazer isso amanhã?

— Preciso ir até a fazenda amanhã para cuidar de umas coisas. Era para eu me livrar desses trabalhos hoje. Acho melhor ir até lá apanhá-los.

— Coitado! Logo hoje, que você está tão cansado.

— Acho melhor. Não demoro mais que uns minutinhos.

Ele se afastou quando chegaram à esquina.

— Aonde ele vai? — indagou Mathy. — Espera, pai. Vou com você!

— Você vem comigo — disse Callie. — Ele precisa ir até a escola, não demora.

Matthew pegou o atalho através do pasto, seguindo facilmente a trilha no escuro. Uma rajada de vento naquele espaço aberto quase lhe arrancou o chapéu. Ele o recolocou e inclinou a cabeça. Já estava quase na metade do caminho quando ouviu o som de pés correndo. Uma figura surgiu da escuridão, aproximando-se dele na trilha. Na pressa, esbarrou em Matthew antes que ele se virasse.

— Sr. *Soames*!

DAMAS-DA-NOITE

Alice Wandling dera uma trombada nele. Recuando, olhou-o fixamente, a fita de cabelo nas mãos e as mãos na boca. O cabelo lhe caía solto, despenteado pelo vento. Durante um segundo, esse foi o único movimento, e o vento, o único som, assaltados como haviam sido, ambos, pela intensidade da surpresa. Alice se recuperou primeiro. As mãos baixaram da boca, ainda agarradas à fita.

— É o senhor mesmo! — exclamou.

— O que você está fazendo aqui a esta hora da noite?

Alice hesitou e baixou a cabeça.

— Procurando o senhor — respondeu em voz baixa.

— Procurando por mim?

— É. — Olhou para ele, aproximando-se.

— O que queria falar comigo?

— Nada. Só queria ver o senhor. Achei que podia estar lá na escola, como acontece às vezes.

— Alice, se tem alguma coisa que você queira falar...

— Não é isso.

— Então, o que é?

— Eu só queria *ver* você — repetiu ela.

Houve um momento de silêncio antes que ela desabafasse:

— Porque estou louca por você!

As palavras explodiram como um foguete na cabeça dele, fazendo com que luzes coloridas chovessem.

— Você não sabia disso? — gritou ela. — Será que eu precisava dizer?

A fita alçou voo no vento e o aroma do sachê de rosas o envolveu. Matthew não percebeu que o chapéu voara.

— Por favor, não brigue comigo — disse ela numa vozinha meiga. — Não posso fazer nada. Você gosta de mim, não gosta? Só um pouquinho?

— Alice, minha menina...

Ele ergueu a mão para o rosto dela e afastou o cabelo dali. Só isso: só os dedos no rosto dela.

— Você não está zangado comigo? — indagou Alice. — Não vai me passar um sermão?

— Não.

— Ah, obrigada! — exclamou a garota.

Então, pôs os braços em volta do pescoço dele, beijou-o rápida e ardentemente, e foi real. Ele viu que era. Ele a sentiu, cheirou e saboreou. Não naquele momento, mas no momento seguinte, quando ficou de pernas bambas como um potro novo e a ouviu sair correndo trilha afora.

Nunca mais encontrou o chapéu.

6

Então chegou a primavera e o tempo esquentou e a salvação estava ali mesmo na terra. As flores se abriam da noite para o dia e listras verdes se estendiam jardim abaixo. Junquilhos e rabanetes inundaram a cidade. A fragrância inebriante das flores do pessegueiro permeava o ar. Nos pastos, as vacas engordavam com grama nova e a nata subia grossa e amarela no leite. Folhas selvagens vinham para a mesa, junto com a alface e os cogumelos de cabeça comprida apanhados no mato. As mulheres penduravam as colchas ao sol e se demoravam por ali, chamando umas às outras de seus jardins para louvarem o clima. Havia um burburinho por toda a cidade e, à noite, um som sussurrante — leve, furtivo, excitante. Ora risadas, ora portas de tela batendo, ora passos correndo, um cumprimento sob o lampião da rua e os arrulhos cômicos, que lembravam beijos, que os passarinhos fazem ao anoitecer na primavera.

Matthew atravessou aqueles dias ímpares orgulhando-se deles. Elogiava todos os jardins por se comportarem e a grama apenas por crescer.

Contemplou o mundo e se alegrou com o que viu, como se a primavera fosse fruto do seu próprio desempenho.

A euforia da paixonite tonificou sua pele e lhe iluminou os olhos. O raciocínio acelerou. Dava aulas bem, fazia seu trabalho com mais rapidez, tinha bom humor até mesmo em casa (onde ficava apenas o tempo suficiente para comer e dormir). Nem mães descontroladas nem Ed Inwood o aborreciam. Ed pregava peças e gazeteava e, quando se dava ao trabalho de aparecer na escola, se mantinha indiferente, olhando sonhadoramente pela janela.

— Desculpe, fessor — disse ele um dia, quando Matthew mandou que se sentasse. — Acho que não estou com todos os parafusos no lugar. Vai ver é a febre da primavera; vai ver estou apaixonado!

Abrindo um precedente, Matthew riu.

— Ora, rapaz, é a primavera, suponho.

Pela primeira vez na vida, foi solidário.

De manhã, mal conseguia esperar para sair para a escola. Aproximava-se do prédio numa angústia feliz, imaginando se tudo aquilo não seria fruto da sua imaginação. Logo, porém, lá estava ela, no meio de um monte de alunos, voltando para ele seus olhos azuis com uma expressão cheia de significado, lançando um sorriso rápido e secreto e fazendo com que ele ganhasse o dia. Nunca mais a encontrara na trilha que atravessava o pasto, embora toda noite fizesse, esperançoso, o mesmo caminho. À tarde, porém, os dois se reuniam no escritório durante o estudo dirigido para ensaiar a leitura dramática. Não assumiram um compromisso formal um com o outro, mas palavras não eram necessárias — olhares, riso, o toque brincalhão de mãos, uma vez até mesmo um beijo rápido, diziam tudo que era preciso. Há muito Matthew não lidava com tais sensações, o repentino disparar eufórico do coração, a garganta seca, as mãos molhadas. Ela era realmente linda. A garota mais bonita da escola, assediada por todos os rapazes. Ainda assim, era a *ele* que ela amava. Corava na sua presença, fazia um biquinho adorável e suspirava. Era tão meiga e vulnerável! Ele poderia, honestamente, desencorajar a afeição dela, num gesto mais generoso. Por um breve período, contudo, a coisa toda não faria mal a ninguém. Logo ela haveria de superar. Como ele. Mas, enquanto durasse, por que não aproveitar?

Começou a aguardar com ansiedade os torneios do condado, promovidos anualmente em Clarkstown. Alice estaria lá com a sua leitura dramática. Ele também. Infelizmente, mais vinte alunos seus também estariam, e ele passaria o dia arrebanhando o gado (ninguém jamais estava no lugar certo na hora certa. Sopranos perdiam contraltos; a turma do revezamento se desencontrava. Os soletrantes esperavam pacientemente em um andar enquanto a competição começava no outro. Delmora Jewel vomitava de excitação. E o trio das meninas invariavelmente estaria assistindo à corrida dos rapazes quando chegasse sua vez de cantar). Talvez, porém, no meio de toda aquela confusão, ele e Alice pudessem escapar dos outros alguns minutinhos para ficar a sós. Na biblioteca, quem sabe? Ali devia ser suficientemente seguro! Ou em algum lugar remoto do campus para passearem juntos, rapaz e moça, como ele já vira outros fazerem (tendo frequentado a faculdade aos tropeços e já casado, jamais tivera tempo para os clássicos namoricos universitários e às vezes invejava os homens mais moços que viviam à toa pelos gramados no verão, acompanhados de garotas bonitas).

Começou, alegremente, a planejar a escapada de ambos.

Na segunda-feira anterior aos torneios, chegou à escola antes do zelador. Destrancou a porta principal e subiu para sua sala. Mal pendurara o chapéu quando ouviu a porta da frente bater. Ergueu os olhos, ansioso, torcendo para ver a cabecinha ruivo-dourada de Alice ficar à vista. Em vez disso, viu o cabelo castanho trançado de Delmora Jewel. A visão de praticamente qualquer outra pessoa teria sido menos decepcionante. A pobre Delmora não podia evitar ser filha da mãe que tinha, mas Matthew não podia igualmente evitar ter contra ela tal fato.

— Oi, sr. Soames! — cumprimentou a menina.

— Bom-dia, Delmora.

Ela começou a subir a escada que levava ao terceiro andar, hesitou e tornou a descer. Com os dedões dos pés apontando para fora, parecendo um velhinho excêntrico, ela seguiu saltitante pelo corredor em direção ao escritório.

— O senhor já soube da novidade?

— Que novidade, Delmora?

— Não soube? — indagou a menina, os olhos brilhando atrás dos óculos de aros dourados. — Alice Wandling fugiu com Ed Inwood! — Olhou para ele com a boca escancarada num horrendo sorriso de êxtase. — Eles fugiram para Springfield e se casaram!

— Quando... — começou Matthew, perdendo a voz. Tentou novamente: — Quando isso aconteceu?

— Ontem à noite, acho.

— Você não tem certeza?

— Bom, tudo que sei é que os dois fugiram.

— Tem certeza de que não está passando adiante uma fofoca, Delmora?

— Não, senhor! É verdade. Só se falava disso hoje de manhã. Minha mãe ouviu.

— O que não significa necessariamente que seja verdade. Muitas histórias feias acabam se revelando falsas.

— Ora, não acho que essa história seja feia! Os dois estavam loucamente apaixonados. Todo mundo sabia.

Matthew pigarreou.

— Estavam?

— Claro. Só que os pais de Alice não suportavam Ed. Não deixavam que ele frequentasse a casa. Alice costumava sair às escondidas para se encontrar com ele. Ela é da pá virada!

— Muito bem, Delmora. Acho que não precisamos discutir esse assunto.

— Achei que o senhor fosse gostar de saber.

— Quanto menos se falar sobre isso, melhor.

— Sim, senhor. E eu soube que...

A porta da frente tornou a bater e um enxame de garotas subiu correndo a escada. Com um guincho de deleite, Delmora saiu em disparada.

Do final do corredor, o burburinho de vozes o atingia como punhados de seixos. Ele se levantou e fechou a porta.

7

Alice e Ed fugiram no meio da noite e viajaram até o planalto Ozark no Overland de segunda mão de Ed. Casaram-se na manhã seguinte diante de um pastor espalhafatoso cuja esposa era um tantinho mais moça que Alice e que não se deu ao trabalho de perguntar a idade de ambos. Os dois, porém, deixaram rastros. Os pais de Alice os encontraram por volta do meio-dia, num quarto de hotel em Springfield, conforme davam conta os boatos, Alice sentada na cama, nua em pelo, comendo um sanduíche de presunto. Arrastaram a filha de volta para casa e partiram para conseguir a anulação do casamento. Na segunda-feira seguinte, punida e humilhada, Alice voltou à escola.

Ed voltou, também, unicamente para pegar seu suéter e ir embora. Matthew sequer teve o prazer de expulsá-lo.

Enquanto isso, havia a questão do torneio de locução. Quando descobriu que Alice abdicara, Leonie correu direto para o pai e implorou para tomar seu lugar. Como não dava tempo de preparar outra aluna,

Matthew consentiu. Leonie dedicou-se ao treinamento com um fanatismo que teria removido do lugar uma casa e declamava por todo lado. Toda tarde, insistia em declamar para Matthew, que escutava mortificado, recordando-se com pesar das tardes com Alice. O contraste entre estas e aquelas era quase mais do que ele conseguia suportar.

Na manhã de sábado, na faculdade, Leonie representou a Escola Shawano. Fez sua leitura numa voz confiante e cristalina, não recebendo mais que uma menção honrosa.

Naquela noite, quando se encontraram no carro para voltar para casa, Matthew disse:

— Sinto muito, filha, mas assim é a vida. Nem todos podem vencer.

— Eu poderia ter vencido — retrucou Leonie com firmeza — se tivesse praticado tanto quanto Alice.

Matthew mordeu a língua. Ela estava errada, mas não lhe cabia o direito de dizer isso. Leonie entrou no banco de trás com Mathy e não disse mais uma palavra. Durante todo o caminho para casa, assoou silenciosamente o nariz. Quando chegaram, Matthew estava tão cheio de pena que mal conseguia falar de tanta raiva.

Alice não o visitou mais em sua sala. Sentava-se na classe com os olhos inchados e velados. Quando se cruzavam no corredor, os dois não se falavam. No entanto, o leve aroma de rosas que ela deixava em seu rastro o atormentava, recordando-lhe o que perdera. A imagem de si mesmo como poeta e amante, brilhante e escolhido, ruiu ao seu redor, revelando, no fundo, a mesma velha armadura, o homem simplório, enfadonho, comum. Prosseguiu com seus afazeres, carregando sua humilhação. Ainda assim, o clima intoxicante e lindo da primavera não esmoreceu.

Aproximava-se a formatura. Matthew atravessou as festividades anuais sem prazer algum. Isso também lhe fora roubado.

— É o meu castigo — disse ele em voz alta, sentado à mesa uma noite no prédio vazio da escola. Havia voltado, como de hábito, após o jantar, para corrigir deveres. — Foi o que mereci. Ai, eu sei, Senhor. Violei o mandamento. Cometi adultério no coração, como diz a Bíblia. Se ela agiu com falsidade, isso não me serve de desculpa.

Refletiu por um momento e acrescentou:

— E, além disso, fui um maldito idiota.

Matthew não era de xingamentos, mas a palavra era apropriada demais para ser profana. Com efeito, era a idiotice que doía mais do que o pecado. O homem pode se arrepender de um pecado e virar a página, mas os surtos de idiotice serão lembrados eternamente.

Ele abriu a janela e se debruçou. O ar noturno roçou de leve seu rosto. No poente, acima do morro do cemitério, o céu brilhava com um azul profundo. Era ali que ele estava, naquela tarde dourada, quando ela o procurou pela primeira vez, com a boca macia e rosada e seus olhares dissimulados. *Porque sou louca por você!* foi o que ela disse. Ora, que estratagema inteligente o dela quando ele a pegou correndo para casa depois de um encontro amoroso. Matthew pensou em Ed, aquele garoto arrogante e insolente. Pensou nos dois juntos, encontrando-se em segredo em lugares escuros, abraçando-se, beijando-se, as mãos apressadas, os sussurros ardentes. As coisas que ela devia ter dito a ele, as coisas que devia tê-lo deixado fazer. Matthew gemeu.

— E o tempo todo você achando que era você que ela queria! — Ergueu a cabeça e riu com desânimo. — Velho bobo — falou. — Velho bobo, simplório e pecador.

Fechou a janela com um estrondo, como se baixasse uma guilhotina, apagou a luz e saiu do prédio. Uma lua cheia pendia do céu. Cruzando o pátio, pulou a cerca e entrou no pasto dos Seabert, continuando a caminhar, com as mãos nos bolsos, na direção do arvoredo e além, morro acima, até chegar ao topo, entre os túmulos brancos e tranquilos à luz do luar.

— Boa-noite — saudou em voz alta, como se falasse com velhos amigos.

Caminhando por entre o conhecido mobiliário dos mortos, começou a se acalmar. Lá em cima as coisas que o perturbavam pareciam importar menos. Quando morresse, não importariam nadinha. Sentou-se atrás de uma lápide, encarando a lua. Olhando para o espaço, onde o homem encontrara outros sóis e planetas, mas ainda não loteara o céu, mais uma vez se dispôs a examinar o quebra-cabeça que era ele mesmo.

8

Em outra noite, muitos anos antes, Matthew se sentara sozinho em outro cemitério. Jovem e confuso, havia parado no cemitério da igreja de Millroad num entardecer do fim de outubro. O sol se pusera, ensanguentando o horizonte. Ele observou a luz se esvair do céu e a escuridão apagar da paisagem tudo que era possível ver daquela colina: os campos dos Carpenter, a mata de Clarence Oechen e os pastos rochosos da fazenda do próprio pai. No entardecer que anoitecia, a terra se recolhia e escapava ao alcance. Matthew descansou as costas de encontro à lápide e, abarcando com o olhar a paisagem de ninguém, tentou sentir a terra girar. Começou a pensar redondo, retendo mentalmente a consciência do momento, como alguém que segura nas mãos uma abóbora, e tentou memorizar seu formato, cheiro e cor. Seus sentidos se expandiram para engolfar aquilo tudo: esse momento em outubro, beirando o fim do século nessa colina nos Estados Unidos empoleirada num globo giratório que, naquele exato momento, o levava para uma viagem em torno do sol. Avançou no tempo e olhou para trás, a fim de avaliar o significado daquele momento agora. Vagou em círculos e de um lado para o outro, tentando se dar conta do tempo e do mundo e do seu lugar num e noutro.

Sob seus pés jaziam os ossos dos seus antepassados. Em outras terras, em túmulos mais velhos, outros ancestrais descansavam. Perguntou-se que tipo de homens haviam sido. Que sangue ele teria herdado por força da sua ancestralidade? Refletindo no ar frio e cristalino, Matthew indagou a si mesmo "Quem sou eu?" e perguntou-se pela enésima vez por que nascera Matthew, em vez de nascer Aaron, o irmão, ou uma menina, ou qualquer daqueles que jaziam debaixo da terra à sua volta. Podia ter nascido índio, antes da época de Colombo, ou um dos Filhos de Israel. No entanto, ali estava, nos Estados Unidos em 1896, sentado atrás do túmulo do avô com o sereno ar noturno penetrando em seu corpo através das calças curtas de lã e o nariz pedindo para ser assoado. E quem saberia dizer se isso se dera por desígnio ou por um mero arremesso atabalhoado de vidas no tempo e no espaço?

Fosse como fosse que tivesse acontecido, Matthew não estava satisfeito. Não desejava ser ele mesmo, aos dezoito anos e tímido, nem estar ali sozinho ao entardecer, em vez de estar sentado na aula de caligrafia, lá embaixo na escola.

Ao longo das três últimas semanas, o sr. Kolb, de Sedalia, dera aulas sobre o Método Palmer. Cinco noites por semana, os vizinhos se haviam reunido na Escola Thorn, cada qual com uma lamparina a óleo, tinta e canetas e folhas de papel almaço, a fim de melhor a caligrafia. Amontoados nos assentos apertados, enchiam página após página de penadas cuidadosas, floreios em cima, floreios embaixo, curvas para a direita e para a esquerda. O dessa noite era o último encontro, haveria um torneio, e, para quem mostrasse a melhor caligrafia, o prêmio seria um dólar de prata.

Matthew queria aquele prêmio. Ansiava tanto por ele que mais parecia o símbolo do seu futuro. Não era o dólar que contava (embora sonhasse em comprar um chapéu-coco ou abotoaduras que tilintassem); o que contava de verdade era a coragem que a vitória lhe daria. Se vencesse, já decidira que viajaria para estudar. Iria para Sedalia com o sr. Kolb, se o sr. Kolb o aceitasse, e encontraria algum tipo de trabalho. Cursaria o colegial e ganharia um diploma de professor.

A decisão o amedrontava, pois não saíra da cidade mais que um punhado de vezes e, mesmo assim, não fora além da capital de condado mais próxima. Não tinha dinheiro nem fazia a mínima ideia de como se portar em outro ambiente que não aquele em que nascera. O resto do mundo o deixava desconcertado. Embora lesse tudo que podia a respeito, era muito pouco. Os livros da Escola Thorn, que frequentara durante uma dezena de anos, eram os mesmos, ano após ano. E, embora os pedisse emprestados sempre que possível, poucos vizinhos possuíam mais do que uma Bíblia. Um deles, porém, lhe emprestara um livro sobre a Terra. Ele lera com uma excitação quase dolorosa sobre glaciares e mares territoriais e séculos de chuva. Pensava nisso constantemente. Essas informações eram bastante incompatíveis com o Gênesis, e ele passou a ler a Bíblia com um espírito investigativo e com o olhar atento a pistas. Tudo que aprendeu, contudo, só serviu para atormentá-lo ainda mais.

Com esses livros, com caixeiros-viajantes, pregadores e professores itinerantes, conseguira forjar a noção de outro estilo de vida. Sabia haver algo além do que encontrava na casa do pai (uma casa de tijolos artesanais, lotada de irmãos mais velhos e irmãs mais novas. Uma casa cristã cheia de Graça, mas sem graça, de muita lealdade e pouco afeto, e quase nenhum tempo para coisa alguma além de trabalho duro). Como Matthew era o único que nutria essa desconfiança incômoda, os outros, em consequência, passaram a desconfiar dele. Dificilmente podiam achar muita coisa de que acusá-lo, honestamente. Mas ele queria mais do que os outros, e isso era suficiente para perturbá-los. Ele os incomodava, como um sinal de má sorte. Por isso, diariamente eles o destruíam com seus quebra-encantos de escárnio jovial. Faziam com que se sentisse culpado por desejar mais do que a vontade divina lhe concedera. De mil e uma maneiras veladas e até mesmo involuntárias, deixavam implícito que Matthew era uma aberração e um ingrato, e Matthew acreditava nisso.

Sabia, porque era capaz de olhar à volta e ver que podia fazer tudo tão bem quanto os irmãos e ainda mais. Podia arar mais terra num dia, atrelar uma parelha mais depressa, debulhar o sorgo tão bem quanto um homem mais robusto. Também sabia ler, escrever, soletrar e lidar com frações. E entendia um pouquinho de música. Jamais um professor em busca de alunos para uma escola de canto deixou de reconhecer o valor de Matthew, e ele sempre fez jus a esse reconhecimento.

Ainda assim, nada disso lhe dava confiança. Apenas egocentrismo, que é menos a convicção de que se tem valor do que o desejo de se ter tal convicção. Sentia-se pouco à vontade no grupo, temeroso dos outros e ressentido com o próprio temor. E não gostava da própria aparência. Crescera rápido demais para se habituar a ela. Um dia lá estava ele, um jovem de cabelo claro, com quase 1,85m, um nariz fino, comprido e arrebitado e ossos protuberantes sob a pele, parecendo batatas num saco. Todas as suas juntas eram grandes demais — joelhos e cotovelos e as articulações. Os olhos castanhos mostravam inteligência e o rosto tinha uma expressão sedutoramente inquieta que redimia os traços, alinhavados com alguma harmonia, emprestando-lhe certa graça. Mas Matthew não tinha como saber disso. Os irmãos mais velhos eram corados e espadaúdos como o pai, e ele, por ser diferente, já se sentia suficientemente maculado. Mesmo quando o restante do corpo começou a se adequar aos joelhos e cotovelos, isso não lhe serviu de consolo.

Ademais, havia aprendido a ser humilde. Nos moldes rígidos da sua criação, autoestima era sinônimo de vaidade.

"Aquele que se exaltar será humilhado, e aquele que se humilhar será exaltado." Esse ensinamento, porém, não foi capaz de esmagar certo orgulho que vinha do berço. Assim, por ter sido obrigado a impor a humildade sobre esse orgulho, acabou menos humilde do que humilhado.

Era um bocado introvertido, refugiando-se nas coisas da natureza, que ele amava pelo que eram e também pela proteção que lhe davam. Conhecia todas as matas e córregos existentes na área. Sabia onde encontrar as primeiras uvas silvestres, as maiores avelãs e os peixes mais carnudos, assim como em que dia da primavera os salgueiros mostravam suas primeiras folhas. Podia ficar durante tanto tempo imóvel que as rolinhas se reuniam nos galhos à volta, deixando cair das folhas como fruta madura seu canto doce e singular.

Ainda assim, proteção não era tudo que ele desejava. Sua natureza clamava por cantar, rir e beijar garotas bonitas, não por solidão. Ele tinha direito a essas diversões. A razão lhe dizia isso. Mas não ousava almejá-las, a menos que pudesse apresentar aos outros alguma prova do seu valor, alguma prova tangível — um dólar de prata, digamos. Por isso, precisava vencer o torneio de caligrafia. Se quisesse viajar para estudar, tinha de provar que merecia.

Todos diziam que ele venceria naquela noite, mas haviam dito o mesmo no ano anterior, quando outra pessoa ministrara o curso. Quando chegou a noite do torneio, seu coração batia como um machado em ação, as mãos tremiam, as letras ondulavam. Quando copiou do quadro-negro o provérbio, deixou de fora uma palavra. E, desejando tanto vencer, perdera para Ben Carpenter, que se importava menos com a vitória ou a derrota. Este ano, Matthew garantiu a si mesmo, tudo seria diferente. Mas chegara a hora, e seu pequeno estoque de confiança acabara antes do pôr do sol, como o pão de um garotinho que fugiu de casa.

Tudo dera errado naquele dia. Quando o pai o acordou, antes de amanhecer, Matthew voltou a dormir e os outros comeram todo o café da manhã. O pai disse que era justo. Precisou se virar com um punhado de caquis. Depois, as mulas encasquetaram de não ir para o milharal. Foi preciso lutar com elas a manhã toda. O arreio se soltou duas vezes. Ao meio-dia, Matthew estava de mau humor e faminto, perdendo o que restava da paciência quando descobriu que a irmã Bertie havia escondido sua caneta e tinta. Bertie as devolveu depois de levar uma chamada da mãe, mas, antes que Matthew conseguisse pôr a mão nelas, Aaron arrancou-as dele.

— Não! — pediu Matthew. — Você vai estragar as penas.

— Não estou estragando. Só vou mostrar como se escreve direito. — Aaron sentou-se à mesa da cozinha, empurrou uma travessa e escreveu seu nome numa folha de papel almaço. — Aí está, sabichão. Não se julgue tão esperto. Posso escrever melhor que você sem precisar ir a nenhuma escola para aprender!

Ele tinha razão. Aaron não sabia escrever muita coisa além do próprio nome, mas tinha um jeito inato com a caneta, e as letras saíam redondas e claras. Era tão fácil para ele quanto derramar tinta. Escrevia ainda melhor que Ben Carpenter.

Aaron encheu o peito forte e o coçou.

— Acho que vou dar uma chegadinha lá na escola hoje à noite e ganhar aquele dólar.

— Não pode — disse Matthew. — Você não pertence à turma.

— Sorte a sua! — exclamou Aaron com um cutucão zombeteiro. — Se eu não for, vai ver você ganha! Se não bobear de novo, como da vez passada. O que deu em você, afinal?

— Ele ficou com medo — disse Bertie.

— Não fiquei.

— Ficou, sim. Aposto que vai ficar de novo e deixar aquele Ben Carpenter ganhar de novo.

— Aposto um dólar que não!

— Você não tem um dólar.

— Vou ter, quando vencer.

Bertie lançou um olhar sagaz para o irmão.

— Está disposto a apostar um dólar comigo que você vence?

O pai puxou a cadeira para junto da mesa.

— Não quero essa conversa nesta casa. Não vou tolerar conversa de aposta.

— Eu só estava brincando, pai.

— "Guardai-vos de toda espécie de mal" — falou o pai e inclinou a cabeça para listar um longo rol de tentações das quais o Senhor deveria, em Sua misericórdia, livrá-lo.

Matthew voltou ao trabalho, cansado e desanimado. Muito pouco o reanimou a presença de Phoebe Oechen, que fora até o milharal, cortando caminho pela mata vizinha, de propriedade do pai, a fim de desejar boa sorte ao rapaz. Ao menos, foi o que ela disse ao enviar aquela cara de bezerro por entre as moitas e ficar sorrindo como uma boba para ele. Matthew podia sempre contar com Phoebe. Ele a tolerava porque ela gostava dele, mas secretamente a desprezava um bocado. Não achava que tivesse juízo. Como não gostava de si mesmo, o mero fato de ela admirá-lo já bastava para desmerecê-la. Decerto, nenhuma das garotas bonitas era culpada de uma tal aberração. As bonitas — garotas delicadas e resplandecentes, como as irmãs Grancourt, de riso tilintante e mel nas garras — estavam tão além do seu alcance que Matthew dificilmente ousava pensar nelas. Sua admiração por essas garotas era tamanha que lhe causava medo, e ele as odiava por timidez. Mas, como queria uma namorada, sobrara-lhe Phoebe, a quem ele não temia por não ter beleza nem inteligência. Phoebe era uma cariátide sólida, sob um entablamento de cabelos castanho-escuros, extremamente dada a tropeçar em coisas como fogareiros e pintinhos. Matthew gostaria que ela olhasse por onde andava e que suas gengivas não aparecessem tanto quando ela sorri. Em público, tinha vergonha da sensação que o corpo grande e firme da garota lhe despertava quando estavam a sós. Mas não se dispunha a controlar a sensação, pois gostava de ser gostado, ainda que fosse por Phoebe.

Nesse dia em especial, porém, Phoebe lhe pareceu o somatório de toda a decepção. Desejou que ela fosse embora, mas lá estava ela, nas fímbrias da mata, gorducha como um papaia. Uma espécie de desespero apossou-se dele. Precisava o mais urgentemente possível de um jeito de provar sua capacidade para alguma coisa. E lá estava Phoebe, à sua espera. Desceu da carroça e se aproximou dela.

— Eu desejo de coração que você vença hoje à noite — disse a menina.

Ele pôs as mãos nos braços dela e uma sensação semelhante a melaço quente começou a correr pelo seu corpo. Já a tocara antes e pusera as mãos em alguns lugares onde não deviam ter sido postas, mas não desse jeito — sozinhos ali no mato, com o sol prestes a se pôr e as árvores atrás dos dois já na sombra. Puxou-a de encontro ao seu corpo.

— Você não devia fazer isso — disse ela.

— Por que não? — Matthew afundou nos arbustos, levando-a consigo.

— É melhor você parar. Alguém pode ver a gente.

Como se fosse só *essa* a sua preocupação, pensou Matthew. Guiou-a de volta até o espaço aberto junto ao carvalho-anão. O coração batia tão forte que ele achou que ia sufocar. Agora que chegara a hora, Matthew estava morto de medo e não sabia como começar. Phoebe convenientemente pisou num graveto, prendeu o outro pé debaixo dele e desabou no chão. Na mesma hora ele avançou sobre ela e os dois rolaram pela terra uma ou duas vezes antes que Matthew descobrisse que não havia resistência da parte de Phoebe. Ela se grudara nele com toda sua força, que era considerável. Quando parou de mexer o corpo freneticamente, Matthew deitou-se de costas com Phoebe por cima dele, como se fosse um saco de milho.

— Você está me sufocando — queixou-se ele.

Ela riu e rolou para o lado.

— Matthew Soames! — exclamou, muito à vontade. — Você é uma figura!

Ele se virou e avançou sobre ela com as mãozonas ossudas, dando início a um ritmo constante de bolinagem e empurrões enquanto as folhas secas estalavam debaixo deles. O tempo todo, Phoebe não parou de rir. Estava disposta a brincar, tudo bem, mas não a partir para a ação. E, quanto mais lutava com ele — preguiçosamente, mais engenhosa do que seria de esperar —, mais determinado o rapaz se mostrava a ir até o fim e encerrar o assunto. Em algum momento um homem precisa dar a largada. Ele a montou. Ela virou o jogo e ficou por cima. No calor do embate, a saia dela subiu, expondo a pele nua e branca. Ele a agarrou. Mas aquela carne era consistente demais, e Matthew não conseguiu segurá-la com firmeza. Phoebe escapou, afastando as mãos dele como se fossem carrapatos, ao mesmo tempo que tentava beijá-lo. Finalmente, plantou uma de suas mãos no peito dele e empurrou com força. Matthew caiu de costas e ficou imóvel, inspirando o ar frio para os pulmões, que arderam durante todo o processo.

De uma distância segura, Phoebe disse num muxoxo maroto:

— Minha nossa! Eu não imaginava que você estivesse tão ansioso.

Matthew sentou-se e limpou a roupa. Ambos haviam sido empanados em folhas secas como peixe em farinha.

— Vamos — disse ele, afastando-se da clareira sem olhar para ela. Sentia-se enojado consigo mesmo. Não conseguia fazer nada direito.

— Matthew? — chamou Phoebe, correndo atrás dele. — Você não ficou zangado, ficou? Por que eu não deixei? Você não achou que eu ia deixar assim, sem mais nem menos, achou? Não achou que eu fosse esse tipo de garota, achou? — Matthew continuou andando. — Você sabe que, se eu fosse desse tipo, ia querer fazer com você, não sabe?

— É melhor você ir para casa — disse ele no extremo do campo. — Alguém vai acabar vindo te procurar.

— Ninguém me viu sair — retrucou Phoebe com um sorriso dengoso. Ficou parada como se esperasse um beijo.

— Preciso voltar ao trabalho — disse ele.

Phoebe tirou as folhas grudadas no braço.

— Acho que a gente vai se ver de noite na escola, não é?

— Acho que sim.

— Espero mesmo que você vença.

— Agradeço imensamente.

Talvez ela nunca fosse embora. Talvez ficasse ali até que ele criasse raízes e produzisse galhos e um esquilo fizesse um ninho em sua cabeça.

— Com certeza admiro sua caligrafia — disse ela.

— É melhor você ir agora.

— Suponho que você vá à casa do Carpenter e depois pra festinha, certo?

— Estou pensando em ir.

— Eu também. Bom... — Nada de Phoebe ir embora.

— Preciso trabalhar, Phoebe — insistiu Matthew, desesperado. — Sinto muito, eu... Ora, sinto muito!

Virou-se e mergulhou no mato, tomando a direção do milharal.

Mal alcançara a carroça quando uma voz chamou seu nome de dentro do mato:

— Ei! Matthew!

Era uma voz feminina e não era de Phoebe. Ele congelou como um coelho encurralado quando Callie Grancourt saiu do arbusto de sumagre perto do local onde ele deixara Phoebe. Callie era mais ou menos namorada de Aaron, seu irmão. Devia ter atravessado o córrego um pouco mais abaixo, onde era raso e pedregoso, e subido a trilha que passava pela mata dos Oechen. A menos que fosse cega como uma toupeira ou tivesse levado um galho no olho, com certeza vira Phoebe.

— Você me dá uma carona até a sua casa? — gritou Callie. — Fui convidada para jantar.

— Venha. Suba aí — respondeu ele.

Callie atravessou com cuidado o restolho. Estava descalça e carregava os sapatos de abotoar na mão. Quando alcançou a carroça, parou e olhou diretamente para ele com uma expressão fria e indagadora que gelou o sangue de Matthew. Se tivesse visto Phoebe, ele estaria em apuros. Porque nada era sagrado para Callie Grancourt, que vivia com uma pluma a lhe fazer cócegas no nariz e achava tudo engraçado. A expressão fria se transformou num sorriso. Sim, ela vira Phoebe e contaria isso às irmãs dele.

— Suba — repetiu Matthew.

Ela deu alguns passos requebrando, como um peixe balançando o rabo, e subiu na lateral da carroça. Sentou-se em cima de uma pilha de milho e começou a calçar os sapatos. Os pés estavam sujos e tinham frieira.

DAMAS-DA-NOITE

— Credo! — exclamou Callie. — Aquela água estava um bocado fria! Atravessei o córrego lá na parte rasa.

— Devia ter dado a volta pela estrada e usado sapato — disse ele, pensando como seria bom se ela tivesse feito isso e ficado longe de onde ele estava.

— É mais perto desse jeito. E eu não usaria o meu sapato nem assim. Só tenho este e preciso cuidar bem dele. Com certeza não quero que fique sujo de melaço hoje à noite. — Umedeceu um dedo com saliva e limpou um dos dedões. Depois se acomodou melhor em cima do milho, arrumou o xale e disse baixinho: — Suas costas estão cheias de folhas.

Matthew ficou roxo de vergonha. Levou a mão às costas e tentou tirar as folhas.

— Eu caí — explicou.

— Quanto a isso não há dúvida! Deixa que eu limpo. Você não alcança.

Agora ela ficaria imaginando *por que* ele havia caído.

— Tropecei num galho — desembuchou. — Estava escondido no meio das folhas. — Fazendo o quê no mato? — Ouvi alguma coisa lá... Alguma coisa fez um barulho e fui ver o que era.

Por mais que quisesse, não conseguiu pensar no que podia ser.

Callie o estudou por um instante.

— Vai ver era uma vaca — sugeriu.

— Acho que sim — concordou ele, agradecido. — Deve ter sido isso, uma vaca desgarrada.

— Uma vaca dos Oechen, talvez.

A boca de Matthew se fechou e ele lançou um rápido olhar para Callie, que o encarava com expressão solene.

— Acho que eu mesma ouvi — prosseguiu a garota. — Tinha alguma coisa fazendo barulho no meio do mato quando vim do córrego. *Só pode* ter sido uma vaca.

— Só pode.
— Não sei o que mais poderia ser.
— Era uma vaca.

Ele estalou as rédeas no lombo das mulas. O rosto parecia em brasa. Callie era um caqui verde.

— Você e a Phoebe vão à festinha hoje à noite? — perguntou ela subitamente, e ele deu um salto como se a garota tivesse gritado.

— Estou pensando em ir. Não sei o que ela pretende fazer.

De soslaio, Matthew olhou-a novamente. Se tivesse certeza de que ela vira Phoebe, podia tentar explicar. Do contrário, porém, qualquer coisa que dissesse só pioraria a situação. Não havia muito a fazer de um jeito ou de outro, salvo cerrar os dentes e esperar. Ansiou pelo jantar tanto quanto por um interrogatório.

As refeições eram sempre um tormento quando Callie estava presente, o que acontecia com frequência, com ela entrando e saindo como um animal de estimação. Callie era um *rat terrier*, pequeno e boquirroto, sempre aproveitando para morder algum incauto. O restante da família gostava dela, e na sua presença todos agiam de um jeito diferente. Quando Callie entrava pela porta, as regras que imperavam em casa saíam janela afora. Só a presença dela já significava trégua e, enquanto permanecesse ali, todos agiriam à sua moda. Matthew, inibido demais para entrar no jogo, era forçado a jogá-lo mesmo contra a vontade. Era sempre o *otário* — pego, descoberto, deixado sem cadeira. Ninguém fazia com que ele se sentisse mais desconfortável do que Callie Grancourt.

Callie era frívola, irreverente e arrogante. E, afinal, quem era ela para se orgulhar tanto de si mesma — uma garotinha ignorante, incapaz de escrever o próprio nome e filha de um pé-rapado!

Houve tempo em que os Grancourt gozavam de certa reputação na vizinhança. Tinham vindo do Kentucky há cerca de uma geração e se estabelecido num terreno de cento e sessenta hectares. Matthew ainda podia se lembrar do avô idoso, esbelto como Lincoln e usando chapéu de palha. Costumava descer a estrada numa carruagem aberta e sem molas puxada por uma parelha negra, com a bengala de castão de ouro encaixada, em pé, no suporte do relho e reluzindo ao sol. Tinha uma noção extravagante quanto a essa parte do país, diziam os vizinhos. Ainda assim, gostavam do velho Hugo Grancourt, que era gentil e alegre, e, embora o considerassem orgulhoso demais, a Providência Divina, de hábito, não lhe sorria, e ele também não compensava tal falha. A comunidade não se sentia obrigada a invejá-lo. Ninguém sabia se ele já tivera escravos e não conseguia mais viver sem eles ou se perdera a iniciativa por conta própria. De todo jeito, o velho sofrera uma derrocada. Os cento e sessenta hectares viraram pó, como bolinhos de milho, e tudo que os filhos herdaram foi uma nesga de terreno rochoso e alegria de viver. A maioria vendeu seu legado e partiu para longe. Mitch, porém, o mais velho, ainda morava em seu quinhão com a segunda mulher e cinco filhos, todos maltrapilhos, dispostos e famintos. Não admirava que aceitassem tão prontamente todos os convites que recebiam.

Também não admirava nem um pouco, pensou Matthew sentado em frente a Callie na mesa, que ela tivesse aparecido nessa noite específica. Nada de bom acontecera o dia todo. Ele mastigou a comida na boca seca, esperando que a garota o denunciasse.

Ela estava sentada no banco comprido, imprensada entre as irmãs dele, comendo com movimentos rápidos e delicados, a faca e o garfo bem empunhados e os cotovelos em posição adequada, enquanto a carne de porco e as batatas, a geleia de maçã e os biscoitos quentes desapareciam goela abaixo numa quantidade impressionante. Consciente de cada movimento dela, embora sem olhá-la, Matthew de repente esqueceu o próprio medo e ergueu a cabeça surpreso. Como ela conseguia, pensou, dar cabo de toda aquela comida num tempo tão curto? O olhar que encontrou o seu era sereno, enquanto, deliberada e educadamente, ela despejava um rio de molho no próprio prato.

Matthew engoliu em seco o último pedaço de lombo de porco e se levantou, passando a perna por cima do banco.

— Com licença, por favor — murmurou, esperando escapar sem ser notado.

— Tem toda — disse a mãe. — Você não comeu direito. Não está doente, está?

— Não, mãe.

Todos olharam para ele.

— Ele está nervoso — explicou Aaron. — Preocupado com o torneio.

Calado e sob fogo cruzado, Matthew arrumou as canetas e o papel, retirando a lamparina da parede. Ela precisava ser reabastecida, mas não tinha tempo para isso agora. Enrolou um cachecol em volta do pescoço, enfiou o boné de lã cobrindo as orelhas e torceu para Callie parar de olhar para ele. Já havia quase alcançado a porta quando ela falou.

— Matthew, você acha que aquela vaca chegou em casa a tempo da ordenha?

Aaron ergueu a cabeça, farejando alguma coisa.

— Que vaca? — Uma expressão de deboche estampou-se em seu rosto.

Callie levantou um dos ombros.

— Pergunte a Matthew. Ele disse que tinha uma vaca desgarrada lá na mata dos Oechen hoje à tarde.

Aaron deu uma risadinha:

— Aposto que o nome dela era Phoebe!

Todos caíram na gargalhada, o pai gritou, impondo ordem, e Matthew saiu rapidamente para o entardecer gelado. O som rude seguiu-o até o celeiro.

Apertando contra si a trouxa, correu pelo pasto em direção à escola. A lâmpada guinchava quando batia de encontro à sua coxa. Correu cegamente, resmungando, até chegar à mata, onde diminuiu o ritmo e respirou fundo várias vezes até se acalmar. Como queria já estar sentado à sua carteira com o torneio já começado para esse pavor ter fim. Precisava vencer dessa vez, precisava! E, conforme crescia em seu íntimo essa necessidade, Matthew começou a tremer. As mãos suavam e ele sentiu enjoo. Sabia que perderia novamente. Atirando a trouxa no chão, gritou:

— Não vou! Que ele ganhe, não me importo!

Socou o tronco de uma árvore até os punhos doerem.

Passado algum tempo, pegou do chão a trouxa e a lamparina e caminhou devagar até alcançar a estrada. Não havia mais necessidade de pressa. Assim, chegando ao cemitério Millroad, ele parou e se sentou encostado a uma lápide, tentando reduzir o prêmio a seu pequeno e merecido lugar em um mundo vasto e atemporal. Esperaria até o término do torneio.

No cemitério, o silêncio era tangível, pesado de sons recordados, vozes dominicais e insetos de verão, além de parecer confortante. Ele se sentia à vontade ali. Não precisava competir com os mortos. Se havia alguém debaixo daquela grama marrom de outubro com uma caligrafia melhor ou capaz de abrir um sulco mais fundo na terra ou de cantar com mais afinação, não tinha importância. Matthew lhe era superior por estar vivo.

Saiu de trás da lápide, acendeu a lamparina e abriu suas folhas de papel. O túmulo apresentava uma ligeira protuberância, como a da barriga de um homem quando dorme, e a grama densa provia uma superfície suficientemente sólida sobre a qual escrever. Encaixando uma pena na ponta da caneta, Matthew começou a fazer fileiras de marcadores no papel. Curvas para a direita, para a esquerda, laçadas em cima, laçadas embaixo. Copiou a inscrição da lápide: "Gabriel Soames, 1812-1890. Adormecido em Jesus." Com os cotovelos apoiados no túmulo, Matthew escreveu com todo o cuidado.

— Amém — falou uma voz rouca acima de sua cabeça.

O coração lhe subiu à garganta. A observá-lo à luz mortiça, lá estava um rosto encardido e torto, cuja mandíbula parecia um nódulo num tronco de árvore e os olhos tinham a encimá-los um arco branco.

— Misericórdia, Johnny Faust! Você quase me matou de susto!

Os olhos, com uma expressão lunática, piscaram e um sorriso que mais parecia uma careta contorceu a enorme mandíbula.

— Eu chego de mansinho — disse Johnny Faust.

Ele era pequeno e ossudo e, para Matthew, lembrava um graveto bifurcado com uma abóbora de Halloween malposta em cima. Devia ter uns trinta anos, embora fosse difícil dizer. Sua mente era velha em sua lentidão, mas jovem em sua inocência, o que tornava de todo impossível calcular sua idade.

— Você está rezando? — perguntou.

— Não exatamente — respondeu Matthew.

— Devia rezar de hora em hora. Ajoelhe comigo.

O velho Johnny caiu de joelhos e os dois se encararam por cima da sepultura Matthew sentiu uma gargalhada coçar em sua garganta. A expressão de profunda devoção que se estampou naquele rosto idiota era tão esdrúxula quanto espalhar manteiga numa tábua. Os maneirismos religiosos haviam ficado registrados em Johnny, juntamente com a imagem de Deus como um velho segurando um chicote negro numa das mãos e uma torta de cereja na outra: a fonte do castigo e a da recompensa.

— Pai Todo-poderoso — começou Johnny, revirando os olhos.

De novo Matthew sentiu o riso se formar lá no fundo. Tudo era tão sem sentido! Lá embaixo na escola, todos se confraternizando e rindo, apertando a mão de Ben Carpenter e se divertindo — enquanto ele estava ali sentado com um idiota num cemitério escuro, escrevendo epitáfios em cima da barriga do avô. Baixou a cabeça, de modo a não rir na cara do coitado do Johnny. Depois de ouvir por um instante, sentou-se sobre os calcanhares e pôs a rolha no tinteiro. — Amém, Johnny — disse com delicadeza. — Acho que já rezamos o bastante por hoje.

Johnny revirou os olhos para baixo, desviando-os do céu.

— Você acha?

— Acho. Se você não fez nada de errado hoje, Deus já perdoou. Ele vê dentro do seu coração. — Ocorreu-lhe que Deus podia ver no coração dele tanto quanto no de Johnny, e devia saber muito bem o que ele pretendera com Phoebe. Esperava sinceramente que Deus o *tivesse* perdoado.

— O que está fazendo com esses papéis? — indagou Johnny.

— Nada.

— Tem coisa escrita neles. O que diz aí?

— Diz "Adormecido em Jesus".

— Amém! — Johnny se inclinou e olhou o papel de cabeça para baixo. — Você escreve bonito — elogiou.

— Nem tanto.

— Por que não está lá embaixo agora?

Matthew enrolou as folhas de papel.

— Por que *você* não está, Johnny? Vai ver escreve tão bem que não precisa aprender.

Johnny gargalhou de prazer. Sempre recebia bem as implicâncias no início; ficava lisonjeado. Aprendera, porém, a ter cautela, já que nunca tinha certeza de onde acabava a implicância e começava o tormento.

— Acho que você está a caminho da festinha, não? — disse Matthew.

— É para onde estou indo. À festinha — concordou com um sorriso. — Você vai?

— Acho que é possível — respondeu Matthew, desejando ter bom-senso suficiente para não ir. Festas não eram com ele, mas continuava a frequentá-las, mais ou menos como a gente se olha no espelho esperando descobrir ali algo melhor que o esperado.

— É melhor a gente ir andando — disse Johnny. — Não queremos chegar atrasados.

— É, acho que está na hora.

A aula já teria terminado e todos estariam pegando suas carroças a fim de partir para a festa.

Os dois se levantaram e desceram a encosta em direção à estrada. Em frente à igreja, Johnny parou.

— Será que a gente precisa rezar?

— Acho que não, Johnny. Você pode rezar em seu íntimo durante o caminho.

— Amém — disse Johnny, reverentemente. — Eu adoro bala de melaço.

As sombras caminhavam lado a lado com eles, reproduzindo a forma das moitas e da estrada esburacada.

— Johnny — disse Matthew —, você é meu amigo, não é? Quero lhe pedir um favor. Você me faria um favor?

— Claro, Matthew. Faço, sim. Sou seu amigo.

— Bom, então não diga nada sobre isso. Quero dizer, não fale que a gente esteve no cemitério. Não diga nada a ninguém sobre isso.

— Você não quer que ninguém saiba?

— Acho que não é da conta deles.

— Tem razão. Ninguém tem nada a ver com isso.

— Se você e eu queremos sentar e descansar um pouco ao lado da igreja, isso não é da conta de ninguém.

— Tem razão, Matthew.

— Por isso, esqueça. Esqueça que a gente foi lá.

— Vou esquecer, Matthew. Não vou dizer nadinha.

— Agradeço imensamente, Johnny.

A fogueira ardia no quintal dos Carpenter e o melaço borbulhava no imenso caldeirão. Matthew esperava chegar sem ser notado. Johnny Faust, porém, adorava apertar mãos. Dirigiu-se ao grupo com a mão estendida e o sorriso torto maior que nunca.

— Olha aí o velho Johnny! — alguém exclamou.

Duas garotas se deram as mãos em torno de Johnny, como numa brincadeira de berlinda. Enquanto dançavam à sua volta, outros se juntaram, um círculo ruidoso e galopante se formou, com Johnny, Matthew e a fogueira no centro. Se os dois fossem lançados no caldeirão, Matthew não ficaria surpreso.

Alguém gritou:

— Por onde você andou hoje à noite? Por que não apareceu na escola?

Ben Carpenter gritou:

— O que aconteceu com você?

— Oi, Matthew! — O rosto sorridente de Phoebe passou por ele.

O irmão Aaron e Callie Grancourt passaram como um borrão enquanto o círculo ganhava velocidade, rompendo-se, finalmente, com os rapazes e moças espalhados pelo quintal como pequenas contas de um colar rompido. Todos se levantaram e voltaram para junto da fogueira, rindo. O melaço derretera, virando um xarope grosso e dourado. Arregaçando as mangas e passando manteiga nas mãos, a garotada começou a puxar e esticar o melaço. Todos já se haviam esquecido de Matthew.

Jetta Carleton

Ele se manteve afastado na sombra, observando os outros formarem pares e trabalharem juntos a massa castanha. Puxavam e dobravam, davam forma e socavam, conforme a coisa ia ficando cada vez mais branca e acetinada como um osso. Passado um tempo, Matthew se aproximou do caldeirão e encheu uma das mãos de melaço derretido. Era uma sensação gostosa nas mãos frias, e cheirava bem. Tinha se esquecido de que estava com fome.

Johnny Faust também estava sozinho, puxando e esticando um punhado de melaço. De vez em quando, arrancava um naco. A mandíbula torta se mexia com vigor e o sumo morno da cana lhe escorria queixo abaixo. Ele procurou à volta alguém com quem conversar.

— Olha aqui — começou, dirigindo-se a um dos casais. O par, contudo, deixara cair seu puxa-puxa e o apanhou no ar, às gargalhadas. Johnny foi ignorado. Aaron passou por ele a caminho do caldeirão.

— Oi, Aaron — saudou Johnny, mas Aaron não parou.

Johnny emparelhou com outro casal, sorrindo, esperançoso.

— Fala aí, Virg! — exclamou.

O rapaz chamado Virg olhou por cima do ombro.

— Oi, Johnny.

— Eu e o Matthew estávamos lá na igreja — disse Johnny, todo orgulhoso.

— Como assim?

— Eu estava passando pelo cemitério e Matthew estava lá sentado num túmulo... — Parou de chofre, quando um pedaço de melaço o atingiu na bochecha. — Quem fez isso?

Matthew lhe enviava sinais furtivos.

— Você atirou esse melaço em mim? — perguntou Johnny calmamente. Nesse momento, outro pedaço foi lançado na parte de trás da sua cabeça. — Ei! — gritou ele, virando-se.

— Qual é o problema? — indagou Virg. — Alguém está implicando com você?

Johnny desgrudou o melaço do cabelo.

— É melhor tomar cuidado, estou avisando.

— Avisa a eles, Johnny.

Johnny obedientemente elevou o tom de voz:

— Quem tiver atirado esse melaço é melhor tomar cuidado! — Enquanto falava, outro naco acertou sua orelha. — Avisei para tomar cuidado!

— Venha me pegar, Johnny! — gritou uma voz do outro lado da fogueira.

— Tome, Johnny, pegue um naco!

Torrões e tiras do doce começaram a chover sobre ele, vindos de todas as direções.

— Parem todos com isso agora! — gritou Johnny. — Estão me ouvindo? É melhor tomar cuidado!

Matthew observava de longe, culpado. Havia começado, mas jamais teve a intenção de que descambasse para isso.

Perseguido por seus torturadores, Johnny recuou até o outro lado do quintal, até chegar ao defumadouro. Encostou-se à parede, tentando rir, e protegeu a cabeça com o braço enquanto os pedaços pegajosos aterrissavam — ploft! — por todo lado a seu redor. De repente, daquela boca torta saiu um som queixoso como um uivo de dor. Johnny começara a cantar.

Esta é minha história, esta é minha canção,
Em louvor do meu Salvador, canto então.

Era tudo que sabia cantar: cantar pedindo a ajuda de Deus, pois o Senhor distribui castigo e recompensa e Seus olhos estão no pardal. Um naco de melaço do tamanho de uma moeda acertou Johnny na boca.

Jetta Carleton

— *Parem!*

A multidão se virou espantada ao ouvir a voz de Matthew.

— Parem de implicar com Johnny! — gritou ele. Abriu caminho até o defumadouro e postou-se na frente de Johnny a fim de protegê-lo.

Por um instante, fez-se silêncio. Então um uivo de prazer se elevou quando um alvo novinho em folha se apresentou. O melaço voou rápido e grosso, grudando no rosto e no cabelo de Matthew. E bem na frente do grupo estava Phoebe Oechen, rindo como uma doida, tola demais para saber que já não se tratava mais de um jogo.

Outras coisas começavam a ser lançadas — torrões e pedaços de madeira — quando Callie Grancourt deu um salto, aproximando-se de Matthew com tamanha ferocidade que o rapaz pensou que ela pretendia matá-lo. Callie agarrou as mãos dele e de Johnny e, postando-se entre os dois com a cabeça erguida, começou a cantar. Sua voz era pequena e frágil, mas ela cantou com toda a disposição e com o mesmo genuíno propósito de Davi. O cerco se rompeu abruptamente, como ocorre com as tempestades de verão. Os rapazes e as moças deram meia-volta como cordeirinhos e ninguém falou.

— Vocês deviam se envergonhar — disse Callie baixinho, e nenhum dos presentes deixou de ouvi-la. — Venha, Johnny. Vamos lavar nossos rostos. Matthew, venha também.

Os três estavam no corredor entre o quintal e a casa secando as mãos quando Callie tornou a falar. Encarando-o diretamente, ela disse:

— Nossa, Matthew, você não *gosta* de mim? Por que quer se meter com aquele traste da Phoebe?

E girou nos calcanhares e se foi, balançando o pequeno traseiro do jeito afetado que lhe era peculiar. Quando respirou de novo, Matthew teve a impressão de acabar de vir à tona após um longo período submerso.

9

Matthew não foi para Sedalia com o sr. Kolb nem pensou mais no assunto. Depois daquela noite, só conseguia pensar em Callie. O rosto da garota não lhe saía da cabeça dia e noite, fascinando-o, como o reflexo de um espelho sob o sol, que tão vividamente imprime sua imagem que se é capaz de vê-la de olhos fechados. Jamais uma sensação o assaltara dessa maneira. Ele virara do avesso e se inchara de orgulho, sentindo-se nas nuvens de tão encantado por ter sido escolhido.

E escolhido, decerto, havia sido. Callie Grancourt o marcara como propriedade sua. Quando saiu do meio da multidão naquela noite, foi motivada por pena e raiva. Tudo que jamais sentira conscientemente por Matthew não passara de uma simpatia trivial. Depois, porém, de resgatar alguém muitas vezes, o salvador passa a amar o resgatado, que, simplesmente por se ter metido em apuros, permite ao outro ser heroico. Do dia para a noite, a pena de Callie virou paixão ardorosa. Ela acordou loucamente apaixonada por Matthew. Essa paixão o iluminou, como uma sombra refletida na parede pela luz do fogo, seu tamanho aumentado várias vezes. Ele encheu o mundo dela.

Callie soubera instintivamente que Matthew sofria um bocado por trás daquele seu jeito emburrado. Agora, ela o romantizava. Sem contar com outra forma para defini-los, deu a ele o humor sombrio, os anseios trágicos e a melancolia dos poetas românticos. Com certeza ela o teria comparado a Byron, caso um dia tivesse ouvido falar de Byron. Matthew exercia sobre ela a atração das tempestades em relação a quem está seguramente abrigado. Embora fosse por natureza calorosa, prestativa, pragmática e feliz, Callie passou a sofrer por osmose, gemendo e suspirando enquanto socava os colchões de penas e tirava do tonel a carne de porco salgada.

Tantos suspiros, em boa parte, eram pura autoindulgência, porque Callie era esperta e sabia muito bem que, longe de ser uma figura trágica, Matthew Soames era um jovem brilhante e esforçado que progrediria na vida. Provavelmente não havia no condado melhor partido que ele. Agradava-lhe o fato de ter sido inteligente o bastante para descobri-lo antes que alguma outra desconfiasse disso.

Havia outros filhos de outras famílias que tinham dinheiro, terras e gado. Até mesmo Aaron, com quem ela pensara em se casar, era mais bonito, e praticamente qualquer outro era mais bem-humorado. Só que Matthew era mais inteligente que os demais. E havia coisas que ele almejava. Essas coisas, Callie considerava irresistíveis, um símbolo da excelência dele. Tinha apenas uma vaga noção de quais eram elas, seu conhecimento do mundo era demasiadamente limitado para informá-la. Sabia, contudo, sem dúvida alguma, que eram as coisas certas para almejar e, tendo Matthew, ela as teria também. Imediatamente, decidiu fisgá-lo.

Não foi tão fácil quanto seria de imaginar. Matthew, de tão habituado a se considerar indigno, não foi capaz de se livrar do hábito. Embora sedento de admiração, recusava-se a aceitá-la quando esta se apresentava. Não conseguia crer que fosse sincera. Não era possível que uma moça tão linda quanto Callie, tão desejável sob todos os aspectos, pudesse querer a ele.

Há muito se esquecera dos defeitos dela. Seu amor os transformara em virtudes. O que lhe parecera complacência, agora ele via como coragem. Callie não era insolente, mas vivaz, e sua arrogância quanto a si mesma ele agora identificava como uma saudável autoestima. Mesmo a ignorância dela a tornava encantadora. Callie chegara ao fim do Manual de Alfabetização na Escola Thorn e nisso consistia sua instrução. Mas não se tratava de uma ignorância voluntária; era meramente algo próprio da natureza feminina. As mães mantinham as garotas ocupadas com trabalho doméstico e não era de espantar que não lhes sobrasse tempo para aprender. Matthew tinha pena da pobrezinha. Nesse único aspecto, sentia-se superior e, consequentemente, digno dela. Mas todas as outras virtudes da moça o deixavam apavorado.

Callie não conseguia entender, por mais que tentasse, por que alguém que ama outra pessoa não é capaz de se declarar e agir de acordo com isso. Mas Matthew precisava se retrair ou se esquivar, correr em busca de abrigo e investir de novo, o tempo todo tão louco por ela que não sabia se estava atrelando uma parelha de cavalos ou de perus.

Callie o orientou com a prudência delicada de um guardião numa jaula. De centenas de maneiras sutis, e às vezes, ostensivamente, mostrou-lhe que ele era o herdeiro da terra. Matthew de tal forma desejava acreditar nisso que não ousava fazê-lo, mas, quando finalmente Callie o convenceu a se ver como ela o via, essa visão o fascinou. Por nada neste mundo ele abriria mão disso. Esqueceu-se do projeto de viajar e se instruir. Tudo que desejava agora era ter dinheiro bastante para se casar com Callie, uma casa para acomodá-la e um palmo de terra para cultivar de modo a poder alimentá-la.

Naquele inverno, ele cortou lenha, arrastou o que produziu para a cidade e vendeu. Montava armadilhas e arganazes, a fim de vender suas peles. Na primavera, comprou do pai um bezerro e o engordou para vender. Quando chegou o verão, alugou uma fazenda num condado vizinho por quatorze dólares mensais, mais a manutenção da mula. Ordenhou, arou e colheu linho. Todo sábado depois do pôr do sol montava na mula Faraó e viajava a maior parte da noite para passar o domingo com Callie.

No fim do verão, foi para o sul e acompanhou a colheita do milho. Trabalhou como cortador, arrancando as cabeças de milho com um pesado facão. Nos dias bons, conseguia cobrir meio hectare e ganhar um dólar. Muitas vezes pensava, enquanto seguia o cortador ao longo da lavoura, no dólar que deixara de ganhar. Teria sido um dólar mais fácil que esse, se tivesse um pingo de fé em si mesmo. Mas ter fé às vezes é mais difícil do que manejar um facão durante dez horas por dia.

No inverno seguinte, quando o trabalho na fazenda rareou, Matthew encontrou emprego em Kansas City, numa fábrica de empacotamento. Sua função era pôr de molho pernis de vaca em água gelada. O sangue e o fedor, os mugidos do gado assustado e os golpes de machado em seus crânios o deixavam petrificado. Além disso, tinha medo da cidade. Permaneceu no emprego durante dois meses, até saber que lá no campo, sob a neve, a primavera dava os primeiros sinais de vida. Fugiu, aliviado, da cidade, feliz por voltar para um mundo em que havia, finalmente, começado a se sentir em casa.

A essa altura, juntara uns sessenta dólares e uma vaca, além da mula, e encontrara uma fazenda para alugar: dezesseis hectares junto ao córrego Little Tebo, no condado vizinho. Havia bom pasto para o gado, boa terra para cultivar milho e uma casa de dois cômodos. O aluguel anual era de um dólar e cinquenta por meio hectare. Ele e Callie se casaram em março e se mudaram a tempo do plantio da primavera.

10

No início, tiveram boas colheitas. Matthew comprou mais uma mula e pagou o aluguel de mais um ano. Arava os campos com amor, como se fossem seus, e mentalmente eram. Começou a falar de comprar a propriedade. Descobria inúmeras coisas para fazer. Bateu pasto, consertou cercas e desviou o braço do riacho para proteger a lavoura da parte mais baixa. Cortava grandes pilhas de lenha, matava porcos e defumava a carne numa fogueira no defumadouro. De manhã, trabalhava cantando, entoava o amor e a glória de Deus e também as rosas na cerca. À noite, voltava cansado e contente para casa e para a cozinha quentinha, tão ciente da própria felicidade que ela o assustava. Quem era ele para receber tanto? Sentia-se meio culpado, como se não a merecesse. Com certeza, tudo aquilo era ilusório e lhe seria tomado.

Enquanto isso, o século XIX se encerrou e o XX nasceu — em Little Tebo como no restante do mundo, embora ali não tenha havido muito alarido a esse respeito, salvo o badalar de sinos e o espocar de alguns fogos remanescentes do Natal.

Matthew pensou nisso, porém, e sobre o passar do tempo. E se consolou, de certa forma, quando um vago descontentamento se fez presente mais uma vez. Anseio e descontentamento eram seus conhecidos, e isso o deixou mais seguro. Em meio ao atordoamento da felicidade, percebeu que desejava algo mais que uma fazenda arrumada e bem-tocada. Queria ser algo além de um bom fazendeiro. Queria instrução, do tipo que se adquire em livros e com professores numa sala de aula de verdade, com mapas, gráficos e enciclopédias, todos os preciosos e ordenados receptáculos de informação.

Quanto mais pensava nisso, mais crescia o seu desejo. Mas já se fora o tempo. O sr. Kolb e Sedalia haviam sido sua última oportunidade. Agora lhe cabiam dezesseis hectares, uma esposa e responsabilidades. Sua sorte estava lançada. Ponderou acerca da futilidade da própria vida: plantar e colher, estação após estação, em um ritmo constante de esgotamento e repleção, e tudo isso num plano individual — enquanto, em algum lugar distante, aconteciam coisas e não se podia descobrir o que eram elas. Boatos chegavam dando conta de velhos mundos e novos planetas, de viagens e guerras. Mas ali, na lavoura, no comando da charrua feita de toras recolhidas em seu próprio terreno, não havia como saber mais a respeito.

Continuou seu trabalho cismando em silêncio até que um dia Callie o confrontou:

— Nossa, Matthew, qual é o problema?

Ela arrancou a história dele, pouco a pouco. Levou quase uma semana.

— Credo, meu bem — disse ela. — Sempre imaginei você como professor. Por que não tenta?

— Não posso — respondeu ele, enumerando os motivos.

— Arre! — exclamou Callie. — Claro que pode. — Passou, então, a explicar ao marido como. — Para começar, podemos vender o gado.

— Uma parelha e duas vacas — emendou Matthew com azedume.

— Ora, uma delas vai parir. A cria há de dar bom preço. Quanto vai custar o estudo, afinal?

— Mais do que temos.

— Você não pode arrumar emprego na cidade? Como balconista de loja ou algo assim?

— Não entendo nada de loja.

— Ora, pode aprender. Você é mais inteligente do que qualquer balconista que já conheci. Nossa, Matthew, você é tão tímido! Por que não podemos levar as galinhas e vender os ovos para o pessoal da cidade?

— Ovos não valem nada hoje em dia.

— Com certeza, não tão pouco quanto cinco centavos a dúzia, como há três ou quatro anos. E eu soube que o preço aumenta a cada dia.

Ela não largou do pé dele, doce e persistente, até que a autopiedade do marido cedeu lugar à esperança. Mas era uma esperança temperada com apreensão. Talvez fosse velho demais, dizia; talvez não fosse inteligente o bastante para recuperar o tempo perdido. Callie cortou um dobrado com ele, que sempre resistia àquilo que mais queria. Mas ela se casara com ele e era capaz de mandá-lo para a cidade estudar.

Estavam determinados a se mudar para Clarkstown no inverno quando, no último minuto, Matthew se recusou a abrir mão da fazenda. Aqueles campos e matas eram seus graças ao amor, e ele não podia deixar que caíssem em mãos descuidadas, do mesmo jeito que não podia emprestar a esposa. Vendo que o marido queria tudo — a fazenda, instrução e ela —, Callie, ajuizadamente, decidiu que dois terços do que ele queria bastavam e que ela representava o supérfluo.

— Eu fico — disse ao marido — e cuido da fazenda. Thad e Wesley podem vir ficar comigo uma parte do tempo e acredito que a gente dê conta.

Thad e Wesley eram os dois meio-irmãos mais novos de Callie.

Assim, Matthew partiu para a escola sozinho, montando Faraó numa manhã cinzenta de outubro. Uma muda de roupa ia num alforje. Atrás dele, no lombo de Faraó, viajava um saco de alimentos — cebolas, batatas, uma lasca de bacon e duas broas ainda quentinhas do forno. Callie observou-o subir o morro até que a bruma fria se fechou às suas costas e achou que o coração se partiria em seu peito. Matthew ficaria fora durante seis meses. Ela sentiria sua falta a cada minuto e, pior ainda, ele sentiria falta dela. Como haveria de dormir nas longas noites de inverno sem a esposa a aquecê-lo, e o que faria no meio de estranhos quando os humores sombrios o assaltassem e ele perdesse a fé em si mesmo? Ficaria tão solitário sem ela! No entanto, mesmo sabendo disso, não desistira da viagem. Callie chorou um pouco mais, de aborrecimento.

Matthew não sentiu falta de Callie naquele inverno. Sentiu-se solitário e nostálgico de casa. Foi difícil adaptar-se a um novo estilo de vida e lhe parecia que ninguém naquela cidade fazia o que quer que fosse do jeito como ele estava habituado a fazer. Em boa parte era isso mesmo. Porque, embora não tivesse viajado mais que oitenta quilômetros no lombo da mula, Little Tebo estava a meio século de distância no tempo. Refugiou-se nos estudos, onde se sentia seguro. Embora a adoção de novos estilos de vida e novos comportamentos lhe exigisse esforço, o aprendizado nos livros era fácil. Completou o trabalho de um semestre inteiro e voltou para casa antes do fim. Era abril, e precisava providenciar a colheita da primavera.

Durante todo o verão, Matthew estudou em casa. Leu Emerson e Hawthorne enquanto arava a terra. Sentava-se ao meio-dia às margens do córrego, lutando com a álgebra. À noite, estudava história à mesa da cozinha, enquanto os insetos de junho aterrissavam como seixos gordos em volta da lamparina, e Callie espantava mariposas, parando apenas de vez em quando para abaná-lo e soltar um profundo suspiro de enfado.

No fim de agosto, prestou um exame na sede do condado e recebeu um certificado. A Escola Bitterwater contratou-o para o inverno seguinte por vinte e cinco dólares mensais. Finalmente era professor e, mais uma vez, a felicidade era tamanha que o deixava culpado.

A felicidade de Callie não tinha mácula. Era agora a esposa do membro mais realizado da vizinhança. O marido correspondera à sua confiança. Brilhante e muito amado, dera a ela um filho. Às vezes, quando sentia o bebê se mexendo dentro dela, Callie se julgava incapaz de conter tanta alegria. Sentava-se e olhava à sua volta, abençoando as paredes, os móveis, a batedeira e o molde para manteiga, as colchas e os pratos da casa que era sua. Outras vezes, saía e ficava totalmente imóvel, apreciando seu pomar vicejante, as árvores frondosas e o céu, e, a distância, os pastos altos banhados de sol. Então, dizia a si mesma de uma ou outra maneira: "Que Ele seja louvado!", referindo-se tanto a Deus quanto ao marido.

11

A primeira filha do casal nasceu em março. Chamaram-na de Jessica, porque Callie achou que o nome soava lindamente aristocrata. Tinha profunda aversão a nomes que soavam comuns. Matthew não ligava muito para que fosse menina ou menino, mas ficou desapontado, já que, tendo ganhado uma menina, ela não se parecia com Callie. Aquela era sua filha, não havia como negar desde o início. No entanto, Jessica foi um bebê bonzinho, cativante e sempre grato por ter nascido, o que não acontece com todo bebê, como o casal constatou dois anos depois, quando teve o segundo.

Leonie era rabugenta. Vomitava o leite de Callie em jatos e chorava metade da noite. Em momentos muito raros, dava para ver que se tratava de uma criança excepcionalmente bonita, que, passado um tempo, parecia ter aceitado o fato de ser preciso enfrentar a vida, gostando ou não. Acomodou-se e se tornou um membro bastante tolerável da família.

Nos anos seguintes, Matthew e Callie progrediram aos pouquinhos. Conseguiram comprar a fazenda e um terreno adjacente e acrescentar mais quartos à casa. Trabalharam diligentemente para tanto e viviam com frugalidade. Enfrentaram muitas dificuldades — seca e enchente, bem como outras pragas da natureza. Além de tristeza. A mãe e o pai de Matthew morreram e a família se dispersou. Durante algum tempo, o irmão mais novo morou com eles. Mais tarde, Aaron, que jamais se casou, juntou-se a eles, doente então de tuberculose, aquele homem enorme e saudável. Mantendo as crianças afastadas, o casal cuidou dele durante um inverno inteiro, até que, numa medida desesperada, Aaron partiu para o Colorado, onde viria a morrer. Alto, desengonçado e pálido, Matthew era, contudo, o mais forte de todos e aguentava firme enquanto os outros adoeciam, um atrás do outro. Enterrou-os no cemitério da igreja de Millroad, um a cada inverno, até restarem apenas um irmão e sua irmã Bertie.

O pai de Callie, novamente viúvo, passava algum tempo com eles, um ou dois meses de cada vez — entrando e saindo, desconsolado, inquieto, seu bom ânimo descambando para uma espécie de humor queixoso. Adoeceu dessa e daquela moléstia e, finalmente, foi internado, enfermo, num asilo em Sedalia. Matthew foi até lá de trem e o levou para a fazenda, onde morreu em casa.

Não foram anos fáceis, mas a morte e o clima incerto eram um estilo de vida. Matthew seguia em frente com constância, trabalhando na fazenda, dando aulas na escola, estudando e aprendendo.

Após ensinar alguns anos na Bitterwater, seu esforço acadêmico foi recompensado com um novo cargo. Renfro, a cidade mais próxima, decidiu que a comunidade merecia uma escola de ensino médio. Para isso construíram uma nova sala de aula sobre o prédio do ensino elementar e contrataram um mestre. Duas semanas antes do início das aulas, o professor morreu de repente.

Na mais completa inocência, Matthew indagou:

— Fico pensando no que eles hão de fazer. Onde irão encontrar outro professor tão em cima da hora?

— Eu sei onde — respondeu Callie. — Matthew, você pode dar aulas nessa escola. Por que não dá um pulo lá e descobre?

— Credo, Callie, não tenho qualificação!

— Aposto que tem tanta qualificação quanto ele, ou mais.

— Ora, não tenho tanta certeza.

— Eu tenho. Por que não vai até lá, papai? Não há nada a perder.

— Não me agrada nem um pouco fazer isso. O sr. Motherwell acabou de ser enterrado. Eu me sentiria como um busardo que mal pôde esperar o corpo esfriar.

— Alguém há de fazer isso. E eles não têm o ano todo para esperar. As aulas vão começar.

— É, e na minha escola também. Se eu fosse para Renfro, quem iria dar aulas na *minha* escola?

— Aquele que, de outro jeito, vai acabar dando aulas em Renfro e ganhando mais.

— Existem coisas mais importantes que dinheiro — observou Matthew com altivez, partindo para o celeiro.

Foi a última conversa que ambos tiveram sobre o assunto até dois dias mais tarde, quando o conselho escolar de Renfro apareceu na fazenda à procura de Matthew.

Contrataram-no apesar dos seus protestos, pelo que lhe pareceu um salário bastante alto. Ele condicionou sua aceitação a encontrar outro professor para ocupar o lugar que deixaria vago na Bitterwater. Cumprida essa obrigação moral, Matthew embarcou com entusiasmo em sua nova ocupação. Em um mês, os tremores cessaram, o entusiasmo aumentou e ele se viu tão feliz quanto era possível.

Ou quase.

Havia algo a perturbá-lo um pouquinho em casa. Não que Callie tivesse virado mãe apenas, esquecendo-se de ser esposa. De jeito nenhum. Apesar de ocupada, e a despeito da presença frequente de parentes, ela encontrava tempo para ficar sozinha com o marido. Na verdade, criava tempo, como nos dias chuvosos, quando mandava as crianças brincarem dentro de casa. Então corria para o celeiro ou para o defumadouro, onde quer que o marido estivesse trabalhando, levando a panela de vagens para tirar o fio ou a de batatas para descascar, e se sentava numa caixa junto a ele para conversarem. E à noite, depois de pôr as crianças na cama, era novamente a namorada de antes, meiga e solícita, o corpinho pequeno obediente ao dele.

De alguma forma, porém, abrira-se um espaço entre os dois. Não muito grande, mas grande o bastante para que Matthew o sentisse. Sabia que, em parte, a culpa era sua. Tinha tantas coisas na cabeça! Com o trabalho na fazenda, as aulas e os estudos, simplesmente vivia ocupado demais para dedicar muito tempo a ela.

Ainda assim, de certa maneira, ele tentara. Amante dos fatos, das teorias e ideias que encontrava nos livros, tentara partilhá-los com a esposa. Tentara, no início do casamento, ensinar Callie a ler. Embora tivesse uma boa cabeça, e apesar de ter concluído o manual de alfabetização na escola, Matthew descobriu, chocado, que a mulher tropeçava até mesmo nas palavras mais simples e era capaz de ler apenas um pouquinho melhor que uma aluna da primeira série. Naturalmente, o que ela era capaz de decifrar a entediava. Ele se dedicou a lhe ensinar a ler palavras mais compridas e a escrevê-las e soletrá-las. Às vezes, passava-lhe exercícios como se ela fosse uma criança na escola. Obedientemente, Callie recitava a lição e desenhava as palavras no papel com mão dura, até, finalmente, começar a bocejar, a se espreguiçar e a se queixar dos olhos.

— Acho que já aprendi o suficiente por hoje — dizia. — Não me saí um bocado bom?

— Bom não. *Bem*.

— Arre! Bom ou bem, que diferença faz? No fim dá na mesma. Vamos até o mato pegar uvas silvestres. Faço geleia pra você.

Sorrindo meio por obrigação, Matthew ia com ela. Callie era tão doce, tão alegre, tão bonita e divertida que ele não tinha coragem de ficar emburrado.

Às vezes contava histórias para ela: as andanças de Ulisses, o romance de Lancelote e Elaine; falou de Sydney Carton e David Copperfield, das guerras dos índios e de Benjamin Franklin. Callie ouvia até haver uma pausa conveniente, quando intervinha com um comentário sobre o tempo ou a madeira de lenha ou a qualidade das batatas naquele ano.

O mesmo acontecia quando o assunto era o trabalho dele. Matthew descobriu que não adiantava chegar em casa à noite e tentar lhe contar as satisfações do dia. Se algo tivesse dado errado, ela era toda solidária e atenta. Do contrário, o trabalho dele não a interessava. Ela aparentemente achava que, se ele tinha tempo para conversar sobre a escola e coisas do gênero, também devia ter tempo para ajudá-la. Em geral, Matthew acabava batendo a manteiga ("Já que você está aí") ou ajudando-a a desamassar as cortinas de renda, ou ela o atraía para um passeio na mata para encontrar o ninho da galinha-d'angola. Ele nada tinha contra a maioria dessas coisas, mas pensava com melancolia como seria bom se os dois pudessem conversar sobre livros.

Ele notava, porém, que, embora pouco se importasse com o trabalho dele, a esposa se orgulhava abertamente disso com outras pessoas. Às vezes, ele a ouvia gabar-se com os vizinhos:

— Ele precisa *estudar* hoje à noite — dizia, como se fosse algo muito cansativo para o marido (e era). Mas ela se vangloriava. O marido de mais ninguém tinha um defeito tão distinto.

— Vem estudar comigo — convidava ele, às vezes. — A gente vai aprender um pouco de história.

— Vá em frente. Eu fico aqui lendo a Bíblia.

Passado algum tempo, ele parou de tentar dar aulas a ela.

Os componentes da sua vida, no início um amálgama bem-sucedido, começaram, pouco a pouco, a se separar, de modo que agora ele levava duas vidas. E, quanto mais a pública o envolvia, mais ele a amava. Foi como uma faceta dessa vida que ele amou Charlotte Newhouse.

12

Numa manhã de fevereiro do segundo inverno de Matthew em Renfro, uma moça alta usando chapéu e uma pelerine forrada de pele adentrou sua sala de aula e se apresentou. Era nova na comunidade, tinha vindo de St. Louis para morar com um casal de tios e queria se matricular na escola. A voz era grave e elegante, uma voz cultivada. Mesmerizado pelas boas maneiras discretas da moça, Matthew mal conseguiu pronunciar o próprio nome e apertar a mão que lhe foi oferecida. Designou-lhe uma carteira e lhe mostrou onde pendurar seus agasalhos.

— Obrigada — agradeceu a moça, com uma leve inclinação da cabeça. — O senhor é extremamente gentil.

A frase o deliciou, de tão formal e encantadora que soou. *Extremamente gentil*, disse a si mesmo, querendo rir; *extremamente gentil*! Ele foi extremamente gentil com ela o dia todo.

As crianças foram extremamente hostis. Fizeram caretas e a encararam sem dó, zombaram da sua roupa, do cabelo e do nome.

Apelidaram-na de srta. Casavelha e Magrela e Pódearroz. Ela suportou tudo com dignidade e um toque de humor.

Quando as aulas se encerraram à tarde, ela pediu para esperar no prédio até o tio chegar para apanhá-la. Sentou-se no fundo da sala, folheando um livro, enquanto Matthew sentou-se à mesa do professor e desempenhou suas funções. Nenhum dos dois disse palavra. A pressão do silêncio aumentou. Matthew estava consciente da própria respiração, além do que seu estômago roncava de fome e ele precisava urinar. Passados quase quarenta e cinco minutos, o tio felizmente chegou.

— Boa-noite, sr. Soames — despediu-se Charlotte. — Foi extremamente agradável.

A tia e o tio, que moravam a alguns quilômetros de distância, do outro lado da cidade, eram um casal sem filhos sabidamente abastado e considerado arrogante. Matthew os conhecia apenas de vista. Toda manhã, o tio levava Charlotte de charrete até a cidade e toda tarde voltava para apanhá-la. Invariavelmente se atrasava. Durante essas esperas, que variavam entre vinte minutos e uma hora, Matthew e a garota começaram a se conhecer melhor.

Ele descobriu que a mãe e o pai dela eram divorciados, que a mãe tornara a se casar recentemente e partira para a Europa em lua de mel. Como o casamento se realizara num ímpeto, não houve tempo para fazer planos elaborados para Charlotte. A coisa mais simples era mandá-la para o campo durante três meses para morar com a tia materna (ademais, a mãe achava que seria bom para a menina respirar o ar puro do campo por algum tempo e contemplar a natureza). Charlotte não queria ir, mas não teve escolha.

Ela falou do divórcio de maneira bastante aberta. Matthew ficou chocado com a forma casual como se referiu ao assunto. A menina, porém, parecia recatada e refinada, em nada vulgarizada pela experiência, ao contrário. Ele descobriu que ela estudara pintura, que frequentava a ópera e assistia a peças teatrais. O amigo da mãe ("que agora é meu padrasto") às vezes levava ambas a concertos.

Charlotte admitiu serenamente não dar muita importância aos estudos. Na verdade, não pretendia de todo frequentar a escola naqueles três meses, mas, sim, se dedicar à leitura, o que adorava, e contemplar a natureza, conforme prescrevera a mãe. No entanto, depois de uma semana de livros, natureza e nada mais, ela se viu irremediavelmente enfadada e decidiu frequentar as aulas.

Lia os romances de Scott e Dickens e falou de outros escritores e livros que Matthew desconhecia — Theodore Dreiser, Edith Wharton, George Sand (ele ficou espantado ao descobrir que George Sand era mulher), e um romance chamado *Madame Bovary*, escrito por um francês. Como ela entrara em contato com esses textos?, quis saber ele. Eram ensinados na escola em St. Louis? Charlotte explicou que lera a maioria em casa, que a mãe tinha muitos livros. Ela própria começara a escrever um romance, que deixara Charlotte ler.

A poesia também lhe era cara, sobretudo a de Keats e Tennyson (como adorava "A véspera de Santa Inês" e "A dama de Shallot"!), além de um livro que a mãe ganhara de presente no Natal, *O Rubayat de Omar Khayam*.

— O quê de quem?

— *O Rubayat de Omar Khayam*. É muito bonito. Quando voltar para casa, mando um exemplar para o senhor.

Esse tipo de conversa fascinava Matthew. Ela falava tão bem, naquela voz grave e aveludada, dizendo as coisas mais surpreendentes, articulando um vocabulário incomum tão facilmente como se nomeasse os dias da semana. Diariamente, ele esperava ansioso por essas conversas de fim de tarde. Também Charlotte parecia apreciá-las. Quando a porta se fechava atrás dos demais alunos, um se virava para o outro, rindo de alívio, e os dois se apertavam as mãos em um ritual brincalhão de cumprimento, como se não tivessem de fato se encontrado até aquele momento. Charlotte se empoleirava numa carteira próxima à frente da sala, enquanto Matthew, embarricado atrás da própria mesa, encostava a cabeça no quadro-negro. Os dois, então, falavam de livros, de viagens, de música e de si mesmos.

Charlotte com frequência declarava como seria maravilhoso se ele conseguisse visitá-la em St. Louis. Poderia lhe mostrar os prédios imponentes, o museu e as universidades, e os dois iriam a um concerto juntos. Ela sentia falta dos concertos! Como seria maravilhoso se Matthew pudesse frequentar a escola em St. Louis naquele verão! Charlotte falava disso com tamanha frequência que Matthew começou a considerar a possibilidade. Jamais lhe ocorrera ir a lugar algum, salvo à escola regular em Clarkstown. Mas por que não St. Louis? A viagem em si já seria instrutiva.

A coisa virou um joguinho entre eles: quando Matthew visitasse St. Louis, os dois iriam uma noite assistir ao espetáculo no *bateau mouche* e ouviriam um recital de menestréis. Primeiro, porém, jantariam em um restaurante opulento. Tomariam champanhe.

— Champanhe intoxica? — perguntou Matthew.

— Como assim? — indagou Charlotte, confusa.

— Faz a gente ficar bêbado?

— Claro que não! — respondeu ela, olhando-o com incredulidade. — Champanhe não é *cerveja*!

Certo, e o que mais fariam?

Ora, visitariam a área de desfiles no histórico Jefferson Barracks e veriam a parada dos soldados, todos engalanados em seus uniformes. Era um bocado excitante. Iriam ao novo Coliseu; passeariam de canoa.

Visitariam o Jardim Shaw e o prédio que restara da Feira (pena que ele não havia estado em St. Louis *na época*!). Ela usaria o chapéu enfeitado com flores e levaria o para-sol cor-de-rosa. Ele poria um chapéu de palha, balançaria uma bengala e ficaria tão imponente que todos achariam que morava em Nova York! Passeariam em meio às flores e as pessoas pensariam que ele era seu noivo! (acessos de riso).

E o que mais?

Ora, haveria montes de coisas formidáveis para fazer. A cidade abriria os braços para recebê-lo.

E falavam, falavam até a cabeça de Matthew dar tantas voltas que chegava a rodar como um globo terrestre.

Uma tarde, quando apertaram as mãos em cumprimento, Matthew de repente inclinou a cabeça e beijou-a na boca. Os dois ficaram se encarando durante um momento e, depois disso, não conseguiram pensar em nada para dizer. Charlotte empoleirou-se em sua carteira, Matthew recostou-se no quadro-negro. Nenhum dos dois podia olhar para o outro sem aquela contração do rosto que faz as vezes de um sorriso. O tio não chegou, e não chegou, e, por fim, simplesmente não houve mais nada a fazer senão um cair nos braços do outro e se beijar com ardor.

13

Matthew tinha pouco mais de trinta anos naquela primavera. A moça tinha dezessete e parecia bem mais velha. Seu jeito altivo conseguia disfarçar o fato de que era muito jovem para o amor e lhe dava um quê de experiência que, para Matthew, aparentava pura sofisticação. Sentia-se indigno dela, dominado pela gratidão por ela não desdenhá-lo.

De sua parte, a moça era grata a ele, porque tinha andado solitária. Também sentira pena de si mesma, já que se apaixonara pelo pretendente da mãe e tudo que ele fizera foi rir e afagar seu queixo. Precisava urgentemente impor sua personalidade sobre alguém que lhe desse atenção. O jovem professor alto de corpo musculoso e belos olhos castanhos lhe dava um bocado de atenção.

Matthew corria para a escola toda manhã com a garganta seca, numa tal pressa para chegar que galopava em sua égua alazã durante todo o caminho, atiçando-a com desculpas e promessas de recompensa. À noite voltava para casa relutante, impaciente para ver o sol raiar. Os fins de semana eram abomináveis. Passava o sábado inteiro fugido, derrubando árvores, arrancando sebes e desenterrando tocos. Exauria o corpo tentando passar o tempo inacabável até a chegada da segunda-feira.

Na escola, tinha medo de ser visto a menos de dez passos de distância de Charlotte. O dia todo mal olhava para ela, porém enrubescia de orgulho quando, num rápido relance, os olhos dela falavam com ele. À tarde, esperando pelo tio, os dois se beijavam às pressas, avidamente, em um canto da sala, atrás do aquecedor. Depois disso, assumiam seus lugares de praxe, ela na primeira carteira, ele bem seguro atrás da própria mesa. Sentados tão circunspectamente afastados, faziam amor com palavras por sobre o espaço entre eles. As coisas que ela pensava dizer a ele! Rosas e gemas rolavam da boca da moça, palavras beijadas e uma paixão assombrosa! Suas vozes, graves e suspirosas, tocavam e acariciavam um ao outro até deixarem Matthew agoniado.

Ele não estava, porém, tão envolvido a ponto de esquecer os riscos. Encolhia-se toda vez que os alunos chamavam Charlotte de "queridinha do professor". Como Charlotte neutralizava as provocações de forma rápida e eficaz, esses episódios eram muito raros. Mas Matthew se perguntava quais boatos circulavam entre os alunos e que histórias eles levavam para casa. Às vezes seu medo de ser descoberto o perturbava de tal maneira que ele desejava que os dois nunca tivessem se conhecido. Que alívio se ela fosse embora e ele pudesse esquecê-la! Lembrava-se, então, de que ela logo o deixaria, com efeito, e ficava desolado. Aguardava o final do semestre como se fosse o fim do mundo.

Apesar dos suspiros e das lágrimas ocasionais de Charlotte, Matthew percebia que a moça aceitava o fim com mais facilidade que ele. Tagarelava animadamente sobre a volta para casa, quando veria de novo a mãe e seu novo padrasto. Tudo isso só fazia aumentar o desespero dele. Sentia raiva dela e se tornou mais possessivo. A ideia de se casar com Charlotte lhe passou mais de uma vez pela cabeça, seguida quase sempre por sua sombra, a ideia de se divorciar de Callie. Curiosamente, pensava muito na esposa: sentia que mal falara com ela durante toda a primavera. No entanto, o cataclismo do divórcio estava fora de questão. Além do escândalo, capaz de causar um prejuízo irreparável à sua imagem, havia a gigantesca inconveniência, tanto física quanto emocional, de arrumar outra vida. E, quando enfrentava o assunto de frente, não conseguia imaginar uma vida total e permanentemente sem Callie (tentou imaginar Charlotte na fazenda e lhe ocorreu pensar se na primavera ela viria correndo lhe contar que as alfaces brotaram — como fazia Callie —, ou se daria boas-vindas a um novo bezerro com gritinhos igualmente delicados, ou se mataria uma galinha — algo que Callie sempre tinha de fazer, já que a ele faltava coragem).

Podia, em compensação, imaginar uma vida sem Charlotte. Embora doesse, era capaz de fazê-lo. Podia aceitar a inevitabilidade de viver sem ela. Mas não agora, ainda não. Queria que durasse um pouco mais. E o fato de a moça parecer menos ansiosa que ele para que a situação perdurasse o fazia sangrar.

Conforme o tempo esquentava e as folhas novas surgiam, Matthew foi ficando cada vez mais confuso. Com enorme esforço, dava suas aulas. Em casa, brigava com as filhas e ficava emburrado na presença de Callie. Por tratá-la mal, sua consciência doía mais ainda. Começou a sofrer de insônia. Passava a noite tenso e febril, culpado demais para rezar pedindo sono. Pensava em Charlotte arrebatada pela vida cheia de opções da cidade, deixando-o para trás. Embora tivesse várias vezes invejado as vantagens culturais de uma cidade, e embora eventualmente ansiasse por ver seus parques e monumentos, santuários históricos e prédios famosos, não confiava nas pessoas que constituíam uma cidade. Sempre encarara com desaprovação seus hábitos e atitudes e os considerava, no mínimo, frívolos e hedonísticos. Charlotte lhe oferecera uma nova visão do Paraíso, e ele pensou com excitação física nos cavalheiros e senhoras distintos, letrados, no linguajar bonito e nas maneiras elegantes, nas bibliotecas, nos quadros, na música e na contemplação — *otium cum dignitate*. Podia partilhar tudo isso enquanto tivesse Charlotte. Quando ela partisse, porém, tudo iria junto. Em contraste com seu mundo, o dele parecia insuportavelmente monótono. A despeito de si mesmo, enchia-se de ressentimento por Callie e pelas filhas. Importava-se com elas, razão pela qual elas o acorrentavam e cerceavam.

A possibilidade de passar o verão em St. Louis, com a desculpa do estudo, era tentadora. Matthew pensava nisso constantemente: como conseguiria escapar, que providências tomar com relação à família (que ficaria, claro) e ao trabalho na fazenda. Havia coisas que ele podia fazer. Afinal, St. Louis não era o fim do mundo. De alguma forma, daria um jeito. Uma noite tomou coragem para abordar a ideia com Callie, de um jeito casual. Achou melhor sondá-la, prepará-la. Callie disse muito pouco na ocasião, mas no dia seguinte adoeceu, e ele se sentiu responsável. Propensa a enxaquecas nervosas, a esposa teve uma crise pavorosa. Ele a encontrou prostrada quando voltou da escola, deitada na cama, com um pano úmido na testa e uma bacia para aparar quaisquer líquidos vis que ainda restassem em suas entranhas torturadas. Os lábios estavam roxos, o rosto bronzeado desbotara, adquirindo uma palidez semelhante à do broto de uma semente. Ele cuidou dela até que sarasse, até que adormecesse num estupor próximo ao coma, o último estágio da crise.

Durante esses ataques da esposa, Matthew sentia, ao mesmo tempo, pena e aversão. Tratava-se de um artifício feminino, um protesto, uma censura. Eram autoinduzidos. Ainda assim, acreditava ter provocado este com a menção a St. Louis, o que o deixava ao mesmo tempo irritado e solidário a ela no sofrimento.

Deixou-a dormindo quando saiu na manhã seguinte. Quando voltou (atrasado novamente, apesar das boas intenções; Charlotte o enlouquecera naquele dia), Callie parecia revigorada. Chegou mesmo a sugerir que o marido lhe desse uma aula de caligrafia, algo que jamais fizera.

— Ah — respondeu ele, sem disposição para isso —, já é tarde. Dei aula o dia todo.

— Mas eu ando querendo...

— Preciso me deitar. Uma outra hora, talvez.

Não podia olhar para ela. Foi se deitar e ficou ali, fingindo dormir. Callie e Charlotte, dois estilos de vida, o partiam ao meio. Finalmente, exaurido por tanta choramingação mental, levantou-se e se vestiu. Com cuidado para não acordar Callie, desceu pé ante pé as escadas e saiu para o quintal iluminado pelo luar, onde ficou parado por um instante, absorvendo a noite.

O silêncio, o ar saboroso... Odores de vegetação, orvalho, solo recém-revolvido, o hálito puro das folhas, do mato e da grama. As vacas sedosas adormecidas ao luar... a égua bufando em sua baia e o som do casco batendo de encontro à manjedoura. Caminhando até o portão, olhou para além da mata prateada e do pasto, e lhe pareceu que há muito não via nada disso.

Passou pelo curral e pelo arvoredo de nogueiras. À sua esquerda, ficava um trecho descampado de campina. Um pouco distante, à direita, uma fileira de carvalhos e cedros e os finos troncos brancos dos vidoeiros marcavam o sulco torto aberto pelo braço do rio. Abandonando a trilha, cortou caminho para alcançar as margens e contemplou a água, que corria sobre arenito e seixos e jogava diretamente em seu rosto o reflexo do luar. Uma fonte borbulhava na escuridão abaixo. Matthew desceu por uma trilha aberta pelas vacas e pegou com a mão em concha um bocado de água. Tinha um sabor limpo, medicinal, com uma leve sugestão de minerais e ervas.

Do outro lado do rio, o conjunto de cerca, mata e sulco formava um pequeno triângulo, uma extensão de terra que não servia para muito mais que pasto e que ele raramente visitava. Pensou agora que podia ir até lá e dar uma olhada. Alçou-se da margem com o auxílio de uma raiz e atravessou a vegetação para chegar à clareira. Parou, então, abismado. Sozinho, quase no centro do lote, havia um pilriteiro em plena floração. Tinha o formato de um grande pinheiro, redondo na base e afilado no topo. E, a partir da metade até o cume, suas florzinhas brancas se erguiam numa massa sólida, de uma alvura luminosa.

Matthew inspirou com um assovio grave. Esquecera-se daquela árvore. Nunca a vira em flor como estava agora. Deu a volta completa a seu redor, maravilhado. Depois de um tempo, afastou-se e encostou-se numa outra (aparentemente, todas as demais haviam recuado, propositalmente) e contemplou seu pilriteiro arder à luz do luar. Teria ardido com a mesma alvura, quietude e impessoalidade se ele não estivesse ali. Matthew pensou em quanta beleza podia passar despercebida. E apreciou o fato de ter sido agraciado com o privilégio de enxergar. Refletindo sobre isso, sentiu-se repentinamente humilde. Não fazia sequer meia hora, depreciara seu quinhão. Com desprezo e insatisfação, renegara a bênção da própria vida, de tudo que o Senhor houve por bem lhe dar. Ainda assim, por mais ingrato, adúltero e impostor que fosse, fora conduzido até aquela árvore. Deus a escolhera como um sinal entre eles. Essa árvore alta e florida era a resposta generosa e divina.

— Perdoe-me, Pai — murmurou em voz alta. — Perdoe a minha ingratidão.

E se sentiu melhor.

Escorregou para o chão e ficou ali sentado por um bom tempo, semientorpecido. Quando os olhos se saturavam da beleza da árvore, ele contemplava a mata escura às suas costas ou erguia o olhar para o céu e tornava a baixá-lo, rápido, para a árvore, com uma visão renovada, como se quisesse vê-la de novo pela primeira vez. Aquela chama branca parecia consumir a opressão do espírito. Sentiu-se purificado e eufórico, numa espécie de transe sagrado, como o êxtase dos santos.

No entanto, em pouco tempo, a calma potencial se esvaiu e a imagem de Charlotte voltou-lhe à mente, destroçando-o como antes, despertando-o da bênção. Gemeu baixinho quando a saudade e o desespero novamente o assaltaram. Pensou naquela pele fresca, naqueles olhos e no gosto daquela boca. Seu desejo por ela, em sua futilidade, era o mesmo que raiva. Amaldiçoou a si mesmo. Será que precisava levá-la até mesmo a esse lugar, ao santuário de sua própria mata? Pondo-se de pé, embrenhou-se no mato às suas costas, insensível aos galhos que lhe rasgavam o rosto e às moitas rasteiras que ralavam seus tornozelos. Prosseguiu encosta acima e novamente desceu até onde começara o caminho. De nada adiantou. A necessidade dela se grudara nele como carrapatos. E o pilriteiro lhe fazia troça com sua beleza. Desabou outra vez de encontro ao carvalho.

Enquanto estava ali sentado, um ruído lhe chegou, vindo da direção do rio, um farfalhar, como o de alguém abrindo caminho em meio à vegetação. Um torrão de terra rolou pela margem e caiu na água. Matthew ergueu a cabeça e fixou o olhar no espaço aberto ao luar. Talvez algum animal da fazenda o tivesse seguido, ou, quem sabe, era um bicho qualquer atrás de água. Houve mais barulho, um movimento no mato, e uma figura branca surgiu na clareira.

— Matthew?

Era Callie em sua camisola branca.

— Matthew? — chamou de novo numa voz tímida. — Você está aí?

— O que você veio fazer aqui? — indagou ele, da sombra.

Ela soltou um gritinho de susto que logo deu lugar a uma gargalhada.

— Nossa! Eu *achei* que você estava aqui, mas levei um susto.

Aproximando-se de onde ele estava, hesitou.

— Cadê você? Não estou vendo.

— Aqui — respondeu Matthew, saindo da sombra.

Com um murmúrio de alívio, Callie correu para o marido. Usava um xale sobre os ombros e o longo cabelo liso estava solto.

— Achei que você estava dormindo — disse ele com rispidez.

— E estava, mas acordei. Tudo bem com você, não é, Matthew? Não está se sentindo mal, está?

— Não, só cansado. Não consegui pegar no sono.

— Eu percebi.

— Pensei em dar uma volta. Talvez o ar fresco ajudasse.

— Está gostoso aqui fora, nem um pouco frio. — Tirando o xale, ela jogou o cabelo para trás. — Que noite bonita! Olha aquela árvore, Matthew! Que árvore! — E correu até lá. — Nunca vi nada mais lindo, você já?

— Não — respondeu ele, cheio de má vontade. — É melhor a gente voltar.

— Ainda não! — Correndo para ele, Callie pegou sua mão. — Só mais um pouquinho, por favor! — Tímida como uma escolar, largou a mão dele e baixou o olhar. — Parece que eu não vejo mais você — falou. O luar desenhava um arco sobre a cabeça inclinada de Callie. Diante da mudez do marido, ela ergueu os olhos e tornou a sorrir. — Mas eu sei que você anda terrivelmente ocupado. Não espanta que esteja exausto. — Virou as costas, inspirou profundamente e sentou-se no chão. — Sente-se, meu bem — convidou, estendendo o xale na terra para ele.

— É melhor você se levantar daí. Vai pegar uma gripe séria.

— Não vou, não. Vem — insistiu, puxando a mão dele.

— E se as meninas acordarem? — indagou Matthew, ainda de pé.

— Não vão acordar. Elas dormem direto depois que pegam no sono. — Tirou os sapatos e enfiou os pés descalços na grama. — Que delícia!

— Não está com medo dos ciganos? — indagou ele. — Tem uns vagando por aí.

Os pés dela pararam de se mexer.

— É, eu ouvi dizer.

— Acho que vi as fogueiras deles hoje à noite, lá para os lados da cidade, na mata. Não acredito que venham para cá, mas é melhor não arriscar.

— Não — disse ela e ficou calada por um instante. — Bom, eles não poderiam entrar, de todo jeito. Tranquei a casa direitinho quando saí. A chave está no meu sapato — acrescentou, deitando na grama com os braços esticados acima da cabeça. — Nossa, a lua está grandona hoje.

A frente da camisola havia se desabotoado e o olho redondo e escuro de um seio o encarava.

— Vamos, Callie. Você vai se gripar.

— Matthew? — chamou ela baixinho.

— Vamos embora.

— A gente vai. Vem deitar aqui comigo primeiro.

— Não quero me deitar.

Fez-se um silêncio. Matthew continuou de pé, carrancudo, do outro lado da clareira. Então Callie se levantou e olhou diretamente para ele.

— Matthew — disse ela, numa vozinha miúda —, faz amor comigo.

Ele lhe deu as costas.

— Agora não, Callie.

— Por quê?

— Não aqui.
— E se a gente voltar para casa?
— Não sei.
— Por favor.
— Não seria bom — insistiu ele, desesperado.
— Vou fazer ser bom. Oh, Matthew.
— Amanhã, talvez. Não sei. Vamos, Callie.

Ela tornou a lhe barrar o caminho e, antes que ele pudesse se mexer, começou a despir a camisola. Livrou os braços das mangas e deixou que a roupa deslizasse até o chão.

— Vista isso de novo — disse ele.
— Não!

Saindo do círculo da camisola descartada, com um sorriso estranho, Callie empinou o peito de modo a que os seios se destacassem. Resmungando, Matthew pegou do chão a camisola, atirou-a para a esposa e se afastou da clareira em largas passadas.

Callie correu atrás dele e segurou seu braço.

— Não vá embora, Matthew!
— Me deixe em paz! — gritou ele.
— *Tenho* deixado você em paz!

Os dois se encararam em silêncio, ali ao luar, junto ao pilriteiro. Então, com o movimento rápido e escorregadio de uma carpa miúda, ela colou o corpo no dele, apertando-o com os braços enquanto as mãos se ocupavam com a camisa.

— O que você está fazendo?

Com um puxão repentino, ela lhe abriu a camisa sem se preocupar em desabotoá-la. Encostou os seios no peito nu do marido.

— Tira essa roupa — sussurrou.
— Vou odiar você! — Ele mal conseguia falar.

— Não vai não.

O corpo dela se mexia e as mãos subiam e desciam pelas costas dele. Numa voz que lembrava chuva morna, ela disse coisas que ele jamais a ouvira dizer, coisas chocantes, tentadoras. O bater do próprio coração quase lhe tirava o fôlego e, gemendo, como se estivesse diante da dor ou do terror, ele lhe agarrou as nádegas e a puxou de encontro a si. Colados um ao outro, os dois desabaram no chão.

Depois, deitado de costas, ele cobriu com um dos braços os olhos, protegendo-os da luz da lua. O chão estava frio, mas Matthew estava cansado demais para se mexer. Havia feito amor com brutalidade, mordendo, agarrando com força, como se algo o obrigasse a castigá-la (descobriu mais tarde que havia deixado grandes hematomas no corpo dela). O ato não lhe dera prazer algum além de uma satisfação amarga, como a de uma vingança. Esse nunca tinha sido seu jeito de amar e o deixou enojado, tanto consigo mesmo quanto com ela.

Callie se inclinou sobre o marido, afagando-o com o cabelo comprido.

— Foi bom, não foi? — indagou.

Ele inspirou profundamente e soltou o ar.

— Acho que sim.

— Vamos voltar agora?

— Está bem.

Mas ficou ali imóvel. Pouco depois, Callie foi pegar o xale e o cobriu. Ficou sentada durante um bom tempo sem nada dizer. Em dado momento, ele achou tê-la ouvido chorar. Olhou-a por debaixo do braço. A cabeça estava inclinada e o cabelo lhe escondia o rosto. Segurava um dos seios.

— Eu não queria machucar você — disse ele.

— Sei disso. Está tudo bem.

Jetta Carleton

Matthew fechou os olhos e deve ter adormecido, pois, quando tornou a olhar, ela se fora. As roupas, que deixara espalhadas por todo lado, estavam dobradinhas a seu lado. Vestiu-se, então, e tomou o caminho de volta para casa. Quando alcançou a mata acima do rio, fez uma pausa e olhou para trás. O pilriteiro lá estava, alto e sereno, belo para deleite próprio. E Matthew sentiu que, de alguma forma, o traíra.

14

Quando Charlotte partiu, os dois se despediram com beijos ternos e numerosos e prometeram voltar a se ver, um dia, de algum jeito. Matthew ficou desolado, mas, a despeito disso, logo descobriu o prazer de acordar nas frescas manhãs de maio e ficar em casa o dia todo. Descobriu novamente a fazenda e se ocupou ali com as meninas em seus calcanhares. Passaria, mais tarde, algumas semanas em Clarkstown, no curso de verão. Embora não fosse o mesmo que estudar em St. Louis, esperava ansiosamente por esse momento. Enquanto isso, não tinha aulas para preparar, deveres para corrigir, nada a fazer senão trabalhar ao ar livre e cantar em voz alta e adormecer assim que deitava a cabeça no travesseiro. Essa liberdade o assaltava a cada ano como uma surpresa total, renovadora. Não conseguia pensar em Charlotte sem sofrimento, mas podia passar, às vezes, um dia todo sem pensar nela.

Callie, é claro, engravidara. O fato não surpreendera nenhum dos dois. Embora ela se mostrasse feliz com isso, ele se consumia em culpa.

Não podia evitar a sensação de que essa criança fora concebida em adultério. Usara a esposa — essa era a única palavra honesta a empregar — enquanto desejava outra mulher.

No entanto, também desejara Callie naquela noite, porque ela o fizera desejá-la. E vinha fazendo o mesmo desde então. Ele se ressentia um pouco da maneira como ela o satisfazia. Por sua causa, a imagem da bem-nascida Charlotte vinha desbotando, e, com ela, a dos concertos e museus, a dicção perfeita e as maneiras cultivadas.

Bom, que assim fosse! Tudo isso estava mesmo muito além do seu alcance. Como ele, com suas origens humildes, podia almejar tais conquistas? E daí se não pudesse? Não tinha as salas de concerto, as galerias de arte, a companhia de acadêmicos, mas tinha os pássaros, cuja música animava a alma. Tinha o céu, onde Deus era o pintor. Como companhia, tinha a natureza. Não havia livros capazes de ensinar aos homens mais que ela! Contemplou seus domínios com o coração leve.

Mas, ai!, pensou ao pegar novamente as rédeas, os livros que existiam e as pessoas que podiam lê-los! Ai, as coisas que aconteciam no mundo, e todos os oceanos, as montanhas, crateras, castelos, fortalezas e navios e estátuas, selvas, pompas e todas as moças graciosas de pele clara que ele jamais conheceria!

15

O bebê nasceu em janeiro, em meio a uma tempestade de gelo, quando o mundo lá fora estalava e se partia e galhos de árvore caíam com estrondo sobre o telhado.

O tempo estava tão ruim naquela manhã que Matthew quase faltou à escola. O bebê era esperado para dali a alguns dias, mas Callie não atinava por que Matthew precisava sair com aquele tempo.

— Não vai ter nenhum aluno lá — disse ela —, não num dia como hoje.

— Bom — atalhou Matthew —, a chave está comigo e não quero que ninguém seja impedido de entrar.

— Não podem pedir ao pastor para abrir, se é que alguém será tolo o bastante para sair com um tempo desses? O pastor não tem a chave?

— Tem, mas detesto não estar lá.

— Não faria mal algum perder um dia de aula.

— Sei disso, mas as lojas e o banco vão abrir. Não ficaria bem a escola permanecer fechada.

— Droga! Todos os homens moram na cidade.

— Vai ver acham que eu moro também. Prestaria mais serviço se morasse.

— Você já passa o tempo todo lá, mesmo morando aqui.

— Bom, Callie, meu emprego é esse!

— Tudo bem, então vá! — disse ela. — Se está tão ansioso para agradar todo mundo, vá logo. Você e o cavalo hão de congelar. Ninguém vai lhe dar uma medalha. Mas deixe a Jessica em casa.

Jessica, que a essa altura tinha quase sete anos, começara a frequentar a escola no outono. Partilhava a sela do cavalo com o pai toda manhã, e ele a deixava na Bitterwater a caminho da cidade. Naquela manhã, porém, ele partiu sem ela, de cara amarrada, porque Callie não entendia que ele precisava cumprir suas obrigações.

Dois ou três alunos moradores na cidade apareceram — o suficiente para fazê-lo sentir-se virtuoso, mas dificilmente o bastante para justificar a lareira acesa. Mandou-os para casa ao meio-dia e, logo depois, empreendeu a precária viagem de volta. A égua escorregava na estrada gelada, e os dois precisaram esquivar-se de galhos caídos. Estava escuro quando chegou em casa.

A casa também estava às escuras. Matthew pôs a égua na baia e entrou apressado. Não havia fogo no fogão; não havia lamparinas acesas.

— Callie? — chamou ele.

— Estamos bem — respondeu ela do quarto da frente. — Estamos aqui.

Deitada na cama, no escuro, com o novo bebê a seu lado, ele a viu. As duas meninas estavam sentadas juntinhas, ao lado do aquecedor.

— Tudo bem, meu amor — disse Callie. — Temos mais uma filha!

Matthew caiu de joelhos ao lado da mulher sem nada dizer. As meninas se achegaram, e ele as abraçou.

— Não chore — disse Callie. — Não foi muito ruim. Jessica ajudou à beça. Trouxe coisas para mim e pôs lenha no fogão, e ficamos aquecidas. — Estendendo a mão, tocou a cabeça de Jessica. — Não sei o que seria da mamãe sem ela.

Matthew beijou a esposa e as filhas e não conseguiu falar. Rindo e chorando, ficou ali de joelhos, afagando a testa de Callie.

Ela riu:

— Agora chega, papai. Acenda o lampião. Não quer ver seu novo neném?

Era uma coisinha mínima com um monte de cabelo escuro.

— Oi! — falou Matthew baixinho, inclinando-se sobre a criança com o lampião. — Boa-noite, garotinha!

Os olhos escuros de Callie brilharam para ele.

— O nome dela é Matthew.

— Mas é uma menina... E se parece com você!

— Quero que tenha o nome do pai — disse Callie beijando a nova cabecinha. — Vamos chamá-la de Mathy.

16

Agora, anos mais tarde, sentado no cemitério iluminado pelo luar que brilhava acima de Shawano, Matthew pensou em Callie esperando em casa, deitada acordada, talvez às escuras, com o ouvido alerta aos passos dele... Esperando, sempre esperando, com o jantar quente, a cama quente. Esperando que ele voltasse para casa, sabendo que ele nem sempre trazia seu coração junto. Ela devia ter sabido. Nem todas as vezes, nem tudo, mas o suficiente para sofrer. Sem quaisquer fatos ou nomes, ela sabia de Charlotte. E por isso o seguira até a mata naquela noite. E assim nascera Mathy. Mathy era filha de Charlotte, mas Callie a parira, poupando Charlotte — e a ele — do transtorno.

Mais de uma vez, ela o resgatara com sua lealdade e abnegação. Ele lhe era grato — e tinha certo ressentimento por ela também. Às vezes, um homem não deseja ser resgatado. Por outro lado, ele desejava, decerto que sim. Apesar do que a fazia passar, não podia viver sem ela, e não queria viver sem ela.

DAMAS-DA-NOITE

— Amo Callie — disse em voz alta, desejando, pesaroso, amar tão somente a ela. Não era precisamente assim. E provavelmente jamais seria. Porque as garotas continuavam chegando, ano após ano, uma nova safra a cada outono, meninas-moças em fila diante dele para deleitá-lo. E, pesaroso, supunha que haveria de comer da maçã todos os dias da sua vida.

Mathy

1

Com seu primeiro ato — chegando cedo como chegou naquele dia em que ele estava ausente —, a filha caçula de Matthew lançou sobre o pai uma luz desfavorável (às vezes, ele achava que a mãe a parira antes da hora de propósito, só para irritá-lo. Fosse culpa da filha, da mãe ou de ninguém, a irritação era a mesma). Podia perdoar a filha por isso, contudo, caso seu comportamento tivesse mudado dali em diante. Era uma criança agradável, durante boa parte do tempo — brilhante e engraçada, muitas vezes atraente. No entanto, possuía, definitivamente, o dom de botar o pai em apuros — um talento que florescia, luxuriante, à época em que a família se mudou da fazenda.

Isso aconteceu antes da primeira guerra, quando Matthew aceitou o cargo em Shawano. Não estava seguro, em absoluto, de que fosse a coisa certa a fazer. O prestígio e a responsabilidade maiores, embora atraentes, o amedrontavam. Callie, por sua vez, também nutria suas dúvidas. Embora durante anos tivesse sonhado com a mudança para a cidade, começou a prestar atenção nas mãos calejadas e a ouvir a própria maneira de falar, e sua coragem fria e pragmática vacilou. Ainda assim, sabia tão bem quanto ele que precisavam ir.

Apesar da timidez natural das crianças do campo, as duas meninas mais velhas aguardavam ansiosas pela mudança. Gente, lojas, movimento! Pensavam na vida urbana como uma perene tarde de sábado.

Era a caçula que resistia a todas as vantagens da mudança. Mathy tinha cinco anos e meio naquele verão e vivia tão atarefada quanto podia. Não tinha tempo para arrumar suas coisas e se mudar. Vendo os preparativos prosseguirem a despeito dela, escondeu todas as suas roupas. Enterrou as bonecas no pomar. Subiu na árvore mais alta da propriedade e se recusou a descer. Fugiu para a casa do vizinho e implorou para morar ali. Finalmente, na manhã da partida, desapareceu de todo. Por que, em nome da Criação, indagou-se Matthew, não a tinham amarrado na cerca?! De lábios cerrados, atravessou o pasto da mata de salgueiros, onde várias vezes a encontrara afundada até os joelhos na grama pantanosa. Callie procurou por toda a casa, e as meninas no restante do terreno. Jessica a encontrou, afinal, no jardim, debaixo de um pé de feijão em que os três galhos cruzados formavam uma pequena tenda. Ali estava ela sentada, com os olhos como carvão e uma expressão feroz, pronta para arranhar e morder.

Ninguém teve coragem de lhe dar uma surra — muito menos Matthew, que não precisava se afastar mais que alguns passos da fazenda para sentir uma nostalgia mortal. De cara fechada e calado, partiu na grande carroça, com a melhor vaca amarrada na parte de trás e a família aglomerada às suas costas entre a mobília e as gaiolas das galinhas, sob os gritos enlouquecedores da garota.

Para alívio do pai, Mathy cedeu à necessidade assim que a família se acomodou. Logo os vizinhos e outras novidades aparentemente lhe tiraram da cabeça a fazenda. As meninas mais velhas esbanjavam felicidade. Não fazia nem duas semanas que estavam na cidade e já haviam sido convidadas para três festas de aniversário, algo até então desconhecido. E, toda tarde, a mãe deixava que fossem até o correio e perguntassem pela correspondência do superintendente. A única coisa que aborrecia Leonie era o fato de o pai tê-la obrigado a cursar novamente a quinta série. Tinha onze anos e deveria estar na sexta. No entanto, operara as amígdalas no ano anterior e perdera muitas aulas. Além do mais, o pai não achava lá grande coisa a professora que lhe dera aulas na Bitterwater. Apesar do choro, das reclamações e dos pontapés na porta, não houve o que o demovesse. Ela repetiu a quinta série, amargamente envergonhada de ser a mais velha da classe. No entanto, havia uma professora de piano em Shawano e o pai permitiu que ela aprendesse a tocar. Isso ajudou bastante A menina achou ter adquirido as vantagens culturais que eram suas por direito.

Quanto a Callie, ela mal tinha tempo para concluir se gostava ou não da nova vida. A moradia na cidade exigia que lavasse e passasse muito mais roupa e precisasse costurar muito mais. Havia cortinas novas a fazer, as meninas precisavam de vestidos novos e dificilmente se passava uma semana sem que ela fizesse alguma fantasia. Um chapéu de bruxa, uma roupa de imigrante desbravador, asas para um anjo de Natal. Nunca viu a necessidade dos programas e exercícios que tinham lugar na escola. Queixou-se a Matthew e disse que já havia um bocado acontecendo na igreja sem tanta movimentação na escola. Ele explicou, contudo, que a comunidade esperava isso dele, que o espírito comunitário ganhava estímulo. Callie supunha que fosse verdade, embora poucas das mães com quem conversava não tivessem preferido um pouco menos de espírito comunitário, caso isso significasse menos horas de costura.

Mas Callie gostava de se ocupar, pois isso lhe fornecia desculpas para não se socializar. Entre aquelas pessoas, sempre surgiam situações em que ela não sabia como agir, situações impossíveis de prever. Em seu próprio território, saberia exatamente o que fazer e o fazia ou não a seu bel-prazer. Mas só se podem quebrar as regras quando essas são bem conhecidas, e, como ainda não aprendera as novas, nem sempre tinha certeza do que se esperava dela.

Houve, por exemplo, o episódio do entregador.

Matthew mandou instalar um telefone, um dos poucos da cidade, e dava um prazer especial a Callie, quando precisava de mantimentos, ligar para a mercearia e mandar entregá-los em casa. Em meia hora, as compras chegavam pela porta dos fundos, entregues por um simplório rapaz tão agradecido por ter sido útil que o freguês se sentia obrigado a lhe fazer o favor de encomendar um saco de farinha. Esse rapazinho alegre, de sobrenome Dumpson, era conhecido em toda a cidade como Amido, por causa do tom albino do cabelo e sobrancelhas e da penugem acima dos lábios. Dirigia uma pequena carroça puxada por uma égua chamada Maude, um animal tão hirto, lento e confiável quanto seu dono. Era possível ouvir os dois descendo a rua, as rodas rangendo, o *ploc-ploc* indolente dos cascos de Maude na terra. Então, Amido arrastava os pés em torno da casa, assoviando para si mesmo, e ia bater de leve à porta. O dono da casa o encontrava aguardando do outro lado da tela com um sorriso de beatitude nos lábios.

O coração de Callie o acolheu na primeira visita. Ela chegou mesmo a permitir que Mathy desse uma volta na carroça até o fim do quarteirão. Ficou, no entanto, com medo de ter sido demasiadamente amistosa, porque em visitas posteriores Amido mostrou uma tendência para se demorar e conversar. Do jeito mais educado que se poderia desejar, diga-se de passagem, sem se sentar ou empatar o caminho, simplesmente ficando de pé, logo na entrada, com o boné na mão, assentindo com a cabeça, sorrindo e, vez por outra, fazendo um comentário pleno de sentido. Callie não tinha coragem de despachá-lo e, com efeito, nem vontade. Mas não sabia com certeza se os vizinhos veriam com bons olhos tal camaradagem. Apenas quando descobriu que Amido Dumpson conversava longamente em todas as cozinhas da cidade, aceitou-o formalmente na sua. Começou a mimá-lo com bolo e biscoitos. Ele lhe levava notícias da cidade. Os dois trocavam opiniões sobre a natureza humana e o tempo e aproveitavam a companhia um do outro confortavelmente, como ocorre com um bom empregado e seu patrão, cada qual sabendo onde ficam os limites.

Para Callie, o relacionamento era totalmente satisfatório, pois alimentava sua noção de aristocracia e fazia renascer, mais brilhante que antes, seu sonho de viver em grande estilo um dia, numa bela casa branca de esquina, com uma mulher para lavar a roupa e um garoto para aparar a sebe.

Com a família e ele mesmo adaptados, Matthew ousou concluir que a mudança havia sido sábia. Pensava nisso, agradecido, num início de tarde no outono enquanto se dirigia à cidade. Era um dia bonito, fresco e dourado, e macio no meio, como uma torta de maçã. Ademais, era dia de pagamento. Seu primeiro cheque estava guardado no bolso de dentro do paletó. Animado pelo sol e por uma sensação de bem-estar, desceu a rua com passos leves. Uma mulher bonita, mãe de um de seus alunos, saiu na varanda para saudá-lo. Um comerciante a caminho de casa para almoçar parou para lhe apertar a mão. Acenando e sorrindo — próspero, aceito, importante —, Matthew se dirigiu ao banco.

Depois de depositar seu cheque, atravessou a rua para pagar a conta da mercearia. Pela primeira vez na vida, e somente diante da insistência do merceeiro, tornara-se um freguês com conta. Ainda o deixava confuso o fato de que debitar as compras fosse encarado como sinal de afluência, e não de indigência, e foi um alívio encontrar a loja vazia, salvo pela presença do proprietário.

— Bom-dia, bom-dia, professor! — cumprimentou o merceeiro, saindo das profundezas escuras da loja e passando pelo corredor, entre os sacos de feijão e o tonel de picles, fazendo sacudir as caixas de biscoitos com tampas de vidro nas prateleiras. — Em que posso ajudá-lo, professor?

— Ora, ora, bom-dia! — retribuiu Matthew, com um aperto de mãos. — O senhor pode me dizer quanto lhe devo, sr. Henshaw? Se a patroa não tiver feito uma conta alta demais, talvez eu possa saldá-la!

— Sim, senhor, isso mesmo! — disse o sr. Henshaw, ainda balançando a mão de Matthew. — Essas mulheres fazem a gente se virar, não é mesmo, professor? — brincou, dando uma palmadinha no ombro de Matthew.

— Se fazem!

— Tem toda a razão. É preciso dar duro para prover essas esposas. Bem que pergunto à minha onde vai parar tanta comida! Ela me manda pro trabalho toda manhã com uma lista do tamanho do seu braço. O velho pangaré de Amido mal consegue puxar sua carga. E *eu* não sei o que ela faz com tudo aquilo. Garanto que não sou *eu* quem come! — concluiu com um sonoro tapa na pança roliça.

— Ora, qualquer um vê isso! — Os dois riram. — Muito bem, vamos ver quanto ela me custou.

O sr. Henshaw pegou o maço de contas espetado num gancho de arame.

— Aqui está, professor. Confira os números, por favor, para ver se somei direitinho. Eu não haveria de querer passar a perna num professor, ao menos na primeira vez.

Matthew sorriu.

— Confio na sua palavra, sr. Henshaw. Jamais duvidaria dela. Bom, não parece tão ruim assim. Acho que desta vez posso pagar.

Caminhou até o cepo para cortar carne a fim de preencher um cheque, enquanto o sr. Henshaw recolhia os brindes da vitrine de balas: caramelos, azedinhas e compridas tiras de coco decoradas com estrelas e listras como uma bandeira. Um fazendeiro usando chapéu de palha e macacão abriu a porta e entrou.

— Eia, Orville — saudou o sr. Henshaw.

— Cristo Rei, Walt! — disse o fazendeiro, empurrando o chapéu para trás. — Pra que tanto calor?

— É normal nesta época do ano.

— Me dê aí um saco de Bull Durham, Walt.

A porta de tela voltou a se abrir e uma mulher avantajada adentrou a loja, usando uma saia espalhafatosa e um monumental chapéu de sol.

— Walter? — chamou ela numa voz que repercutiu por toda a loja, uma voz daquelas que se fazem ouvir numa multidão, mesmo quando murmura. — Vim buscar minhas compras. O seu garoto de entregas ainda não voltou?

— Ainda não — desculpou-se o sr. Henshaw. — Minha nossa, sra. Gunn, sinto muito. Achei que ele voltaria a qualquer instante e eu iria mandá-lo na mesma hora com as suas encomendas. Vou fazer o seguinte: arrumo tudo rapidinho. Lamento a senhora ter que vir pessoalmente apanhar.

— Ora, não é tão longe assim. Eu poderia ter esperado, mas o Roy está em casa, esperando o almoço, e eu estou sem uma gota de banha.

— Agorinha mesmo vou providenciar — disse o merceeiro, dirigindo-se aos fundos da loja. — Sra. Gunn, já conhece o professor Soames?

— Não, não conheço! — respondeu a matrona, aproximando-se, decidida, de Matthew. Apertou-lhe a mão com força de homem. — É um imenso prazer. Meus filhos já saíram da escola, mas todo mundo diz que este ano temos um homem formidável por lá.

— Ora, minha senhora, é um imenso prazer sabê-lo — disse Matthew.

— A senhora queria um quilo, não é mesmo? — pesando a banha.

— Isso — confirmou a sra. Gunn. — Já basta, com este calor. Se sobra, fica logo com gosto ruim.

— Meu garoto perdeu a égua hoje de manhã — explicou o sr. Henshaw a Matthew.

— Sinto muito.

— Ora, eu não quis dizer que ela morreu! Ela sumiu, perdeu-se, foi roubada, algo assim. De todo jeito, não está por aqui. Deve ter se afastado enquanto esperava por Clab. Todo mundo sabe como ele demora para entrar numa casa e para tornar a sair. Está à procura dela já faz mais de uma hora. Desde as dez da manhã, não faço nenhuma entrega.

— Imagine!

— Por isso a sra. Gunn precisou vir até a loja e levar, ela mesma, a banha. Mandei Clab com o pedido assim que ela ligou. Tinha outra encomenda para entregar no caminho e, quando saiu, a velha Maude tinha sumido, com carroça e tudo. O garoto não viu nem sinal dela.

— Que coisa!

— Ele não viu mais nem sinal da égua.

— Walt? — falou o fazendeiro, encostado no balcão das balas, enrolando um cigarro de palha. — O garoto anda numa carroça de duas rodas, não é?

— Isso mesmo.

— Com aquele velho saco de ossos atrelado nela, não é?

— Você está insultando uma égua boa à beça — retrucou o sr. Henshaw, rindo.

— Pra virar linguiça, talvez. Bom, eu acho que sei onde a égua está.

— Caramba, você viu a dita-cuja?

— A uns cinco quilômetros aqui do centro.

— Cinco quilômetros!

Nas profundezas escuras e sombrias da loja, a luz do dia brilhou fulgurante quando a porta dos fundos se abriu e Amido Dumpson entrou arrastando os pés.

— Até que enfim, Amido! — exclamou o sr. Henshaw. — Parece que você encontrou o seu cavalo. — Virou-se então para o fazendeiro. — Dá pra acreditar? Desconfio que a danadinha cismou foi de procurar um pasto.

— Acho que não — retorquiu o fazendeiro. — Parece mais que ela foi roubada.

— Roubada? A velha Maude? Quem haveria de querer aquele traste?

— Por misericórdia! — exclamou a sra. Gunn, aproximando-se dos dois. — Talvez seja melhor chamar o xerife.

— Ah, ninguém quer roubar a velha Maude — insistiu o sr. Henshaw.

— Aparentemente, alguém quis — discordou o fazendeiro.

— Quem faria uma coisa dessas?

— Um ladrão de cavalos.

— Conta outra! Não aparece um ladrão de cavalos por estas bandas faz uns vinte anos, desde que Ezzer Clark abandonou o mercado e virou pastor!

— Vi o culpado com meus próprios olhos, claro como o dia, montando naquela sela e segurando as rédeas.

— Vou chamar o xerife — disse a sra. Gunn com firmeza. — Imagine fazer uma coisa dessas com o Amido!

O sr. Henshaw pareceu preocupado.

— Odeio imaginar que seja alguém daqui. Você não reconheceu o sujeito, reconheceu?

— Não, nunca tinha visto.

— Que cara ele tinha?

— Não era um homem.

— Uma *mulher*? — exclamou a sra. Gunn.

— Não — respondeu o fazendeiro. — Uma garotinha. Uma garotinha de cabelo escuro do tamanho do meu polegar. Mal balançaria um prato da sua balança, Walt.

— Imagine!

— Não é mesmo um *horror*? — interveio a sra. Gunn, de mãos na cintura, bloqueando o corredor com seu corpanzil indignado. — Algumas crianças têm liberdade para agir como querem! A quem você acha que ela pertence?

Lá no fundo, junto ao cepo da carne, Matthew permaneceu, envergonhado, o dia de sol lhe tendo sido arrancado de sob os pés. Soltando um suspiro sentido, começou a atravessar o corredor.

— Ela é minha — disse ele. No silêncio chocado que se seguiu, Matthew seguiu adiante, evitando o olhar da sra. Gunn. — Se o senhor tiver algum transporte que eu possa alugar, sr. Henshaw, vou lá e trago os dois de volta.

Furioso, faminto, humilhado, ele partiu na charrete do sr. Henshaw, Amido Dumpson sentado a seu lado. Juntos, os dois percorreram as ruas sob o sol do meio-dia, enquanto as pessoas voltavam do almoço. Amido saudava todas elas.

— Encontrei meu cavalo! — gritava para um lado e para o outro. — A gente encontrou. Tinha sido roubado!

Comerciantes e estudantes paravam nas calçadas e donas de casa corriam até a porta, observando o novo superintendente escolar, que, aparentemente, tirara a tarde de folga para passear com o garoto de entregas do sr. Henshaw.

Alcançaram Mathy a vários quilômetros da cidade.

— Eu só ia voltar para casa! — insistiu a menina. Ir para casa não era a mesma coisa que fugir.

— Sua casa é aqui — disse Matthew.

— Bom, eu ia voltar para cá amanhã.

Os dois retornaram a pé pela estrada poeirenta, seguidos a uma distância cada vez maior por Amido e Maude e a carroça de duas rodas. Mathy ocupava o lugar ao lado do pai, tão ereta e altiva quanto ele, cada qual indignado com o outro. A boca de Matthew era uma linha pálida, como a cicatriz de um ferimento, atravessada no rosto rubro e suado. Ficaria surpreso se a sua reputação não tivesse sido permanentemente arruinada. Como confiaria os próprios filhos a um sujeito incapaz de controlar os dele? Para coroar, Mathy lhe custaria dinheiro. O sr. Henshaw não o deixaria pagar pelo uso da charrete, mas as mercadorias da sra. Gunn eram outra história. Os bens roubados, embora recuperados, dificilmente poderiam ser devolvidos. Debaixo do sol do meio-dia, um quilo de banha havia derretido sobre pacotes de bolachas, grãos de café e açúcar. Um número impressionante de bolachas de gengibre sumira, juntamente com a boa quantidade de picles. Uma caixa de aveia fora aberta com um rasgão. Mathy nutria uma preferência inexplicável por flocos de aveia crus. Ainda guardava alguns grãos fechados na palma da mão.

— Por caridade, menina, jogue isso fora! Limpe as mãos. No vestido não!

— Vou vomitar, papai.

— Aqui não! — gritou Matthew. — Espere até chegar em casa!

— Não posso!

Um som pavoroso de engasgo foi emitido por aquele rostinho esverdeado. O pai mal teve tempo de incliná-la de lado, agarrado aos fundilhos das calçolas de cetineta. Ela ficou pendurada ali, nauseada e ofegante, enquanto ele tentava não olhar.

— Tudo bem agora? Acabou?

— Acho que sim.

Ele enxugou o rosto dela com o lenço.

— Espero que agora você aprenda — começou, mas a menina se encostou nele, mole como uma folha de alface, os olhos fechados, e Matthew viu que estava desperdiçando saliva. Ela não ouviria o que ele tinha a dizer. Quando chegaram em casa, Mathy dormia profundamente.

2

Durante algum tempo depois disso, Mathy se comportou. De vez em quando, seduzia o cachorrinho de alguém para segui-la até em casa (Matthew não permitia que tivessem animais de estimação; um animal precisava ganhar seu sustento se quisesse morar ali) e, ao longo da primavera, ele a pegou vagando no terreno depois da meia-noite ("Nunca vi uma criança que jamais dorme!", preocupava-se Callie. "E nem fica com sono durante o dia"). Mas, para Mathy, essas eram infrações insignificantes. Chegado o outono, ela entrou na escola e os problemas recomeçaram. Mathy era uma gazeteira inata. De tempos em tempos, a professora precisava reportar ao superintendente que sua caçula sumira. Matthew, então, mandava Jessica ou Leonie procurarem por ela ou telefonava para Callie. Vieram as surras, seguidas de longos sermões, que Mathy ouvia com expressão sóbria e esquecia imediatamente. Continuou a escapar periodicamente até o tempo esfriar.

Depois disso, ela se acomodou e se saiu extraordinariamente bem. Com efeito, por insistência da professora, Matthew permitiu que a filha pulasse um ano — indulgência pela qual Leonie jamais o perdoou e da qual ele prontamente se arrependeu, pois, assim que entrou na terceira série, vinda diretamente da primeira, Mathy perdeu o interesse e se tornou uma aluna totalmente indiferente.

— As coisas caem no colo dela — dizia Matthew. — Não é bom quando isso acontece.

Às vezes, ele a fazia se sentar em sua sala durante o recreio até que completasse o dever de modo que o satisfizesse. Outras vezes, precisava lhe dar uma surra. Debaixo de tamanha pressão, a menina conseguiu passar para a quarta série em regime de "promoção temporária".

O "temporário" agrediu a alma de Matthew. Que condição para a filha do superintendente! Como castigo, ele lhe impôs uma rotina de estudo para o verão, exigindo que ela fizesse um pequeno dever diariamente e o repassasse com ele aos sábados. Como o pai se ausentava durante a semana para frequentar o curso de professores, Mathy tendia a deixar os deveres para o último minuto e fazê-los de uma só vez. Callie tentava mantê-la na linha, mas Mathy implorava para brincar ao ar livre e a mãe sentia pena dela. A filha era só uma garotinha, e, afinal, *estavam* no verão. Preferia que Matthew fosse um pouquinho mais indulgente com ela.

Provavelmente por isso, como recompensa pela atitude obstinada do marido, foi que Callie deixou que Mathy rodasse pela cidade com Amido Dumpson. Permitia que a filha fizesse duas ou três viagens toda manhã. Não faria mal, pensou. Amido Dumpson era ouro em pó, ainda que não tão brilhante. E desde que Mathy prometesse fazer os deveres antes de sexta-feira à noite...

Os dois se tornaram figurinhas fáceis naquele verão nas ruas verdejantes de Shawano — o simpático semirretardado e a garotinha de olhos brilhantes, rangendo para lá e para cá na carroça de duas rodas com a velocidade de uma lesma. Nas primeiras viagens, Mathy ficava do lado de fora, enquanto Amido fazia as entregas. "Para ninguém roubar a velha Maude", justificava. Logo, porém, se viu entediada de esperar por Amido. Dali em diante, passou a descer e ajudar a carregar os sacos. Conversava nas cozinhas com todas as senhoras, discorrendo com seriedade sobre o mundo e o tempo e aceitando com prazer qualquer gorjeta. Ganhava morangos e uvas, pão e manteiga e as geleias da estação, biscoitos a granel e copos-d'água. Nunca aceitava almoçar.

— Eu gostaria que você não comesse tudo isso na casa dos outros — disse Callie certo dia. — Não fica bem. É como se você pedisse esmola. Não deve aceitar coisas, mesmo quando são oferecidas.

— Mas o Amido aceita.

— É diferente. Você e ele são tipos diferentes de pessoas. Me admira que você não veja, arre! — prosseguia, falando para quem quisesse ouvir. — Parece que ela não tem juízo! Puxa conversa com qualquer um. Outro dia deu trela para aquele vagabundo que bateu aqui à porta! Parecia até que era o tio de visita! Se eu não pegasse na horinha, era capaz de convidar o sujeito para dormir em casa.

Mathy estava colocando nartúcios, para secá-los, dentro de um catálogo de amostras de papel de parede, sem prestar a mínima atenção.

Na manhã seguinte, porém, não pediu para sair com Amido. Brincou no celeiro e no pasto, e Callie notou sua presença frequente junto à porta dos fundos. Carregava um balde de meio galão e não parava de enchê-lo de água.

— O que você vai fazer com isso? — indagou Callie.

— Nada.

— Não me venha com histórias. Você vai fazer alguma coisa. Vamos lá, o que está aprontando?

— Ora, estou brincando de bolo de lama.

— Onde?

— Atrás do celeiro.

Callie desconfiou. A filha estava limpa demais para estar brincando de bolo de lama.

— Bom, trate de ficar aqui por perto. Não saia fugida pra algum lugar. O almoço vai sair daqui a pouco.

Ao meio-dia, Mathy não comeu mais do que se tivesse passado a manhã toda mendigando. Callie imaginou que a criança tivesse se empanturrado de azedinha e erva-pimenta. Assim que o almoço acabou e depois de enxugar a louça, Mathy voltou para o celeiro.

No início da tarde, um senhor idoso que nutria grande admiração por Callie apareceu para uma curta visita. Jessica e Leonie se esconderam lá em cima. O irmão Cottrell lutara na Guerra Civil, e elas já tinham ouvido tudo que podiam sobre a prisão de Andersonville. Ademais, consideravam seus gracejos pré-Guerra Civil muito cansativos. Quando ele se foi, as duas desceram às gargalhadas.

— O que ele trouxe hoje, mãe?

— Oh, ameixas! — respondeu Callie, no mesmo tom de voz que usava para dizer "Arre!". E podres de maduras. Se eu não usar todas agorinha, vão apodrecer. Por que tinha que trazer isso justo na sexta-feira à tarde? Mal vai dar tempo de preparar antes de o papai chegar.

— Elas aguentam — disse Leonie, mordendo uma.

— Acho que não. Aonde você vai?

— Preciso estudar minha lição de piano.

— Você pode fazer isso daqui a pouco. Venha me ajudar agora. Não demora.

— Demora. Vai levar a tarde toda, como sempre.

— Não vai, não — replicou Callie, animada. — A gente se livra disso rapidinho, se trabalharmos todas juntas.

— O defumadouro já está abarrotado de geleia de ameixa.

— Sei disso, mas o irmão Cottrell ficaria desapontado se eu não usasse as dele. Vou dar a maior parte a ele.

— Por que não dá alguma das nossas? Ele nunca vai notar a diferença.

— Não quero desperdiçar estas.

— A gente podia dar para alguém.

— Não seria muito bonito.

— Por quê?

— Porque não, ora essa.

— Acho que seria.

— Não, não podemos fazer isso.

— Por quê?

— *Leônie, chega de discutir!* — Callie pôs as mãos nos quadris. — Nunca vi uma criança tão teimosa na vida. Quando você encasqueta uma coisa, não tem jeito. Agora, trate de ir até o defumadouro encher o vidro de açúcar. E não bata a porta!

Leonie saiu resmungando e voltou com o vidro cheio até a metade.

— Mandei *encher* — disse Callie.

— Só tinha esse açúcar.

— O quê? — exclamou Callie, levemente surpresa. — Achei que tinha mais. Eu sabia que estava acabando, mas esse aí não vai dar. Tem certeza de que esvaziou o saco? Sacudiu bem?

— Só tinha isso, mãe. Acho que sei quando um saco está vazio ou não.

— Não precisa se fazer de engraçadinha. Bom, preciso de outras coisas, de todo jeito. Não pedi nada na mercearia a semana toda. Vou ligar pra lá.

— Eu ligo, mãe. Por favor!

— Está bem. Fale alto e claro... Jessica?

— Estou aqui — respondeu Jessica da sala da frente.

— O que está fazendo?

— Costurando renda nas minhas anáguas. — Fechou rapidamente o livro e pegou a agulha e a linha. — Quer que eu faça alguma coisa?

— Pode vir encher a jarra de água, por favor? Não quero sujar as mãos de querosene porque estou mexendo com fruta.

As três se ocuparam na cozinha, lavando as frutas, escaldando vidros.

— Queria que ele chegasse logo com o açúcar — disse Callie, olhando o relógio. — Acho que é melhor a gente começar com o que tem. Vamos pôr um caldeirão no fogo e cozinhar o resto quando ele chegar. — Dividiram as ameixas em dois caldeirões e puseram um deles no fogo. — Eu realmente gosto de fazer geleia — comentou Callie, caindo numa cadeira para descansar um minuto. — Cheira tão bem quando está cozinhando! Pena que o irmão Cottrell não trouxe essas ameixas ontem. Mas ele não podia saber. Credo, onde anda aquele garoto com as compras? Já faz quase uma hora! Vão dar uma olhada lá fora para ver se ele está chegando. Ah, chegou!

Amido Dumpson surgiu na escada dos fundos, sorrindo, balançando a cabeça e dizendo "De nada, de nada", antes que alguém tivesse tempo de lhe agradecer.

— Você está lento hoje — observou Callie com delicadeza, pegando o saco de compras.

— Sim, senhora. Estou lento hoje.

— Ora, tudo bem. Não faz mal. Coma uma ameixa. Estão gostosas e madurinhas.

— Coma várias — acrescentou Leonie.

— Não, senhora — respondeu Amido, olhando com tristeza a cesta. — Vim a pé — explicou.

— A pé? — indagou Callie. — Cadê sua carroça?

— Está em casa.

— Por que está a pé? A égua adoeceu?

— Não, senhora. — Ele sorriu despreocupado enquanto as três aguardavam algum tipo de explicação. — Ela se foi — respondeu, finalmente.

— Quem se foi? A Maude?

— Sim, senhora.

— Para onde? Ela se perdeu?

— Eles iam levá-la embora! — desembuchou Amido, de repente assumindo a emoção devida. — Iam levá-la embora e dar um tiro nela!

— Dar um tiro na velha Maude? — perguntou Jessica.

— Oh! — exclamou Callie, solidária. — Quem ia fazer isso?

— Uns homens vieram atrás do couro e dos ossos dela — explicou Amido com os olhos marejados. — O sr. Henshaw disse que vai comprar um cavalo novo pra mim.

— Ora, que coisa! Eles vieram pegar a Maude hoje de manhã? Uma fagulha de malícia iluminou seu rosto.

— Vieram, mas não conseguiram pegar. Ela não estava mais lá.

— Ótimo! E estava onde?

— Não sei. O sujeito que veio com a carroça ficou furioso.

— Imagino. O que você acha que aconteceu com a Maude?

— O quê?

— Perguntei o que você acha que aconteceu com a Maude.

— Não sei — respondeu Amido com um jeito sonso.

— Você não sabe onde ela está?

— Não sei — repetiu o garoto, sorrindo.

Callie estudou-o brevemente.

— Você não escondeu a Maude em algum lugar, escondeu?

— Ela sumiu! — exclamou Amido, abanando as mãos, como se quisesse encerrar o assunto e virando as costas.

— Bem, obrigada pelas compras — agradeceu Callie.

— De nada, de nada.

Saiu, então, arrastando os pés e com um risinho furtivo.

— Ele está tramando algo — disse Callie, virando-se para as filhas. Fez uma pausa e encarou-as pensativa. — Alguma de vocês viu Mathy depois do almoço?

— Ela estava lá junto da bomba da última vez que a vi — respondeu Leonie.

— Enchendo de novo aquele balde?

— Acho que sim.

Callie tirou o chapéu de um prego ao lado da porta.

— Eu *sabia* que tinha mais açúcar que esse!

— Do que você está falando, mãe?

— Cavalos gostam de açúcar, não é? — Enterrou o chapéu na cabeça, cobrindo as orelhas. — Vocês duas ponham o resto das ameixas para cozinhar. Vou até o pasto!

Não havia vestígio de égua ou criança no pasto. Mas, logo além da cerca viva, Callie encontrou as duas: a velha Maude amarrada a uma macieira selvagem, e Mathy estirada num galho, logo acima, ociosamente abanando com uma folha as moscas que tentavam pousar em Maude. Ao ver a mãe, sentou-se, gritando:

— Não conta pra eles, mãe, por favor, não conta!

— Trate de descer daí, mocinha!

— Não deixa eles descobrirem!

— Pare de gritar — ordenou Callie. — Não sei como você chegou aqui com essa égua, mas é melhor voltar com ela o mais rápido que puder.

— Não desamarra ela, mãe! — Mathy atirou-se no chão e agarrou a corda. — Eles vão encontrar a Maude. Vão levar a Maude embora!

— Chega, Mathy. Desconfio que não é da sua conta o que o sr. Henshaw pretende fazer com essa égua.

— É a minha égua!

— Como assim sua égua?

— Ele me deu!

— Ele quem?

— Amido.

— Ah, faça-me o favor! — disse Callie puxando o nó.

— Deu, sim! A gente conversou ontem e eu disse que, se fosse o meu cavalo, eles não iriam levar embora. Por isso, ele trouxe a Maude para mim hoje de manhã, e ela é minha!

— Bom, você não pode ficar com ela.

— Por que não, mãe?

— Não pode e pronto. Minha nossa, como foi que conseguiu amarrar essa corda assim?

— Quero ficar com ela — disse Mathy, alteando o tom da voz.

— Posso saber que serventia você teria para uma égua?

— A gente podia levar pra fazenda. Ela podia trabalhar.

— Ela é velha demais. Desista, meu bem.

— Não desamarra, mãe, por favor!

— Preciso.

— Vão dar um tiro nela!

— Desista.

— Ai, mãe! — Mathy se atirou sobre a mãe. — Eles vão fazer sabão da Maude!

Abalada pelos soluços da menina, Callie olhou para a velha égua, que retribuiu o olhar com paciência indiferente e infinita.

— Por piedade! — disse Callie, desanimada. Mathy gemia e implorava. A égua continuava obedientemente imóvel. — Está bem — concordou Callie afinal. — Vamos botar a Maude no celeiro até seu pai chegar em casa. Talvez ele dê conta do que fazer.

Só havia uma coisa *a* fazer, disse Matthew depois de ouvir a história: devolver a égua e pedir desculpas ao sr. Henshaw. Mathy se pôs novamente a chorar.

— Já chega disso! — explodiu o pai. — As coisas não podem ser sempre como você quer e, quanto mais cedo aprender que é assim, melhor. Entendo seus sentimentos — assentiu, tendo um flash da sua velha mula Faraó — e lamento que não haja outro jeito. Mas não há e você precisa aprender a aceitar esse fato. Precisa aprender a respeitar os direitos alheios.

Mathy saiu correndo da cozinha aos prantos. O casal ouviu Jessica consolá-la na escada (onde se escondera com Leonie, de modo a poderem ouvir tudo que se passava sem se envolverem). Matthew ficou sentado por um tempo, conciliando sua solidariedade relutante com a raiva justificada. Mais um constrangimento!

— Muito bem — disse ele, dirigindo-se ao telefone. — Acho que tenho de ligar para o sr. Henshaw e dizer que vou até lá.

— Matthew? — chamou Callie, ocupada no fogão a querosene, de costas para o marido.

— Hein?

— Quanto eles pagariam?

— Pagariam a quem?

— Ao sr. Henshaw. Pela Maude.

— Ora, uns cinco dólares, talvez.

— Não é muita coisa, é?

— Bom, depois de vir até aqui e arrastá-la embora, acho que ela não vale mais que isso.

— Dá um pouco de pena, não dá, imaginar a velha Maude sendo arrastada assim e levando um tiro na cabeça?

— É, dá sim — concordou Matthew, pensando outra vez em Faraó, que morrera em paz no pasto.

— Pena que ela não vai poder ser posta para pastar em algum lugar.

— É — assentiu ele, distante.

— Ela não presta pra nada, mas acho que as crianças podiam passear montadas nela de vez em quando. Ela é tão dócil.

— O quê?!

— Bom, eu só estava pensando que se a gente pagasse ao sr. Henshaw o que aqueles homens pagariam...

— Mãe, faça-me o sagrado favor! — exclamou Matthew olhando, indignado, para a esposa. — Não vou gastar cinco dólares num cavalo inútil só pra ele pastar!

— Bom, eu pensei...

— A gente não pode mimar assim essa menina! Você está sempre defendendo o lado dela. Por que, em santo juízo...

— Eu não estava pensando tanto assim nela, mas no Amido. Ele confiou na Mathy, confiou em *nós*.

— Ela é só uma criança!

— Ora, ele também é, mentalmente. Achou que a égua estaria a salvo com Mathy, e se agora acabar sem ela vai se sentir pior que nunca. Vai achar que não pode confiar em ninguém.

Matthew explodiu, então:

— E o que eu tenho a ver com isso? Sinto muito, mas não tenho serventia para essa égua, não quero essa égua, não posso me dar ao luxo de sustentar essa égua e não vou gastar cinco dólares nem interromper o trabalho do sr. Henshaw só para impedir que Amido Dumpson perca a fé na humanidade!

Fez-se um momento de silêncio.

— Está bem — disse Callie baixinho e voltou para o seu fogão.

Depois do jantar, quando Mathy já havia ido dormir, Matthew levou Maude para casa. Uma hora depois, voltou de cara fechada. Callie esperava por ele.

— Nossa — disse ela —, foi tão ruim assim? O que ele disse?

— Ah, ele foi simpático.

— Achei que seria. O sr. Henshaw é um homem bom.

— Tive de pagar a ele dois dólares.

— Dois dólares! Pelo quê?

— Foi o que os homens que vieram do abatedouro lhe custaram. Ficaram um bocado danados de terem feito a viagem à toa.

— Bom, acho que não dá para culpá-los. Vir lá de Sedalia, dar meia-volta e agora ter de tornar a vir...

— Eles não vão voltar — disse Matthew.

— Não?

— O sr. Henshaw disse que não valia a pena passar por tudo isso de novo.

— Bom, fico satisfeita pelo Amido. Vai ficar com a égua dele, afinal.

— Não, ele vai ter uma nova. O sr. Henshaw já comprou.

— E a Maude?

— Ele já se livrou dela.

Callie cobriu o rosto com as mãos.

— Ele não matou, *ele mesmo*, a égua, matou?

— Não — respondeu Matthew. — Ele não matou a égua.

— O que fez com ela, então?

— Ele me deu a Maude — disse o marido e começou a subir a escada. — Não tive saída a não ser aceitar.

Pelo tom de voz dele, Callie achou melhor permanecer calada.

O sr. Henshaw ficou encantado de passar adiante o abacaxi de sustentar Maude. Amido Dumpson ficou encantado porque Maude arrumara um bom lar. Mathy ficou eufórica de alegria. Salvara a vida de Maude e havia passado a ter um animal de estimação. Todos ficaram felizes à custa de Matthew.

Ele refletia sobre isso com frequência, ponderando a capacidade incomum da sua caçula de fazê-lo pagar pelos erros que cometia. Acreditava que ela fizesse isso inocentemente, mas sem uma noção de certo e errado que ele tentava lhe incutir. A menina parecia agir amoralmente. Por mais que tentasse cercá-la, ela lhe escapava, sempre por alguma fresta que o pai não previra. Por causa dela, ele enfrentava inconveniências, interrupções, passava vergonha em público, além de se irritar inútil e infinitamente.

Às vezes, tinha a impressão de que a filha fosse um castigo. Por mais que negasse, ele a concebera no pecado. A criança era o seu anjo vingador, e desde o nascimento havia cobrado dele seu preço. Mas não seria em somas nobres que quitaria rapidamente a dívida. Ela exigia o pagamento em centavos.

3

Na metade de seu quadragésimo quarto verão, Callie Soames deu à luz mais uma filha.

Quando Leonie, ausente estudando para o magistério, descobriu que a mãe estava grávida, sua desaprovação foi total. Sentiu vergonha tanto *dos* pais como *por* eles.

Callie também ficou um tantinho envergonhada no início. Secretamente, porém, orgulhou-se bastante de si mesma. Quanto mais crescia a barriga, menos ela a incomodava. A sós, ela e Matthew se congratulavam com carinho, já que ambos haviam percorrido um longo caminho juntos e achavam possível percorrer o restante.

Jessica voltou para casa para ajudar. Morava no planalto Ozark havia dois anos e era tão feliz, mesmo sem Tom, que teve dificuldade para se afastar. Pela primeira vez na vida, começara a namorar (Tom foi seu marido antes que tivesse a chance de ser namorado) e, na viuvez, vinha se divertindo mais do que jamais se divertira na meninice. No ano anterior, passara duas parcas semanas com a família. Dessa vez, contudo, ficaria todo o verão, e a alegria que levou consigo contagiou toda a casa. Jessica e Mathy não viam razão alguma para que a mãe não tivesse outro bebê se assim desejasse. Ao contrário, gostavam bastante da ideia. Cuidavam da mãe e a paparicavam o tempo todo. Quando o pai não estava por perto, elas a provocavam com carinho. As brincadeiras eram tantas e tão divertidas que Leonie era forçada a participar.

Callie finalmente conseguira fazer a mudança da família para a mansão Cooper, onde todos, Matthew inclusive, se sentiam incomumente aristocráticos. Era uma casa fresca e espaçosa, com muitos quartos, uma escada na frente e outra nos fundos, além de várias varandas. O quintal, grande e sombreado, tinha um monte de árvores frutíferas e bordos. Petúnias cresciam num velho toco, trepadeiras subiam pelo muro dos fundos e, junto à porta do celeiro, via-se um estoque infindável de trevos-de-quatro-folhas. Como amenidade adicional, havia nos fundos um *tumulus* gramado que, além da conveniência, dava imenso conforto a Callie: se ocorressem ciclones, dos quais ela tinha pavor, podia agora contar com um porão para servir de abrigo.

Às vezes, nas tardes quentes, enquanto a mãe cochilava, as meninas abriam a porta do porão e se sentavam nos degraus de baixo, ao alcance do ar fresco ali armazenado. Com as meias abaixadas e as saias levantadas, liam em voz alta uma para a outra, contavam piadas maldosas e riam. Às vezes, liam *Good Housekeeping* — romances exuberantes de Temple Bailey, Emma Lindsay-Squier e da rainha Maria da Romênia. De vez em quando, horrorizavam-se com um exemplar surrado de *True Story*, encontrado por Jessica no trem. A maior parte do tempo, apenas conversavam. Próximo das quatro da tarde, Callie aparecia no quintal para chamá-las. A partir de então, o ritmo da tarde se acelerava, chegando, finalmente, a gargalhadas ruidosas, à medida que as garotas iam aprontando o jantar.

Matthew passou a maior parte do verão na escola.

Com Callie aproveitando os privilégios da gravidez e todas as filhas reunidas em casa, Matthew achava que o lar, embora de certa forma um castelo, deixara de ser o castelo de um homem. Uma insurreição do tipo mais suave lhe usurpara o poder. Sentia-se sitiado pelas manobras estivais de várias mulheres numa casa grande. Elas varriam, arejavam, costuravam, enlatavam, cozinhavam e, acima de tudo, lavavam. Lavavam roupas e assoalhos, legumes, verduras e janelas, vidros de geleia, escadas, calçadas e armários, tapetes, trapos e cortinas, e o cabelo umas das outras. Passavam o tempo todo bombeando água. Matthew se rendeu à certeza de que o poço estaria seco em agosto.

Descobriu ser impossível estudar em casa. Digamos que tentasse fazer um dever do curso por correspondência, à fresca brisa matutina, num canto do quarto. Antes mesmo de começar, já havia sido interrompido uma dezena de vezes. Risadas vindas do jardim, gorjeios na escada dos fundos, uma quantidade exasperante de idas e vindas. Embora todas andassem na ponta dos pés quando passavam pela sua porta, jamais conseguiam evitar derrubar a pá de lixo dois passos adiante ou tropeçar num tapete e desatar a rir. E nenhuma delas podia fazer uma cama sozinha. Precisavam trabalhar em dupla, o que gerava um bocado de conversa e uma hilaridade inexplicável. Não conseguiam fazer coisa alguma em silêncio. Os ouvidos de Matthew zumbiam com o *fortissimo* dos apetrechos domésticos — banheiras, vassouras mecânicas, bombas manuais, batedores de ovos —, tudo isso coroado pela estridência constante do riso feminino.

Ele realmente não sabia dizer o que dera nas garotas. Tinham, definitivamente, perdido o prumo, como diagnosticava Callie, indulgentemente, esquecendo por completo as boas maneiras e noventa por cento do decoro. Pintavam o rosto como selvagens — Jessica chegara em casa com ruge! Escorregavam pelos corrimões, davam risinhos durante as preces e corriam por todo lado de camisola com a luz acesa. Embora Leonie conservasse algum resquício de decoro, não havia como controlar as outras duas. Mathy sozinha já era suficientemente ruim; junto com Jessica, formava uma gangue. Callie apenas ria delas, com repreendas leves que só as incentivavam a piorar. Matthew era obrigado a admitir que, apesar de tamanha tolice, as meninas eram diligentes. Ao menos se não rissem tanto! Mas riam, e ele não tinha peito para calá-las, estando as coisas como estavam. Portanto, assim que terminava seus afazeres, lá ia ele para a escola, onde tudo corria a seu gosto e ele podia se ouvir pensando. Tendo gerado e tendo provido, não havia mais serventia para ele em casa.

As meninas ficavam encantadas por tê-lo fora do caminho. Reconheciam que o pai era o alicerce de todas essas coisas boas. Por causa dele, podiam morar naquela casa apreciável e dormir serenamente, cada qual num quarto. Por causa dele, na horta brotavam feijões e tomates e espigas de milho assadas, e o garoto de entregas deixava sacos de mantimentos na varanda dos fundos. As galinhas do pai botavam ovos para elas, e à noite e pela manhã ele entrava em casa com um balde onde espumava o rico leite de vacas Jersey. Esses alimentos eram cozidos, assados e transformados em conservas por elas, que, três vezes ao dia, se sentavam com o pai e o brindavam com um banquete. Desempenhavam esses rituais filiais com disposição e graça, e irradiavam alívio quando a porta de tela se fechava atrás dele. Simplesmente se divertiam mais sem o pai, envolvidas, como ficavam, em pura domesticidade e na espera partilhada do bebê da mãe.

O bebê nasceu em julho, outra menina. As irmãs a chamaram de Mary Jo e a receberam como uma nova boneca com a qual os pais lhes haviam, generosamente, presenteado. Adoravam a criança, que banhavam, vestiam, ninavam e afagavam, além de alimentá-la com todo o tipo de novidades em voga, que Callie considerava desnecessárias. Tendo criado as outras filhas com banha de porco, não conseguia entender o porquê do suco de laranja, do óleo de fígado de bacalhau e dos congêneres. Mas Leonie comprara um livro, e elas viviam recorrendo a ele para ver o que ele dizia, e o que dizia era isso. De todo jeito, aparentemente essa dieta não fazia mal ao bebê, que gargarejava e chutava de uma forma totalmente cativante.

    Matthew achava bastante graça na nova filha, sobretudo porque sua presença fazia as outras se calarem. Não riam tão alto agora, com receio de acordar o bebê. Novamente o acolheram no seio do grupo, lugar que ele ocupou com a apropriada dignidade e onde todos eram gentis uns com os outros. Assim passou o verão, uma estação benevolente.

4

Mathy, que durante quase quinze anos havia sido a caçula, ajustou-se alegremente ao novo status de irmã mais velha. Adorava o bebê. Impedida de ter um gato ou cachorro durante toda a vida, agora, afinal, possuía um animal de estimação. Assim que a criança começou a dar os primeiros passos, Mathy passou a levá-la para longos passeios no quintal e no pasto. Inventava histórias e jogos extravagantes. Elas cercaram o quintal com correntes de trevos e faziam exóticos chapéus de flores e pregadores de roupas. Callie se encantava com as duas filhas mais novas — quando não lhe davam sustos de matar. Mathy tinha de ser vigiada. Estava sempre arrastando a criança para a chuva ou para apreciar o arco-íris, ou para rolar na neve ou se balançar alto demais. A influência da caçulinha sobre Mathy parecia ajudar, mas Callie não nutria igual confiança na influência de Mathy sobre a irmã.

Mathy crescera quase da noite para o dia. De uma hora para outra, ficou parecendo uma moça em vez de um garotinho, uma jovem atraente com pernas bonitas e esbeltas e um busto adequado. Uma noite, num jantar da congregação, Callie reparou que um jovem flertava com a filha. Minha nossa, pensou, e essa agora! E se perguntou o que haveriam de fazer quando Mathy começasse a se interessar por rapazes. Se Jessica, tão boa, tão dócil, fora capaz de fugir com um empregado, o que Mathy aprontaria! O próprio Matthew se indagava a mesma coisa. Os dois tentavam conscientemente, porém, não impor restrições indevidas. Examinando-se a fundo, tentavam evitar erros passados.

— Puxa, mãe — disse uma vez Leonie —, você deixa a Mathy fazer coisas que nunca deixaria que Jessica e eu fizéssemos.

— Sei disso — desculpou-se Callie. — É que se a gente tivesse dado a vocês mais liberdade talvez não acontecesse o que aconteceu.

— Eu não fugi com um empregado.

— Sei que não, meu bem. Você é uma boa moça, e a mamãe reconhece. Mas você conhece Mathy. Se a gente botar o tacão em cima dela, só Deus sabe o que ela vai aprontar. De todo jeito, os tempos são outros, acho eu.

Vez por outra, quando um filme era exibido na cidade, e se Matthew o considerasse instrutivo, Mathy tinha permissão para assistir. Ela e seu grupo faziam refeições ao ar livre, sempre com algum adulto para vigiar de perto. Havia festas na escola. No verão, eram as festas da Escola Dominical nos gramados de fazenda iluminados por lanternas penduradas nas árvores. Enquanto os mais velhos conversavam na varanda e distribuíam sorvete e bolo, os rapazes e as moças brincavam de cabra-cega e outros jogos que lhes permitiam ficar de mãos dadas. Em ocasiões raras, aos quatorze e quinze anos, Mathy podia ir e voltar de carro com a melhor amiga e dois rapazes (embora deixasse Matthew quase apoplético o fato de a filha entrar num carro com um rapaz).

Havia algumas questões, porém, sobre as quais Matthew era inflexível. No verão em que Mathy estava com dezesseis anos, ela e as amigas começaram a aprender a dançar. Apesar do preconceito da comunidade em geral, um punhado de pais fazia vista grossa e deixava que as filhas praticassem foxtrote no porão. Quando descobriu, Matthew denunciou os pais (não na cara deles) e proibiu Mathy de frequentar festas em suas casas. Mathy escapuliu uma noite e foi mesmo assim, o que levou o pai, perdendo todo o comedimento que havia tentado demonstrar, a cancelar a agenda social da filha pelo restante do verão. Mathy podia ir a festas de aniversário e similares, desde que ocorressem à tarde e sem a presença de rapazes, bem como ao cinema se Leonie a acompanhasse. Do contrário, tinha de ficar em casa e bem-comportada.

— É uma pena, meu bem — disse Leonie à irmã. — Mas você *realmente* escapuliu e vai ter de pagar por isso.

— Valeu a pena — atalhou Mathy, refestelando-se na cama. — Me diverti um bocado! Ah, não vou fazer de novo — acrescentou, ao ver Leonie franzir a testa —, mas *tive* que fazer dessa vez porque o primo da Ruthie, Bobby, que mora na Califórnia, estava aqui. Passei os últimos noventa anos ouvindo Ruthie falar que pão era esse primo Bobby! O primo Bobby é um bobalhão — disse Mathy placidamente. — Mas as outras meninas não sabiam. Achavam que ele era simplesmente um estouro, bonito e um grande amante, porque Ruthie sempre falou isso. Caíram em cima do garoto, mas ele preferiu a mim, a única que não deu bola pra ele — explicou, revirando os olhos com uma expressão presunçosa. — Mas olha, Leonie, tem hora pra dançar! Até a Bíblia diz isso.

— A Bíblia também fala em honrar pai e mãe.

— Certo — concordou Mathy com um amplo sorriso. — Puxa, Leonie, você é tão boa — elogiou com sinceridade. — Nunca faz nada errado nem arruma encrenca para os outros. Como é que consegue? Nunca tem vontade de fazer coisas que o papai e a mamãe proíbem?

— Tenho — confessou a irmã. — Às vezes tenho.

— Mas não faz.

— Tento não fazer, porque amo os dois.

— Bom, eu também amo, mas...

— Do mesmo jeito como amo a Deus — emendou Leonie com simplicidade. — Quando a gente ama alguém, tenta agir corretamente para o seu bem.

— Ai, eu nunca vou ser tão boa quanto você, Leonie! — Mathy virou ao contrário, deitando-se de costas, e balançou os pés no ar. — Você acha que vou pro inferno quando morrer?

— Duvido — respondeu Leonie sorrindo.

— Você acredita em inferno?

— Claro.

— Eu não. Só acredito no céu!

Ela e Leonie não tinham a mesma opinião sobre muitas coisas, mas Mathy admirava profundamente Leonie pela sua virtude e beleza. Leonie saíra de casa dois verões antes para estudar para ser professora. Tinha visitado amigas na cidade, assistido a algumas peças, lido livros e aprendido uma ou duas coisas. Estava cheia de planos agradáveis para o futuro. Tendo superado o estágio de concertista de piano, agora pretendia ser professora de música, uma posição importante mais facilmente alcançável. Estava com tudo planejado: mais quatro invernos e sua poupança seria suficiente para parar um ano. Entraria na universidade. Depois arranjaria um emprego melhor, economizaria, pararia mais um ano e estudaria em Nova York. Aí viria um emprego ainda melhor, mais dinheiro economizado, mais um ano de folga e daí em diante, até que conseguisse passar um ano estudando na Europa.

— Quando é que você vai se divertir? — indagou Mathy.

— Diversão! — exclamou Leonie. — Você quer dizer correr atrás de rapazes?

— Mais ou menos.

Leonie jogou para trás os cabelos sedosos.

— Vou correr atrás... Quando encontrar o rapaz certo. Não estou com pressa.

— Onde você acha que vai encontrar o rapaz certo?

— Na Europa!

— O que você quer? Um barão ou o príncipe de Gales?

— Por que não? — insistiu Leonie.

— Tudo bem, mas é melhor afiar os dentes em alguém mais perto de casa.

— *Aqui?* Quem? Me diga!

— O primo Bobby! — respondeu Mathy, rolando de rir. — Não, Leonie, realmente. *Uma* de nós deveria se divertir neste verão. E, se o papai não me deixa, vai ter que ser você. Afinal, é sua vez. Você é a mais velha. Quem será que podemos encontrar?

A resposta veio alguns dias mais tarde, literalmente caída do céu.

Leonie e Matthew estavam saindo da cidade de carro uma manhã (a caminho de Clarkstown, onde diariamente os dois pegavam o trem para a escola normal) quando viram um avião sobrevoando o pasto dos Seabert.

— Nossa mãe! — exclamou Matthew, esticando o pescoço. — Acho que vai aterrissar.

— Olhe para a frente.

— Ele está... Está caindo!

— Cuidado, pai! Você vai sair da estrada... Gire o volante, gire o volante!

Derraparam próximo à vala. Matthew precisou descer e empurrar, enquanto Leonie manobrava. Quando conseguiram prosseguir viagem, Matthew estava engordurado, suado e furioso.

Atrás deles, o avião alçou voo novamente, sobrevoou mais uma vez a cidade e seguiu para o pasto a fim de aterrissar, arrastando atrás de si, como o Flautista de Hamelin, todos os vadios que perambulavam pela Main Street e todas as crianças que deram um jeito de escapar das mães. Acenando triunfante, o piloto desceu. Era jovem, espadaúdo, ostentava um bronzeado dourado e uma aparência deslumbrante. O boato correu pela cidade, chegando a um grupo de garotas do colegial por volta do meio-dia, enquanto estas comiam, sem qualquer animação, bolo de aniversário em um gramado sombreado. Em sincronia, o bando de pombinhas vestindo organdi alçou voo da grama e tomou o caminho do pasto dos Seabert, emitindo seus inocentes gritinhos de acasalamento. O piloto lá estava, levando gente para dar voltas de avião. Varreu a multidão de garotas com seu olhar magnífico e apontou um dedo.

— *Eu?* — exclamou Mathy.

— Você — respondeu ele, fazendo-a subir a bordo e prendendo-a ao assento. — Não está com medo? — perguntou.

— Não — respondeu Mathy, calma como uma santa.

Lá se foram os dois, sacolejando e estalando em direção ao céu de junho, onde prontamente viraram de cabeça para baixo. Fizeram um looping e um mergulho em espiral antes de começarem a descer para aterrissar na plantação de trevos.

Callie quase teve um infarto quando soube. E soube rapidinho, porque Mathy voltou para casa com o piloto. Levara-o para Leonie. Ela o segurou em casa até a irmã e o pai chegarem de Clarkstown.

— Nossa, por piedade de todos os santos! — disse Matthew ao subir o caminho da entrada.

— Oi, prof! — Ed Inwood levantou-se do balanço da varanda e desceu a escada. Ed Inwood, aquele perdulário, torturador de professores e ladrão de garotas bonitas. Apertou a mão de Matthew com as suas. — Estou feliz de ver o senhor, prof!

— Então era o seu avião hoje de manhã?

— É meu, sim — respondeu Ed, e sem mais nem menos começou a contar suas aventuras.

Como Otelo para Brabâncio, falou de oportunidades desastrosas, de acidentes amedrontadores e escapadas por um triz. Leonie e Mathy ouviam num silêncio extasiado.

Quatro anos se haviam passado desde que Ed partira de Shawano (em seguida à fuga com Alice Wandling, embora não tenha feito menção ao fato). Nesse período, trabalhara em Kansas City, St. Joe e Chicago e aprendera a voar. Tinha viajado pelo país com outros pilotos, consertado aviões no Texas e comprado o dele.

— Ganhei num jogo de pôquer. Reconstruí eu mesmo o danado!

Desde então, perambulara pelo país, polvilhando plantações, amedrontando vacas e dando caronas em feiras. Depois de ganhar certa fama nesse negócio louco e privado, voltara para Shawano, a fim de regalar os conterrâneos.

— Vejam só! — comentou Matthew, dividido entre a admiração e a censura (o garoto era um tolo ou um prevaricador, ou ambos). — O que pretende fazer agora?

— Vou ficar aqui por um tempo, participar das feiras por estas bandas e viver à custa do meu cunhado!

— Achei que talvez estivesse planejando começar a trabalhar.

— Mas eu já estou trabalhando.

— Entendo — disse Matthew com um sorriso tolerante —, mas será que isso não é mais um passatempo, um esporte?

— Ah, eu não definiria assim, prof. É uma indústria. A aviação tem muito futuro. Aonde posso ir senão para cima? A menos que acabe morrendo, claro. E não vou morrer — acrescentou, numa espécie de declaração.

— Decerto, espero que não. Você se... Você se casou de novo? — indagou Matthew.

— De novo? Ah, o senhor está falando da Alice — disse Ed, rindo. — Não se pode chamar aquilo de um casamento propriamente dito. Éramos duas crianças. Foi bom os pais dela acabarem com a festa ou nós mesmos faríamos isso. Ela era uma boa garota, mas... — começou, dando de ombros. — Estive com Alice há mais ou menos um ano, quando andei por Kansas City. Ela estava na faculdade de administração. Os pais se mudaram para lá, o senhor sabe. Caramba, como ela engordou! — Ele riu de novo. — Não, não me casei. Sei lá... Conheci um monte de garotas, mas nunca fiquei parado num lugar por tempo suficiente, acho eu. A gente aterrissa em uma daquelas cidadezinhas, em algum pasto, arruma uma carona e um quarto em algum hotel fuleiro. Passa uma ou duas noites e vai embora. Aposto que dormi com o avião mais ou menos o número de vezes que dormi com uma... numa cama. Lembro de uma vez em Nebraska...

E de novo emendou noutra história. Falou e falou, até o jantar esfriar sobre o fogão apagado e Callie convidá-lo a ficar.

— Obrigado, sra. Soames, mas prometi à minha irmã. Gente, não sabia que já era tão tarde! O senhor e eu tínhamos um bocado de coisas para conversar, não é, prof?

Ed voltou na tarde seguinte e novamente no outro dia, surgindo num velho calhambeque por volta da hora em que Matthew e Leonie chegaram.

— Lá vem ele de novo — comentou Callie com impaciência na quarta vez em que isso aconteceu. — Por que será que ele não desgruda daqui?

— Por causa da Leonie — respondeu Mathy.

— Essa ideia me ocorreu.

— Não viu o jeito como ele olha pra ela?

— Acho que não. Arre, espero que seu pai não note! Ele vai ter um ataque.

— Tretas!

— É bom parar com esse palavreado!

— Ora, Leonie é uma adulta! Tem o direito de se divertir um pouco. E é melhor mesmo. Ela vai acabar virando uma solteirona antes dos vinte e cinco anos. Não é o que você quer para ela, é?

— Bom, não...

— Alguém precisa dar um jeito de ela se soltar um pouco. Se ela e o Ed pudessem ficar juntos este verão, não precisa ser nada *sério*, seria bom para ela.

— Talvez, mas, minha nossa, logo o Ed! Mas ele é uma gracinha.

Ed, com efeito, lançava olhares de admiração para Leonie, que era realmente um colírio (esbelta, um pouco mais alta que a média das garotas e com uma postura tão reta quanto seus princípios, movimentando-se com a graça indiferente que deriva das convicções interiores. A cabeça se assentava com orgulho sobre um pescoço delicado em cuja base o cabelo preso se enrolava num coque, como uma corda de seda. A testa era macia, os olhos, castanho-claros e sinceros, o rosto, sereno e sério, iluminado vez por outra pelo repentino paradoxo de um sorriso infantil ansioso). Mas o grosso da atenção de Ed parecia não se dirigir a Leonie, mas sim ao pai dela. Ele chegava à tarde e seguia Matthew ao longo das suas tarefas. Às vezes voltava à noitinha e conversava um pouco mais. Falava de aviões e rádios e das entranhas de carros, coisas que Matthew pouco conhecia e que pouco interessavam a ele. Falava de viagens, de gente que conhecera e de livros que lera (pela metade, pensava Matthew. Ed sempre dava uma olhada superficial, identificava os pontos altos, entendendo apenas pela metade). Adquirira ideias e termos novos. Nomes totalmente desconhecidos de Matthew e vagamente perturbadores salpicavam sua prosa: Mencken e Russel, Freud e Sinclair Lewis. Distribuía palavras com desembaraço, como se soubesse do que falava. Um punhado cintilante de "ismos" e "logias" chovia como confete sobre as opiniões cautelosas de Matthew. Até que Matthew se cansou de defender o *Star* de Kansas City. Cansou de ouvir que Calvin Coolidge era o joguete dos grandes interesses comerciais, e os americanos, uma raça de patetas. Perdeu o interesse em discutir o julgamento Scopes (à época, o caso o perturbara consideravelmente, já que ele era incapaz de decidir de que lado estava). E sua paciência era escassa para as noções de moralidade da moda. Com ou sem psicologia, continuava responsável pelos próprios atos e havia uma coisa chamada pecado.

Ed o aborrecia um bocado. Além disso, Matthew não chegara a perdoá-lo totalmente pelo episódio com Alice. Não que ainda pensasse nela, mas a velha ferida em seu orgulho ainda doía, dependendo do clima. Depois de dez ou vinte minutos ouvindo Ed, passou a se desculpar e recolher-se, agradecido, à história da escola secundária no Missouri ou aos métodos para montar um plano de estudo.

Privado da sua plateia predileta, Ed se voltava para Callie e as meninas. Em geral, suas visitas levavam de meia a uma hora. Sabia-se que mais tarde teria outros lugares a visitar e outras moças, ou moça, para encontrar. Mas isso jamais foi tema de conversa. E, no intervalo entre a partida de Matthew para o andar superior e a partida de Ed para paragens desconhecidas, Mathy fazia o possível para juntar o rapaz e Leonie. Esforçava-se mais ainda para garantir que os dois ficassem sozinhos.

Assim que conseguia alcançar esse objetivo, porém, Leonie acabava se desculpando e se retirando para estudar.

Ouvindo-a subir uma noite, Mathy procurou-a em seu quarto.

— Cruzes, Leonie! Por que você não ficou lá embaixo?

— Lá embaixo? Para quê?

— Tenho todo esse trabalho de tirar a mamãe do caminho e você não aproveita.

— Do que você está falando?

— Do Ed! Por que não dá uma chance a ele?

— *Ed?* — exclamou Leonie, incrédula.

— Por que você acha que eu o trouxe aqui?

— Você trouxe o Ed pra *mim?*

— Você devia ter visto o trabalho que eu tive! Precisei dar um jeito para ele vir... Eu não larguei do pé dele.

— Mathy! Você não *disse* a ele...

— Claro que não! — interveio Mathy. — Teria sido estúpido. Usei papai como desculpa. Você sabe que ele e o papai costumavam brigar. Disse a ele que o papai tinha um grande orgulho dele agora e que ele precisava vir aqui em casa e contar tudo. As outras meninas sentiram tanta inveja que quase me mataram!

Leonie riu:

— Você é a garotinha mais matreira que eu já conheci.

— Eu queria que você tivesse prioridade com ele, Leonie.

— Meu bem, o que foi que fez você achar que eu queria o Ed?

— Caramba, Leonie! Ele é alto, lindo, um amor e um *piloto*! O que mais você quer?

— Nem por isso deixou de ser Ed Inwood — retrucou Leonie. — E não terminou sequer o colegial.

— Gente, você me deixa furiosa às vezes! — queixou-se Mathy, batendo a cabeça contra a parede.

— Olhe, eu me lembro de Ed Inwood quando ele era um garoto convencido que usava meias compridas de algodão marrom. O fato de ter ficado fora por uns tempos não fez dele alguém especial.

— Mas ele é um aviador!

— Isso não faz dele um herói. Basta um bocado de atrevimento, e ele tem de sobra.

— Você fala igualzinho ao papai. Nossa, Leonie, ele tem a idade e a altura perfeitas para você, e os dois são tão louros e bonitos... Sei que ele não é um barão italiano, mas achei que você ia gostar.

— Bom, meu bem — disse Leonie, amolecendo. — Eu gosto, mas não... Não desse jeito.

— Isso é mesmo uma pena. Porque ele está louco por você.

Leonie ergueu as sobrancelhas.

— Como você sabe?

— Dá pra ver.

— Não sei como. Com certeza não notei.

— Você não olha. Está sempre ocupada demais.

— Tenho que estar, ora. Vou ser alguém e não posso me dar ao luxo de desperdiçar meu tempo.

— Como você pode desperdiçar o que não tem? — indagou Mathy.

— Hã?

— Não acho que seja desperdício de tempo se divertir um pouquinho de vez em quando.

— Mathy, você precisa pensar em alguma coisa além de diversão! Minha nossa, espero que ele não esteja pensando que gosto dele!

— Se você agir assim, claro que não.

— Espero. Não quero que ele faça uma ideia errada de mim. Não sou Alice Wandling!

— Suponho que ele gostaria de alguém diferente dela.

— Não dou a mínima para o que ele gostaria. Desculpe, mas não estou interessada.

— Já percebi — disse Mathy. — Boa-noite, baronesa.

5

Uma semana se passou antes que Leonie, queimando as pestanas nos livros uma noite, erguesse os olhos e visse Mathy entrar pé ante pé em seu quarto. Fechando a porta atrás de si, ela bateu os calcanhares numa espécie de *charleston*, cantando alto:

— "Tem dois pés esquerdos, mas não é uma graça? Ela é a doce Georgia Brown!"

— Menina, vocês estão fazendo um bocado de barulho lá embaixo — disse Leonie.

Mathy riu:

— Eu podia jurar que o papai iria descer e nos bater com a Bíblia ou algo no gênero. — Tirando um pedaço de papel do bolso, prosseguiu: — Ei, Leonie, ouça isso.

>*Cantamos por amor e ócio*
>*Nada mais vale a pena ter*

DAMAS-DA-NOITE

Muitas terras visitei
Em nenhuma delas vale a pena viver

E prefiro guardar comigo o meu amor
Embora as rosas morram de dor

Do que empreender grandes feitos na Hungria
Em nome de uma vã sabedoria*

— De onde tirou isso? — perguntou Leonie.

— Ed recitou para mim e eu anotei.

— De onde ele tirou?

— De um livro na biblioteca pública em Chicago. Alguém chamado Ezra Pound escreveu. Você já escutou falar dele, Leonie?

— Acho que já *ouvi* falar dele.

— Não temos nada dele na escola.

— Pelo que dá para ver, não espanta — disse Leonie.

Mathy dobrou o papel e o pôs de volta no bolso.

— Achei bem legal.

— Por que razão Ed recitou isso para você?

— A gente só estava conversando sobre livros e coisas assim, e ele falou que gostava desse poema. Leonie, você acha que o papai me deixa ir até Eldon no sábado com Ed?

— Minha nossa, Mathy! Claro que não. Para que você quer ir até lá, afinal?

---

* Tradução livre de: *Sing we for love and idleness,/ Naughty else is worth the having./ Though I have been in many a land/ Thereis naught else in living/ And I would rather have my sweet/ Though rose-leaves die of grieving/ Than do high deeds in Hungary/ To pass all men's believing.* (N.T.)

— Ed vai fazer um piquenique e levar gente para dar voltas no avião. Cobra dois dólares de cada passageiro que sobe com ele. Ed disse que me leva se o papai deixar.

— Nem que a vaca tussa.

— Ora, eu sei disso. — Mathy se atirou na cama. — Raios!

— É melhor você não deixar que ele ouça você falar assim.

— Eu queria que ele me deixasse ir. Não é um encontro nem nada. Com certeza não vamos dançar! E nem ao menos é à noite. Seria só durante o dia.

— Não acho que você deva andar de avião, de todo jeito — argumentou Leonie. — É perigoso.

— Pouco me importa. Adoro voar! É maravilhoso, Leonie. Você devia deixar o Ed te levar um dia.

— Não, obrigada. E você também não vai mais. Uma vez já basta.

— Fui duas.

Leonie lançou um olhar penetrante para a irmã.

— Quando?

— Naquele primeiro dia e noutro esta semana.

— A mamãe sabe disso?

— Não. Ela achou que eu estava na casa da Ruthie. Eu estava, mas Ruthie e eu fomos até o centro e encontramos o Ed lá. Ele nos levou até o pasto e dei uma volta de avião. A Ruthie não quis, ficou apavorada.

Leonie tirou os grampos do cabelo comprido e o penteou com os dedos. O rosto tinha uma expressão severa quando ela olhou para Mathy pelo espelho.

— Não vou denunciar você à mamãe porque ela ficaria morta de preocupação, mas quero que você me prometa que não vai fazer mais isso.

— Ai, Leonie!

— É perigoso, meu bem. E se alguma coisa acontecesse e se eu soubesse que você pretendia ir e não tivesse feito nada para impedir... Não está vendo? Eu me sentiria responsável. Não posso deixar que aconteça alguma coisa.

— Bom... Credo, Leonie, não vai acontecer nada.

— Nunca se sabe — contestou Leonie, trançando o cabelo.

— Com Ed, não acontece. Ele sabe o que faz.

— Como pode ter tanta certeza?

— Eu sei, só isso.

— Só porque sabe pilotar um avião, Ed não virou nenhum comandante Byrd — retrucou Leonie, trançando ferozmente o cabelo.

Mathy continuava deitada de costas, cantando baixinho:

— "Tem dois pés esquerdos, mas é uma gracinha"...

— Eu adoraria que você parasse de cantar essa música boboca — pediu Leonie.

— Quer saber? — perguntou Mathy, sentando-se na cama. — Ed é mais bonito do que o comandante Byrd.

Leonie parou, segurando a trança, e olhou para a irmã pelo espelho.

— Boa-noite — despediu-se Mathy, indo dormir.

Leonie não perdeu tempo. Vestindo-se para ir à aula na manhã seguinte, chamou a mãe em seu quarto.

— Mãe, acho melhor ficar de olho na Mathy.

— O que ela aprontou agora?

— Você não percebeu? Ela está desenvolvendo uma paixonite pelo Ed.

— Faça-me o favor! — exclamou Callie, rindo, totalmente incrédula. — Sei que ela tem a maior admiração por ele, mas...

— Eu garanto.

— Ele é como um irmão mais velho para ela.

Leonie reagiu com veemência:

— Mathy não considera Ed um irmão mais velho.

— Ora, ele é muito mais velho que ela — disse Callie. — Tem a sua idade.

— A questão é exatamente essa. Não quero parecer convencida, mas tenho quase certeza de que é em mim que ele está interessado.

— É o que Mathy vive dizendo.

— Ed não significa absolutamente nada para mim. Não encorajei em nada esse interesse.

— Sei disso.

— Mas se ela começar a pensar que é por causa dela que ele não sai daqui... Bom, vai acabar sofrendo, só isso. É jovem demais para uma coisa assim.

— Acho que é por isso que nunca pensei no assunto. Não creio que seja alguma coisa, não passa de brincadeira. Mas vou ficar de olho. Com certeza não desejo que passe disso.

Leonie mal soara o seu alarme quando Matthew soou o dele:

— Tenho a impressão — começou ele na mesma noite — de que esse rapaz anda passando tempo demais por aqui.

— Bom, ele começou vindo conversar com você e você não conversa com ele — retrucou Callie.

— Não tenho tempo. Gostaria que ele entendesse a mensagem e parasse de vir. Ele e Mathy estão muito amiguinhos para o meu gosto.

— Nossa, Matthew, os dois não fazem nada de errado. Estou por perto o tempo todo.

— Certo ou errado, Ed não é o tipo que eu gostaria de ver ligado a ela. É rebelde e inquieto, sempre foi assim.

— É, eu me lembro de quando ele fugiu com a filha dos Wandling — disse Callie. — Mas ela era da pá virada. Ed parece ser um bom rapaz.

— Não dá para saber, com ele longe daqui. Levando a vida que leva, vagabundeando pelo país, andando com qualquer um. Você não sabe tudo que ele faz.

— O pessoal daqui parece gostar um bocado dele.

— Culto ao herói! — desdenhou Matthew. — Só porque o sujeito é um aviador e desfila por aí com aquelas botas... O que ele fez até hoje que sirva para alguma coisa? Nem um só dia de trabalho honesto na vida. Tudo que ele sempre quis foi jogar basquete e dirigir carros. Essa coisa de agora é a mesma coisa.

— Mas é um garoto inteligente.

— *Vox, et praeterea nihil!* — disse Matthew. — Ele se gaba, isso sim! Sempre acha que sabe mais que os mais velhos.

— Ele parece ter muito respeito por você.

— Então não sabe demonstrar. Estou cansado das opiniões dele. E não quero mais saber desse garoto ciscando em volta de Mathy!

— Ora — falou Callie —, o que a gente pode fazer?

— Dizer a ele para se afastar!

— Ai, não! Basta a gente fazer isso para *começar* alguma coisa.

— Se quer saber a minha opinião, já começou.

— Não seria melhor, então, deixar o que começou acabar sozinho?

— Em se tratando de Ed Inwood, nunca se sabe até onde essas coisas podem ir. Estou prestes a dizer a ele para não vir mais aqui.

— Ora, Matthew, você não pode fazer isso! — Callie encarou o marido acusadoramente. — Lembre-se do que aconteceu com Jessica!

Ele se lembrava e, naquele momento, se arrependeu profundamente de tê-la perdoado.

Por algum tempo, Matthew deu uma trégua, mas com certa relutância. Ed não só continuou a aparecer como passou a levar consigo o rádio, e o cálido ar noturno vivia emplastado de canções de amor melosas reproduzidas numa nuvem de estática. Matthew ficava lá em cima, sentado, abrindo e fechando livros e pigarreando com grande afetação. De manhã, no café, seu silêncio emburrado pairou, sinistro, sobre a mesa.

O que ele desconhecia o teria deixado pior ainda. Ed não visitava a casa apenas à noitinha, mas ao longo de todo o dia, quando Matthew e Leonie não estavam. Às vezes, aparecia no meio da manhã, lépido e fagueiro, e arrancava de Callie um convite para o café da manhã. Ela e Mathy o alimentavam, o tratavam com prepotência, dando-lhe ordens o tempo todo. Faziam com que pegasse água e batesse massa de bolo; lavavam sua camisa. Ele e Mathy iam às compras. As manhãs eram íntimas e hilariantes, uma domesticidade apimentada pela presença ilícita do pretendente.

Callie, no fundo, sabia que o rapaz não deveria estar ali, e porque sabia tinha mil e uma queixas dele, que recitava, assim que o via pelas costas. Faltava-lhe o mínimo de seriedade; era rebelde, comia, dirigia e se movia depressa demais; não fora bem-educado; fumava; vai ver, bebia. E quem podia dizer quantas namoradas tinha! Estava desfiando esse rosário um dia, quando Mathy observou:

— Mãe, você está falando sozinha.

— Como assim?

— Dizendo para mim todas as coisas que você acha que Ed tem de errado porque gosta dele tanto quanto eu e acha que não devia gostar.

— Ora, não sei... — começou Callie, na defensiva. — Quanto você gosta dele?

— O suficiente para me casar com ele — respondeu Mathy.

Callie olhou horrorizada para a filha, sabendo que ela dissera a verdade. Ed lhes havia tomado tanto a casa quanto o coração, irrevogavelmente, com aquela conversa mole que corrompe mais as mulheres do que seria capaz um grande sedutor. E ela permitira que isso acontecesse.

Naquela noite, abordou o assunto, cuidadosamente, com Matthew:

— Andei pensando... E se a gente mandasse Mathy passar o resto do verão com Jessica?

— De que adianta? — respondeu Matthew. — Esse garoto pegaria o avião na mesma hora para ir atrás dela.

— Não pensei nisso.

— Vamos mantê-la aqui mesmo, onde podemos ficar de olho.

— É, acho melhor ela se encontrar com ele aqui do que em outro lugar qualquer.

— E por que ela precisa se encontrar com ele? — indagou Matthew, indignado.

— Bom, eu odeio ter de falar grosso e proibir. Não se pode fechar de todo a panela porque a fervura transborda.

— Certo, mas pode-se apagar o fogo — disse ele. Isso calou a esposa. — Eu avisei que essa coisa ia explodir, avisei que não dá para confiar em Ed Inwood. Nem em Mathy. Já cheguei ao meu limite e vou dizer a esse garoto para dar o fora!

— Matthew, lembre-se de Jessica!

— Está bem! Vou lembrar! *Não* vou mandar o sujeito embora, mas com certeza vou providenciar para que *ela mande*!

Matthew preferia pôr um brinco no nariz de um touro a ter uma conversa a dois com as filhas. Ainda assim, anotou alguns pontos num velho envelope, caso necessitasse de cola, e abordou o assunto no café da manhã.

— Filha, assim que você terminar o café, quero falar com você na sala.

— Para que, pai? — Mathy ergueu os olhos com a boca cheia — Você quer que o Ed pare de vir aqui?

Matthew enrubesceu de raiva e lançou um olhar acusador para Callie, que parecia tão surpresa quanto ele.

— Vamos conversar na sala — insistiu Matthew.

— Eu estava imaginando quanto tempo isso ia demorar — disse Mathy.

— Agora já chega!

— Tudo bem, pai. Se você não quer mais que ele venha aqui, diga isso a ele.

— A esta altura — rebateu ele, mordaz —, acho mais conveniente que você diga.

Mathy estendeu a mão para o pote de mel.

— Muito bem, se é isso que você quer. — Fez-se um silêncio, quebrado apenas pelo som do mel grosso e da manteiga sendo mexidos juntos, de forma voluptuosa. Mathy se virou para o pai, então. — Tem mais alguma coisa, pai?

Matthew hesitou, tirando um fiapo da manga.

— Acho que já falamos o bastante. Espero que você cumpra sua palavra.

— Vou cumprir.

Ele se afastou abatido, seus pneus esvaziados de todo o ar.

— Você não devia ter feito isso! — reprovou Leonie.

— O que você queria? Que eu discutisse com ele?

— Você podia ter deixado que ele tivesse a última palavra.

— Acho que o poupei disso.

— Não foi muito gentil da sua parte — interveio Callie. — Talvez seu pai tivesse outras coisas a dizer.

— Posso imaginar — disse Mathy.

— Bom, você devia ouvi-lo. Ele só está tentando fazer o que é certo. Só quer o melhor para você. Todos nós queremos.

— Você vai superar — disse Leonie. — Não leve tão a sério.

— Por favor, me passe os biscoitos — disse Mathy. Comeu mais dois e arrematou com uma tigela de cereais.

6

Nos dias que se seguiram, ninguém mais pôs os olhos em Ed. Aparentemente, ele partira da cidade. Callie voltou a ter Mathy só para si. Num surto de energia bem-aventurada, fez tudo que vinha querendo fazer. As duas arejaram velhos baús, costuraram para o bebê, rasgaram todos os travesseiros, lavaram e ferveram as penas e encheram novas capas com elas. Mathy trabalhava com afinco, rápida e prestativa, bem-humorada e contente, como se jamais tivesse ouvido falar de Ed. Nunca mais se ouviu o velho carro do rapaz descer a rua chacoalhando nem a varanda sacudir sob seus passos. Nunca mais "Sweet Georgia Brown" ecoou pelos quatro cantos da casa. O rádio se calou. Matthew e Leonie estudavam em paz. Todos iam dormir na hora certa. A tranquilidade se instalou de vez.

Isso os deixava tão nervosos que eles mal aguentavam.

De tal maneira que ninguém conseguia dormir à noite. Estavam ocupados demais tentando identificar algum ruído. Mathy já havia escapado para a noite muitas vezes com incentivos menos fortes do que Ed.

— Você acha que ela *faria* uma coisa dessas? — indagava Callie sentada no escuro.

Uma cadeira não podia estalar nem uma cortina farfalhar sem que um deles se virasse, atento. "Lembre-se de Jessica" virou uma expressão de alerta, como "Lembre-se do Álamo".

— Não confio na aparência das coisas — dizia Callie. — Ela não parece estar sofrendo.

Começaram a vigiar cada movimento de Mathy. Se ela sumia para o pasto, Callie chegava até a porta e a chamava. Se ia à cidade numa tarde de sábado, Matthew ou Leonie quase sempre a seguiam. Mathy não podia caminhar até o jardim e praticamente nem usar o banheiro sem ser vigiada. Em segredo, Callie examinava o quarto da filha em busca de cartas contrabandeadas ou de algum sinal de malas feitas. Se Mathy percebia o que se passava, não demonstrava.

— Por que ela não fala no assunto? — queixava-se Callie, que adorava conversar, analisar e consolar. Mas Mathy não lhe dava a chance. Serena e taciturna, a menina repelia as tentativas da mãe de fazê-la se abrir.

— Acho que está tudo reprimido dentro dela — disse Leonie. — Fico preocupada. Nunca se sabe o que vai dar na telha de Mathy fazer.

— Que Deus nos ajude! — exclamou Callie, que passou a noite acordada, ruminando a própria tolice. Teve visões de Mathy fugindo para a cidade, vagando pelas ruas à procura de Ed... Mathy viajando de trem, abordada por estranhos... Aquela coisinha de olhos meigos...

Amanheceu com enxaqueca.

— Matthew — indagou ela, acordando o marido. — O que a gente vai fazer?

— Nossa, você vai acabar morrendo de preocupação.

— Não consigo evitar. Toda vez que penso nela fugindo para encontrar com ele... Aquela coisinha inocente longe de casa... — A voz falseou e depois se elevou. — Não consigo evitar! — exclamou, enterrando a cabeça no travesseiro, aos soluços.

— Não chore — disse Matthew, afagando-a desajeitadamente.

— Não aceito! Não aceito ter duas filhas fugindo de casa.

— Isso acabaria com a minha reputação na comunidade.

— Estou pensando em dizer a ela que ele pode voltar, uma vez ou outra. Assim, a gente saberia o que está acontecendo.

— Talvez sim, talvez não.

— Saberíamos mais do que agora. Talvez se eles se encontrassem de vez em quando, ficassem satisfeitos, talvez... — Callie sentou-se de repente e aguçou os ouvidos. Levantou-se da cama e saiu andando pé ante pé pelo corredor.

— Ela está lá — disse, voltando na ponta dos pés. — Todo dia de manhã vou olhar, quase morro do coração. Acho que seria um alívio ele voltar. Matthew? Vou dizer que ele pode voltar, é melhor do que ela fugir.

— Credo, Callie, a gente nem sabe se ela pretende fazer isso!

— Também não sabe se ela não pretende. Lembre-se de Jessica!

— Está bem! — concordou Matthew pulando da cama. — Faça o que quiser. Nada impediu você de deixar Mathy se encontrar com ele. E, se nada vai fazer você desistir de deixá-lo voltar, acho que não tenho como evitar!

Não levou cinco minutos para que o delicado ar da manhã fosse perturbado. Janelas bateram e o estrado da cama tremeu. Um verdadeiro terremoto sacudiu a casa quando um avião roncou no céu.

— Pronto, aí está ele — disse Matthew, com uma resignação altiva. — O rematado imbecil provavelmente arrancou o telhado.

DAMAS-DA-NOITE

Meia hora mais tarde, tendo pedido carona no pasto dos Seabert, Ed postou-se à porta cantando o amor, o ócio e dois pés esquerdos. Entrou a passos largos na cozinha e sentou-se à mesa do café.

— Sr. Soames — disse ele —, vim me casar com a sua filha.

7

Cada um fez o que pôde. Callie chorou, Leonie discutiu, Matthew explodiu e ameaçou. Somente "Lembre-se de Jessica" o impediu de expulsar Mathy de casa. Fez previsões negras. Ela iria ver, pagaria caro por isso (ou seja, se arrependeria; arrependimento e remorso eram a única moeda capaz de comprar tamanha tolice). Mas a filha não o ouviu. Nenhum apelo à reputação dela — ou à dele — adiantou.

In extremis, Matthew gritou:

— Mas você não quer terminar o ensino médio?

— Não faço questão — respondeu Mathy.

Isso destroçou o coração do pai, que partiu para a escola, rejeitado. Mathy era igual à mãe, não tinha nenhum respeito pela instrução. Ainda assim, mesmo que tivesse de desdenhar seus privilégios e se casar aos dezesseis anos, por que com Ed? Ed, que lhe arrumara mais problemas e de mais maneiras que qualquer outro aluno que tivera. Mas, afinal, o que ele podia esperar de Mathy? Aqueles dois eram iguais. Desafiadores, convencidos, irreverentes — jamais se podia ensinar a eles uma lição, por mais que se tentasse. Muito bem, que fossem embora. Talvez se merecessem. Que aprendessem que a vida não é só diversão, só voar de avião em torno do sol, como borboletas. Que aprendessem a lição do jeito mais difícil.

A porta da frente se abriu. Matthew ergueu os olhos e viu Ed subindo as escadas. Quantas vezes observara aquele garoto atravessando o corredor, cheio de pose e arrogância! Ele chegava como um domador de leões, menos nobre que sua besta, porém mais ligeiro, seus argumentos repletos de furos. Como um boxeador, disparava socos usando fundamentos raquíticos. Educado e rebelde, empurrava o oponente até que este, mantendo toda a dignidade possível, dava um salto e ia se encarapitar em seu *corner*. Matthew sentiu-se velho e cansado ao ver o rapaz.

— Oi, prof!

Matthew deu um profundo suspiro:

— Está bem, Ed, vá em frente e case com ela.

— O senhor fala sério! — exclamou Ed.

— Agora vá embora.

— Mas, sr. Soames...

— Não quero entrar numa discussão.

— Não vou discutir, senhor. Só quero dizer que amo muito a Mathy e...

— Eu disse que você pode ficar com ela, Ed. Agora, por favor, me poupe do resto.

Ed hesitou, de pé à porta.

— Obrigado — disse ele, finalmente. — Prof, eu queria...

Matthew abriu e fechou o tampo de correr da escrivaninha. Passado um momento, Ed se foi.

Jetta Carleton

Assim, os dois se casaram num dia de agosto e subiram aos céus decolando do pasto dos Seabert sob os olhares dos amigos, parentes e do povo da cidade. Mathy, usando óculos de proteção e capacete, atirou o buquê da cabine, enquanto Callie escondia o rosto e chorava como as cataratas de Niágara e Matthew permanecia ereto e solene, indagando a si mesmo se sua dívida estaria saldada.

8

Ele não foi capaz de perdoar Mathy por esse derradeiro insulto (ainda que parte da culpa coubesse à mãe dela). Ainda assim, de vez em quando sentia um bocado de saudade da filha. Ela e Ed estavam no Sul, onde Ed fazia uma coisa atrás da outra. Polvilhou plantações, serviu de táxi aéreo, deu aulas numa escola de pilotos. Pelo andar da carruagem, não estava botando fogo no mundo. E Matthew se preocupava bastante com Mathy. Não que a menina merecesse: não fizera a própria cama? Pois que se deitasse nela agora. Assim mesmo ele se preocupava, imaginando às vezes onde ela dormia à noite e se passava fome. Com frequência, quando se sentava com Callie sozinho nas longas noites de inverno, a filha caçula adormecida, e ouvia o vento suspirar na chaminé e o casarão se encher de ecos no frio, pensava em Mathy, em Leonie e em Jessica, as três do jeito como costumavam se sentar, as cabeças morenas ou louras inclinadas sobre os livros. Sentia nostalgia por aqueles tempos tranquilos. De vez em quando, sorria ao recordar alguma traquinagem de Mathy. Uma menina engraçada... que, nesse momento, deveria estar ali, fazendo seus deveres. E estaria, se não fosse Ed Inwood. E voltava a amaldiçoar a existência daquele garoto. Por que o destino enviara Ed para atormentá-lo, aparentemente sem qualquer propósito?

No fim de julho, Ed levou Mathy para casa. Ela teria um bebê em agosto. A família mal reconheceu a menina meiga e resplandecente que partira um ano antes. O cabelo estava cortado curto, como o de um garoto, a pele, queimada como uma torrada, e a barriga, inchada até mais não poder, mas continuava saudável e animada como um potro. Algumas semanas depois, produziu, sem qualquer problema, um menino maravilhoso.

Ed, enquanto isso, gozava de admiração absoluta, não só em casa (onde as mulheres o mimavam quase tanto quanto mimavam o bebê), mas também na cidade inteira. Lindbergh já fizera seu voo famoso e os moradores de Shawano, unidos na histeria como o restante do país, fizeram de Ed seu herói particular. Ele era um aviador, como Lindy, só isso já bastava. Era raro Matthew não encontrar um homem na rua que comentasse como ele devia se orgulhar do genro.

— Ed está se saindo bem, não é?

— É, está voando um bocado alto — respondia, sempre, Matthew. Isso provocava o riso do interlocutor.

— Eu sempre soube que ele tinha potencial.

Potencial para quê?, imaginava Matthew, que refletia acerca dessa glorificação. Ed não atravessara nenhum oceano, não estabelecera recorde algum. Havia simplesmente arriscado o próprio pescoço. Acaso tornara o mundo melhor, ajudara os doentes e necessitados, enriquecera a mente humana? Ed não servia a qualquer propósito. Seu trabalho era um esporte — emoções e prazer. Era chamativo, arrogante, irresponsável e rebelde; desafiava as leis de Deus e da natureza. Mas era isso que as pessoas queriam naquele momento, era isso que os tempos exigiam.

E todos os seus defeitos se tornaram novas virtudes. As de Matthew soavam antiquadas e descartadas. Ora, tudo bem. As velhas virtudes prevaleceriam. Chegaria o dia.

Ed e Mathy voltavam para casa de vez em quando para rápidas visitas, às vezes de avião, outras num carro velho cujo motor Ed retificara. Mathy vestia calças e botas, à semelhança de Ed, e não parecia mãe de ninguém. O bebê, apesar de toda essa movimentação incessante, aparentemente desabrochava; era um garotinho amistoso e encantador. Os três viviam se mudando, uns meses aqui, outros acolá, onde quer que o desejo de Ed os depositasse. Pareciam, com efeito, uns ciganos, sem qualquer desejo de serem outra coisa. Embora trabalhassem pouco e não devessem a ninguém, pelo que sabia Matthew, e vivessem tão livres quanto os pássaros no céu, os três tinham o que comer e, a seu jeito ridículo, o que vestir. A forma como conseguiam era algo que realmente o intrigava. "Mas não vai durar", ele não parava de dizer, sob os protestos de Callie. "Eles não podem continuar assim para sempre, borboleteando por aí. Um dia acabam voltando para casa."

Ele estava certo. A aviação realmente cresceu, conforme previra Ed. A concorrência aumentou. Lá se foram os dias em que a um piloto bastavam charme e audácia. Conhecimentos especiais, como meteorologia, navegação e formação técnica, eram agora necessários, e Ed não se dera ao trabalho de adquiri-los (e por que se daria? Podia voar como um pássaro! Melhor que um pássaro — podia voar de cabeça para baixo!). Além disso, o momento era difícil. Bancos pequenos faliam. As pessoas tinham menos dinheiro e menos vontade de gastá-lo. Então, o mercado ruiu e o pânico tomou conta do país. Não era uma época propícia a um cigano voador.

Matthew e Callie começaram a perceber pelo tom das cartas de Mathy que não estava tudo bem. Não havia queixas, apenas observações jocosas, mas os dois se preocuparam. No início da primavera, Matthew escreveu aos dois chamando-os de volta. Podiam morar na fazenda, onde se sustentariam com uma horta e uma vaca. Mathy respondeu, agradecida. Seria ótimo, disse ela, sempre adorara a fazenda. Mas Ed era um piloto e essa era a vida dele. Daria um jeito, de uma forma ou de outra. Ele esperava conseguir um emprego como piloto comercial.

Callie morria de aflição por eles, mas defendia Ed. Não parava de dizer que ele era um bom menino. Logo tomaria juízo e criaria raízes. Talvez um punhado de reveses como esse fosse aquilo de que precisava.

Chegou o dia, porém, em que a fé de Callie vacilou, periclitante. Ed viajou para a Califórnia em busca de alguma coisa impossível (dedução de Matthew), deixando Mathy e o filho no Texas. Ficou ausente durante vários meses. As cartas de Mathy não especificavam o que o marido estava fazendo exatamente — ele e outro piloto se haviam juntado; parecia ser alguma coisa ligada a serviço de carga. De outra feita, Ed estava trabalhando como mecânico num aeroporto pequeno. A filha era sempre vaga. Os pais tinham a impressão de que ela nem sempre sabia ao certo o que o marido andava fazendo. Então, no fim da primavera, a ansiedade se transformou em alarme genuíno quando os dois souberam — através de Jessica, que contou a Leonie, que faltou com a palavra dada a Jessica, por achar que o casal precisava saber — que Mathy havia perdido o contato com Ed. Não sabia dele fazia mais de um mês e arrumara um emprego de garçonete para sustentar a si mesma e Peter. Matthew escreveu às pressas dizendo a ela que voltasse para casa. Junto com a carta, mandou um cheque. O cheque voltou com um bilhete de Mathy. Ed voltara para casa e tudo estava ótimo.

Passaram-se várias semanas sem que a família tivesse notícias. As aulas se encerraram e o casal se mudou para a fazenda para passar o verão. Foi onde a notícia do acidente os alcançou. Ed havia saído para um voo noturno, em algum festival sulista, para lançar fogos. Mathy foi com ele para ajudar com os detonadores, e Peter ficou com um mecânico local que ajudara a preparar o avião para o show. Tudo corria bem, até começarem a descer. O acidente ocorreu na aterrissagem, num campo estranho, no escuro. Ed teve ferimentos graves, porém não letais. Mathy morreu.

Callie e Matthew atravessaram o dia quase em silêncio, observando o rosto um do outro em busca de algum sinal de que aquilo tudo não passava de um pesadelo, não mais que isso.

— Mas eu rezei! — disse Callie, no tom de uma criança perplexa. — Eu rezei o tempo todo!

Ainda assim, Mathy estava morta, e Matthew viajou para trazê-la para casa.

No hospital, Ed dormia sob forte sedação e não acordou quando Matthew chegou. Matthew ficou um bocado de tempo olhando para a figura inerte envolta em ataduras e silenciosamente lhe disse adeus. Estava livre de Ed agora. Ed fizera sua derradeira diabrura. Matthew partiu levando o neto.

Por último, foi ver a filha. Ela jazia com uma expressão de sombria reflexão, um sorriso indagador no rosto, como se estivesse avaliando essa nova circunstância, tramando friamente o que fazer com a morte. Matthew permaneceu ali, os olhos enxutos, a dor praticamente corroída pela acidez da raiva — uma espécie de raiva divina por isso ter acontecido a despeito dele, por Mathy estar ali deitada tão voluntariamente muda e incapaz de atender quando ele a chamasse. Então, sua memória, tateando às cegas, alterou aquele rostinho apenas infimamente e lhe devolveu a criança minúscula de cabelo escuro que, pela primeira vez, ele vira numa noite de inverno numa casa de fazenda às escuras. As lágrimas começaram a correr. *Boa-noite, garotinha...* Agora durma bem.

9

Alguns dias depois do enterro, um silêncio estranho tomou conta de Callie. Ela aguentara firme depois da primeira explosão de dor, consolada, de alguma forma, pela presença de Jessica e Leonie. Partilharem todas elas o luto em comum tornava mais fácil para cada uma lidar com ele. Então, Callie se calou. Quando lhe dirigiam a palavra, parecia não ouvir. Passava longos períodos lendo a Bíblia. Com frequência, encontravam-na sentada, com a cabeça baixa e os dedos alisando as linhas do texto. Embora tentassem confortá-la, ela apenas olhava para eles, quase sempre de uma longa distância, como se fossem indiscerníveis em seu horizonte. Vagava pelo quintal sozinha e ficava de pé entre os canteiros, esquecida do que fora fazer ali.

O tempo todo, a família a vigiava em segredo, com medo de que ela fizesse mal a si mesma. Seguiam-na discretamente. Um dia, ela lhes escapou e ficou sumida por um bom tempo antes que sua ausência fosse percebida. A família procurou-a freneticamente em casa e no celeiro e depois se dividiu, tomando diferentes direções, a fim de vasculhar o mato. Jessica a encontrou, afinal, na Casa da Velha Chaminé, onde Mathy costumava brincar. A mãe estava sentada na parte plana no interior da velha estrutura, escondida pela vegetação e pelo mato crescido à volta. Falava sozinha em voz baixa.

— Mãe? — chamou Jessica, num tom carinhoso e tímido.

Callie continuou murmurando para si mesma, e Jessica hesitou, achando que poderia ser perigoso interrompê-la. Conseguia tão somente ouvir uma ou outra palavra, mas aparentemente a mãe se dirigia ao Senhor, calma e bastante racionalmente, fazendo uma pausa de quando em vez, à espera de uma resposta, como se ela e o Senhor estivessem conversando. Passados vários minutos, Callie se calou, abraçando os joelhos e olhando para o chão. Jessica já ia falar quando Callie ergueu a cabeça e exclamou com toda a clareza:

— Onde será que aquela galinha velha *estava*?!

Então riu, um risinho de pura diversão.

Imediatamente se pôs de pé, limpou atrás do vestido e começou a se afastar. Jessica voltou para o mato sem fazer ruído e deixou que a mãe fosse embora sozinha. Seguiu-a até em casa, apavorada, segura de que Callie perdera o juízo.

Ao contrário, Callie aparentemente o recuperara. Daquele momento em diante, houve uma mudança. Seu olhar clareou como o céu após um longo período chuvoso, e ela tornou a ser o que era antes. Embora falasse de Mathy com voz trêmula e às vezes chorasse, sua dor se expressava de maneira simples e familiar e, aos poucos, se transformou naquele tipo de sofrimento calmo e suportável que todos precisam carregar vida afora.

Matthew jamais a censurou por permitir o casamento nem por sua fé em Ed. Não era preciso dizer "eu bem que avisei".

16

Junho se foi e julho passou. Peter, agora com quase três anos, parou de perguntar pela mãe. Leonie jurou a si mesma não fazê-lo sentir-se inseguro.

— A gente não pode ficar em volta dele o tempo todo, nem chorar ou perder a cabeça. Temos de agir naturalmente.

Conscientemente, todos tentaram. Às vezes, porém, à noite, enquanto as filhas se ocupavam com a louça, Callie o punha no colo e o ninava.

— Pobrezinho, pobrezinho — repetia.

Matthew, então, o levava para cima e, se o menino acordasse, se sentava a seu lado no escuro até que voltasse a dormir. De manhã, ele e Peter se levantavam na mesma hora, se vestiam e desciam juntos. Acendiam o fogo e punham água na chaleira para ferver. Lavavam o rosto na casinha de banho e penteavam o cabelo ensopado de água. Tinham longas conversas sérias sobre porcos e vacas e quatis e anjos.

Mary Jo fez seis anos naquele verão. Ela e Peter brincavam juntos, satisfeitos. Jessica os entretinha com histórias e jogos e passeios no mato. Leonie também o mimava a seu jeito. Em qualquer crise, grande ou pequena, sempre franzia a testa, pensativa, e indagava: "O que Mathy faria neste caso?" e, com toda a honestidade, tentava fazer o mesmo.

Jessica voltou para casa no fim de agosto. Uma semana depois, Leonie partiu. Matthew e Callie ficaram sozinhos com as crianças. Logo fechariam a casa e se mudariam de volta para a cidade, a fim de passar o inverno.

Numa manhã friazinha no fim de agosto, Matthew estava trabalhando no celeiro acompanhado das crianças, que davam cambalhotas ruidosas no feno, quando Callie surgiu de repente.

— Papai — chamou ela, arfando. — Ele chegou!

Matthew parou, o forcado suspenso no ar com a garfada de feno.

— Quer ver o Peter!

Matthew depositou o feno no chão e virou-se para pegar mais.

— Ora, diga a ele para entrar.

Callie ajudou as crianças a descerem a escada e tornou a subir.

— Você vem?

Ele amontoou outro tanto de feno antes de responder:

— Já estou indo.

Callie olhou para ele timidamente do outro lado do celeiro.

— Ele não fez de propósito. Também está sofrendo.

Matthew não ofereceu resposta, e Callie se foi. Continuando o trabalho, empilhou feno para mais uma semana. Depois desceu, lavou os braços, que comichavam, no bebedouro do cavalo e deu a volta lentamente até a frente da casa, temendo o encontro. Mas seria apenas esse e ponto final.

— Olha, vovô, a muleta do papai!

Peter correu ao seu encontro, arrastando atrás de si um objeto imanejável e o enfiou na mão de Matthew. Matthew segurou-o sem jeito, constrangido diante daquilo. Por algum motivo esquecera-se de que Ed bem que podia estar usando muletas.

Ed estava sentado no primeiro degrau, com um joelho dobrado e o outro esticado, como uma vara de madeira encostada à parede da varanda.

— Oi, prof — saudou ele com um sorriso fácil.

— Tudo bem, Ed?

— Tudo bem, obrigado. Me desculpe por não levantar.

— Fique sentado. — O tom de Matthew foi educado, numa cortesia formal própria de armistícios, da ruptura de relações entre países.

Ed estendeu a mão.

— É um prazer rever o senhor.

Matthew aceitou o aperto de mãos em silêncio, notando a outra muleta no chão da varanda. Ed acompanhou aquele olhar.

— Tudo indica que vou ficar de quatro por algum tempo.

— Não muito, espero.

— Não sei. A perna está cheia de porcas e parafusos. Acho que não vai ser de grande valia para mim agora, salvo para me escorar do lado esquerdo.

— Lamento saber.

— Ah, estou me habituando. Continuo um pouco trêmulo, mas aprendi a dirigir com o raio dessa coisa. Contanto que eu possa dirigir, tudo bem.

Dirigir automóveis e jogar basquete.

— Há quanto tempo você teve alta do hospital?

— Umas duas semanas. Estou com a minha irmã em Shawano.

— Ela foi buscá-lo no hospital — explicou Callie.

Fez-se uma pausa. É agora, pensou Matthew.

— Estou ficando um bocado inquieto — disse Ed. — Acho que daqui a mais umas duas semanas vou para a cidade. Conheço uns sujeitos lá para os lados do campo Richards. Quem sabe eles me arrumam emprego em algum hangar?

— Você não pode voltar a trabalhar assim tão depressa, pode? — perguntou Callie.

— Eu me viro bastante bem. Assim que a minha mão parar de tremer, aposto que desmonto um motor tão bem quanto qualquer um.

— Também aposto — concordou ela com firmeza.

— E aposto que é melhor eu tentar. Se ficar sentado muito mais tempo, vou fumar até morrer. Preciso me ocupar. De todo jeito — acrescentou, virando-se para Matthew —, tenho de saldar algumas dívidas. Eu lhe agradeço muito, sr. Matthew, por ter pago as contas do hospital... e as outras despesas.

— Bem... — murmurou Matthew, desviando o olhar e deixando a palavra pairar.

— Quero lhe pagar o que devo o mais rápido possível.

— Não se preocupe com isso.

— Me preocupo, sim. — Ed se calou, baixou a cabeça e prosseguiu em voz baixa: — Acho que não preciso dizer como me sinto sobre o que aconteceu. Não posso compensá-lo por isso, mas quero fazer o que for possível.

Com expressão pétrea, Matthew encarou a estrada onde o carro de Ed estava estacionado junto à caixa de correio (o mesmo carro velho, o mesmo velho Ed). Callie assoou o nariz com delicadeza. Ao longo da cerca, as crianças haviam plantado uma muleta na terra úmida, criando uma treliça torta entre as roseiras. Passado um instante, Ed começou a falar de outros assuntos. Será que é só isso?, pensou Matthew. Uma palavrinha de remorso? Um pedido educado de desculpas por um erro banal? Seria só isso — e Mathy morta e para sempre ausente?

— Quero arrumar um cantinho — estava dizendo Ed. — Lil disse que iria comigo e me ajudaria até eu estar adaptado.

— Ora, que ótimo! — aprovou Callie.

— Também achei. Perguntei ao velho George se ele aguentaria tanto tempo comer a própria comida. Ele disse que sabe lidar com um abridor de latas tão bem quanto Lil! Ela não é a melhor cozinheira do mundo. Não quer ter trabalho nenhum. Prefere jogar bridge ou ler aquelas revistas de cinema.

Ed e Callie conversaram amenidades. As crianças corriam para lá e para cá, Mary Jo atarefada e importante, dando ordens ao sobrinho pequeno. Peter se aproximou e ficou de pé ao lado do pai.

— Pai, você vai passar a noite toda com a gente?

Ed riu e coçou a cabeça.

— Não, filho, acho que não.

— Por quê?

— O papai tem que voltar.

— Por que você tem que voltar?

— Peter? — chamou Mary Jo.

— Por que você não pode ficar aqui com a gente, pai?

— Ora, porque não posso.

— Peter, venha *cá*!

— Posso voltar pra casa com você? — indagou Peter.

— Venha *cá*, Peter! Quero te mostrar uma coisa! — Mary Jo dava pulos de excitação fingida, típica de uma garotinha.

Peter desceu os degraus e se afastou aos pinotes. Às suas costas, os adultos continuaram sentados num silêncio pesado, o objetivo da visita pairando, ameaçador.

— Eu gostaria de levar o menino comigo — disse Ed humildemente. — Sinto muita saudade dele.

Finalmente o assunto seria abordado. Matthew sentiu uma espécie de alívio.

Ed ergueu a cabeça, olhando, alternativamente, para um e para outro interlocutor.

— Suponho que vocês gostariam de ficar com ele, e talvez fosse melhor assim. Mas eu queria muito que ele fosse comigo. Eu cuidaria bem dele, podem ter certeza. Lil vai me ajudar. E pensei, se vocês concordarem, em levá-lo hoje.

Callie continuou sentada, o olhar velado. Matthew contemplava a estrada. Nenhum dos dois abriu a boca.

— Vocês concordam? — perguntou Ed. — Vocês acham que ele pode ir comigo hoje? Sra. Soames?

Callie balançou a cabeça, aos prantos.

— Não sou eu quem decide, Ed.

Ed se virou para Matthew.

— Não posso permitir que você fique com ele — disse Matthew.

Ed olhou-o por um instante sem falar e baixou a cabeça.

— Venham, crianças — comandou Callie, levando os dois para contornar a casa a caminho do quintal e deixando os homens sozinhos.

Ed acendeu um cigarro. A fumaça tomou a direção de Matthew, azul e acre. Um hábito de longa data o fez enrijecer, como quando suas narinas vigilantes, farejando o ar na escola, sentiam o odor da transgressão.

— Bom — começou Ed —, achei que o senhor poderia adotar essa postura.

— Que outra postura eu haveria de ter, Ed?

— Não sei, a menos que... Bem, achei que se o senhor soubesse o quanto lamento...

— A palavra não é grande o bastante — disse Matthew.

— Sei disso. — Ed fumou em silêncio por algum tempo. — Eu gostaria de me portar melhor agora, sr. Soames. Quero compensar o senhor e Peter. Vou me esforçar ao máximo. Será que não pode acreditar em mim, sr. Soames?

— Não, Ed, não posso.

— Mas dessa vez...

— Conheço você há tempo demais.

Ed desviou o olhar e deu um sorriso tristonho.

— Acho que conhece, prof. Mas Peter é meu filho! — argumentou.

— Você não foi lá essas coisas como pai. Por acaso deu a ele um lar? Proveu a sua família?

— Não do jeito como o senhor fez, talvez.

— Nem do jeito como qualquer homem responsável faria. Arrastando a família de um lado para o outro, fugindo para a Califórnia e abandonando mulher e filho. Ela nem sabia por onde você andava durante boa parte do tempo!

— Eu sei... Sinto muito por isso. Eu me mudava tanto...

— Sempre se mudando! Ed, você nunca conseguiu perseverar em nada por tempo suficiente para realizar alguma coisa!

— Ora, talvez esse não seja o pior defeito do mundo — retrucou Ed. — Talvez eu seja do tipo inquieto, e talvez não consiga evitar ser assim. E talvez ela não tivesse me amado como amou! Ela me amou, sr. Soames. Acha que ela não haveria de querer que eu ficasse com o nosso filho?

— Você se considera merecedor dele?

— Talvez não pelo que fiz, mas pelo que vou fazer, sim.

— Nessas condições — prosseguiu Matthew —, à vista do seu histórico, não existe um tribunal no país que entregue Peter a você!

Durante um momento, Ed não disse palavra. Então, acrescentou baixinho:

— O senhor chegaria a isso!

— Se precisar, sim. Não deveria ser surpresa para você.

— Mas acho que é. Quer sua vingança, não é?

— Quero o que for melhor para o menino.

— Pode ser. Mas está pensando em ficar quites comigo, ao mesmo tempo. Sou tão ruim assim, prof? Será que lhe criei tantos problemas?

— Foi o que você fez a ela.

— Ela me amava. Ela foi feliz!

— Ela está morta, não está?

Ed desviou o olhar. Depois voltou a encarar Matthew, com uma expressão suplicante.

— É o senhor, sr. Soames. O senhor nunca gostou de mim, nem antes. Eu lhe criei alguns problemas, sei disso, mas fui tão ruim assim? Nunca fiz de propósito. Eu gostava do senhor, prof, eu admirava o senhor! — Parou, então, e uma expressão de surpresa confusa se estampou em seu rosto. — Não pode ser por causa de *Alice*, pode? O senhor não pode estar querendo descontar isso em mim, certo? Não depois desse tempo todo!

Matthew sentiu-se empalidecer. Medos antigos, meio esquecidos, despertaram de um salto, como sentinelas faltosas depois de erguido o cerco, e deram início a um tremendo corre-corre em sua cabeça, fazendo com que soassem alarmes estridentes. De repente, não apenas Alice, mas todas as garotas, todas as garotas sorridentes que haviam lustrado sua velha vaidade, o assaltaram num enxame como Fúrias vingadoras, e, mais estridentemente que qualquer outra, Charlotte. A fraqueza que ele acreditava tão escondida estava exposta. Ed *sabia*.

— Como assim? — indagou debilmente.

Ed deu de ombros, continuando a encará-lo inquisidoramente.

— Ela me contou tudo. Mas nem precisava. Todo mundo sabia.

— Ora, com certeza... Com certeza eu a admirava — gaguejou Matthew. — Tínhamos uma camaradagem, uma camaradagem de aluna e professor. Mas ela exagerou a dimensão disso se ela...

— Ah, faça-me o favor, prof — disse Ed com um sorriso cansado. — O senhor sempre gostou das garotas.

— Você não pode provar coisa alguma! — gritou Matthew. — Não há nada que você possa dizer! Pode espalhar boatos, não mais que isso. A minha conduta... — A voz lhe secou na garganta. Ed estava sorrindo para ele, um estranho sorriso calculista, e Matthew sentiu o castelo da sua vida pública, construído com tamanho esforço honesto, começar a tremer. Bastaria um boato. Um boato, o sopro de um sussurro, era capaz de pôr abaixo o seu castelo. Logo ele, com sua reputação de sábio. Ah, o estrago que provoca um pequeno desatino!

— Peguei uma borboleta — disse uma vozinha.

Matthew olhou à sua volta e, por um instante, em seu alvoroço, viu Mathy ali de pé, Mathy aos três anos, o olhar brilhante e sagaz, segurando algo vivo nas mãozinhas em concha.

— Vovô? — chamou Peter timidamente.

Matthew olhou para o neto — aquele pedacinho macio de argila. No que Ed o transformaria?

Virou-se para Ed.

— Faça como quiser — disse ele. — Pretendo ficar com ele.

Os dois se encararam ostensivamente, e Ed foi o primeiro a desviar o olhar. No silêncio que se seguiu, Peter escapuliu para o quintal dos fundos. Da cozinha, vinha o barulho de pratos e panelas, da caneca batendo no balde-d'água. Uma carroça passou chacoalhando pela estrada arenosa. O fazendeiro ergueu a mão em cumprimento. Matthew e Ed acenaram de volta.

Finalmente, Ed pegou a muleta.

— Acho que vou andando — falou, apontando com o olhar para a outra muleta fincada entre as roseiras. — Parece que vou precisar lhe pedir...

— Oh, claro, a muleta! — Matthew despertou, culpado, do devaneio e foi pegá-la.

Ed ficou de pé com esforço e estendeu a mão.

— Então, até logo.

— Até logo, Ed. Pena que precise ser assim.

Ed simplesmente assentiu com a cabeça.

— Quer que eu chame o Peter? — indagou Matthew.

— Não.

— Bem... Cuide-se, Ed.

Com cuidado, evitando as pedras irregulares plantadas ao longo das extremidades da entrada, Ed se encaminhou para o portão. Matthew o observava com uma surpresa dolorida — o corpo jovem e alto balançando entre as muletas, encurvado e ofegante, arrastando atrás de si a perna inútil. Ele nunca pensara em Ed dessa forma. Com uma repentina pena, adiantou-se correndo para abrir o portão para o rapaz e, na pressa, esbarrou em Ed de passagem. O dedão do pé inexplicavelmente ficou preso na ponta de uma das muletas — mas não foi apenas isso. A outra muleta bateu, ao mesmo tempo, numa pedra. Seja como for, Ed perdeu o equilíbrio e vacilou. As muletas voaram, os braços se abriram, Matthew gritou... Ed cambaleou e caiu esparramado no chão.

Matthew correu até ele, murmurando desculpas, estendendo o braço para ajudá-lo.

— Pode deixar — disse Ed, num tom contido.

— Segure-se em mim. Deixe-me levantá-lo!

— Não preciso de ajuda — disse Ed, deitado e de olhos fechados. — Só me deixe em paz.

Matthew recuou, envergonhado de observar, mas observando assim mesmo, enquanto Ed se esforçava para se apoiar em um joelho e rastejar adiante, como um animal se livrando da armadilha com uma pata ferida. Soltou um suspiro grotesco e doloroso. Alcançando o pilar do portão com as duas mãos, pôs-se de pé. Equilibrou-se ali em um triunfo precário. Havia em seu rosto uma espécie de altivez, que no instante seguinte se transformou numa expressão de raiva plangente, vã. As muletas jaziam no chão, além do seu alcance.

Apressadamente, sem uma palavra, Matthew pegou-as do chão. Sem uma palavra, Ed as aceitou. Estava chorando.

— Ed... — disse Matthew.

Ed se virou e capengou até o carro. Nenhum dos dois falou, e ele se foi.

11

Ele não tinha mais medo de Ed. Ele vira Ed ceder. Durante todo o dia, porém, não conseguiu esquecer as lágrimas escorrendo por aquele rosto orgulhoso. Ed havia errado, mas estava pagando caro por isso.

— O Senhor enviou o Seu castigo — disse ele. — Não tenho o direito de acrescentar o meu.

Disse isso em voz alta, atravessando o pasto ao pôr do sol. E acrescentou, fazendo uma pausa em determinado ponto acima do rio:

— Eu mesmo não estou livre de culpa.

Desceu da margem e subiu do outro lado para chegar ao triângulo de terra onde ficava o toco de um velho pilriteiro. Salvo pela ponta extrema, o canteiro estava imerso na sombra. Pairava sobre o lugar uma calmaria de meia-noite. Era assombrado, à semelhança dele, por velhas culpas e velhos anseios meio enterrados. Durante um bom tempo, Matthew permaneceu ali no silêncio, pensando naquela noite, tanto tempo atrás, do nascimento de Mathy.

— Senhor — falou finalmente. — Achei que, quando a tirastes de mim, minha dívida estivesse saldada. Mas talvez eu precise pagar agora com o menino. E talvez não acabe aí.

Por isso, os dois foram juntos na tarde seguinte. Na estrada para Shawano, a poeira se assentava grossa — poeira vermelha no início, desbotando até se tornar parda conforme se aproximavam do norte, se afastando das montanhas e alcançando terra plana. As rodas do sedã levantavam nuvens que se assentavam de novo, lentamente, sobre os girassóis e picões, sobre as zínias cor de bronze e escarlates nos gramados das fazendas. O ar era amarelo, espesso de poeira, e os gafanhotos se regozijavam com a morte do verão. Essa época do ano era prenha de perda e tristeza, e a missão de Matthew era parte integrante da estação.

— Meu amor — começou ele, indagando com seriedade da criança: — Você vai gostar de ver seu pai?

— Vou — respondeu Peter.

— Quer ficar com ele? — perguntou pela vigésima vez.

A criança adotou uma expressão pensativa.

— A noite toda?

— A noite toda, o tempo todo. Você quer dormir na casa do papai e não voltar para casa com o vovô?

— Voar no avião do papai — disse Peter, imitando o ruído de um motor. — Vovô, posso tocar a buzina?

— Pode, pode tocar uma vez (ele era tão pequeno, tinha apenas três anos).

— Estou com sede, vovô.

— Está bem, vamos arrumar água para você.

Pararam em uma escola rural a meio caminho de Shawano e beberam água do poço. Matthew ensinou o neto a fazer da mão uma concha para apanhar a água. A criança enterrou o rosto na água fria e riu. No quintal da escola, o mato havia sido recentemente aparado. Mais uma semana, e a escola estaria cheia de crianças. Agora, porém, só havia silêncio e vazio. O vento soprava na esquina, entoando um canto solitário. Ajoelhado ao lado do menino para lhe enxugar o rosto, Matthew repentinamente o abraçou. Ainda podiam dar meia-volta. Mas o impulso desapareceu como surgira, pois ele se lembrou de Ed agarrado ao pilar do portão, o rosto riscado de lágrimas.

Prosseguiram em direção a Shawano. Nos limites da cidade, viraram numa rua estreita, pouco movimentada. Bananas e carrapichão cresciam no meio dela. A casa ficava lá no fim, segregada, num gramado malcuidado. O carro velho de Ed estava estacionado na frente. Matthew parou a seu lado e desligou o motor.

— É aqui que o papai mora? — indagou Peter.

— É, é aqui. Vamos, queremos você muito alinhado. — Penteou o cabelo do garoto, enxugou seu rosto e o beijou. Depois, pegou a caixa de papelão com as roupas da criança e entregou a Peter o saco de biscoitos que Callie havia mandado. — Pronto, agora vamos.

Os dois subiram a escada da frente e bateram à porta. A porta estava fechada e as persianas da janela, baixadas, por causa do calor. Matthew tornou a bater, mais forte, e esperou. Ansioso, deu uma olhada para a rua. Nenhum sinal de vida. A cidade parecia deserta.

— Será que todo mundo foi para Clarkstown hoje? — disse ele. E bateu novamente. — Bom, vamos tentar a porta dos fundos. Vai ver ele está lá atrás e não ouviu a gente.

Junto com Peter, contornou a casa.

— A porta da cozinha está aberta, de todo jeito — observou ele, subindo os degraus que levavam à varanda fechada. No último degrau, fez uma pausa. Ed estava lá. Sentado num canto da varanda, caído sobre o tampo de uma mesa redonda de carvalho, a cabeça repousando nos braços. Adormecera em cima de um livro aberto.

Matthew espiou pela tela.

— Ed? — chamou.

Ed ergueu a cabeça e encarou Matthew com espanto. Matthew retribuiu o olhar, alarmado. Ou Ed estava doente ou andara chorando. Ou seria apenas o calor e a vermelhidão do sono? Parecia mais que isso, pois os olhos estampavam uma expressão distante e ardente, e o rosto barbado parecia devastado. Matthew hesitou, mas apenas por um segundo. Anestesiado, avançou e entrou, de mãos dadas com a criança.

— Vim trazê-lo de volta — anunciou, e ficou esperando que aquele pobre homem alquebrado aceitasse a bênção.

Um vento quente varreu a varanda, e um gafanhoto entoou seu grito lá em cima do elmo. Ed olhou, umedecendo os lábios ressecados e engolindo em seco como se tentasse fazer saírem as palavras. De repente, inclinou-se para a frente e mexeu com a mão, e Matthew percebeu qual era o problema. Não era sono nem doença. Ed estava muito bêbado.

A garrafa jazia no chão. Na mesa, o copo pela metade que a mão trêmula de Ed pegara e depois abruptamente pusera de lado. Matthew olhou para os dois, com o coração partido. Nesse momento não tinha a menor ideia do que fazer. Se estivesse meramente zangado, seria fácil dar meia-volta e partir levando o garoto. Mas havia mais alguma coisa que o seu olhar chocado apreendera. Ed estava buscando consolo. E não apenas no copo. O livro diante dele era a Bíblia. O copo de uísque deixara um círculo úmido na página. Agarrado à criança, Matthew ali ficou, imóvel, dividido entre a indignação e a pena.

— Com licença — resmungou Ed, se levantando da cadeira com a ajuda das muletas. — Vou lavar o rosto.

Pegando a garrafa, desapareceu na cozinha. Dava para ouvi-lo jogar água no rosto.

— Sente-se — disse ele, ressurgindo com uma aparência refrescada.

Matthew não se movera. Hesitou mais um instante antes de puxar uma cadeira. Peter se aproximou timidamente do pai.

— Oi, Peter. — A voz de Ed era terna. Afagou o cabelo do menino, mas não fez qualquer movimento para pegá-lo no colo ou abraçá-lo. Parecia saber o quanto estava bêbado e queria se impor autodisciplina. Embora enrolasse a língua, falou com carinho. Peter se pendurou nas costas da cadeira, balbuciando alguma coisa. Passado um momento, voltou até Matthew e subiu no seu colo.

— Vá brincar no quintal — disse Matthew, pondo o neto no chão. — O vovô e o papai querem conversar.

Peter se foi, arrastando com ele uma muleta e clicleclaqueando nos degraus de madeira. Matthew observou-o, penalizado, ciente da presença de Ed, sem saber por onde começar. Todas as coisas bonitas que planejara dizer pareciam deslocadas agora. Finalmente, Ed quebrou o silêncio tão precariamente equilibrado entre os dois:

— Então, o senhor trouxe Peter de volta.

— É — assentiu Matthew, sem convicção. — Foi para isso que vim.

— Achei que fosse ficar com ele. O que o levou a mudar de ideia, sr. Soames?

— Bom, Ed...

— Não foi Alice, foi? — indagou Ed. — O senhor não ficou com medo de que eu falasse, ficou?

— Não — respondeu Matthew, com grande seriedade. — Não foi por isso. E espero que você acredite em mim. Foi... Foram outras coisas. Foi você... Acho que você já pagou caro o bastante pelos seus erros. Afinal, depois de tudo que aconteceu, acho que você aprendeu a lição e que está

disposto a se emendar, como disse. Foi isso que eu pensei. Só que agora...
— Olhou, então, para Ed, com pena e nojo.

— Agora o senhor me vê assim — completou Ed com amargura.

— Por que faz isso? — indagou Matthew, inclinando-se para a frente.

— Às vezes ajuda.

Matthew balançou a cabeça com uma careta.

— Não está ajudando agora — disse Ed.

— Nem nunca vai ajudar! Você não vê? Você não aprende? Tente, Ed, tente se emendar!

— Não sei se consigo.

— Consegue se tentar! A escolha é sua!

— Eu não saberia por onde começar.

— Você já começou — disse Matthew, inclinando-se para a frente de novo e tocando a Bíblia. — Continue. Deus há de ajudá-lo!

— O senhor tem certeza?

— "Pede e receberás." Você vai ler isso bem aí.

— Já li. Como posso receber se não acredito?

— Você acredita, não acredita?

Ed balançou a cabeça negativamente.

— Não muito.

— Sei que você muitas vezes expressou dúvidas, Ed. Eu me lembro das conversas que costumávamos ter. Mas, por meio das dúvidas, às vezes somos capazes de encontrar o caminho para uma fé mais profunda. Agora, se você puder...

— Por que Mathy morreu? — indagou Ed. — Foi a vontade de Deus?

Matthew assentiu:

— Tudo que acontece é por vontade dEle.

— Tudo? Guerra, fome, assassinato?

— Ele nos dá escolha. Nem sempre escolhemos direito.
— Não escolhi matar Mathy.
— Então, quem sabe... Foi escolha Dele — disse Matthew.
— Para me punir pelos meus pecados! — Ed riu amargamente.
— E pelos meus, talvez.
Ed se inclinou, aproximando-se mais de Matthew, com o rosto corado.
— Por que a punição pelo meu pecado foi a morte *dela*? Por que não a minha?
— O Senhor tem Seus motivos. Talvez ela seja a sua salvação. Talvez ela tenha morrido para que você possa, por meio do sofrimento, reparar seus erros e ser salvo.
— Ele precisava agir desse jeito? — gritou Ed. — Sou tão mau assim?
— Nem sempre podemos entender os desígnios de Deus. Temos que confiar Nele, confiar na Sua misericórdia.
— Se isso é misericórdia...! — exclamou Ed.
— Não nos é dado ver a Sua face — prosseguiu Matthew. — Mas leia a sua Bíblia. Há consolo aí.
Ed olhou para o livro.
— Para os homens que a escreveram, talvez. "E Deus disse..." Era bom e simples. Se não fosse possível descobrir outro jeito, sempre havia Deus como resposta. Bem, houve algumas mudanças. — Ele folheou as páginas. — Ouvi a voz do furacão. O senhor já se deu conta do tamanho da Terra? Será que a chuva tem pai? De onde vem a neve? Já examinou as profundezas do mar... Sim, agora *já*, e conhecemos as respostas.
— Nem todas — discordou Matthew. — Toda resposta gera novas perguntas.
— Encontraremos essas respostas também.
— E isso descarta Deus?
— Este, sim — disse Ed, fechando o livro.

— Ele não é tão facilmente descartável — retrucou Matthew —, porque, quando todas as perguntas forem respondidas, restará uma ainda: quem é o autor dessas perguntas?

— Quem?

— Nós o chamamos de Deus.

— Eu também — disse Ed —, mas não *este* Deus. — Ed pousou a mão sobre o livro.

— E as provas! — insistiu Matthew. — Os ensinamentos de Cristo!

— O Filho de Deus, nascido da Virgem Maria! — entoou Ed. — Em nome do Pai, do Filho, e José, feito de corno pelo Espírito Santo — continuou, fazendo o sinal da cruz.

— Não blasfeme, Ed, não zombe!

— Zombo da superstição, não do homem. Acredito no homem. Ele viveu uma vida boa e morreu de forma mais corajosa do que a maioria de nós.

— Sim, e ressurgiu dos mortos!

— Duvido. Mas Ele assumiu o risco. Eu O respeito por isso. Respeito a Sua dúvida.

— Dúvida? — exclamou Matthew.

— Foi arrancada dele à custa de tortura. "Deus, meu Deus, por que me abandonastes?" Tenho pena de Jesus Cristo! Porque ele foi abandonado como o restante de nós. Não posso acreditar em Deus Pai, o pai de família. Ele não nos criou! Permitiu que acontecêssemos. E isso não tem significado algum. Por que Deus cuidaria de nós ou se importaria de um jeito ou de outro? Somos insignificantes demais, nós e as nossas preocupações mesquinhas. Por que Ele haveria de se importar com a minha alma, se eu vou ou não encontrar a minha garota no céu? Não sou importante assim. Não faço diferença alguma.

— Eu, sim — disse Matthew com simplicidade.

Os dois se entreolharam por um instante, em silêncio.

— Vaidade — disse Ed, dando de ombros.

— Não — retrucou Matthew, refletindo. — Faço diferença porque Ele é grande, não porque eu sou grande. Tem mais coisa aí que vaidade.

— Sim, medo! — disse Ed.

— Isso é o que sempre dizem os incrédulos.

— Ponha o rótulo que quiser na sua fé. O medo a mantém firme. O medo é o alfinete de segurança!

Matthew refletiu por um instante.

— Então, tudo bem — prosseguiu lentamente, dando um longo suspiro. — Se é medo, eu aceito. Talvez o medo seja o único meio que Deus encontrou de forçar a gente a buscar e alcançar o céu. E eu acredito que Ele queira que cheguemos lá. Temos que nos esforçar para isso. O que é fácil demais não tem valor. Precisamos trabalhar e agir corretamente aqui na Terra. Seria mais louvável viver bem sem a ideia de uma recompensa, mas nesse caso, infelizmente, acredito que não seriam muitos os qualificados para ir para o céu. Gostamos demasiadamente das tentações do mundo. Assim, vai ver Deus nos fez ter medo para nos ajudar, para nos cutucar e nos estimular a perseguir a felicidade eterna. Aceito o medo também como parte da Sua misericórdia.

Ed lançou um longo olhar para Matthew.

— Eu acredito no senhor — falou, afinal. E ambos ficaram em silêncio, contemplando a paisagem de agosto.

O garotinho brincava calado na região montanhosa das raízes do elmo. Uma folha, pendurada na árvore desde abril, de repente se soltou e empreendeu uma lenta viagem até a terra, adernando para lá e para cá em sua nova liberdade fatal, mas caindo, caindo inexoravelmente.

— Quero que ele fique com o senhor — disse Ed.

— Eu o trouxe para você.

— E eu agradeço ao senhor porque sei o quanto deve ter lhe custado. Mas quero que o leve de volta.

Matthew virou-se para o rapaz.

— Você me perguntou, Ed, o que me levou a mudar de ideia. O que levou você?

Ed sorriu.

— Alice.

— Alice? — perguntou Matthew, sem graça.

— Foi — confirmou Ed, ainda sorrindo. — Eu jamais teria pensado em usar aquilo contra o senhor! Não sou lá grande coisa, mas não sou tão ruim assim. O que quer que tenha acontecido entre o senhor e ela, há anos eu não pensava nisso. Simplesmente não tinha importância. Mas vi que o senhor achava que tinha. Pensou em "chantagem", e eu vi que o senhor estava disposto a arriscar até isso. Então achei que, se queria tanto assim o menino, devia ficar com ele.

Matthew baixou os olhos humildemente para a mesa.

— Mas não é só por isso — continuou Ed. — Para ele, vai ser melhor, sei disso, vai ser melhor do que ficar comigo. Não concordo com o senhor em muita coisa, prof, mas o senhor é um dos poucos homens que considero bons.

— Nem sempre agi direito — disse Matthew sem erguer os olhos.

— Mas admite isso. E tenta.

— Fui vaidoso. Pesei minhas virtudes e achei que eram superiores às dos outros... Às suas.

— E jamais acreditou nelas! — Ed sorriu novamente. — Mas eu acredito. Não tenho fé no seu Deus, mas tenho fé no senhor.

— Fico feliz — disse Matthew ainda sem erguer os olhos.

12

Avô e neto pegaram o caminho de volta ao pôr do sol, descendo a rua em cujo centro nasciam bananeiras e carrapichão. E a poeira de ossos velhos se levantou às suas costas, para além das árvores em que os gafanhotos chichiavam e profetizavam, muito além da casa solitária e do outro pai. Para além da cidade, os pastos ardiam sob o brilho claro e tranquilo. As árvores projetavam sombras compridas na estrada e o ar começava a esfriar. Com o orvalho leve, um leque de odores noturnos se elevou da terra: feno e madressilvas, o cheiro de estábulos e gado sedoso, e a acridez cristalina dos estramônios desabrochando no crepúsculo. Matthew inspirou-os em seus pulmões, agradecido. E se maravilhou, reentrando num mundo familiar, com a virada do destino que o mandava de volta para casa assim e não desolado como imaginara voltar, mas com o neto a seu lado. Ele se vira como perdedor e vencera. Vira Ed derrubado, sua arrogância inutilizada, a inconsequência visionária transformada em remorso. Ed pagara muito caro pelos seus desvios de conduta e isso nada mais era que justiça.

Então, por que Matthew não sentia satisfação? Havia alguma coisa acerca de Ed, mesmo na derrota... A derrota lhe caía bem, como parecia acontecer com todo o resto; ele a envergava com uma pose que a fazia parecer mais valiosa do que o triunfo. Matthew refletia sobre isso, dirigindo pela estrada rural. Ed não fizera nada de bom e causara muito prejuízo. Arruinara a própria vida e prejudicara as de outros. Ao rejeitar Deus, sentia-se, ele mesmo, um rejeitado. Ainda assim — alquebrado, arruinado e bêbado —, continuava a ostentar uma aura que demandava o respeito de Matthew, até mesmo certa admiração. E inveja, sim. Porque isso era inveja, e a raiz chegava mais fundo do que a da mandrágora, impossível de arrancar. Mas, em nome de Deus, inveja de quê?

— O papai chorou — disse, de repente, o menino, até então muito calado em seu canto.

— É, o papai estava chorando.

— Por que ele chorou, vovô?

— Ora, ele estava triste.

A criança refletiu sobre o termo.

— Ele estava com medo?

Matthew, por sua vez, refletiu sobre a tradução do menino.

— Não! — respondeu com uma ênfase abismada, pois aí residia a resposta. Ed não tinha medo e jamais tivera. Matthew lhe invejava isso. A sua coragem, nada mais. Mas já era um bocado. A coragem de fazer o que bem lhe aprouvesse, apesar dos pesares. Era isso — responsabilidade — que fazia de Matthew um refém. Havia tanta coisa que considerava sua responsabilidade! O feno no celeiro, as frutas maduras do pomar, o diploma na parede, o contrato assinado, a opinião do vizinho, a aprovação de Deus, a salvação da própria alma. Ed não valorizava nada disso.

DAMAS-DA-NOITE

E não havia feno em seu celeiro. No entanto, alimentado ou faminto, aceito ou rejeitado, era seu próprio dono. Como Matthew lhe invejava isso!

Perguntou-se se a crença em Deus seria um substituto para a crença em si mesmo. Seu medo... Seria mesmo tão sagrado quanto ele defendia ser? Talvez não fosse medo, afinal, mas covardia. Há uma diferença. E talvez Deus honrasse mais a coragem do que a humildade temente (foi o servo cauteloso que despertou a ira do patrão!). Talvez, no fim, Ed fosse o último que deveria ser o primeiro. Os humildes herdarão a Terra, mas ninguém lhes prometeu o céu.

E ele não tinha certeza agora, pensando na própria vida, de que eles herdariam a Terra. Havia sido manso o bastante; não ousara muito. E, para ser franco, não alcançara grandes coisas também. Uma escola provinciana e uma fazenda arruinada, e, do fundo de um poço sem fundo, uma caneca de conhecimento. Era bem pouco. E a falta de tesouros terrenos não significava necessariamente que havia um tesouro a aguardá-lo no céu. Os pobres na carne não são necessariamente ricos no espírito.

E não seria por causa do medo? Ele tentara marchar adiante com um pé firmemente plantado no chão, temendo abrir mão do pássaro na mão em troca de dois voando. Ele não quis trocar a fazenda pela escola nem vice-versa. Cobiçava as garotas, mas não abria mão de Callie. Atraído pelas novas crenças, agarrava-se às antigas. Tentando alcançar as estrelas, atrelou-se à grama. Sempre conciliador, sempre querendo tudo sem abrir mão de coisa alguma e ficando sempre de mãos vazias. Não pagava o preço; ao contrário, preferia o pouco, a segurança, o comprometimento pela metade, o cauteloso já-tenho-o-bastante. E esse bastante jamais é suficiente para satisfazer um homem.

Talvez fosse esse o seu pecado — timidez de espírito. Timidez e inveja — e não a cobiça da carne, herança de todos, os sutis olhares de esguelha. Talvez Ed estivesse certo. Alice e todas as garotas, até mesmo Charlotte, simplesmente não eram importantes. Ele estremeceu constrangido, sentindo-se exposto e tolo, um homem adulto flagrado se entretendo com brinquedos. Suas culpas insignificantes haviam sido importantes para ele, confortáveis e até mesmo agradáveis para acariciar em segredo. Agora, porém, tinha uma culpa real para carregar. O pecado da inveja era um dos mais mortais, tanto quanto a luxúria. Havia apenas flertado com este último, mas a inveja o seduzira por completo.

E não só a inveja de Ed, pensou ele com profundo remorso. De Mathy também. Aqueles dois eram iguais, e ele se ressentia de ambos porque não temiam a vida, ao contrário dele. Cuidem!, dizia-lhes ele, e eles não cuidavam — não das coisas que ele valorizava. Labutem! dizia-lhes ele, e eles voavam. Queria obrigá-los a cuidar, a sofrer um pouco. Queria que se rebaixassem. Bom, eles estavam rebaixados. E sentindo que quase desejara isso, Matthew sentiu-se arrependido até a raiz dos ossos.

Ah, talvez pudesse um dia compensar Ed. Tentaria. Mas Mathy jamais. Um pequeno gemido de angústia lhe escapou dos lábios ao pensar nela. Era tarde demais.

Ainda assim (consciente do peso adormecido de encontro a seu corpo), tinha o menino! Baixou os olhos para o garoto de cabelo escuro, tão parecido com a mãe que Matthew às vezes se esquecia de que não era ela. E seu coração se encheu de uma alegria tranquila. Haviam lhe dado mais uma chance. Abençoados os caminhos do Senhor. Beijou a criança e seguiu dirigindo pela estrada ao escurecer, ansioso para chegar em casa.

Leonie

1

Os vizinhos que passavam pela fazenda Soames naquele verão, a caminho ou de volta da cidade, ouviam um som estranho no ar. Um som esponjoso, suspiroso, um semilamento solitário no torpor da tarde, quando a casa permanecia cega e surda, e decididamente assustador ao crepúsculo, como um lobo ferido respirando no cangote de alguém na descida de uma colina.

Era precisamente ao entardecer e no meio da tarde que o som se fazia ouvir com mais frequência, pois era a essa hora que Leonie tinha tempo para tocar acordeão. Já que seria impossível estudar órgão naquele verão, ela levara para a fazenda o acordeão, sua alternativa. O instrumento também servia na fazenda como substituto do piano, que não mais fazia parte da mudança anual. Com a maior frequência possível, Leonie se retirava para a sala de estar e, arrumando o hinário diante de si, desbravava o caminho através de uma música. Quando considerava tê-la dominado o suficiente, ensinava a letra a Mary Jo e Peter, e os três a interpretavam juntos. Eram especialmente bons na interpretação de "Haverá uma Chuva de Bênçãos", um número muito apresentado nos saraus vespertinos.

Peter tinha quase quatro anos na época; Mary Jo, sete. Toda manhã, Leonie promovia uma sessão de treino para eles e, em sua opinião, os dois deviam ter a oportunidade de interpretar as músicas e declamar as letras que aprendiam. Os saraus se destinavam a cumprir esse propósito. Também serviam como diversão agradável para toda a família, a fim de desanuviar o ar das questões cotidianas, bem como acalmar e elevar o espírito de todos antes da ceia (agora chamada de jantar por Leonie — e pelos demais, sempre que se lembravam).

Numa noite de julho, a família se reuniu na sala de estar como de hábito. Matthew e Callie se sentaram lado a lado no sofá, enquanto o trio derramava uma chuva de bênçãos sobre ambos. No fim do número, os dois aplaudiram.

— Nossa, que beleza! — elogiou Matthew.

— Vocês estão ficando ótimos — emendou Callie.

— Bom, estamos nos esforçando um bocado — disse Leonie. — Talvez a gente possa se apresentar na igreja um domingo destes.

— Seria maravilhoso!

— Podemos cantar a música nova, tia Linnie? — perguntou Peter.

— Agorinha, querido! — concordou Leonie, virando-se para os pais. — Temos uma música novinha esta noite. Muito bem, crianças, fiquem de pé aqui, conforme ensaiamos, e não se esqueçam dos gestos.

As crianças encostaram as costas na parede e ficaram em posição de alerta.

— Prontos? — indagou Leonie, a postos com o acordeão. — Não comecem até eu dar o sinal. — Tocou uma introdução, fez o sinal com a cabeça, e a música começou:

DAMAS-DA-NOITE

Quando você sorri, sorri,
O mundo todo sorri com você...

As crianças cantaram compenetradas, acompanhando a música com sorrisos escancarados e esgares pavorosos, quando adequado. Matthew e Callie aplaudiram com grande entusiasmo.

— Agora agradeçam — comandou Leonie.

Os dois fizeram uma reverência. Peter abaixou até o chão e deu uma cambalhota.

— Ora, Peter! — reprovou Leonie.

O menino ficou deitado de costas, com os pés no ar. Matthew se inclinou sobre ele, rindo.

— Vejam só! Isso lá é jeito de agradecer os aplausos? Trate de se levantar, rapaz, ou eu levanto você! — Pegando Peter pelos pés, virou-o de cabeça para baixo. Mary Jo também quis fazer o mesmo, e Leonie levou vários minutos para reassumir o controle do sarau.

— Vamos lá, gente, vamos cantar juntos. Uma música antes do jantar. Vamos... "Chuva de Bênçãos". Todos juntos em coro!

Chuva, chuva de bênçãos,
É disso que precisamos;
Gotas de misericórdia nos cobrem,
Mas rogamos por mais chuva.

— Muito bem, adorei! — disse Callie, seguindo as crianças até a cozinha.

— Acho isso ótimo — disse Leonie ao pai, enquanto guardava o acordeão. — Aposto que não existem muitas famílias que arranjam um tempinho para a música, como nós fazemos.

— Também aposto.

— Pelo menos não por aqui.

— Não por aqui — concordou Matthew.

— Você criou na gente um grande interesse pela música, pai, e eu sempre fui grata por isso. Achei que a gente podia fazer mais ainda este verão, tornar a música realmente parte da nossa vida.

— Sem dúvida alguma.

Os dois entraram juntos na cozinha. Callie estava pondo uma lamparina sobre a mesa.

— Não, mãe, a lamparina não — objetou Leonie. — Vamos acender de novo as velas.

— Ah, sim — disse Callie —, me esqueci.

— Estão bem na sua frente.

— Sei disso, é que nem me lembrei.

Leonie acendeu as velas em seus castiçais de prata — castiçais que dera à mãe no Natal. Sob o brilho mortiço, os pratos e copos descombinados cintilaram educadamente.

As listras adamascadas na toalha de mesa (era puro linho, também presente de Leonie) corriam como córregos prateados.

— Não é lindo? — exclamou ela.

— É, sim — concordou Callie —, lindo mesmo. Mas, meu bem, você não fica cansada preparando essa mesa? Tenho a impressão de que a gente podia comer com a toalha de oleado algumas vezes.

— Ora, mãe, eu já disse que não me incomodo. Vamos viver com elegância e, se isso significa um pouco mais de trabalho, vale a pena.

— Cadê a janta? — indagou Mary Jo. — Não tem nada na mesa. Só pratos sem comida. A gente vai comer prato?

— Comer prato! — disse Peter, e ambos explodiram em gargalhadas.

— Chega, chega — disse Callie. — Vocês vão ter o que comer.

— Cadê?

— Está lá fora na varanda. Tratem de ficar sentados e comportados. A gente não vai passar as travessas um para o outro como de costume. Leonie vai pôr tudo nos nossos pratos.

— Pra quê?

— É uma nova maneira de servir, como faz o pessoal da cidade.

Leonie entrou com os pratos, vinda da varanda dos fundos. Estavam cheios de comida fria fresca, sendo a *pièce de résistance* um montinho de salada de galinha em um leito de alface.

— Minha nossa! Isso parece estar uma delícia! — exclamou Callie.

— Espero que chegue — disse Leonie com orgulho modesto. — Botei toda a salada nos pratos.

— Parece bastante... Na medida certa.

— Tem que ser, ora, com o que vem depois: beterrabas e cenouras cortadas em espiral e os ovos *a la russe*. Viu que prato *colorido*? Dizem que a cor estimula o apetite.

— Decerto parece apetitoso — comentou Matthew. Inclinando a cabeça, deu graças pela refeição.

Mal a palavra "amém" lhe saíra da boca, ouviu-se o barulho estrondoso de uma buzina de carro lá fora na entrada.

— Misericórdia! — exclamou Callie.

— É o papai! — gritou Peter. Ele e Mary Jo pularam da mesa sem sequer pedir licença e correram porta afora.

— É, suponho que sim — disse Callie, empurrando sua cadeira. — O que ele está fazendo por aqui no meio da semana?

— Puxa! — disse Leonie. — Não contava com ele.

— Vai dar tudo certo. Podemos preparar alguma coisinha para acompanhar isto aqui.

— Mas a salada de galinha... — começou Leonie, em tom de lamento, abandonada sozinha à mesa com o lindo mosaico frio do seu jantar, tão cuidadosamente arranjado que qualquer acréscimo estragaria todo o conjunto. — Arre! — disse ela, levantando-se para pôr mais um lugar à mesa.

— Oi, tia Linnie! — saudou Ed, que entrou mancando, com Peter agarrado à sua bengala.

— Oi — respondeu Leonie. — Perdeu o emprego?

— Ora, tia Linnie! — Ele a cutucou com a bengala.

— Pare com isso.

— Fui dispensado por alguns dias. Resolvi vir pra cá debulhar um pouco de milho.

— Esta é uma época ótima para debulhar milho — retrucou ela.

— Bom, deve haver alguma coisa que eu possa fazer por aqui para ganhar meu sustento — disse ele, servindo-se de um copo-d'água. — Vocês já jantaram?

— Acabamos de sentar — disse Callie.

— Desculpe, não tive a intenção de interromper. Vão em frente.

— Você ainda não jantou, já?

— Comi um hambúrguer na cidade.

— Isso não basta para sustentar você. Sente aí, Leonie põe mais um prato.

— Eu não preciso de muito — falou Ed.

— Não temos muito — disse Leonie.

Callie riu:

— Você devia ter avisado que viria! A gente não teria sido tão sovina. Papai, pegue aquele presunto no defumadouro para fritarmos umas fatias.

— Ah, não! Presunto frito, não! — exclamou Leonie.

— Por quê?

— Não com este tipo de jantar. Pode ficar com a minha salada.

— Eu não faria isso.

— Não estou com muita fome.

— Ora, está, sim — discordou Callie. — A gente come o presunto separado, meu bem. Sei que o Ed gosta de presunto.

— Não precisam ter esse trabalho — disse Ed.

— Não é trabalho nenhum. Vocês, homens, vão lá pra fora e se acomodem na varanda. A gente prepara tudo num instantinho.

Meia hora depois, Leonie chamou os dois. Encalorada e descontrolada, ela se sentou diante das ruínas do seu jantar. Batatas fritas fumegavam numa tigela; uma travessa de presunto defumado estava agora no centro da mesa, antes ocupado pelas flores. As velas se haviam apagado. Ela acendera as lamparinas.

Depois do jantar, os homens voltaram para a varanda. Ed fumou e os dois conversaram. Leonie podia ouvi-los enquanto lavava a louça com a mãe.

— Acho que não vamos poder estudar o nosso Shakespeare hoje, com ele aqui — observou.

— Acho que não — concordou Callie.

— Isso me deixa danada. O papai gosta tanto.

— É, o seu pai está sempre querendo ler.

— Achei que a gente leria um bocado este verão, mas aparentemente isso está ficando cada vez mais difícil. Alguma coisa sempre atrapalha.

— É mesmo — concordou Callie.

— Uma peça por semana não é lá muita coisa.

— Elas são muito compridas, principalmente quando se tem que parar e falar delas.

— Ora, é preciso discuti-las — emendou Leonie. — Não se pode simplesmente *ler* Shakespeare.

— É, acho que não.

Leonie mergulhou a frigideira na água de enxaguar.

— Não sei por que Ed não se interessa por esse tipo de coisa.

— Ora, eu pensei que ele se interessasse — disse Callie. — Achei que Ed lesse livros o tempo todo.

— Ah, ele lê. Ou diz que lê. Mas nunca fala muito deles.

— Vai ver ele não gosta de falar sobre eles.

— É mais provável que não possa. O papai sempre diz que Ed só olhava para as páginas, que não lia de verdade.

— Bom, não sei — disse Callie com um suspiro. — Acho que ele não está indo muito bem, parece que vive um dia depois do outro. Antes eu pensava que ele daria em alguma coisa, mas agora não sei. Se Mathy estivesse viva...

— Mãe, não fique remoendo isso — falou Leonie com carinho. — A gente combinou.

— Eu sei. Eu tento.

— E está indo muito bem, aliás. Por que não vai para a outra sala, onde está mais fresco, e termina aquela história da revista?

— Não quero largar você com a louça.

— Só falta lavar as frigideiras. Vá ler sua revista. Você não teve tempo o dia todo.

Callie pendurou o pano de prato.

— Acho que vou conversar um pouquinho com o Ed. Não posso mesmo ler com a luz da lamparina. Meus olhos doem.

— Então vá. Eu termino aqui.

Callie foi para a varanda. Leonie levou a bacia de lavar louça para a varanda dos fundos e a esvaziou dentro da tina de água suja, silenciosamente jurando vingança contra aquela coisa abominável. O que ela não daria por uma pia e água corrente! Enxugou as mãos e as untou com creme de mel e amêndoas. Então, levando uma lamparina, retirou-se para a sala de estar. Tentou ler, mas as vozes na varanda a incomodavam. Ed estava falando sobre o *St. Louis Post-Dispatch* e quão melhor ele era do que o *Star* de San Francisco. Matthew, leal à sua parte do estado, insistia em defender o *Star*. Então Ed voltou ao tema de Pendergast, insistindo em como ele controlava tudo em Kansas City, inclusive a imprensa. Leonie teve dificuldade para manter a atenção no *Rei Lear*. Ed a deixava furiosa, sempre discutindo com o pai.

Apoiou os cotovelos na mesa com um leve baque, como aquele que os juízes fazem com um martelo para exigir silêncio no tribunal, e, apoiando com firmeza o queixo sobre a mão, atacou a página impressa. Em algum ponto da charneca, deve ter cochilado, pois acordou assustada com o som da voz do pai.

— ...a lápide — estava dizendo ele. — Vão trazê-la na semana que vem.

— Ah! — exclamou Ed. — Eu não sabia que o senhor já tinha encomendado.

— Faz algumas semanas.

— Eu devia ter cuidado disso. Era minha intenção, mas simplesmente adiei.

— Bem... — começou Matthew, meio constrangido.

— Acho que eu não queria pensar nisso.

— É, seria bom se a gente pudesse evitar esse tipo de coisa. Não é agradável.

Leonie fechou o livro. O que o pai não dissera a Ed é que havia encomendado uma lápide no verão anterior, logo depois da morte de Mathy. Só que, quando a encomenda chegou e foi colocada no túmulo, ele se deu conta do erro. Havia mandado gravar "Soames" no granito.

Jetta Carleton

Gostasse ou não, Mathy havia morrido como Inwood. Cheio de vergonha, chamara os homens de volta. Eles chegaram meio ranzinzas, pisaram nas petúnias da sepultura e levaram embora a lápide. Durante o restante do ano, Mathy ali ficou sem qualquer lápide além de um pote de conservas cheio de flores da estação. Agora, porém, conformado com a inscrição apropriada, Matthew voltara ao gravador de mármores. A partir da semana seguinte, a morte de Mathy seria definitiva, carimbada com a autoridade severa do próprio nome gravado em pedra:

INWOOD
Mathy Elisabeth
Esposa de Edward

Leonie deixou a lamparina na sala de estar e subiu, franzindo o cenho ao pensar na provação que a aguardava. A família teria de ir ao cemitério ver a nova lápide. Seria uma espécie de peregrinação, um serviço fúnebre particular, para o qual estava pouco disposta. Não que não sentisse saudades de Mathy, sentia, mas a fazenda era traiçoeira, com tantas lembranças dela. A nova lápide apenas as reviveria da forma mais dolorosa. Deus meu, pensou, acendendo a lamparina sobre a cômoda do quarto. A mãe haveria de chorar e o pai ficaria de pé, pálido e assombrado, e as crianças olhariam para os dois, amedrontadas. Seria difícil para todo mundo.

Pensou naquele dia em junho passado, o aniversário de morte de Mathy. Precisara ser muito esperta para manter sob controle *aquele* dia. Teria sido um horror, não fosse pelo seu esforço. Precisou passar o dia todo animada, recorrendo a vários artifícios — manteve a mãe ocupada para impedir que se enchesse de tristeza; não descuidou de conversar com o pai para que ele não se sentisse solitário; disse algumas gracinhas para fazer ambos sorrirem. Foi exaustivo, mas ela conseguira — os dois quase não choraram — e conseguiria de novo.

Apagou com um sopro a lamparina e se deitou.

— Ahhhh! — exclamou, sentindo os músculos relaxarem. Era assim toda noite, a repentina e surpreendente revelação de que estava exaurida até os ossos. Havia tanto a fazer na fazenda, dia sim e outro também! Às vezes ficava realmente irritada. Para começar, preferia nem ter vindo.

Pensou no início da primavera, quando implorara aos pais para passarem o verão na cidade. A fazenda guardava muitas reminiscências da tragédia do ano anterior (ela não conseguia se esquecer daquelas semanas depois da morte de Mathy, quando o pai vagava pela casa, sombrio e calado, e a mãe quase enlouquecera). Voltar assim tão cedo parecia um convite ao problema. Mas o pai tinha seus motivos. Em épocas como essa, disse ele, o lugar dos dois era na fazenda, onde podiam prover o próprio sustento. Não custava nada, salvo um tanque de gasolina e o tempo que levava para percorrer o caminho a pé com a vaca. Já não chamavam mais um caminhão para levar a mobília. A fazenda continha o suficiente, quinquilharias que se assentaram ao longo dos anos tal qual poeira.

Claro que Leonie não podia permitir que fossem sozinhos. Como lhe agradaria frequentar a escola naquele verão, preferentemente em Nova York, e ter aulas de órgão. Mas a mãe reagiu com tristeza quando as duas abordaram o assunto e disse como o casal se sentiria solitário. E se sentiriam mesmo — apenas os dois lá, sem ninguém, afora Mary Jo, que era jovem demais para entender, e o filhinho de Mathy. Leonie não aguentava sequer pensar nisso. E, se não fosse com eles, quem mais haveria de ir?

Não Jessica, que se casara novamente dois anos antes (não dava para entender aquela garota. Lá estava ela, uma professora bem-sucedida, noiva de um jovem funcionário público com formação universitária quando, de uma hora para a outra e sem mais nem menos, devolveu a aliança e se casou com um fazendeiro da roça, um viúvo com quatro filhos, o mais novo com dez e o mais velho com dezessete anos).

Claro que Jessica estivera na fazenda no verão anterior, quando Mathy morreu. Ela aparecia em casa nas situações de emergência. Mas era Leonie quem realmente dava apoio aos pais, ano após ano, e cuidava de ambos. Foi Leonie quem fez a mãe passar a usar óculos e obrigou o pai a comprar um carro decente, além de providenciar para que as crianças operassem as amígdalas e parassem de comer frituras. Foi Leonie que não fugiu e não os trocou pelo primeiro homem que apareceu.

Podia ter se casado naquela mesma primavera, bastava ter dito sim. Kenny, o treinador de basquete da escola, pedira sua mão. Era bonito, ambicioso e dono de uma voz maravilhosa. Cantava nos eventos escolares e às vezes os dois se juntavam em duetos. Mas o rapaz era um tantinho rebelde, não exatamente do tipo que o pai aprovaria. De todo jeito, ela nem sequer sonharia em se casar tão em seguida à morte de Mathy. Prezava demais os pais para pensar nisso. E, já que ninguém mais se dispunha, ela iria para a fazenda no verão. Honraria pai e mãe. Manteria os dois animados. E eles teriam um bom verão, e ela saberia por quê.

Tendo assumido o encargo, Leonie pôs mãos à obra. O que teria que fazer, ela sabia, era desviar do luto a mente dos pais. Se trabalho ajudasse, Deus sabe que isso não faltava na fazenda. Mas trabalho duro não bastava. Eles precisavam de recreação, de novos interesses. Segundo a psicologia, nada distrai mais a mente do que novos interesses. A mãe e o pai precisavam adquirir hobbies. Precisavam colecionar alguma coisa. Precisavam ler. Ora, a mãe jamais lera um livro em toda a vida, nem mesmo uma revista. Carecia de tempo ou de incentivo. Bem, nesse verão teria ambos. Leonie imediatamente providenciou para que a revista

The Ladies' Home Journal fosse entregue na fazenda. A mãe poderia ler sobre decoração e descobrir novas ideias para a casa, além de experimentar novas receitas.

O pai também deveria ler mais. Leonie quase podia garantir que ele jamais lera um best-seller, desde *Mrs. Wiggs of the Cabbage Patch*, e, talvez, nem isso. Nem sequer chegara a ler tudo de Shakespeare. Aliás, nem ela. Podiam ler o bardo juntos, como faziam com a Bíblia, ler em voz alta um para o outro e depois discutir! Ela sorriu de prazer ao pensar nisso, vendo, como um estranho vê pela janela, a família do professor sentada nas cadeiras de balanço em discussões inflamadas sobre o *Rei Lear*. Também teriam música — o pai apreciaria isso — e uma vida realmente ativa e absorvente, como todas as famílias deveriam ter. Em um estado próximo à euforia, embalou o novo acordeão e seu livro de Shakespeare e correu para a fazenda para passar o verão.

Não se espantou muito ao ver que tudo deu certo. Esforçara-se um bocado nesse sentido. Fizeram saraus e piqueniques. Chegaram a se exceder e promover jantares formais. Nessas ocasiões, Leonie os surpreendia com um novo prato (a cozinha estava cheia de receitas recortadas da *Journal*). As crianças produziram cartões para marcar os lugares utilizando cartolina, e Leonie decorou a mesa com arranjos de flores. Puseram garfos extras para a salada e empilharam os pratos na cabeceira da mesa para o pai servir. Todos se arrumaram para a ocasião e fingiram ser um jantar solene e, de um jeito bem-humorado e divertido, aprenderam direitinho como se comportar.

— Como você aprendeu a fazer essas coisas? — indagou certa vez a mãe.

— Ora, a gente aprende bastante quando começa a ensinar — respondeu Leonie —, principalmente numa cidade maior. As pessoas de lá estão atualizadas. E a nossa escola oferece um monte de jantares formais. A professora de ciência doméstica realmente sabe como fazer essas coisas, a Carol Pokorny. Você sabe, minha melhor amiga.

— É, eu me lembro.

— Ela fez um chá para os professores na última semana de aulas. Foi a coisa mais imponente que já se viu: umas graças de bolinhos e sanduíches minúsculos e chá aromático! Ela me pediu para servir o chá, sabe? E, antes de passar as xícaras servidas, ela me fez pôr uma rosa em cada pires! Uma rosa-*chá*! Não foi uma ideia brilhante?

A mãe ficava encantada com o refinamento de outras pessoas. Leonie não se dera conta antes de como a mãe era antiquada. Foi um prazer vê-la olhar à volta e adotar novas ideias naquele verão. Com um pouquinho de incentivo, arrumava tempo diariamente para se sentar com uma revista. Talvez não chegasse propriamente a ler um bocado — exceto as receitas —, mas, ainda assim, era um belo treino.

O que Leonie mais lamentava era o fato de não haver muito tempo para Shakespeare. O pai andava terrivelmente ocupado. Às vezes, porém, ela insistia em fazer, sozinha, a ordenha, para que ele pudesse ler um pouco. Assim, os dois conseguiram terminar *A tempestade*.

No todo, foi um verão satisfatório. Não era frequente ver Leonie perder o ânimo e a determinação obstinada, embora às vezes isso acontecesse. De vez em quando, nos longos dias escaldantes, o ânimo, sempre transbordante pela manhã, vacilava como um balde por volta do meio-dia e ameaçava secar. Então, esse vazio se enchia com um desejo culpado de estar noutro lugar e ser diferente. Estava solitária, enterrada no campo. Sentia falta do rádio e das viagens de fim de semana até Kansas City. Tinha saudade dos amigos. Passava dias sem ter com quem falar, afora a mãe e as crianças e, muito de quando em vez, o pai, quando não estava remoendo alguma coisa.

DAMAS-DA-NOITE

O único visitante regular era Ed Inwood, que aparecia quinzenalmente nos fins de semana para ver Peter. Qualquer um imaginaria que, morando em Kansas City, Ed saberia tudo sobre os shows e outros eventos dessa cidade. Mas, afinal, ele não passava de um mecânico de automóveis e talvez por isso não fosse surpresa o fato de não acompanhar os acontecimentos sociais. Já era sortudo o suficiente para segurar um emprego, levando em conta que era preguiçoso. E aleijado, para coroar. Não que a perna ruim parecesse incomodá-lo muito; ele se virava tão bem quanto qualquer um, e era fácil para quem o cercava habituar-se ao jeito como ele andava e mal reparar nisso. Dificilmente se notaria até mesmo a bengala, caso ele não a ficasse balançando como um taco de golfe ou cutucando com ela o traseiro dos outros. Ed jamais cresceria, supunha Leonie. A morte de Mathy o amadurecera um pouco, ainda bem, mas ele continuava apenas um tantinho melhor do que o garoto metido que ela desprezava no colegial. Era difícil imaginá-lo como membro da família.

De vez em quando, um vizinho aparecia para uma visita. Leonie tentava fazer a mãe retribuir a gentileza, mas não adiantava. A mãe jamais ligara muito para alguém que não fosse um amigo muito antigo ou parente. Ela e o pai gostavam mesmo era dos parentes. Num domingo daquele verão, a prima Ophelia, o primo Ralph e o filho, Ralphie, fizeram uma visita (Ralphie tinha dezoito anos e era peculiar; ele babava e desmontava coisas, como relógios de parede e motores, mas não falava muito nem incomodava). Ralph e Ophelia tinham mais ou menos a mesma idade que os pais de Leonie. Enquanto cresciam, haviam morado perto uns dos outros. E não se ouviam tanta risada e tanta conversa como quando eles se encontravam. Durante todo o dia da visita, a mãe não parou de dizer: "Vocês precisam voltar antes que o verão acabe!"

— Puxa, como eu gostaria! — respondeu Ophelia. — Mas a viagem é muito longa naquele carro velho da gente. E eu odeio deixar a mamãe sozinha.

— Basta trazer a tia Cass da próxima vez.

— Sei não. Ela está ficando tão velhinha. Não sei quanto tempo mais há de continuar entre nós.

Suspiros e caras compridas. Então, mais gritaria e mais risadas, e todos ficaram sentados no quintal, arrotando e espantando moscas até quase o pôr do sol. Leonie achou que jamais iriam embora. Eram visitas e tudo o mais, porém não exatamente o tipo de pessoas que ela sentia vontade de encontrar.

Assim, lá estava ela, a mais de cem quilômetros de lugar algum, sem ninguém com quem ter o tipo de conversa que apreciava e ninguém para reconhecer como correta sua visão de como a vida deveria ser. Às vezes, enquanto balançava a cabeça bombeando água no poço ou despelava as juntas na tábua de lavar roupa, tal visão surgia para atormentá-la. Era uma imagem luminosa e obscura — como o sol, estonteante demais para ser visto claramente. Tinha algo a ver com mansões, com jardins formais, lagos e cisnes. Tinha a ver com transatlânticos e festas a bordo, com praias e jogos de tênis e com festas de dança sob toldos decorados — os passatempos dos muito ricos, conforme vislumbrava nas revistas e gravuras (e que ela acreditava serem acessíveis por meio de esforço honesto).

Então, em sua impaciência, chutava a bomba ou encarava com um olhar piromaníaco o defumadouro cheio de sacos de estopa e livros descartados e todas as vasilhas e ferramentas e fotografias velhas que um dia pertenceram à família. Leonie odiava a fazenda e toda aquela mobília arranhada, remendada e escorada. Todo esse faz de conta a deixava doente. O superintendente escolar deveria morar melhor que isso.

E a mãe, apesar de todo o orgulho que aparentava na cidade, ali na roça parecia não ter vergonha alguma. Um dia, num rompante, Leonie irrompeu cozinha adentro e lhe disse isso.

— Não sei por que temos que viver assim!

— Assim como? — perguntou Callie.

— Toda essa mobília quebrada! Aquele velho sofá com o remendo de plástico!

— Está muito bom para este lugar, não está?

— Ora, isso é o que você sempre diz.

— E não está? A gente meio que acampa aqui no verão. Não é como se esta fosse uma casa de luxo na cidade.

— Por que não temos uma mobília rústica ou algo assim... Uma grande lareira de pedra... Por que precisamos viver como pobres miseráveis?

Callie olhou para a filha com uma expressão chocada.

— É tão ruim assim, minha filha?

— Bom, nem tanto. — Leonie teve vontade de morder a língua. — É só que você e o papai... Bom, sei que vocês não têm como consertar tudo, mas se pensassem sobre isso de um jeito diferente... Quer dizer, se quisessem... Ai, não sei o que eu quis dizer. Desculpe se eu me excedi, mãe.

E cheia de remorso correu até o banheiro, onde podia se recriminar com privacidade. Pobre da mamãe e do papai, que deram duro a vida toda. Não tinham culpa de morar numa fazenda velha e suja em vez de numa mansão no campo. Não tinham culpa de terem nascido pobres e sido criados na roça. Era um espanto que tivessem progredido tanto. E não teriam, aliás, se ela não levasse para casa novas ideias ao longo de todo esse tempo. Como dizia o provérbio: quem sai aos seus não degenera.

Voltou para casa para acabar de espanar a sala de estar, mas, só por um instante, pegou o acordeão e tocou novamente aquela música: "Quando você sorri, quando você sorri, o mundo todo sorri com você..." E sentiu consolo.

Essas explosões nunca duravam muito. Na maior parte do tempo, Leonie se ocupava animando o verão. E conseguiu. A família passou incólume pelo feriado do Memorial Day e pelo aniversário de morte de Mathy. Havia, porém, mais um rio a atravessar. Restava o dia da lápide.

Deitada na cama, no escuro, contemplou pensativa o teto, ouvindo pela metade o murmúrio de vozes na varanda lá embaixo. Que medo desse dia! Mas deveria haver algo que ela pudesse fazer. Sempre havia. Alguns minutos depois, levantou-se e fechou a porta. Acendeu a lamparina, pegou uma caixa de papéis de carta na gaveta e sentou-se na beira da cama. Balançando a caixa sobre os joelhos, começou a escrever rapidamente uma carta.

2

Graças aos céus, o tempo estava bom. Quente, o que seria de se esperar de um dia de julho, mas com uma brisa gostosa. No caminho de volta de Renfro, onde haviam ido à igreja, Leonie olhou com satisfação para o céu azul sem nuvens. Rezara para não chover naquele dia, de modo a não estragar seus planos. Pararam defronte à casa, e Matthew deixou o motor ligado.

— Vocês, crianças, fiquem no carro — instruiu Callie —, a gente já volta.

A voz, animada o bastante durante todo o percurso de volta da cidade, escorregara de repente para um tom mais grave, com uma sugestão de tragédia. Até as crianças notaram. Imediatamente se calaram e ficaram sentadas com grande solenidade no banco traseiro. Os adultos voltaram da casa, carregando vidros de conservas, gerânios e um buquê de flores colhidas no jardim de manhã — dálias e zínias, cosmos, esporas e longas e longas frondes de aspargos. Novamente acomodados, partiram para a capela Grove.

Havia muito não ocorriam cultos regulares na Grove. A congregação se reduzira ao longo dos anos, e finalmente decidiu-se cobrir as janelas com tábuas e trancar a porta. O funeral de Mathy foi o último culto realizado ali. O cemitério, mais abaixo na encosta, foi entregue aos cuidados dos vizinhos, vários deles com parentes enterrados ali. De vez em quando, apareciam com segadeiras e máquinas de aparar grama para evitar que o mato engolisse os túmulos. Anos antes de saírem pela primeira vez da fazenda, Callie e Matthew haviam comprado uma sepultura nesse cemitério, suficientemente grande para eles e quantos fossem os filhos. Não gostavam de pensar em separar a família, nem mesmo na morte.

Dirigindo-se à capela, Leonie pensou no silêncio solitário do cemitério, nos suspiros da grama, nos gemidos do vento nos cedros. Por que os cemitérios não tinham vidoeiros e bordos? Por que só cedros e pinheiros, as árvores mais sombrias e tristes do mundo? Mas esse era o jeito antiquado, gerar melancolia, tornar a morte ainda pior do que já era. Examinou a estrada à frente e deixou escapar um suspiro de alívio. Diante da igreja, estava estacionado outro carro. Um homem e duas mulheres estavam sentados nos degraus.

— Quem são aqueles? — indagou Callie. — Será que alguém pensa que essa igreja ainda funciona? — Os ocupantes dos degraus começaram a acenar. — Ora, aquela parece a Ophelia... É ela! A Ophelia e o Ralph... E a tia Cass!

— Nossa, quem diria! — exclamou Matthew, parando o carro.

— Oi, oi! — saudou Ralph, aproximando-se da família, um homenzinho crestado com um chapéu de palha na cabeça.

Leonie deu um pulo. Com um amplo sorriso, abriu a porta para a mãe.

— Não vai descer, mãe?

— Mal posso acreditar que são eles! O que estão fazendo aqui?

— É uma surpresa! Eu escrevi e convidei os três!

— Oi! — chamou Ophelia, caminhando com esforço para atravessar o pátio da igreja com a tia Cass. — Aposto que você não esperava encontrar a gente!

Callie desceu do carro, abraçou os três, e todos começaram a rir, gritar e falar ao mesmo tempo. Matthew e Ralph trocaram palmadinhas nas costas. Tia Cass perdeu o controle dos rins e abriu as comportas ali mesmo onde estava. Ralphie, que surgira do nada, abriu um sorriso que chegou à raiz dos cabelos, compridos, cor de palha e sempre lhe tapando os olhos.

— Ora, nunca fiquei tão surpresa! — disse Callie quando a algaravia diminuiu um pouco.

— Estamos surpresos também — retrucou Ophelia. — Nunca imaginamos que voltaríamos aqui de novo este ano, mas Leonie escreveu implorando para a gente vir, e por isso aqui estamos.

Callie se virou ansiosa para Leonie.

— Temos alguma coisa para jantar?

— Fique tranquila, mãe. Está tudo planejado.

— Vamos voltar e começar os preparativos. Sei que vocês devem estar famintos depois dessa longa viagem e imagino que a tia Cass tenha ficado exausta.

— Vocês não vão enfeitar o túmulo? — perguntou Ophelia.

— Ora, podemos fazer isso outra hora.

— Achei que seria hoje, não? Leonie disse...

— Mas é claro! — emendou Leonie. — Já que estamos aqui, vamos fazer isso logo.

— Vai nos atrasar para preparar o jantar — disse Callie.

— A gente pode esperar — insistiu Ophelia. — Não estamos com tanta fome assim. Vamos lá. A gente ajuda. Eu gostaria mesmo de ver o túmulo. Não vou lá desde o enterro.

— Bem... — Callie lançou um olhar cético para a velhinha apoiada no braço de Ophelia. — E a sua mãe?

Tia Cass, que não ouvia direito, entendeu o olhar.

— Achei que a gente ia ao cemitério — interveio num tom belicoso.

Ophelia encostou a boca no ouvido da mãe.

— A senhora vai ter de ficar aqui em cima. É muito longe para ir andando.

— Quero ir junto.

— É muito íngreme! — gritou Callie.

— Eu dou conta.

— Está um calor tremendo... Tem certeza de que não vai ficar exausta?

— Quero ver o túmulo. Deixa eu segurar em você, Phelie.

Como uma videira seca, a velha enroscou um galho no braço da filha e estendeu a mão para Callie.

— Ora — disse Ophelia —, é melhor ela ir com a gente.

Leonie e os homens foram na frente, levando as flores. Ralphie sumira de novo. Ninguém prestou atenção ao seu sumiço, já que ele parecia estar sempre ausente, mesmo estando presente.

A sepultura de Mathy ficava na extremidade do cemitério, sob a densa sombra de um pinheiro. Parecia muito pequena no amplo lote, como uma criança adormecida na cama dos pais. Leonie jamais gostava de vê-la. A alma de Mathy estava no céu, mas o corpinho miúdo vestido de branco jazia ali, sob alguns centímetros de terra, secando. Leonie não conseguia evitar pensar nisso. *Eles* também pensavam, coitadinhos, ela sabia. E, se isso a magoava, mais ainda devia magoar a eles.

Ralph voltou para pegar um balde-d'água, deixando Matthew e Leonie sozinhos. Matthew se abaixou para examinar a nova lápide.

— Está bonita — comentou Leonie.

— Bem, eles não fizeram um trabalho muito bom — disse o pai, franzindo um pouco a testa.

— Não? — indagou a filha, inclinando-se para olhar. — Ai, minha nossa! — Vestígios do "Soames" ainda podiam ser vistos sob o "Inwood".

— Ninguém nunca vai reparar — garantiu. — Só quem souber o que procurar.

— Eu me sinto tão idiota — disse Matthew.

— Foi um erro normal, pai. Não pense mais nisso — insistiu, com uma palmadinha no braço dele. — Agora, venha me ajudar a arrumar os gerânios. Não estão bonitos? — disse ela, enquanto as outras mulheres se aproximavam.

— Sem dúvida é uma bela lápide — elogiou Ophelia.

— De quem é? — indagou tia Cass, preocupada.

— De Mathy! — gritou Ophelia. — Eu contei pra senhora, mãe.

— Ora, aquela não é a Mathy? — perguntou tia Cass, apontando para Mary Jo.

— Não, aquela é a caçulinha! — Ophelia olhou para Callie e fez um gesto indicando impotência. — Ela não se lembra de mais nada.

Callie não estava ouvindo. Aproximara-se do túmulo e estava com a mão pousada na pedra morna, alisando-a com delicadeza.

— Aí vem a água! — exclamou Leonie. — Todo mundo ao trabalho agora. Mãe, você enche os vidros. O papai pode começar a plantar. Vou separar as flores...

— Quero me sentar — disse tia Cass.

— Não tem lugar para sentar! — gritou Ophelia. — A senhora pode ficar em pé uns minutinhos.

— Minha perna cansou. Preciso sentar.

— Minha nossa! Então, senta aqui na grama.

— Não posso me abaixar tanto assim.

— Mas vai ter que se abaixar, não tem outro lugar. A menos que... — Ophelia fez uma pausa, lançando um olhar para Callie.

— Ora, deixe que ela sente aí — concordou Callie. — Não vai fazer mal algum.

Mãe e filha deram a volta em torno da lápide nova.

— Pronto — disse Ophelia. — Tente não pisar no túmulo. Faça um esforço. Callie, me deixe ajudar com as flores.

Todos tinham algo a fazer e, enquanto se ocupavam, conversavam animadamente, com tia Cass empoleirada acima deles como um supervisor numa pequena lavoura comunitária. Leonie agradeceu a distração, que dava à família motivo para sorrir e a impedia de adotar uma postura mais solene. Quando acabaram, todos recuaram para admirar o próprio trabalho.

— Ora, ora... — começou Leonie animadamente, antes de ser interrompida por Ophelia.

— Pobrezinha — disse Ophelia num tom tão inesperadamente enlutado que atingiu o grupo como um golpe de ar gélido. — Coitadinha. Cá estamos todos felizes, e ela aí, morta e fria.

Leonie teve vontade de chutar a prima. O que foi que deu em Ophelia? Olhou-a com ar reprovador. Ophelia não prestou atenção. Tendo adotado uma postura de profundo sofrimento, completou:

— Mal posso aguentar.

Fez-se um silêncio incômodo, e Ralph tirou o chapéu. Timidamente, como se a vergonha o levasse a tanto, Matthew tirou o seu. Leonie olhou à volta, sem graça. A mãe contemplava o túmulo, o rosto trêmulo. Ophelia sacou o lenço e assoou audivelmente o nariz.

Acompanhando o clima, tia Cass se pôs a soluçar. Oh, não, pensou Leonie, não depois de todo o esforço que fizera. Tudo vinha correndo tão bem! Olhou para o pai. Com alarme, viu a expressão dele começar a se fechar. As crianças observavam amedrontadas. Então, a mãe, com o queixo trêmulo, estendeu o braço para Peter, e toda a estrutura do dia pareceu prestes a ruir. Leonie olhou à volta, desesperada — devia haver alguma coisa que pudesse fazer, alguma forma de salvá-los... Por favor...

Como em resposta às suas orações, um berro histérico e desarticulado ecoou morro abaixo (Louvado seja Deus!).

— O que foi isso? — disse Leonie.

Todos ergueram os olhos, assustados. O som voltou a ecoar, um grito estrangulado de aflição vindo de algum lugar próximo à igreja. Ophelia levou um susto, como se tivesse levado um coice no traseiro.

— Ralph-ee! — berrou numa voz estridente e saiu cambaleando pelo caminho o mais rápido que pôde. Ralph a seguiu a curta distância. As crianças correram em seu encalço, pisoteando todas as sepulturas.

— Raios! — exclamou Matthew.

— Ele deve ter caído no poço! — gritou Callie. Os dois também se puseram em marcha, encosta acima, seguidos de Leonie.

No alto do morro, Ralph e Ophelia corriam em todas as direções.

— Cadê você, filho?

— Estou aqui! — respondeu uma voz abafada.

— Aqui onde?

— Aqui! Podem vir logo?

Encontraram Ralphie sobre o para-choque do carro, uma confusão convulsiva de braços e pernas, sem a cabeça. Matthew levantou o capô. Das profundezas do interior, cheio de graxa, o rosto vermelho e sorridente de Ralphie olhou para eles de lado.

— Ainda bem que chegaram — balbuciou ele. — Prendi o cabelo na correia do ventilador.

Precisaram usar um canivete para soltá-lo e quase morreram de tanto rir. Bem que não queriam, mas o pobre Ralphie era uma figura cômica. Callie riu até as lágrimas lhe escorrerem pelo rosto. Foi uma alegria para Leonie vê-la assim. No auge da situação, Ophelia emitiu outro berro estridente:

— Minha nossa! Deixamos a mamãe lá em cima da lápide!

Todos passaram o restante do dia rindo, primeiro de Ralphie, depois da tia Cass, depois novamente de Ralphie. Nenhum dos dois se incomodou. Ralphie passou a maior parte do tempo longe, sozinho, e não ouviu. Tia Cass, reagindo como um barômetro ao clima à volta, aproveitou a diversão com os demais, sem muita consciência do que a causara.

Acenando em despedida no fim da tarde, Leonie disse:

— Não me lembro de ter me divertido tanto assim!

— Pobre da velha tia Cass! — falou Callie. — Deixada esquecida naquele lugar! — Seus olhos se encheram de lágrimas de riso.

Matthew sorriu ao vê-las e tomou o rumo do estábulo.

— Gente, como é tarde! Preciso fazer a ordenha. Sukie? — chamou, olhando para a baia. — Acho que ela cansou de esperar e voltou para o pasto. Agora, vou ter que ir atrás dela.

— Vou com você — disse Callie.

Leonie observou os dois passarem pela porteira do pasto e descerem pelo arvoredo de nogueiras. Sorriu com satisfação. Era como um filme com final feliz — o casal idoso, de braços dados, desaparecendo no crepúsculo. Tornou a voltar para a casa, zonza de alívio. Acabara.

Com uma sensação de contentamento, entrou na sala de estar e passou pelos ombros as alças do acordeão. Estava escuro demais para ler uma partitura, mas ela se sentou no lusco-fusco e tentou encontrar seu caminho em meio ao hino, o tempo todo apertando as notas erradas.

— Merda de galinha! — exclamou e riu baixinho. Era o único expletivo que um dia ouvira sair da boca da mãe. Normalmente ele a deixava constrangida, mas naquela noite lhe pareceu engraçado. Ficou de pé e começou a tocar sua música favorita, com um desdém rebelde pelos erros:

— "Quando você sorri, quando você sorri, o mundo todo sorri com você"...

Cantou a letra em voz alta e, estando sozinha na casa e protegida pelo escuro, passou a se inclinar e ondular, dançando como vira fazerem nas revistas de vaudeville. No fim do número, inclinou-se até quase o chão em agradecimento e, quando se empertigou, viu duas figurinhas coladas na porta de tela.

— Deem o fora, crianças!

Ouviu-se um riso abafado.

— Você está fazendo o quê? — indagou Mary Jo.

— Nada... Ensaiando.

— Você fica aí balançando a cabeça...

— Não é da sua conta. Vamos, crianças, entrem e vão lavar os pés. Está na hora de dormir.

Depois das habituais lamúrias e demoras, os dois entraram. Ela fez para ambos sanduíches de purê de batatas e os tocou para cima. Ao descer, descobriu que os pais ainda não haviam chegado com o leite. Foi até a porta dos fundos, mas não ouviu som algum vindo do estábulo. Será que continuavam procurando Sukie? Acendeu uma lamparina e se sentou à mesa da cozinha para beliscar uma asa de galinha. Passado algum tempo, chegou até a porta e espiou lá fora. Estava escuro demais para ver muita coisa. E eles não haviam levado o lampião. Saiu e chamou por eles. Não houve resposta.

— O que terá acontecido agora? — falou, dirigindo-se ao celeiro. Alguma coisa se mexeu na escuridão, assustando-a. — Sukie! — exclamou Leonie. A forma escura cambaleou em sua direção, e ela estendeu a mão para afagar a vaca velhinha. Passou os dedos pelo flanco macio e prosseguiu até as tetas. — Ora, você ainda não foi ordenhada! Sua safadinha, os dois ainda estão procurando por você.

Deu a volta com Sukie para levá-la ao celeiro. Foi quando ouviu as vozes de ambos junto à porteira do pasto. Já ia falar quando algo que disseram a fez parar e ouvir.

— Não queremos magoá-la — disse o pai.

Magoar a quem?

— Não — concordou a mãe —, não queremos. Ela achou que estava fazendo a coisa certa.

Leonie se recolheu novamente ao celeiro escuro. Do que estariam falando aqueles dois? Os pais passaram junto à porta e pararam a pouca distância.

— Mas toda aquela gente... — disse a mãe. — Toda aquela movimentação. Deveria ter sido tranquilo e bonito, só nós, só a família.

A voz dela soava tão estranha!

— Não, meu bem... — disse o pai. — Não fique triste, meu amor.

— Não consigo evitar. — A voz escalou para um suave gemido, próprio de um coração partido. — Ela não nos deixou chorar o verão todo!

Todo o corpo de Leonie se transformou num ouvido presciente. Ficou rígida, ouvindo os soluços furtivos do outro lado da parede. Então pensou na mãe no cemitério ao meio-dia, as lágrimas lhe descendo pelo rosto. A mãe não estava rindo, afinal. O tempo todo estivera chorando!

O som suave dos soluços continuou durante vários minutos.

— Agora enxugue os olhos — disse o pai com carinho. — A gente precisa entrar. Ela vai acabar saindo para nos procurar.

Logo, o portão dos fundos rangeu. Leonie aguardou, dando tempo a ambos para entrar em casa. Então, saindo silenciosamente do celeiro, correu o mais rápido que pôde até a porteira e subiu o caminho até o portão principal. Sem fazer ruído, entrou no quintal e desabou numa cadeira esquecida ali à tarde, achando que as batidas fortes do seu coração fatalmente a denunciariam. Mal recuperara o fôlego, a mãe surgiu na varanda.

— Leonie? Credo, você me assustou. Achei que estava lá em cima.

— Não, estou aqui fora.

— Vim buscar as cadeiras.

— Eu levo quando entrar.

— Não quer que eu ajude?

— Não precisa. Eu levo mais tarde. Só queria ficar sentada aqui um tempinho.

— Garanto que está cansada, não é, meu bem?

— Um pouco.

— Eu também. Procuramos um bocado pela velha Sukie, mas acho que ela já tinha voltado por conta própria. É melhor eu ir preparar a centrífuga.

— Mãe? — Leonie fez uma pausa e firmou a voz. — Você se divertiu hoje?

Um instante de hesitação mal se fez perceber.

— Ora, claro, meu bem, o dia foi mesmo muito bom.

Estava mentindo. *Mãe, eu nunca menti para você na vida, não em coisas sérias. Por que está mentindo para mim agora? Por que não pode me contar? Por que continua fingindo?* A ideia atingiu-a como um jato de água fria — eles haviam fingido todo o verão! Ela fora tratada como uma criança retardada. Protestos ligeiros, dar de ombros, evasões e olhares velados começaram a se aglomerar em sua cabeça. Tinha absorvido tudo isso, mas de trás para a frente, como as palavras num mata-borrão. Agora, no espelho das lembranças, via as coisas como eram: a mãe se esquecendo de acender as velas, o pai dizendo não ter tempo para ler. Como falava pouco durante as discussões! — *ela* discutia praticamente sozinha. E os sumiços no fim do dia, quantas vezes teve de ir procurá-los para obrigá-los a entrar e cantar. Os jantares formais — a maneira como os dois cumpriam o ritual sem recordar as novas boas maneiras, jamais se lembrando de usar o garfo de salada... E a mãe — Leonie se encolheu ao recordar quantas vezes pegara a mãe com a revista aberta no colo, contemplando sonhadoramente o quintal, como uma criança idiota na escola.

Eles não *queriam* ler — ou cantar — nem aprender ou fazer nada que fosse bonito, intelectual e certo! E, já que não queriam, por que não haviam dito? Ela só estava tentando animá-los. Mas os pais não queriam ser animados — queriam chorar! Então, por que não haviam chorado?

Ela sabia por quê. Por causa do medo. Medo de que ela descobrisse que nada daquilo que fizesse ajudaria. Ela podia lhes dar carinho e salada de galinha, ânimo, luz de velas e música, podia amá-los, honrá-los e obedecê-los até o Dia de São Nunca — nada do que lhes desse ou de que abrisse mão os faria abrir mão de Mathy.

3

A primeira ideia que lhe ocorreu foi derrubar a nova lápide.

Logo se livrou dela, reprovando a si mesma, envergonhada. Mas queria revidar — era *deles* que queria se vingar. Queria marchar escada acima numa fúria sagrada e gritar para os dois: "Olhem para *mim*. Prestem atenção em *mim*! Por que a atenção tinha de ser de Mathy, até mesmo agora? Sim, havia uma palavra na Bíblia para os filhos ingratos, mas o que dizer da ingratidão dos pais?

Estava sentada, tensa, rezando incoerentemente para pedir ajuda. E na sua amargura e decepção perguntava-se se ocorria o mesmo com Deus, se uma vida inteira de devoção nada mais significava que uma confissão de fé de último minuto. A própria Bíblia não sugeria isso? Com a ovelha extraviada, um homem sentirá maior alegria do que com as noventa e nove que não se extraviaram. Por que tentar agir direito?

— Leonie? — chamou a mãe da janela do quarto. — Você ainda está aí?

— Estou.

— Não é melhor ir se deitar? Vai estar exausta amanhã.

Não dou a mínima se estiver, disse para si mesma. Mesmo assim, levantou-se e começou a levar as cadeiras para dentro. Vá dormir, levante-se, faça os deveres, vá à igreja, trabalhe, pratique, volte para casa, seja boazinha... desde que se entendia por gente. Desanimada, subiu a escada, fechou a porta do quarto e acendeu a lamparina. O livro de Shakespeare estava aberto em cima da cômoda, a escova de cabelo impedindo que se fechasse. A visão a fez estremecer, pensando como os pais o haviam considerado cansativo e como ela tentara impingi-lo neles. Mas o pai sempre *disse*... Não importa o que ele disse. Era conversa fiada. Fechou o livro com força e, com uma careta, escondeu-o debaixo das roupas na última gaveta. Não precisariam mais lê-lo.

— Mãe — disse ela de manhã. — Acho que vou viajar por uns dias.

— É? Para onde? — indagou Callie.

— Faz diferença?

Callie ergueu as sobrancelhas.

— Só fiquei curiosa. Se não quer me dizer, não precisa.

— Pensei em ir até Kansas City arrumar um namorado para jantar, dançar, ir a um bar para beber e fazer uma farra.

— O quê? — exclamou Callie, confusa.

— Eu só estava brincando.

— Bom, eu *espero*!

— Carol Pokorny anda querendo que eu a visite em Plattsburgh. Acho que vou passar uma semana por lá.

— Melhorou um pouco.

— A gente pode ir fazer compras na cidade. Não é longe, você sabe. Preciso comprar roupas para a escola.

— Ora, eu acho que seria ótimo. Vá em frente, por que não?

— Acho que vocês podem se virar sem mim.

— Eu também. Acho que a gente se vira direitinho.

Alguns dias depois, Matthew a levou de carro até Renfro para pegar o trem. A mãe estava mexendo com maçãs de manhã, a cozinha cheia de vapor, vidros quentes e tigelas com cascas. Mas Leonie foi em frente. Chegaram cedo à estação e aguardaram em silêncio. Matthew tamborilava os dedos, impaciente, no volante. Um vizinho o esperava para ajudar com a colheita da aveia. Finalmente, o trem chegou.

— Divirta-se — disse à filha, beijando-lhe de leve o rosto. — Comporte-se.

Ela se inclinou para acenar, mas o pai já voltara para o carro e não viu. Bem feito para você, disse ela, acomodando-se no assento. Ainda assim, recordando o habitual e perfunctório "Comporte-se", não pôde evitar sentir um tantinho de culpa. Porque havia mentido. Não pretendia passar a semana com uma amiga numa cidadezinha qualquer. Em vez de fazer baldeação em Kansas City, ficaria lá para fazer o que primeiro dissera à mãe — jantar, dançar e fazer uma farra. A única diferença era que não precisava "arrumar um namorado". Já havia um esperando por ela — Kenny, o treinador de basquete, que era bonito, arrojado e tinha uma voz maravilhosa e vontade de namorá-la. Repetira isso um monte de vezes em suas cartas. Leonie tirou uma delas da bolsa e a releu: "Se eles afinal libertarem você do exílio, não deixe de me telefonar. Vou lhe mostrar alguns dos lugares mais animados, vamos nos divertir pra valer." Era algo nessa linha que ela tinha em mente. Compraria umas roupas, ligaria para Kenny e se divertiria, diversão sofisticada! Iria jantar, dançar e assistir a shows. E, se ele quisesse levá-la a um bar ou a um clube noturno, tudo bem, ela concordaria. Os pais jamais aprovariam, mas não ficariam sabendo. E nem precisavam se surpreender se soubessem. Os tempos haviam mudado. Gente muito respeitável assistia a shows aos domingos, dançava e jogava cartas; muitas garotas até fumavam, o que não queria dizer que acabariam no inferno. O inferno trocara de lugar, ficava bem mais longe do que se costumava pensar.

Leonie chegou à cidade pouco depois do meio-dia e, cumprindo o ritual dos fins de semana de inverno (quando, junto com as amigas, ia às compras na cidade), foi diretamente para o Fred Harvey's e pediu uma Coca-Cola. A fazenda não oferecia nada semelhante. Sempre lhe parecera que a bebida ardida tinha o típico sabor da cidade — picante e agridoce, francamente sintética, estimulante. Bebeu devagar, ingerindo-a junto com tudo o que via e ouvia à volta. Fortalecida pelo elixir, parou no caminho e comprou cigarros, deixando-os cair dentro da bolsa com um rápido olhar em torno.

Do outro lado da rua, em frente à estação, no topo de uma longa ladeira ajardinada, ficava a alta coluna do Liberty Memorial. Por força do hábito, fez uma pausa na calçada para admirá-lo. Tratava-se, em parte, de um tributo silencioso, e em parte servia para que se orientasse. A cidade a deixava virada do avesso. Enquanto estava ali parada, lutando para distinguir o norte do sul, pensou no dia da inauguração do monumento, quando permanecera ali durante uma hora, tremendo de frio, para ver a rainha Maria da Romênia. Hoje, o sol se derramava pela avenida, formando um lago de calor em torno da estação.

— Senhora — falou uma voz —, se não quer um táxi, poderia sair do caminho?

Ela encarou o homem com altivez.

— Eu *quero* um táxi — disse então, abandonando o bonde na mesma hora. — Para o Hotel Muehlebach, por favor. — Nada de sovinice desta vez; teria o melhor.

Os preços eram um pouquinho mais salgados do que esperava, mas a decisão estava tomada. E, com efeito, sentiu-se muito importante, entrando com imponência no quarto atrás do carregador e lhe entregando uma gorjeta generosa. Era um quarto bonito, com um carpete espesso e montes de espelhos, além de um reluzente banheiro privativo. Fazia calor, mas, afinal, era verão. E ela não se incomodava com o barulho da rua. Isso fazia parte da cidade, uma mudança bem-vinda para quem passou tanto tempo ouvindo cacarejos e mugidos. Cantarolou sozinha enquanto desfazia a mala, caminhando pelo quarto em meias de seda, de vez em quando surpresa com a própria imagem na porta do banheiro. Não se vira de corpo inteiro ao longo de todo o verão! Sentou-se na cama, de frente para o espelho comprido, e tirou da bolsa a carta de Kenny. Sabia que ele não estava em casa a essa hora, já que trabalhava para o pai durante o verão, mas achou que devia ligar e deixar um recado. Com o telefone na mão, porém, mudou de ideia. Talvez fosse melhor esperar e falar pessoalmente com ele. Enquanto isso, podia sair, comprar um vestido novo e ficar a postos.

Lavou o rosto e, pela primeira vez naquele verão, aplicou ruge e batom. Então, pondo o chapéu e as luvas, partiu para Petticoat Lane, uma rua cujo nome já bastava para encantá-la. Após um passeio demorado em que subiu por uma calçada e desceu pela outra olhando todas as vitrines, entrou numa das lojas. Quatro ou cinco lojas depois, encontrou o que queria — um vestido de *crèpe de chine* vermelho, bem colante, com alcinhas finas bordadas de pedrarias e um decote tão ousado na frente que a fez sentir-se nua. Mas estava na última moda e, sem falsa modéstia, lhe caía muito bem. Com um gesto casual, torcendo para que a vendedora não percebesse, verificou o preço na etiqueta. Muito bem. Não se pode esperar que uma coisa assim custe a mesma coisa que um vestidinho para a escola.

Tornou a experimentá-lo, no provador, e alfinetou as alças pela metade para subir o decote. Depois, porém, tirou os alfinetes e deixou ficar como antes. Era assim que se usava. Ela se acostumaria. A essa altura, já passava das cinco. Kenny logo estaria em casa, mas, antes de ligar, havia tempo para um banho. Encheu a banheira de água, que coloriu de rosa usando sais de banho. Ensaboando-se languidamente, imaginou o que os pais estariam fazendo em casa. A mãe devia estar enchendo as lamparinas, logo começaria a preparar o jantar. A cozinha estaria quente e abafada e as crianças, mal-humoradas e cansadas, e o pai chegaria com o leite, deixando pegadas de estrume pelo chão... enquanto ela aproveitava um banho perfumado, esperando o cavalheiro que a levaria para jantar.

Mas primeiro, precisava telefonar para ele. Imediatamente saiu do banho, enxugou-se e passou talco, vestindo o quimono de seda azul, guardado para ocasiões especiais. Quando remexeu na bolsa atrás da carta dele, o maço de cigarros caiu. Ponderou por um instante e depois abriu o maço e acendeu um cigarro com a mão trêmula. Então, é esse o gosto que têm! Fez uma leve careta. O coração batia tanto de nervosismo que parecia até que estava fazendo algo errado. Apertando o quimono no corpo, foi até a porta do banheiro e ficou ali numa pose sofisticada, se olhando no espelho, uma das mãos no quadril e a outra balançando o cigarro. O que eles pensariam se a vissem agora! O que até mesmo Kenny haveria de pensar! Durante todo o inverno, ele tentara fazê-la aceitar um cigarro, que, sistematicamente, ela recusara. Franziu levemente a testa ao pensar nele. Um treinador de basquete não deveria fumar, nem mesmo longe da escola. Kenny fazia um bocado de coisas que ela realmente não aprovava. Mas dava duro no trabalho, cantava bem e era bonito. Talvez, quando o visse novamente, gostasse mais dele do que imaginava. De todo jeito, podia se divertir um pouco com o rapaz. Adoraria ver um clube noturno — com bebida contrabandeada e uma banda de jazz com músicos negros — e gente sofisticada! Deu mais uma rápida tragada e virou-se para o telefone, refletindo, naquele momento, que não seria bom parecer ansiosa demais. Tinha acabado de chegar. Talvez devesse jantar primeiro e depois telefonar. Se ele não estivesse em casa, sempre haveria o dia seguinte e uma semana inteira pela frente.

Quando saiu do hotel, o sol estava quase se pondo, adormecendo no nascente, como sempre acontecia na cidade. Virou-lhe as costas, impaciente, e começou a subir a rua. Seu passo era menos resoluto do que à tarde, pois agora não sabia ao certo aonde ir. Não havia ainda decidido onde jantar. Mas demoraria muito para escurecer e ela não estava com pressa. Andaria um pouco até encontrar um lugar que lhe agradasse, um lugarzinho pequeno de aparência acolhedora.

À sua volta, as pessoas estavam voltando para casa depois do trabalho, todas apressadas. Esbarravam nela ao correr para os bondes, e um homem quase a derrubou. Leonie virou a esquina e pegou uma rua secundária para evitar a multidão. Havia menos gente ali, e ela podia ver vitrines em paz. Fazendo uma pausa para olhar alguns móveis — móveis de verão, como aqueles que ela tanto desejava para a fazenda —, percebeu que um homem parara a seu lado. Sem pensar, ergueu os olhos. O homem retribuiu o olhar e sorriu. Ela se afastou abruptamente, refletindo que não era uma boa ideia demorar-se demais num único lugar, decerto não nessa hora do dia e desacompanhada.

Jamais estivera na cidade sem companhia, e começou a se sentir inibida, como se sua solidão pudesse denunciar-se por conta própria. Embora ainda fosse dia, apertou o passo, procurando seriamente um restaurante agora, para poder jantar e voltar para o quarto do hotel. Subindo a rua rapidamente, desejou de todo coração a companhia de uma amiga, como Carol ou uma das outras professoras, ou simplesmente de alguém que conhecesse. Odiava entrar sozinha num restaurante. Sozinha ou não, porém, precisava ir a algum lugar logo, porque não pusera nada no estômago desde o café da manhã, com exceção da Coca-Cola.

Jetta Carleton

Deu-se conta de que estava faminta e também muito cansada. Acordara às cinco da manhã. O céu ainda não clareara de todo quando pôs o pé do lado de fora, e o sol apenas começara a iluminar as copas das árvores do pasto no lado do nascente (em casa ele se mantinha no lugar correto). O ar era tão fresco e suave àquela hora da manhã, e tudo cheirava tão bem, e os pássaros na mata eram tão doces e distantes! Agora, tudo isso parecia muito distante no tempo e no espaço. Seria possível que tivesse partido naquela mesma manhã? Parando numa esquina, sentiu momentaneamente um quê da solidão que costumava afligi-la, na infância, sempre que estava longe de casa quando a noite caía e sentia sono. Não demorou a passar, mas deixou-a com uma estranha sensação de o-que-estou-fazendo-aqui. Lançou um olhar à volta, pouco à vontade. A rua estava quase deserta. Para que lado ficava o hotel? Sabia que não devia estar longe, mas, por ter ido parar numa área menos conhecida, não conseguia encontrar qualquer marco para se orientar. Ao se virar, porém, avistou, a certa distância, uma portentosa igreja cinzenta de pedra que já várias vezes vira. Quase sem querer, começou a andar em sua direção, como se o prédio fosse um amigo inesperado que encontrara na rua.

Não tinha ideia do que pretendia fazer lá, salvo que sempre pensara em visitar a igreja, como os turistas visitam as catedrais da Europa. Ao se aproximar, ouviu o roncar autoritário de um órgão. Cheia de esperança de que talvez estivesse ocorrendo algum recital vespertino, subiu os degraus e prestou atenção. Não existia no mundo som mais belo e nobre! Deu um leve empurrão na porta, que se abriu, e entrou.

Fazia frio lá dentro e os estertores da claridade do pôr do sol, filtrados pelos vitrais, pouco iluminavam o ambiente. Depois de adaptar a vista, ela percebeu que a igreja estava vazia, salvo por uma figura sentada diante do órgão. Era um homem, um jovem — ao menos tanto quanto ela podia ver, com a nave inteira da igreja entre os dois; não usava paletó, e, como qualquer trabalhador, estava absorto em seu trabalho. As costas esbeltas se mexiam, ocupadas, os braços se abriam, os quadris balançavam conforme os pés apertavam os pedais e o tom poderoso do órgão enchia a igreja, como se disposto a afastar as paredes. Leonie observou o rapaz com admiração. Como tocava bem! E por um momento incomodou-a o fato de não ser ela ali exercendo sua vontade nos pedais e teclas e provocando aquele trovão glorioso emitido pelos tubos dourados. Mas a beleza pura daquele som lavou sua inveja, e ela caminhou na ponta dos pés até o último banco, onde se sentou com a sensação de haver chegado a seu destino.

A música terminou. Houve um intervalo de silêncio e recomeçou, dessa vez mais suave, soando como flautas. Serena e precisa, a melodia fazia uma declaração simples, que repetia com metáforas, para se interromper enquanto uma segunda voz respondia. Outras vozes se juntaram à primeira, uma após a outra, profundas e benevolentes, e falaram entre si. Uniam-se, sobrepondo-se, misturando-se, elevando-se numa doce discussão, até todas elas cantarem juntas num acorde potente, fazendo Leonie sentir um arrepio nos braços.

> *Oh, música,*
> *Oh, palavra breve*
> *Que mais que qualquer outra palavra é Deus!*

Era disso que ela gostava — música e igrejas e bondade e o amor de Deus! E chegara a pensar que quem acreditasse nisso receberia apenas recompensas, mas talvez estivesse errada (a mãe e o pai gostavam mais de Mathy). Talvez nem o próprio Deus sequer soubesse do que ela gostava ou se importasse com isso. Parecia-lhe que, se Ele se importasse, poderia tê-la ajudado um pouco mais, já que ela tentara ajudar a si mesma. Mas talvez tivesse feito tudo errado. Vai ver não se ganhava o prêmio sendo direto, mas, sim, percorrendo todo o caminho, enfrentando buracos e lama e degradação até chegar em casa e rejubilar-se. O lar e o céu — devia haver um caminho, e ela precisava encontrá-lo. Fechou os olhos. Amado Pai do Céu... Mas como pedir ajuda a Ele para ser ruim?

Levantou-se rapidamente e se encaminhou meio zonza para a porta. Era tarde, a igreja estava quase às escuras e lá fora os postes já haviam sido acesos. Hesitou nos degraus, lutando com seu péssimo senso de direção. O instinto a empurrava numa direção, mas na outra, porém, brilhavam as luzes do centro da cidade. Acabou se aventurando, obstinada, tentando enxergar em meio às sombras. A que distância estaria do hotel? Parava a cada esquina, olhando, em pânico, para um lado e para o outro, até que finalmente vislumbrou o hotel. Dirigiu-se para lá quase correndo e chegou ao elevador com o coração na boca. A mão tremia tanto que mal conseguiu destrancar a porta do quarto. Acendeu a luz e, sem sequer tirar o chapéu, foi direto até o telefone e discou o número de Kenny.

— Alô — atendeu uma voz, que Leonie imaginou ser da mãe dele.

Respirando fundo e de forma pausada, Leonie disse:

— Por favor, o Kenneth está?

Houve uma pausa breve.

— Meu bem — falou a mulher num tom de aborrecimento paciente —, o Kenneth *continua* no planalto Ozark. Eu lhe disse ontem, quando você ligou.

— Mas eu não...

— Ele foi pescar com o pai e só volta daqui a duas semanas. Eu adoraria que vocês, garotas, não ficassem telefonando o tempo todo. Você, como uma moça direita, não poderia esperar que *ele* ligasse? Está ficando aborrecido esse...

Leonie desligou sem fazer barulho, interrompendo a voz acusadora. Estava furiosa de vergonha e vermelha como um pimentão — podia se ver no espelho. Ela não tinha ligado para o Kenny na véspera! Nem mesmo queria se encontrar com ele e estava feliz por não tê-lo achado em casa. Mas havia apostado a semana toda em uma promessa do rapaz de "uma diversão de verdade"! E o que faria agora? Zanzar sozinha o dia todo e ficar presa no quarto a noite inteira? Sequer sabia dizer se estava chateada ou aliviada, se tinha vontade de rir ou de chorar. Por isso, chutou a porta do banheiro, que se fechou com um estrondo que fez tremerem os móveis, rachando de cima a baixo o espelho de corpo inteiro. Leonie fitou o estrago com os olhos esbugalhados. Depois, sentou-se ali mesmo no chão, ainda com o chapéu na cabeça, e começou a chorar.

Será que não conseguia fazer nada direito neste mundo? Não conseguia sequer ser má! E odiava tentar. Mesmo que eles jamais soubessem, ela não seria capaz. Pegou os cigarros e atirou-os na lixeira. Não queria fumar, nem usar vestidos indecentes, nem farrear. Essas coisas eram erradas. Não para os outros, talvez, mas, para ela, sim. Tinha sido criada acreditando nisso e não podia mudar agora. Que Mathy e Jessica fugissem e fizessem o que bem entendessem — o que ela queria era ser boa, do jeito que Deus e os pais queriam que fosse. Mas realmente gostaria que eles a amassem por isso.

Chorou e chorou. Todas as lágrimas que não derramara ao longo do verão inteiro pareciam determinadas a correr agora. E, depois de chorar por tudo o mais, chorou de exasperação. Lá estava ela, num quarto chique que não podia pagar, morta de medo de sair. E faminta. Começou a rir, em meio às lágrimas, enquanto se olhava no espelho rachado. Sentia-se uma completa idiota, sentada no chão com o chapéu na cabeça! Muito bem. Entrara nisso. Como é que sairia? Ligaria para Ed, isso é o que faria! A ideia a assaltou como um relâmpago do céu.

Esquecera-se de que ele morava na cidade. Com um gritinho de alegria, estendeu a mão para o telefone.

Ele chegou uma hora depois, em mangas de camisa, sem gravata e parecendo um vagabundo bem-asseado. Mas era da família, e Leonie jamais ficou tão feliz de ver alguém na vida.

Ed levou-a para comer um hambúrguer acompanhado de um grande e espesso leite achocolatado. Quando a última gota atravessou o canudo, ele se recostou na cadeira e acendeu um cigarro.

— Muito bem, tia Linnie, qual é o problema?

— Que problema? — respondeu ela, torcendo o canudo.

— Você parece uma criança que levou uma coça. Por que andou chorando?

Leonie não pretendia contar, mas precisava dizer alguma coisa. Começou com o espelho quebrado e rebobinou dali. Ed não parava de cutucar e de fazer perguntas, e, antes que se desse conta, ela já desfiara o rosário do verão inteiro.

— Achei que estava fazendo os dois felizes, mas eles odiaram. Não me suportam! — Escondeu o rosto no guardanapo e desatou a chorar.

— Ora, você sabe que isso não é verdade — contradisse Ed.

— É, sim!

— Você só está confusa, como estaria qualquer garota solitária. Será que não sabe que eles gostam de você tanto quanto gostavam de Mathy? Agiriam do mesmo jeito se fosse você no lugar dela.

— O que eu faço? Me mato?

— Isso é o que você está fazendo — respondeu ele, expelindo lentamente a fumaça. — Observei você lá durante o verão.

— Eu estava feliz — retrucou ela. — Quase o tempo todo.

— Claro, claro. Uma garota bonita na roça com os pais e uma dupla de crianças. Você estava feliz como pinto no lixo.

— Bom, eu *achei* que estava.

— O que prova como você é burra, tia Linnie. Você não sabe o que tem. É boa demais para se desperdiçar. Devia estar lá fora levantando um pouco de poeira. O que vai fazer no resto da semana?

— Sei lá — respondeu Leonie com desânimo.

— Bom, vai ter que arrumar alguma diversão. Por que a gente não faz alguma coisa hoje? Que tal um show? O que está com vontade de fazer?

— Eu só quero ir para casa.

— Pelo amor de Deus! — exclamou ele, voltando a se recostar. — Muito bem, se é isso que quer, vamos. Pegue suas coisas que eu levo você.

— Até em casa? Hoje?

— Faço o caminho de carro em uma hora e meia.

— Mas eu não posso voltar. Não posso voltar antes do fim da semana! O que eu diria a eles?

— Qualquer coisa. Invente uma história.

— Não posso! Não posso inventar outra história! Preciso ficar, querendo ou não. Não posso pagar aquele quarto e não sei o que fazer. E quanto ao espelho?

Ed riu.

— Faça o seguinte: volte para o hotel e conte do espelho. Não diga como aconteceu, só que o vento bateu a porta. Aja como se fosse uma ofensa contra um hóspede pagante. Ora, você podia ter se cortado com os cacos!

— Eu não conseguiria dizer isso. A culpa foi minha.

— Não precisa admitir.

— Mas não estava ventando hoje.

— Faça-me o favor!

— Prefiro pagar e não arrumar encrenca.

— Está bem. Se é isso que quer, pague a droga do espelho e pague ao mesmo tempo a sua conta. Se você acha que precisa ficar na cidade a semana toda, pode se hospedar na minha casa. Não é o Ritz, mas é de graça.

— Quer dizer no seu apartamento? — indagou ela, erguendo para ele o rosto úmido de lágrimas.

— São dois cômodos e uma cozinha. Fica bem na linha do bonde, são só dez minutos até o centro.

— E você vai fazer o quê?

— Como assim?

— Vai ficar onde?

— Lá, ora! O que você acha?

Leonie baixou os olhos, sentindo-se ruborizar.

— Pelo amor de Deus, tia Linnie! — exclamou Ed, rindo. — Não precisa se preocupar. Sou da família, goste você ou não.

— Sei disso — disse ela com altivez —, mas o que as pessoas vão dizer?

— Que pessoas? Ninguém vai chegar lá para xeretar. Não precisa se preocupar com isso.

— Bom...

— Eu me ajeito no sofá e você fica com o outro cômodo todinho para você. De manhã, eu saio antes de você acordar. A casa é toda sua pelo resto do dia. E, se tiver medo de sair sozinha à noite, terei prazer em ir junto, se você quiser. Imagino que o seu pai haveria de preferir a mim a qualquer outra pessoa.

Ela conseguiu esboçar um sorriso.

— Agora vamos. Suba lá e pegue sua mala. Vou resolver a questão do espelho.

— Ah, não! — exclamou ela, olhando-o alarmada. — Eu resolvo. Não quero que eles pensem que você e eu...

Ed deu de ombros.

— Senhor! — murmurou baixinho.

4

Leonie acordou cedo no dia seguinte, antes de Ed sair para trabalhar, e ficou deitada, satisfeita, ouvindo-o andar para lá e para cá. Era bom não ter de se sentir sozinha e amedrontada, e um grande alívio saber que hoje poderia se divertir. Gostaria que ele se apressasse e saísse, para poder pôr mãos à obra. Pegaria o bonde e devolveria aquele vestido pavoroso, em primeiríssimo lugar. Depois, compraria novas roupas para a escola. Tentaria encontrar alguma surpresinha para as crianças e os pais, e almoçaria bem no fórum. Se sobrasse tempo à tarde, partiria para a loja Jenkins, a fim de comprar partituras e ouvir discos clássicos. Quem dera Ed se apressasse!

No instante em que a porta se fechou, Leonie pulou da cama e deu uma espiada cautelosa para garantir que ele se fora. A sala de estar era uma bagunça só, pior ainda do que na noite anterior. Sapatos, livros e jornais espalhados por todo lado, cinzeiros transbordando, xícaras de café e copos no chão. Uma camisa branca com uma gravata presa ao colarinho estava pendurada num abajur de pé. Homens solteiros!, pensou. Numa mesa, encostada à parede, ele vinha montando alguma coisa — ou desmontando, não dava para saber. Havia peças de rádio e várias ferramentas, acessórios e rolos de arame, bem como trapos sujos de graxa, largados de qualquer jeito. Perambulou, na ponta dos pés, pelo cômodo, xeretando tudo. Sabia tão pouco sobre ele, afinal! Sentiu-se meio como uma espiã e, na verdade, era isso mesmo. Viu um cartão-postal largado no chão, a face escrita virada para cima. Abaixou-se para ler sem pegá-lo. Era um bilhete de alguém em férias, alguém chamado Billy, e, pelo visto, Billy não era um rapaz. Cerrou os lábios, numa expressão de censura. Ele que se atrevesse a aparecer em casa com alguma sirigaita chamada Billy; assim, o pai dela *jamais* lhe entregaria Peter.

Ed deixara café pronto em cima do fogão. Depois de lavar uma xícara e liberar a mesa, Leonie ligou o rádio e se sentou. Era gostoso se demorar no café da manhã, ouvindo música e lendo o jornal matutino. Dava uma sensação de urbanidade. Mas, quando terminou de tomar o café e comer uma torrada, seus instintos provincianos falaram mais alto. Não podia aguentar ver todos aqueles pratos na pia. Dando uma olhada no relógio — ainda era cedo, tinha o dia todo —, prendeu uma toalha em volta da cintura, arregaçou as mangas do quimono e pôs mãos à obra. Cantou com o rádio enquanto trabalhava e, uma coisa levando a outra, foi em frente até ter limpado toda a cozinha e a sala, de lambuja.

— Minha nossa! — exclamou, consultando o relógio.

Passava do meio-dia. Correu para o quarto e começou a se vestir. Mas estava com calor e suada, precisava de um banho. Antes de tomá-lo, teve de dar uma boa esfregada na banheira e, já que estava com a mão na massa, limpou a pia e a privada, bem como o armarinho de remédios. Acabou de joelhos, lavando o chão. Quando, afinal, de banho tomado e vestida, embarcou no bonde, já eram quase quatro horas.

Teve tempo apenas para devolver o vestido vermelho-fogo e correr para a loja de pechinchas para comprar novos panos de prato — os de Ed eram um desastre. Depois que as lojas fecharam, continuou na rua mais um pouco, olhando vitrines, e não voltou ao apartamento até quase sete da noite. Encontrou Ed à sua espera, barbeado, tinindo e usando um terno.

— Minha nossa! — exclamou ela, tão espantada que mal soube o que dizer. Não o via assim desde o dia em que ele se casara com Mathy.

— Achei melhor passar por uma boa limpeza, para não parecer tão deslocado. Sua boboca. Você não sabe fazer outra coisa senão trabalhar?

— Está mais bonito, não está? — indagou ela.

— Está maravilhoso, mas eu devia lhe dar uma surra. Em vez disso, vou levar você para jantar.

— Ora, não precisa fazer isso.

— É um prazer. Trate de se embonecar. Vamos a um lugar bacana.

Os olhos de Leonie se iluminaram.

— Bem... Está ótimo!

Correu para o quarto e tirou da mala o vestido de *chiffon* florido, as meias de seda boas e as sandálias de saltos altos. Escovou o cabelo até que brilhasse como as fitas de cetim que trazia em volta da cintura e, após um instante de hesitação, passou batom de leve nos lábios. Quando abriu a porta do quarto, Ed estava de pé na cozinha. Depois de avaliá-la, ele soltou um assovio.

— Tia *Linnie*! Quem é essa beldade? Greta Garbo?

— Ora, chega — disse ela com um sorriso envergonhado.

— Você parece uma princesa.

— Não precisa me elogiar.

— Olhando para você, quem diria que passou o dia todo faxinando!

— Não passei o dia todo.

— Pelo jeito da casa, parece, e você, não. — Estendendo a bengala, enganchou-a no braço dela. — Vamos.

No restaurante havia lustres de cristal. O tapete era dourado. Todas as mesas tinham um abajur de cúpula cor de âmbar. E uma orquestra tocava música suave.

— Isto é *bacana* — disse Leonie.

— Você gostou, não?

— Você não gosta?

Ele deu de ombros e sorriu.

— É artificial.

— Mesmo? — duvidou ela, olhando à volta com ar sério. Ele riu.

— Não se preocupe, tia Linnie. Se você gostou, ótimo.

Ele podia ser muito gentil às vezes e, para grande surpresa dela, tinha ótimas maneiras. Salvo pela graxa em volta das unhas, jamais alguém diria que se tratava de um mecânico de carros. Comportava-se mais como um cavalheiro fino e, volta e meia, ela se esquecia de que esse era o velho e conhecido Ed, a quem via com frequência na fazenda com os cotovelos na mesa. Embora, pensando bem, ele jamais tivesse tido um comportamento qualificável como grosseiro. Durante todo o jantar, Ed lhe deu a impressão de alguém que ela já encontrara um dia, mas, por mais que desse tratos à bola, não conseguia descobrir quem era. Divertiram-se à beça. A única coisa que a incomodava era a extravagância. Talvez o lugar fosse meio artificial, como Ed dissera, mas sem dúvida custava caro. De vez em quando, porém, era divertido esbanjar.

Quando a conta chegou, ela abriu a carteira.

— Agora vamos dividir a despesa — falou.

— Ora, tia Linnie. — Ele a olhou como se a tivesse flagrado fazendo uma coisa feia. — Não morda a mão que quer alimentá-la!

— Sempre pago a minha parte... Faço questão.
— Desta vez você não está com suas amigas.
— Não faz diferença. Não vou deixar você...
— Tia Linnie! — avisou ele. — Uma senhora não discute assuntos de dinheiro em público.
— Está bem. Pago a você assim que a gente sair.
— Olhe — disse ele, inclinando-se sobre a mesa. — Sou o macho da espécie. Tenho certas funções preordenadas pela natureza. Pago a conta. Você é a fêmea. Pela natureza da sua biologia, a fêmea é receptora. Assim, pelo amor de Deus, aceite, como o belo espécime que você é! E não me faça mais ter vergonha de você!

Ela não sabia como reagir. Seguiu-o até a rua em silêncio.

— Obrigada — agradeceu quando chegaram ao carro. — Adorei o meu jantar.

— Fico muito feliz.

— Mas não posso deixar você fazer isso de novo.

— Pelo amor de Deus! — exclamou Ed, encostando a cabeça no volante. — Está bem, se isso faz você se sentir melhor, digamos que é o seu salário por tomar conta do meu filho. Me fale dele.

Durante bastante tempo, os dois passearam de carro, falando de Peter, dos pais dela e de todo tipo de coisas, inclusive da Depressão, de política e do Plano Quinquenal russo. Ed conhecia um bocado esses assuntos, ainda que não entendesse muito de literatura. E, mesmo que não concordasse com todas as opiniões dele, Leonie as considerou interessantes. Defendia, como o pai, que o mundo cuidaria de si mesmo, bastando que as pessoas se comportassem, trabalhassem duro, fossem honestas e assumissem sua cota de responsabilidade. O tema levou aos planos que Leonie tinha para o futuro e depois aos planos dele. Tudo que Ed esperava fazer no momento era permanecer no emprego. Se conseguisse isso, porém, e as coisas não piorassem e ele fosse capaz de reunir energia suficiente, talvez pudesse estudar à noite e fazer o curso de direito. Leonie achou a ideia maravilhosa.

— Mas não sei — argumentou ele — se vou ou não chegar lá um dia. Sou muito preguiçoso.

— Você está brincando!

— E isso interfere na minha diversão. — Ele sorriu e piscou. Ela riu. *Quem* era a pessoa que ele a fazia lembrar, afinal?

— Olhe! — exclamou Leonie. — Um campo de minigolfe!

Ele gemeu.

— Suponho que você queira parar e jogar.

— Você não gosta de minigolfe?

— Nunca experimentei para saber.

— Pois devia... É divertido.

— Certo, se você quer, vamos parar e jogar.

— Só se você quiser.

— Estou morrendo de vontade. Vamos.

Eles jogaram uma partida inteira. Ed fez dois hole in one, o que lhes garantiu dois jogos grátis. Por isso, jogaram mais duas vezes. Ed era tão engraçado e fazia tanta piada que provocava gargalhadas em todo mundo.

— Nossa mãe! — exclamou ela ao chegarem em casa. — Se eu não tivesse ligado para você, estaria até agora sentada naquele quarto de hotel sozinha.

— Que desperdício — disse ele. — Uma moça bonita nunca deve ficar sozinha.

— Às vezes ela prefere.

— Só quando não sabe o que está perdendo.

Leonie ia retrucar novamente, mas Ed não lhe deu a chance.

— Ainda bem que você me ligou — prosseguiu. — Sua família fez muito por mim e é bom fazer alguma coisa por você, para variar.

— Ora, com certeza você fez, e eu agradeço. — Ela sorriu da porta do quarto. — Boa-noite.

De manhã, pensando na noite agradável da véspera, Leonie resolveu levar Ed para um piquenique à noite, como retribuição. Saiu logo após o café da manhã, andou até encontrar uma loja, levou para casa uma sacola de mantimentos e passou o resto do dia envolvida com os preparativos. Foram de carro até o parque Swope e comeram um jantar delicioso. Depois, sentados na grama, assistiram à apresentação de uma orquestra.

Na noite seguinte foram ao cinema drive-in. Quando chegaram em casa, Leonie fez chá gelado e os dois conversaram até as duas da madrugada.

Foi no terceiro dia, faltando quinze para as cinco da tarde, que Leonie fez uma descoberta. Estava se vestindo para sair à noite, mantendo o olhar atento no relógio, quando se pegou sorrindo para o espelho. Estava pensando em Ed, em algo que ele dissera na noite anterior, uma bobagem qualquer a respeito de ela ter uma bela carcaça ("como um bom carro — você ficaria ótima desmontada!"). E de repente ela soube de quem se lembrava olhando para ele. Era dele próprio, o velho Ed, dos tempos do colegial. Ed, o namorador, que levava no bico qualquer garota. Ora, isso era exatamente o que estava fazendo com ela — ele a vinha levando no bico há três dias! E flertando com ela — a própria irmã de Mathy —, como se fosse outra qualquer. E, como outra qualquer, ela caíra. Engolira a isca — com anzol, linha e tudo. Estava louca por ele.

Sentou-se na beirada da cama, de joelhos bambos. De tudo de ruim que pudesse ter feito, isso era o pior. De longe, o pior de tudo. Era boa demais para fumar ou frequentar casas noturnas ou se casar com Kenny, mas podia se apaixonar pelo marido da própria irmã! Coar um mosquito, mas engolir um camelo. Não podia acontecer. Simplesmente não podia acontecer.

5

Passou o jantar muito calada e foi firme quanto à conta. Pagou-a.

— Tudo bem, se é assim que deseja — disse ele. — O que quer fazer agora?

— Gostaria de voltar para casa, se você não se importar.

— Não quer dar uma volta de carro?

— Não, obrigada.

— O que há com você hoje? Não está se sentindo bem?

— Estou ótima. Só acho melhor começar a fazer as malas. Decidi voltar para casa amanhã.

— Amanhã? Mas você ainda tem duas noites.

— Eu sei, mas acho que já fiquei aqui o suficiente.

— Era para você passar uma semana fora. O que vai dizer a seus pais?

— Vou dizer que mudei de ideia.

—- Estou desapontado, tia Linnie. Achei que estávamos nos divertindo um bocado.

— E estamos... Tem sido ótimo.

— Então por que está querendo fugir agora?

— Acho que fiquei fora tempo suficiente.

— Eles estão se virando muito bem por lá sem você, e você sabe disso. Qual é o problema? Não gosta daqui?

— Gosto, mas... — Ela traçou uma linha na toalha de mesa com a unha.

— O que eu fiz de errado?

— Nada. É só que...

— Só que o quê?

— Nada, ora! — respondeu ela, pondo as mãos no colo. — Você tem sido muito gentil.

— Então por que vai fugir? Credo, tia Linnie, tudo que você faz é fugir das pessoas.

— Não estou fugindo!

— Tem certeza disso?

Ela ergueu os olhos, surpresa. Ele a olhava de um jeito estranho, com um sorrisinho no canto da boca. E era tão bonito e tão seguro! E ela estava tão furiosa com ele e tão furiosamente louca por ele... Corou enfurecida e baixou a cabeça.

— Isso era tudo que eu queria saber — disse ele. — Você não quer voltar para casa mais do que eu quero que você volte.

— Cale a boca! — exclamou ela e começou a chorar de irritação.

— Venha.

Os dois saíram do restaurante, e ele a acomodou no carro. Andaram um bom tempo, com Leonie encolhida num canto como uma trouxa de roupa suja. Podia cair morta de vergonha, mas era incapaz de parar de chorar. Passado um tempo, Ed parou o carro.

— Meu bem — disse ele, pondo a mão no ombro dela.

— *Não toque em mim!*

— Eu gostaria de tocar.

— Não vou deixar... Eu odeio você!

— Não odeia, não. Nem eu odeio você. Será que não podemos admitir isso, tia Linnie, e parar de fazer essa tempestade? O que há de tão errado nisso?

— Você é o marido da minha irmã!

Fez-se uma pequena pausa, e ele disse baixinho:

— Não sou mais.

— Como pode agir assim? — gritou ela, virando-se para ele. — Você é uma pessoa abominável! Só faz um ano que ela morreu!

— Foi um ano longo.

— Não sei como você pode ter se esquecido dela!

— Não esqueci. Nunca vou esquecer. Mas ela se foi, Leonie, e não há nada que eu possa fazer.

— Podia esperar um pouco. Você já tem outras namoradas, uma sirigaita chamada Billy! Ah, eu conheço você, Ed! Mas achei que fosse mais decente que isso... Levar na conversa a própria cunhada!

— Deus meu! É isso que você acha que estou fazendo?

— Toda essa conversa mole, dizendo como eu sou bonita... Está usando comigo a mesma fala macia que usa com todo mundo. Acha que vou cair nessa esparrela como todas caem. Bem, não sou como as outras! Não estou disposta a cair na sua conversa. Não sou Alice Wandling!

— Ela de novo! — exclamou Ed, com um riso curto. — Meu Deus, tia Linnie, ninguém jamais poderia acusar você disso. Você é praticamente tudo que ela não era. Com exceção da beleza, e você é muito mais bonita.

— Cale a boca!

— Você era a garota mais bonita da escola, mas tão cheia de si que ninguém ligava. Eu ligo agora. Se é do seu interesse, ligo um bocado.

— Isso é só conversa fiada!

— Não — disse ele calmamente. — Acho que não. Acho que estou sendo sincero. Não sei exatamente por quê. Talvez porque você seja tão absolutamente idiota sobre tudo que interessa. E, meu bem, como eu gostaria de lhe ensinar as coisas que interessam! Você talvez seja um pouco lenta para aprender, mas, quando pegar o jeito, cuidado! Vocês, virgens casca-dura, dão tudo de si. Ora, talvez seja isso que eu queira, talvez tudo que eu deseje seja corromper você, por ser tão inocente e imaculada. Talvez seja só isso, mas acho que não. Você é uma menina boa, meiga, tia Linnie, e, santo Deus, acho que amo você.

— Mas você é meu cunhado! — gritou Leonie.

— Não me venha com essa! Nunca fui um irmão para você. Você não me aceitaria como irmão. Eu não era bom o bastante. Por isso, pare de agir como se isso fosse um incesto. Olhe, meu bem, eu amei sua irmã caçula e ainda amo. Mas ela se foi, assim como, de certa forma, o sujeito que se casou com ela. O que restou foi uma espécie de primo distante. Nem sempre o reconheço, mas com o tempo cada vez o conheço melhor. Posso até passar a gostar dele. Acho que você talvez possa também, se pensar nele desse jeito. Ele gosta imensamente de você — concluiu com carinho.

— Ele só acha que eu fiz papel de boba!

— Não, meu bem, ele não acha isso. Você é uma tolinha às vezes, mas não dessa forma. É um bocado teimosa. E eu gosto disso. Gosto do jeito como você persegue o que quer. Apenas escolhe as coisas erradas, só isso. Por que não me dá uma chance? Posso me casar com você, tia Linnie.

— Oh! — gemeu Leonie. — Como eu poderia me casar com alguém que me chama de tia Linnie?

Ele riu e puxou-a para si.

— Não! — reagiu ela, empurrando-o para longe. — Se você fosse o último homem sobre a face da Terra e eu *quisesse* me casar com você, eu não faria isso por respeito ao meu pai! Você já não se cansou de magoá-lo? Como pode pensar em magoar mais ainda?

— Eu bem que poderia — disse Ed. — Não sou tão nobre assim. E ele me tem em melhor conta do que tinha antes.

— Nem tanto. E não acho que isso deixaria a minha mãe muito feliz também. Não me importo com o que você sente por mim, não *me importo*. Amo meu pai e minha mãe e simplesmente não faria isso com eles.

— Nem se me quisesses muito?

— Nem assim.

— Cristo Rei!

— Pare de praguejar. Você faz isso o tempo todo.

— É uma forma de rezar. Leonie, ou você é masoquista ou supersticiosa.

— Não sou! Como assim?

— Qualquer pessoa disposta a abrir mão da própria felicidade ou está adorando fazer isso ou imagina que vá chegar a algum lugar assim.

— Bom, eu não estou adorando isso.

— Então deve achar que assim vai chegar a algum lugar.

— Não sei do que você está falando!

— Por que você acha que as pessoas oferecem sacrifícios aos deuses? Por que se açoitam com espinhos ou usam cilício? Porque elas supõem que isso vá levá-las a algum lugar, que vá fazer com que ganhem pontos com as forças superiores. É tudo em interesse próprio. Por isso, não pense que está me atirando no altar por causa dos seus pais. Você está fazendo isso por si mesma, para que eles pensem que você é uma gracinha e lhe deem uma estrela de ouro! Meu bem, você não prefere ser feliz?

— Eu vou ser feliz. Você não é o único homem no mundo!

— Você há de encontrar algum defeito nos outros também. Do jeito que está indo, vai acabar desistindo da sua vida por eles e descobrindo que eles não são mais agradecidos a você por isso. E não pense que pode obrigá-los. Não vai dar certo. Você já devia saber a esta altura. Quanto mais você tenta, mais eles lutam contra você. É assim que é, Leonie, e você precisa encarar a realidade.

— Está bem, eu vou encarar.

— Você vai fazer o que quer, não é? Certo, Leonie, volte para casa amanhã. Volte correndo para sua castidade, sua pobreza e obediência e seja a menina boazinha deles. E, quando estiver sendo a menina boazinha deles, lembre-se disso.

Imprensando-a contra o assento, ele a beijou. Depois, envolveu-a nos braços e apertou-a nesse abraço até ela parar de lutar.

6

— Meu bem — disse a mãe —, você podia ter ficado o resto da semana. A gente estava se virando muito bem.

— Bom, eu fiz tudo o que queria. Já estava pronta para voltar. Tenho muita coisa para providenciar antes do início das aulas. Preciso arrumar minha roupa e outras coisas.

— Achei que você ia comprar roupas novas por lá. Você e a Carol não foram à cidade?

Leonie virou de costas.

— Uma ou duas vezes, mas não vi nada de que gostasse.

— Era de esperar que em tantas lojas você fosse gostar de alguma coisa.

— Estava tudo meio remexido.

Depois de uma breve pausa, a mãe disse:

— Vocês se divertiram bastante, não?

— Foi muito bom.

— E o que foi que fizeram?
— Ah, nada de importante. Só zanzamos por lá, boa parte do tempo.
— Não arrumaram namorado nem nada?
— Não.
— Ora essa! Pensei que a Carol fosse convidar bons rapazes para você conhecer. Não encontrou nenhum amigo dela?
— Alguns.
— Ninguém levou você ao cinema nem nada?
— Bem... Um dia, quando estávamos na cidade, eu liguei para o Ed. Ele nos levou ao cinema.
— Foi? Eu não sabia que você tinha se encontrado com ele — surpreendeu-se Callie. — Você não disse nada sobre isso.
— Eu acho... Ora, nem me lembrei.
— Puxa vida!

Fez-se um momento de silêncio, durante o qual Leonie tentou freneticamente pensar em algo mais para dizer. Mas só conseguia pensar nele.

— Como ele está? — indagou a mãe.
— Hã? Ah, ele vai bem.
— Quando vai aparecer por aqui?
— Não sei.

Mas sabia. No dia seguinte, à noite. "Vou até lá no fim de semana. Não encosto a mão em você nem digo uma palavra. Mas vou estar lá só para fazer você se lembrar", dissera ele. Pensar nele congelou-a e deixou-a insegura quanto ao tom da própria voz. Para seu alívio, a mãe esqueceu o assunto.

Acreditava agora que ele a amava. Ele a fizera acreditar. Acreditava também que ele a queria pelo que ela era, não meramente como uma mãe para Peter. Mas até o fato de acreditar nele a enfurecia. Ele não tinha o direito de desejá-la ou de fazê-la desejá-lo! Um homem tem obrigações com uma mulher. Deve lhe dar um lar, segurança e um futuro. Ed não tinha nenhuma dessas coisas. Tudo que podia lhe oferecer era um corpo aleijado e um filho do qual ela já cuidara. Ainda assim, ela o desejava, e estava furiosa tanto com ele quanto consigo mesma.

Ele apareceu, conforme dissera, todos os fins de semana. Não disse nem fez nada que a denunciasse. Mas a perseguia com os olhos — ela podia senti-los seguindo seus movimentos —, e isso a fazia derrubar talheres, esbarrar em tudo, bem como se sentar muda na presença dele, inibida demais para falar. Quanto mais o via, mais o amava e mais sabia que não deveria.

Trabalhava obstinadamente, tentando esquecê-lo. Corria o dia todo, e à noite ficava deitada acordada, exausta demais para dormir. Foram-se a pose e a etiqueta. O tempo dos castiçais e dos saraus era passado. No entanto, em seu desespero, Leonie se refugiava na sala de estar e tocava acordeão. "Quando você sorri, quando você sorri, o mundo todo sorri com você..." Com o coração pesado, apertava forte o instrumento, esmagando a canção que tanto a traía. Então, penitente, tocava um hino religioso. Mas até isso zombava dela, já que, embora conseguisse acertar as notas, a música jamais saía correta. Nem uma única vez as mãos esforçadas conseguiram extrair do instrumento os sons que ela ouvia mentalmente, os tons doces e evasivos que não cessavam nunca, como as vozes que acabam enlouquecendo as pessoas. A vida toda os ouvira. O que precisava fazer para possuí-los? Sim, porque era preciso haver música, tendo em vista que tudo que ela queria lhe era negado — o amor da mãe e do pai, por causa do amor deles por Mathy; Ed, por causa do amor dela por eles.

Aquele nome martelava sua cabeça como uma matraca, ecoando por todo o corpo. Edward, Edward... Sem parar. No entanto, ninguém podia ouvir, e isso lhe causava enorme decepção. Sempre pensou que, quando se apaixonasse, seria com orgulho. Seu amor tremularia como uma bandeira ao vento, para que todos que o vissem pudessem saudá-lo. Mas isso — fosse lá o que fosse — não guardava semelhança alguma com coisa alguma que ela um dia imaginou. Era uma doença inadmissível para os outros, e até mesmo para si mesma, sem humilhação. Edward, o seu amor, era tudo que ela a vida inteira desprezou. E era o marido da sua irmã, o defeito mais cruel dentre todos os defeitos dele, porém o que parecia menos real (até Peter parecia diferente agora — não mais o filho de Mathy, mas o filho de Ed). Seria verdade que Ed se transformara num homem diferente? Amadurecido pela dor e pelo remorso, ele mudara. O bastante? Quisera Deus que assim fosse! Pois, se ele *tivesse* mudado, se tivesse se aprumado e quisesse realmente melhorar — Ah, ela poderia ajudá-lo! Tinha força e tinha vontade. Podia extrair dele o seu melhor, como Mathy jamais teria conseguido, porque ela era diferente de Mathy e ele a amava por motivos diferentes. As ideias de Leonie formavam arabescos imaginários. Ela via aquele rosto bonito com o capelo de advogado, via aquele corpo envergando vestes de juiz, uma figura alta com um claudicar tocante... Ele teria um escritório com as paredes cheias de livros e cheirando a couro onde pairava o suave aroma de charutos. Os dois passariam as noites lendo juntos e receberiam amigos, convidados distintos, para conversar, ouvir música...

Não adiantava! Ed continuava a ser Ed, e tinha matado a irmã dela, e o pai e a mãe jamais conseguiram superar totalmente esse fato. Que amassem mais Mathy do que a ela, que pensassem o que bem entendessem. Ela não poderia se casar sem a bênção de ambos. E como ambos conseguiriam lhe dar essa bênção? Me ajudem, diziam seus olhos... Mãe, pai, me ajudem!

O olhar não passou despercebido aos dois. Eles a viam atravessar correndo os dias, calada e atormentada, um pequeno sulco se aprofundando entre os olhos. Eles a viam emagrecer e se encher de melancolia, negando consistentemente que houvesse algo de errado com ela. E se sentiam de alguma forma responsáveis. Começaram a se mostrar atentos, imensamente carinhosos, para compensar alguma coisa que lhe tivessem feito. E em seu vago temor de não amá-la como deviam, eles a amavam talvez mais do que alguém para quem amar não é esforço — do mesmo jeito como costumamos ser mais educados com um estranho do que com um velho amigo.

Callie lhe dizia:

— Sente e leia um pouco, meu bem. Deixe os pêssegos comigo.

Ou:

— Vou pôr as crianças na cama. Vá descansar um pouco.

Uma noite, bateu palmas e declarou:

— Sabe do que mais? Vamos pôr as velas na mesa hoje! A gente anda esquecida delas. Prepare um dos seus lindos arranjos para pôr no centro.

— Estou cansada demais — retrucou Leonie.

— Sei disso, meu bem. Você parece mesmo cansada. Vá descansar. Deixe o purê de batatas comigo.

— Eu faço — contestou ela, virando-se de costas para evitar o olhar penetrante da mãe.

Os pais começaram a reparar no constrangimento da filha quando Ed estava presente, bem como na forma brusca com que ela respondia às suas perguntas. Uma noite, Ed sugeriu que fossem de carro até a cidade, e ela recusou com um seco "Não, *obrigada*!".

— Você não foi muito delicada — repreendeu a mãe, enquanto ambas lavavam a louça.

— Ora, ele devia saber que estou cansada demais para ir a qualquer lugar depois de um dia como esse.

— Acho que ele tem razão. Você precisa sair mais. Por que não aceita o convite?

— Não quero sair.

— Achei que gostasse de cinema.

— Não do tipo que existe em Renfro!

— Sim, eu sei. Mas esses filmes velhos às vezes são engraçados. Por que não experimenta?

— Não quero ir, mãe.

— Por que não?

A mãe a fitava diretamente nos olhos, e Leonie corou até a raiz dos cabelos.

— Estou cansada demais — gaguejou. — Não tenho disposição. Estou com dor de cabeça.

— E de cotovelo, eu acho — falou Callie baixinho.

— Não é verdade! — atalhou Leonie, virando-se para a mãe com raiva. — Você deve me achar muito má para pensar que eu faria uma coisa dessas!

— Que coisa?

— O que você está pensando. — Desviou o olhar envergonhada. — Só porque Ed me convidou para sair... Bom, eu não sou má nem idiota o bastante!

— Meu bem, eu nunca disse nada disso. Não chore. A mamãe não teve a intenção de deixar você nervosa.

— Eu só não quero dar essa impressão.

Callie a envolveu nos braços.

— Qual é o problema, minha querida?

— Nenhum! — exclamou Leonie, libertando-se do abraço. — Estou ótima.

Callie continuou guardando a louça e pendurando as frigideiras. Passado um instante, Leonie assoou o nariz.

— Mãe, você acha que eu queria que Mathy morresse?

— Nossa, meu bem, não! O que fez você pensar uma coisa dessas?

— Eu às vezes a tratava mal. Ela sempre se safava de tudo, e tudo caía no colo dela. Achei que talvez fosse uma espécie de castigo para mim.

— Não, meu bem. Se havia alguém a ser castigado era eu.

— Como assim?

— Ah... Eu costumava manifestar certa preferência por ela. Foi a caçula durante tanto tempo. E isso não era justo com você e com Jessica.

— Ora, Jessica jamais se incomodou!

— Jessica a entendia melhor do que todos nós. Mathy não era como a gente. Mas não se preocupe. Não acho que Deus dá e tira assim, só para nos punir. Não consigo, de coração, acreditar nisso.

— Eu consigo — disse Leonie.

— Bom... Vá dormir, vá descansar um pouco.

Eles a observaram durante aqueles longos dias encardidos, correndo como um perdigueiro enlouquecido, febril e calada. E observaram Ed a observá-la. Agosto se foi e os gafanhotos cricrilavam estridentes e solitários, e o acordeão chiava na sala, até o som se transformar no som da angústia dela. Ouviam calados, sofrendo por essa filha teimosa, e suportaram essa dor pelo máximo de tempo possível.

— O que a gente vai fazer? — indagou Callie. — Ela está se matando.

— Eu sei — respondeu Matthew.

Estava labutando no extremo do pasto, abrindo um sulco para canalizar a água do rio para o brejo quando começassem as chuvas de agosto. Callie procurara por ele ali para conversar.

— É o Ed — disse ela. — Tenho certeza agora. Ela gosta dele, e acho que ele gosta dela. — Fez-se uma longa pausa. — O que você acharia disso?

— Acho que não importa grande coisa o que eu acho.

— Importa, sim, papai! Desta vez importa. Leonie não irá embora contra a sua vontade.

Ele continuou trabalhando sem responder.

Passado algum tempo, Callie disse:

— Acho que Mathy talvez quisesse que fosse assim, se soubesse. Tentou até juntar os dois antes de ela e Ed... — A voz lhe faltou. Callie se sentou numa pedra plana à sombra, abanando-se com o chapéu de sol. O cheiro do rio era fresco e arenoso. Ele estava baixo. Uma boa chuva ajudaria muito. — Não consigo me impedir de pensar — disse ela. — Se os dois *acabarem* se casando, onde Ed será enterrado: junto com Mathy ou junto com Leonie? Havia de ser meio engraçado botar o rapaz entre as duas, uma de cada lado.

— Bem, eu não acho que a gente precise se preocupar com isso.

— Acho que não. Só me passou pela cabeça essa ideia.

Matthew pegou um bocado de terra com a pá e a depositou no lugar.

— Diz ele que vai entrar na faculdade de direito no outono.

— É, parece estar sendo sincero. Deve dar um bom advogado, bom como ele é para discutir.

— É preciso mais que isso.

— Mas já é um começo.

— Custa dinheiro fazer faculdade — disse Matthew. — Como será que ele acha que pode estudar e sustentar uma família nos tempos de hoje?

— Não imagino que eles se casem já. Talvez daqui a um ano e pouco.

— Claro que devem esperar.

— É, também acho. Mas se eles soubessem que a gente não se opõe... Ela volta para a escola daqui a uma semana. Não gostaria que ela fosse embora assim, nessa agonia, e achando que nós somos contra. Não era bem o que a gente queria, sei disso, mas não sei como explicar isso a ela sem dar a impressão errada, como se a gente não permitisse que ela tivesse alguma coisa que deixamos Mathy ter.

— Mathy ficaria com ele, gostássemos ou não.

— É, mas Leonie não vai fazer isso. A diferença é essa. Ela não vai se casar, a menos que a gente diga que ela pode. E se é isso que ela quer...

— Não vai dar certo — disse Matthew.

— Também acho que não. Mas quem somos nós para saber? A vida não é nossa, é deles.

— Tem razão. Nem sempre a gente acerta.

— Como Jessica e Creighton — disse Callie, pensativa. — Eu disse que aquele casamento também não ia dar certo, ou teria dito, se alguém me perguntasse, mas parece que está funcionando.

— É o que parece.

— Difícil entender por que ela se casou com um homem como Creighton, ainda mais quando já tinha tido um pobretão antes. Creighton é um ótimo sujeito, ao que parece, mas todos aqueles filhos grandes! E aquela velha fazenda escorada no morro! Não vejo como ele sobrevive. E olha que ela teve a chance de fazer diferente. Acho que era isso que queria. Uma casa cheia de crianças barulhentas batendo o pé, cantando e tocando rabeca, e cachorros e gatos por todo lado! Tenho vontade de rir toda vez que me lembro daquela nossa visita. — Callie enxugou os olhos. — Bem, acho que Jessica está feliz. Talvez Leonie e Ed também sejam felizes. Como eu disse, a vida é deles, não nossa.

Sentou-se um instante.

— Mas, papai — prosseguiu, levantando-se —, sempre fui eu que defendi o Ed, e talvez tenha errado nesse ponto. Não vou fazer isso de novo. Desta vez, a decisão é sua. Tem de vir de você. Aceito o que você disser a ela — concluiu, antes de voltar pelo mesmo caminho.

Matthew continuou cavando. A camisa estava suada e as abelhas o atormentavam. Passado algum tempo, ele subiu à margem e sentou-se à sombra, tirando o chapéu. Talvez não fosse tão sério quanto os dois estavam pensando. Talvez Leonie se esquecesse de Ed quando voltasse para a escola. Talvez não passasse de uma paixonite. Olhando para trás, porém (meio envergonhado, como se espionasse), não conseguiu se lembrar de Leonie vivendo os paroxismos do amor, fosse numa paixonite juvenil ou outra coisa. Lembrou-se dela no colegial, correndo para casa no fim do dia para ajudar a mãe na cozinha, queimando as pestanas nos livros à noite na mesa da sala ou estudando música... Mais tarde, voltando para casa nas folgas da faculdade ou do trabalho de professora, todos os fins de semana e fielmente durante o verão inteiro. Jamais em todo esse tempo houve algum rapaz de cujo rosto ele pudesse se lembrar, bem como qualquer sinal de Leonie sugerindo que a vida não consistia só de trabalho. Será que nunca tinha se apaixonado? Então, era pior do que ele pensava! O primeiro amor na idade dela — com quantos anos estava, vinte e cinco, vinte e seis? — era assunto sério. Os jovens podem se safar ilesos, mas gente mais velha, ora, algo assim tem o condão de marcar para sempre, como caxumba! Se Leonie esperou esse tempo todo... E que cabeça-dura!

— Dura como pedra — disse ele, chutando para longe um grumo de arenito. Se tinha encasquetado que seria Ed, jamais abriria mão dele, casassem ou não um com o outro.

Jetta Carleton

E quanto a Ed? Gostava do rapaz agora, tentando honestamente compensar os anos de rejeição, mas não imaginara que precisaria compensar desse jeito. Pegou a pedra e limpou-a. E se ficasse contra? Quem sabe seria melhor? Porque, embora se amassem realmente, os dois estavam fadados a ter problemas. Eram muito diferentes um do outro. Ele agora entendia Ed. Podia, com um pouco de compreensão, entendê-lo. Mas duvidava de que Leonie fosse capaz disso. Provavelmente Ed não lhe daria as coisas que ela tanto esperava ter, a casa bonita, viagens, vida cultural, enfim, todas as medalhas do sucesso. Leonie precisava de troféus, como o próprio Matthew. Ed e Mathy jamais tiveram necessidade deles.

Soltou um suspiro, alternando a pedra de uma para outra mão. Como poderia dizer isso à filha? Ninguém pode dizer coisa alguma a ninguém, nem mesmo quanto amor lhe tem. Isso era o mais difícil de tudo. E como amava essa filha teimosa e desnorteada cuja natureza tanto se assemelhava à dele! Talvez o único jeito de dizer isso agora fosse lhe dar o que ela queria.

Perguntou-se de repente se ele já lhe dera algo que ela quisesse um dia. Ah, sim, dera à filha um bom lar e instrução (embora ela própria tivesse custeado uma parte dela). As meninas sempre ganharam presentes. Mas quem sempre providenciava era Callie, não ele. De volta de alguma viagem, teria algum dia trazido um brinquedo, uma lembrancinha? Não se lembrava de nada. E tempo, a grande dádiva que ele distribuíra com tamanha parcimônia! Baixou a cabeça, envergonhado. Os pecados da omissão. Talvez as filhas tivessem precisado que ele lhes desse mais que comida e orientação moral. Bonecas e balas de chocolate e lembrancinhas frívolas — talvez se tivesse lhes dado isso mais cedo... Bom, ele daria o que ela queria agora, ainda que a visse sofrer depois, como acontece com uma criança que come balas em demasia. Que pena se ficasse sem nenhuma! E quem sabe encontrasse a própria cura. Talvez fosse a única pessoa capaz de transformar Ed em alguém. Determinação, ao menos, era o que não lhe faltava.

Olhou, sem ver, a pedra que tinha na mão. Arenito... Provavelmente argiloso. Lambeu o dedo, encostou-o na pedra e cheirou. Tinha aquele cheiro. Argiloso. Virou-a para lá e para cá, reparando nas partículas infinitesimais que cintilavam na superfície marrom e áspera. Pedacinhos de mica misturados com areia, que, por sua vez, consistia de partículas de quartzo, que um dia foi granito e, no princípio, magma. Tudo começou com fogo. Escavou a pequena cratera de um lado e soprou a terra ali grudada. As paredes interiores eram estriadas, como um fóssil, embora provavelmente a erosão tivesse causado as ranhuras, algum tipo de ação química na pedra. Xisto e calcário eram melhores para fósseis, sendo o calcário, em si mesmo, uma criatura sólida. Ele pensou nos mares cambriano e siluriano varrendo aquela terra e retrocedendo, cada qual deixando em seu rastro criaturas marinhas esmagadas, prensadas, transformadas em pedra. E, depois dos mares, as florestas tropicais apodrecendo lentamente e virando lodaçal, solidificando-se ali ao longo de milhões de anos até que ele as escavasse do morro que era seu e as levasse para queimar em casa. Florestas paleozoicas virando fumaça e saindo da sua própria chaminé. E, conforme começou, tudo acabou em fogo. Porém não definitivamente. A cinza mineral continuava em seu jardim, fundindo-se novamente à terra, renovando-se em uma outra forma e seguindo em frente. Havia sempre uma continuação.

Mas isso era digressão. Olhou para as ondas de calor que luziam acima do campo inferior. Tudo estava muito quieto lá embaixo, tão quieto que dava para ouvir o som de um acordeão a distância, um som perturbador, como o de alguém tentando rir em meio às lágrimas.

Com um suspiro, colocou a pedra de volta em seu lugar, pegou a pá e tomou o rumo de casa.

Callie

1

O cardeal-vermelho soltou seu pio, *Iiicha!*, três vezes seguidas, fazendo rasgos nítidos no silêncio. Callie abriu os olhos. Amanhecera. As listras do papel de parede brilhavam sob a luz pálida. Nas janelas, a renda branca acoitava lentamente o ar. Mais pássaros despertaram: gaios, um tordo. Ouviram-se um farfalhar de asas no cedro e o ruído anasalado de um papa-roxo. O dia ganhou vida com imensa graça, sem pressa, doce e infalível. Nada restara da noite, senão a sensação de imobilidade, e essa não pertencia propriamente à noite, mas à manhã. A noite era cheia de murmúrios e movimentos, pruridos na grama e a mente cansada falando e falando sem cessar consigo mesma. À noite, a mente dizia *Estou velha* e ruminava pesares tediosos havia muito esquecidos, até o sono desabar como um muro velho e enterrar o som. A paz e o silêncio faziam parte da aurora, sem ninguém, salvo os pássaros, para dizer como era silenciosa.

Como ela adorava o verão, quando as noites passavam depressa e as manhãs eram compridas — o verão, quando as filhas vinham para casa. Permitiu-se pensar nisso, finalmente. Elas chegariam hoje! Havia mantido ao largo esse pensamento, poupando-o para fazê-lo durar mais. Passavam tão pouco tempo juntas que até a antecipação tinha de ser prolongada, saboreada um pouquinho de cada vez. Em duas semanas, elas iriam novamente embora, levando junto o verão. Toda vez, essa partida era uma morte para Callie. Agora, porém, no início, ela fecharia a mente a isso e fingiria que as filhas ficariam ali para sempre. A dor da partida jamais era tão grande quanto a alegria da chegada.

Matthew ainda dormia, o corpo esbelto enroscado dentro do camisolão de dormir, os joelhos dobrados. Mesmo dormindo, parecia alerta. Dormia tão azafamado, envergando sua pequena ruga de concentração, os olhos fechados com esforço, as sobrancelhas franzidas. Todas as filhas ostentavam essa mesma expressão. Nenhum deles ligava muito para o sono; o importante era o dia e o trabalho.

Puxou o lençol para cobrir os ombros do marido e se levantou da cama. Na pia, derramou água na bacia e desceu a camisola até a cintura. O corpo era magro e velho, mas ainda suficientemente firme, mesmo agora, e macio, salvo no lugar onde uma mama fora cortada e a pele, costurada, formava uma fina cicatriz. Lavou com delicadeza o lugar, encolhendo-se sob o toque da água fria. A cicatriz não mais espalhava medo e ressentimento por todo o corpo. Tornara-se uma espécie de medalha em seu peito, uma condecoração por bravura, em que podia agora pensar com certa satisfação e até mesmo com um toque de graça distorcida. Matthew, meio desconfiado de estar sendo punido, sofrera toda a dor da esposa e um bocado da sua própria. Tinha sido meio boboca na juventude e sentia culpa. Pobre Matthew. Tão facilmente seduzido, sempre perdendo a cabeça e o coração. Ela o conhecia bem. Ele lhe fora fiel, disso tinha certeza, mas boa parte da sua lealdade era cautela. Homem tímido, tolo, irritante. Ainda assim, concluiu (virando-se para olhar a cabeça grisalha no travesseiro), quando pensava em Deus, ela O via à imagem de Matthew. Amando-o, permaneceu um instante observando-o dormir, depois dobrou a toalha e começou a se vestir.

O aroma de ar fresco e ferro quente que exalava da roupa a encheu de prazer. Penteou o cabelo branco e curto e pôs os óculos. O despertador ainda não tocara. Pegou o relógio na prateleira de quinquilharias e desligou o alarme. Matthew acordaria a seu tempo. A prateleira ostentava uma coleção de vasinhos, pratinhos de boneca, bugigangas de lojas de dois tostões com que as meninas haviam se presenteado tempos atrás. Entre tudo isso havia dois perdigueiros e uma raposa, três figuras entalhadas em madeira. Quando pousou o relógio, Callie empurrou de leve a raposinha, aumentando a distância entre ela e os perdigueiros. O relógio marcava vinte para as seis.

Lá embaixo, a cozinha estava fresca e sombreada, ainda adormecida. Ela pensou no movimento e no alarido que a encheriam mais tarde. As filhas chegavam hoje! Quando saiu para a varanda dos fundos, sentiu um sutil odor de tabaco, um eflúvio estranho àquele lugar. Lançou um olhar ansioso para a porta de tela e viu que estava presa ao gancho. Reconfortada, olhou para fora, perguntando-se que homem poderia estar ali a essa hora. Mas não havia homem algum. Junto à porta, havia um alguidar de pedra coberto com um pano limpo. Ela sorriu, aliviada. Uma amiga viera e se fora. A srta. Hagar estivera ali, fumando seu cachimbo. Abriu a porta e olhou dentro do alguidar. Ali estavam dois frangos gordos, depenados com bastante precisão. A srta. Hagar devia estar acordada desde a madrugada, com o fogo aceso sob um caldeirão no quintal e a vaca à espera da ordenha. Caminhara três quilômetros com suas oferendas antes que houvesse alguém acordado para lhe agradecer. A velha e bondosa srta. Hagar, sem ninguém no mundo. Queria fazer parte das boas-vindas. E deveria fazer (embora, culpada, Callie se perguntasse quando, tamanho o ciúme que tinha das filhas durante o breve período que passavam em casa).

Levou os frangos para o refrigerador. Pouparia sua galinha gorda e a cozinharia mais à frente. Talvez comessem salada de galinha. Isso agradaria a Leonie. Leonie, a cheia de nove-horas, querendo tudo nos trinques. Callie sorriu para si mesma. Bom, tudo estava tinindo, as toalhas de linho preparadas, as velas compradas e os castiçais de prata polidos até refletirem, como um espelho, o fogão da cozinha. Não se podia enxergar a comida no prato à luz de velas, mas Leonie ficaria feliz.

Saiu andando e parou junto ao defumadouro para contar os botões de damas-da-noite. Mais um dia ou dois e estariam prontos para desabrochar. As flores eram tão lindas e duravam tão pouco! Era quase como a visita das filhas, algo cuja chegada aguardar ansiosamente o ano todo e ser extremamente apreciado, para depois acabar, num abrir e fechar de olhos. Talvez devesse mesmo ser assim. Ela achava que queria as meninas em casa o tempo todo, mas talvez não quisesse de verdade. Tudo a seu tempo. Se estivessem sempre ali, não haveria tanto para esperar com ansiedade.

— Preciso dar algumas sementes a Leonie — recordou a si mesma.

Leonie poderia plantá-las no verão seguinte ao lado da sua nova cerca. Que cerca! Callie balançou a cabeça sorrindo. Iniciada dois anos antes, abandonada no meio do quintal. Leonie a enchera de malvas-rosas para esconder a bagunça atrás dela — peças velhas de carros que Ed arrastava da garagem para casa para se entreter com elas em suas horas de folga. Essa mania deixava Leonie tão mal-humorada! Os dois haviam tido seus problemas (a Depressão, Ed desempregado, Soames a caminho, Peter de novo na casa dos avós a maior parte do tempo. Depois, a guerra, Ed outra vez em Kansas City, trabalhando nas fábricas, e Leonie dando aula numa escola rural, morando num quarto alugado com o pequeno Soames). Mas estavam se virando melhor agora. Por mais descombinados que fossem, Leonie e Ed pareciam precisar um do outro, como corda e caçamba. Davam-se bem. Mas Leonie e Soames eram outra história. Digna de pena. Leonie gostava mais do filho da irmã do que do seu, e Soames tinha mais consciência disso que a mãe. A situação os levava a fazer um com o outro coisas que nenhum dos dois era capaz de perdoar. Mas, apesar do abismo existente, amavam-se muito. Agora Soames partiria e estava com medo. Mas precisava ir. Precisava pilotar os aviões, algo que o pai fizera e Peter, não. E lá estava Leonie, vendo o filho lhe escapar, tentando alcançá-lo enquanto ainda era tempo.

Pobre Leonie. Pobre garoto. Callie suspirou ao passar pela horta (anotando mentalmente que os feijões precisavam ser colhidos). Os filhos querem amar os pais, mas os pais às vezes dificultam tanto as coisas! Ela própria se considerava culpada disso, sem dúvida. Olhando para trás, podia ver os erros que cometera. No frigir dos ovos, talvez não tivesse se saído muito mal. As filhas haviam partido, mas encontraram o próprio caminho de volta. Como a velha canção de ninar "Deixe-os em paz e eles encontrarão o caminho de casa". A coisa mais difícil do mundo era deixá-los em paz.

Aprendera isso primeiro com Jessica. Ainda estava aprendendo com Mary Jo. Pensou na filha caçula e sentiu de novo aquela necessidade familiar de estender os braços e protegê-la. Mas Mary Jo era a mais difícil de alcançar. Os anos entre as duas eram numerosos demais, e a filha se julgava experiente nas coisas do mundo. Uma menina tão sabida, tão cheia de razões e argumentos! "Mãe, você é tão antiquada! Os tempos mudaram desde que você era moça... Mãe, *querida*, isso é tão classe média! Você não está entendendo..." E todo tipo de palavras e ideias modernas tiradas de livros. Mary Jo era pior que Leonie nisso. Às vezes, Callie se sentia uma estranha com a caçula. A cada ano, tinham menos a dizer uma à outra.

O que a filha fazia lá naquela cidade distante, como vivia, quem eram seus amigos — tudo isso extrapolava a compreensão de Callie. Só os perigos ela podia claramente imaginar e temia pela sua novilha. A garota era inteligente e instruída e tudo o mais, mas também era meio boboca, como o pai; facilmente a seduziam; sem um pingo de juízo; feliz como um pinto no lixo se alguém a admirasse, mesmo que fosse algum pobre garoto vesgo; tão ansiosa para ser amada. Podia se magoar facilmente, e talvez isso já tivesse acontecido, e Callie muito pouco podia fazer.

— Mas hoje ela vai estar em casa! — disse, satisfeita, para um galo, que se pavoneava à sua frente. — Hoje vamos vê-la e saber que ela está bem! Saia do jardim, seu moleque. Xô!

Afugentou o galo com o avental e voltou pelo quintal. No celeiro, as vacas deitadas, gordas e fofas, aproveitavam a sombra matutina. Uma delas se levantou e se aproximou da cerca, ruminando pensativa.

— Você vai ser ordenhada daqui a pouco — tranquilizou-a Callie. — Embora eu não saiba onde vou pôr todo esse leite — prosseguiu, contando mentalmente todas as vasilhas de barro cheias de leite dentro do refrigerador. — Vou ter que fazer manteiga de novo hoje. Talvez eu leve um pouco dela para o velho sr. Corcoran. Não passamos para vê-lo a semana toda. — Olá, bom-dia, meu senhor — saudou quando um touro de pelo sedoso passou, garboso. Observou o reluzir rítmico dos flancos avantajados. Matthew tinha orgulho do seu belo touro de raça.

Lá para os lados do sul, depois do Little Tebo, uma parte mais alta da ravina apanhava a luz do sol e brilhava acima da linha escura da mata. Logo, o sol chegaria ao arvoredo de nogueiras, abrindo canaletas amarelas entre as árvores. Era bonito ali.

DAMAS-DA-NOITE

— Vou lá colher frutos vermelhos — disse Callie em voz alta. Matthew gostava de comê-los com creme espesso no café. Logo estaria de volta e o marido ainda não descera do quarto.

Pegando o pequeno balde para colher frutas, pôs-se a caminho, atravessando o pasto. As amoras haviam amadurecido tarde, por causa da chuva. Agora, porém, estavam gordas e macias e caíam do galho com um peteleco. Embora o balde se enchesse rapidamente, Callie não voltou de pronto, mas seguiu caminhando para além do morro, apreciando a bela manhã se espalhar no relvado. As folhas graúdas dos carvalhos cintilavam; os salgueiros farfalhavam suavemente lá para os lados do brejo. Mais além, o milharal ondeava como ela supunha fizesse o mar. O Little Tebo transbordara na primavera, mas quem diria isso agora? Callie se recordou da água densa e marrom formando um lago nos campos de baixo; a água recuou lentamente, deixando em seu rastro cercas derrubadas e pencas de lixo levado pela corrente, galhos e espigas de milho. A primavera tinha sido fria e o verão, fresco e úmido. Agora, porém, o tempo melhorara. Antes chuva demais, pensou ela, do que as secas da década de 1930, quando o sol inundava a terra dia após dia, levando embora o verde, deixando seus vestígios de folhas queimadas, grama frágil, frutas murchas e poeira. Outono quente no meio de julho. Nada vinha na medida certa, aparentemente: nem chuva, nem sol, nem dor. Mas a alegria, também, às vezes era imoderada, e isso compensava o resto.

Caminhou lentamente, ponderando alegria e tristeza, as estações e o passar do tempo. Lembranças estranhas lhe passaram pela mente meio atenta... Mathy, com três anos no máximo, descobrindo um bezerro novo no matagal, o olhar em nada mais meigo ou mais surpreso ao ver o mundo do que o dela (fazia vinte anos que Mathy morrera, mas ela parecia ainda estar ali — entre aquelas árvores longínquas ou do outro lado do morro). Callie pensou em Jessica e Leonie, menininhas colhendo flores para as festas de maio... jacintos, cravinas e verbenas... do dia em que a vaca louca a perseguiu regato acima; uma pobre lunática, que esperneou e escoiceou quando a amarraram e finalmente se enforcou no celeiro... Cedinho assim, as lembranças voltam — a infância, a velha fazenda na colina, uma casa vazia.

Parou no caminho, intrigada por uma vaga sensação de tristeza. Uma brisa leve balançara as folhas do carvalho, fazendo com que se lembrasse... de quê? Ecos de vozes praticamente esquecidas, vozes de criança... *lá embaixo no pasto dá pra ouvir a cantoria*. O que era isso? Tão esquecido e há tanto tempo. Ela havia chorado. Alguém que ela amava... *lá embaixo no pasto...* Dois garotinhos. Era isso, dois garotinhos solitários na cerca de um pasto, aguçando os ouvidos para captar o som de cantoria nos campos e a distância.

Um soluço lhe escapou da garganta enquanto estava ali em pé. Seus irmãozinhos, meninos de olhos castanhos como pequenos novilhos, titubeantes e desajeitados e espezinhados e tristonhos; meio-irmãos, na verdade, filhos daquela mulher amarga com que o pai se casara já tarde. Callie ajudara a criá-los. E adorava aqueles garotinhos. Mas partira para longe e os deixara, ela e todas as irmãs deixaram as crianças com a mãe que não as queria, e o pai, desnorteado demais para se importar. *A mãe não deixa a gente ir à igreja...* Domingos e aconchego, risadas, crianças com quem brincar! *A mãe não deixa a gente ir... mas lá embaixo no pasto dá para ouvir a cantoria deles.*

Cinquenta anos se haviam passado, e ela continuava a chorar por eles. Thaddeus estava morto e Wesley era um velho. E o Senhor sabe que nenhum dos dois jamais chegou perto da cantoria. Vai ver era assim mesmo, a vida toda ouvindo a cantoria e jamais chegando perto dela. Há coisas que a gente deseja a vida toda, e, passado um tempo e de repente, elas não estão mais perto que antes e não há mais tempo.

Ergueu os olhos para o céu brilhante. Tenho setenta anos, disse para si mesma. Setenta anos. Era *velha*. Quantos mais ainda teria? Dez? A mente percorreu os dez anos anteriores. Mas dez não eram nada! Tão pouco — chegando ao fim num piscar de olhos! Será que dez anos eram tudo que podia esperar viver? Teria então oitenta anos, uma senhora muito velha. Nesse tempinho curto. E onde estava a bela mansão branca de esquina, onde sua mente morara durante todos esses anos? E a sebe verdinha aparada e o jardim de pedrinhas nos fundos? Como, em apenas dez anos?

Quer dizer, então, que era só isso, afinal? Isso era tudo que lhe caberia ter? Virou-se lentamente. Rio, campo, córrego, mato, a longa encosta do pasto, o telhado do celeiro mais além. Isso e um punhado de cidadezinhas era todo o seu mundo, tudo que provavelmente conheceria.

— Eu sempre quis ver o mar!

Falou em voz alta e meio surpresa, pois, pela primeira vez, lhe ocorreu que talvez *nunca* visse o mar nem fizesse um monte de coisas que sempre pretendera fazer.

— Nunca aprendi a ler — disse, então, e sozinha ali no pasto baixou a cabeça, envergonhada. Não conseguia identificar mais palavras do que aquelas que aparecem numa receita, e, mesmo assim, nem todas. Nunca havia lido, de verdade, a Bíblia. Apenas olhava as páginas, recitando para si mesma os versículos que conhecia de tanto ouvir, confortando-se com a sensação do livro enorme nas mãos. Nunca permitiu que os outros soubessem. Para minorar o engodo, prometia a si mesma que na semana seguinte aprenderia a ler, assim que a casa estivesse limpa e a roupa, passada. Vivia tão ocupada! E agora estava com setenta anos. No tempo que restava, era pouco provável que viesse a ler, quase tão improvável quanto chegar a ver o mar. O futuro, de repente, lhe pareceu vazio como uma campina. Ali nada havia para aguardar com ansiedade. Exceto o céu.

E, com toda a honestidade, talvez nem isso houvesse! Remexeu-se, pouco à vontade. Ora, havia um céu, sim; tinha certeza disso. Mas agora, confrontada com a ideia, faltava-lhe a certeza de que iria para lá. Até então, sempre achara que sim; tinha isso como certo, confiando nas preces e na penitência para salvá-la. Mas talvez não fosse suficiente. No Dia do Juízo, também o céu poderia dissolver-se no nada, como o mar e a bela mansão branca.

Ficou ali no pasto silencioso, os trovões e relâmpagos do Juízo Final ressoando à sua volta. Silenciada pela admiração, a mente parou de formar palavras, e uma lembrança muito, muito antiga brotou de mansinho, tão fresca e vívida como se não tivesse jazido enterrada durante tantos anos. Em sua presença, a mata em torno se transmutou em vegetação primaveril, e o ar assumiu uma doçura sentida apenas vez por outra na vida. Lembrava-se claramente. E havia acontecido quarenta anos antes.

2

Era abril. As aulas ainda não haviam terminado. Matthew ia de carro toda manhã para Renfro, onde era o professor do colegial, voltando para casa ao entardecer. Quanto mais longos os dias, mais ele ficava na cidade. Embora tivesse muito a fazer na fazenda, parecia pouco interessado. Na primavera, em geral ele desabrochava como uma flor e passava o tempo todo cantando e esbanjando um novo vigor. Dessa vez, apenas fazia o que era preciso de um jeito obstinado. Taciturno e calado, aborrecia-se com Callie e as meninas. Elas mal ousavam dirigir-lhe a palavra durante boa parte do tempo, e, quando se aventuravam, ele não ouvia sequer a metade. Surtos como esse já haviam acontecido antes, quase sempre nessa época do ano, quando sua cabeça estava cheia. Agora, porém, aparentemente não se tratava só disso. Callie pensou no irmão que definhou de tuberculose e ficou apavorada imaginando que Matthew pudesse ter contraído a doença. Não adiantava muito o fato de ele afirmar que estava ótimo. Ela continuou preocupada e a observá-lo de perto em busca de qualquer sinal fatal.

Havia algum problema, disso Callie tinha certeza. De alguma forma, o marido estava mudado. Não sentia prazer na presença das filhas e menos ainda na dela. Com efeito, fazia de tudo para evitá-la. Por fim, entendeu, com uma surpresa doída, que havia outra mulher. Alguém que ele encontrava todos os dias. Só podia ser isso. O que, afora uma mulher, lhe teria levado o marido, deixando em seu lugar um estranho?

Estava tão curiosa quanto magoada. Quem poderia ser essa mulher? Reviu mentalmente todas as mulheres e garotas locais, convencida por pura lógica de que não era nenhuma dessas. Embora não fosse propriamente vaidosa, conhecia muito bem seu valor: era tão inteligente quanto qualquer outra mulher que conheciam e mais bonita que a maioria, além de contar com um quê especial. Nenhuma garota jamais roubara um namorado dela. Se algum dia houve esse tipo de roubo, a ladra fora ela. Quem poderia ser essa criatura que estava agora virando o jogo contra ela? Alguma mulher da cidade, sem dúvida, uma tola que virara a cabeça dele e com a mesma rapidez lhe daria um fora. Conhecia esse tipo de mulher. Os homens as pegavam como resfriados. Mas não durava. Chegado o verão, ele superaria o episódio. Decerto, ela não faria uma tempestade. É isso que os homens esperam das esposas. Faz com que se sintam importantes. Ao mesmo tempo lhes dá algum motivo para culpá-las. E não era ela que lhe daria isso de bandeja! Se ele tivesse que se perder, que fosse por conta própria. Não poderia dizer que tinha sido por causa dela.

Às vezes, porém, quando ele se sentia culpado e descontava nela, era difícil ficar calada. Como gostaria de lhe passar um bom pito! Mas segurou a vontade e fez o que pôde, com chá de açafrão, verduras frescas e paciência, para afinar o sangue dele, manter o bom funcionamento do intestino e apressar sua volta.

Jessica tinha sete anos naquela primavera e cursava o primeiro ano escolar. Toda manhã, Matthew a deixava na Bitterwater, a caminho de Renfro. À tarde, a filha voltava para casa a pé pelos campos ou pegava carona com um vizinho. Leonie, que acabara de fazer cinco anos, implorara o ano todo para entrar na escola. Assim, numa manhã em abril — uma manhã especialmente bela e aprazível —, obteve permissão para acompanhar Jessica, "de visita". Matthew ficou mal-humorado por ter de dirigir a carroça nesse dia, o que atrasou sua chegada na escola. Mas Leonie havia levado os dois à exaustão, e Matthew concluiu ser melhor levá-la.

Callie acenou até perdê-los de vista e correu para dar início ao trabalho do dia. Como o tempo estava bonito, pôs as roupas de cama para arejar, pendurando as colchas na corda e espalhando os colchões de penas na grama. Relutando em voltar para dentro, resolveu ir procurar sua galinha choca. A danadinha havia escondido um ninho em algum lugar e ninguém conseguia encontrá-lo.

Desceu o caminho por dentro do pasto pensando na galinha — aquela coisa macia, gorda e burra, escondida em algum lugar, sentada em cima dos ovos mornos, cochilando e esperando, até a hora de poder se levantar, uma velha galinha teimosa, levando atrás de si, patinhando sobre perninhas de graveto, um monte de trufinhas amarelas. Callie sorriu para si mesma. Até uma galinha sentia orgulho de seus bebês. E uma galinha não sabia da missa a metade. Dava muito mais orgulho ter bebês quando se amava alguém.

— Oh, Matthew! — exclamou Callie, pesarosa.

Qual era o problema daquele homem, e por que não estava agindo do jeito que costumava agir? Sentia falta dele. Sentia falta de suas franguinhas também. Arrependeu-se de não ter feito Leonie ficar em casa. Era solitário não ter mais ninguém com ela. Atualmente, era solitário até mesmo quando todos estavam em casa. Soltou um suspiro e, depois de uma busca infrutífera, voltou para casa.

Estava ocupada na cozinha quando um ruído lá na frente chamou sua atenção. Na esperança de que fosse uma vizinha de passagem, correu ansiosa para ver. Constatou, alarmada, que se tratava de um estranho que vinha entrando pela porteira. Tinha a pele escura. Usava um galhinho de pata-de-vaca no chapéu e tilintava ao andar. *Cigano!*, pensou em pânico, mas se tranquilizou na mesma hora, quando notou a sacola pendurada em seu ombro. Um mascate. Embora ainda fosse cedo para eles, mascates não eram motivo de alarme. Ainda assim, tratava-se de um homem e um estranho, e o dedo dela instintivamente procurou o gancho da porta de tela. Teria preferido correr e se esconder, mas ele já a vira.

— Bom-dia! — saudou o homem, atravessando o quintal com passo garboso. Era jovem e bastante esbelto. O tilintar provinha de um guizo em seus sapatos. Agora que o via mais de perto, percebia que não era tão moreno quanto pensara; parte daquela cor era causada pelo sol. O cabelo, porém, e os olhos eram pretos, e havia algo ali que o marcava, se não como cigano, como estrangeiro. Parou na soleira da porta, escorregou a sacola do ombro e tirou o chapéu. — Bonito dia! — declarou, parecendo tão satisfeito quanto se tivesse, ele próprio, providenciado tanta beleza. — Permita-me que me apresente. Sou o Marco Polo do campo, uma caravana de um homem só, com um carregamento de tesouros: sedas, rendas e joias, as pérolas do Oriente, bem como alfinetes, agulhas e tabaco curado... E — acrescentou, tirando o galhinho de pata-de-vaca do chapéu — flores para as senhoras!

Estendeu a mão e abriu um grande sorriso amistoso. Se pensava que ela iria abrir-lhe a porta, porém, estava redondamente enganado.

— Isso não é uma flor, é pata-de-vaca, e eu tenho uma mata cheia delas.

O homem riu como se tivesse ouvido uma piada.

— Aquela mata lá atrás é sua? Então, isto aqui é seu, para começar. Eu roubei — admitiu alegremente. — Mas, já que lhe pertence, eu devolvo, em ótimo estado. Pensando bem — disse ele, mal fazendo uma pausa para tomar fôlego —, acho que mudei de ideia. Como a senhora tem uma mata cheia e eu tenho apenas este galhinho, fico com ele, se me permite.

— Pode ficar.

— Obrigado — agradeceu, tornando a enfiá-lo na fita do chapéu e erguendo os olhos, ainda com aquele brilhante sorriso nos lábios.

— Não está meio cedo para mascates? — indagou Callie.

— Na verdade, está! E eu não pretendia vir aqui a esta hora. Não pretendia sequer estar aqui.

— Então como e por que está?

— Eu me perdi! — respondeu o rapaz todo contente, abrindo os braços. — Sei que estou em algum lugar no Missouri e a quinze minutos a pé de uma árvore de pata-de-vaca, mas, afora isso, nem desconfio que lugar é este.

— Minha nossa, como veio parar aqui, então?

— Andando.

— Vindo de onde?

— De uma parada do trem. Não de uma cidade, de uma parada em algum lugar no mato.

— Suponho que esteja falando do entroncamento, lá para aqueles lados. Os trens que não passam por Renfro às vezes param ali.

— Renfro?

— A cidade mais próxima. Era para lá que ia?

— Acho que não! Estava a caminho do sul, das montanhas, onde já é quase verão. Mas ontem... A senhora se lembra que dia bonito fez ontem? Como hoje, só que hoje está mais bonito ainda... Ontem me ocorreu a ideia de saltar nesse... Nesse entroncamento, onde quer que seja que fique, e dar uma olhada no campo. É bonito por aqui, o sol estava quente e eu estava cansado de viajar. Haveria outro trem para me levar aonde eu estava indo. Por isso, saltei do trem! Comecei a andar pela estrada, achando que se topasse com uma casa talvez fizesse uma venda. O único problema é que... Acabei me perdendo no mato.

— Por que não continuou na estrada?

— Achei difícil — respondeu ele sorrindo e inclinando a cabeça para o lado como um papa-roxo, o que, com efeito, era o que ele fazia lembrar, com aqueles olhos negros e brilhantes e o andar saltitante, surgindo tão prematuramente na primavera. — Havia um caminho — disse ele. — Não consigo resistir a um caminho. Nunca se sabe aonde ele poderá levar a gente! Bom, esse me levou até um regato e lá me deixou. Mas não foi tão ruim, peguei um baita peixão, que comi no jantar.

— Como assou o peixe?

— Fiz uma fogueira. E tenho uma frigideira. Levo sempre comigo — explicou, cutucando a sacola com o dedão do pé —, porque nunca sei onde as refeições vão me alcançar. Depois do jantar, eu me enrosquei no casaco, junto à minha fogueirinha, e tive uma boa noite de sono.

— Ficou a noite toda na mata?

— Não havia outro lugar para ir!

— Nossa, e não estava frio?

— Estava! Mas, com a fogueira e o casaco, não senti tanto. O frio não me incomoda. Hoje de manhã dei um mergulho no regato. É — assentiu, rindo, ao vê-la tremer —, fiquei congelado até os ossos, mas depois me esquentei ao sol. Foi gostoso. Só precisava encontrar o caminho de volta para a linha do trem. Por isso, juntei minhas coisas e botei o pé na estrada. Mas, se está dizendo que o entroncamento fica para *lá*, é porque não sou mesmo um bom lenhador. Não passo de um sortudo, encantado de estar aqui!

— Se é que vai ser sortudo o bastante para pegar o trem vespertino, é melhor se pôr a caminho.

— Tem outro mais tarde?

— Só tarde da noite.

— Então, se eu perder esse, posso pegar o outro. Nesse meio-tempo, com sua permissão, eu ficaria encantado de lhe mostrar a minha mercadoria.

— Lamento que tenha vindo de tão longe — desculpou-se Callie —, mas não preciso de nada. É melhor não desperdiçar seu tempo.

— Mas eu tenho o dia todo — retrucou ele, abrindo os braços.

— Bem, eu não. Tenho trabalho a fazer.

— E cá estou eu, tomando seu tempo. Me perdoe!

— Ah, tudo bem.

— Mas, já que estou aqui — retorquiu o rapaz, mais uma vez pensando rápido —, e se a senhora estiver ocupada demais, talvez eu possa abrir minha sacola para as crianças, só para distraí-las. Não precisa comprar nada. A senhora tem filhos?

— Duas garotinhas. Ambas estão na escola.

— E o seu marido?

— Meu marido está... Meu marido está trabalhando. No celeiro — acrescentou com firmeza. — Ele também não precisa de nada.

— Então, a senhora... — insistiu o mascate, com um sorriso. — Por que a *senhora* não dá uma olhada? É só um instantinho. Tenho sedas... Belas sedas para lindos vestidos. Fitas? Botões dourados? Por favor... Já que estou aqui.

— Bem... — Olhou para a sacola, pensativa. Ela realmente amava aqueles sacos de surpresas reluzentes. — Está bem, vou dar uma olhada. Mas é só uma olhada. Não posso comprar nada.

— Não se preocupe com isso — garantiu ele, puxando os cadarços.

— Abra ali na varanda. Posso ver daqui.

— Sim, senhora. — A sacola se abriu como um melão maduro, rico em cor e repleto de pequenas necessidades, cartelas de alfinetes, agulhas, carretéis de linha.

— Minha nossa, que bagagem!

— Tudo que seu coração almeja, e eu conheço o coração das senhoras. — Começou, então, a puxar metros de seda brilhosa, carmim e verde nacarado, além de um corte com uma larga listra roxa. Não havia no lote um único corte preto que desse para o gasto!

— Nossa! — exclamou Callie. — Que coisas mais bonitas!

O rapaz puxou mais um corte e o abriu com um floreio do pulso. Era de tafetá, vermelho-escuro e verde, como as penas de um galo. Aquelas cores exuberantes cintilaram ao sol e farfalharam como um sussurro.

— Ai! — suspirou ela. — É lindo!

O mascate espalhou botões dourados sobre o tecido, como se fossem um punhado de milho. Então, tirou da sacola rolos de fita, fitas cor-de-rosa, azuis, amarelas e vermelhas. Callie contemplou-as com os olhos brilhando, pensando nas meninas.

— Quanto custam, posso saber?

— Minhas fitas custam seis centavos o metro. São bonitas e largas, de ótima qualidade.

Ela calculou mentalmente, franzindo o cenho.

— Eu precisaria de uns quatro metros.

— Vou lhe fazer um preço especial: quatro metros por vinte centavos.

— Hummm... — Callie mordeu o lábio inferior, pensativa. Azul para Jessica, amarelo para Leonie... Que laços bonitos para seus vestidos novos! Mas se comprasse as fitas teria de abrir a porta. Embora ele parecesse um bom rapaz, cuidado nunca é demais.

— Não — falou, afinal. — Não posso, de verdade. Sinto muito mesmo.

— Eu também. Se quiser a fita, faço por quinze!

— Não, mas obrigada de qualquer forma. Posso passar sem ela. Lamento se desperdicei seu tempo.

— Eu não lamento nadinha — disse ele, com um rápido sorriso.

— Se andar depressa, ainda vai poder chegar ao entroncamento a tempo de pegar o trem.

Ela observou enquanto ele punha os tesouros de volta na sacola, dobrando e acomodando, as esbeltas mãos morenas circulando ágeis entre as sedas. Nesgas de sol iluminavam sua cabeça inclinada sobre a mercadoria. O cabelo era grosso, brilhante e cacheado na base do pescoço. Precisava ser aparado, pensou Callie, mas reparou que o pescoço era limpo. O rapaz fechou a sacola e começou a atar os cadarços.

— O senhor deixou uma coisa de fora — alertou ela.

— Eu sei.

Ela olhou para o pedaço de fita azul pousado no chão da varanda e tornou a olhar para ele. Uma faísca de desconfiança lhe surgiu no olhar.

— Por que fez isso?

— Eu gostaria de lhe propor uma troca.

— Que tipo de troca? — perguntou ela, recuando. A pistola estava na cozinha, e Callie sabia usá-la.

O rapaz continuou atando os cadarços. Quando todos estavam amarrados, ele se empertigou, segurando a fita.

— Se não fosse pedir demais, será que eu poderia trocar a fita por um ovo?

— Um ovo! — Era uma resposta tão diferente da que imaginara que ela teve que rir. — Para quê?

— Estou com fome! — respondeu ele, com uma expressão tão cômica no rosto que ela riu novamente.

— Ora, não é à toa! Suponho que esteja, perdido na mata a noite toda como ficou.

— Persegui uma vaca, mas não consegui ordenhá-la.

— Guarde sua fita — disse ela. — Acho que não vou poder deixar o senhor morrer de fome.

— Não, não. Vamos fazer uma troca justa. A fita por um ovo. Ou talvez... É uma bela mercadoria, são quatro metros, no mínimo... Talvez dois ovos?

— Tenho ovos de sobra. Posso preparar o que você quiser.

— Não foi isso que eu pedi, minha senhora.

— Bom, você não vai comer os ovos crus, como um gambá!

— Já fiz isso. Não é tão ruim.

— Não carece de nada disso. Eu lhe frito os ovos.

— Mas já usei demais do seu tempo... A senhora tem trabalho a fazer.

— É, tenho sim — disse ela, recordando as próprias palavras.

— Eu mesmo cozinho, como fiz com o peixe. Posso acender uma fogueira, tenho uma frigideira. Eu dou conta, como sempre.

— Bem... — Ela refletiu por um instante. — Se quiser preparar o próprio café da manhã, acho que posso deixar que faça isso no quintal. Assim, vai ter água por perto.

— Não tem problema?

— Não creio. Só tenha cuidado para não pôr fogo em nada.

— Sou sempre cuidadoso.

— Mas não precisa abrir sua sacola. Eu lhe arrumo alguma coisa em que cozinhar. Dê a volta pelos fundos.

— Obrigado!

Ela atravessou correndo os cômodos, enganchou a tela dos fundos e esperou que ele contornasse a casa.

— Vá acender a sua fogueira lá perto da capinadeira. Não chegue perto demais do toco. Ponho as coisas aqui na escada e você vem pegar.

Depois que o rapaz passou pela porteira, deixando-a segura, Callie pegou uma frigideira e dois ovos grandes e cortou uma fatia de bacon. Hesitou por um segundo e acrescentou um terceiro ovo, colocando tudo do lado de fora, na escada, tomando o cuidado de enganchar novamente a tela.

Podia vê-lo da janela da cozinha. Tirara o casaco e arregaçara as mangas. Em poucos minutos, o fogo pegou. Ele se ajoelhou e começou a abaná-lo com o chapéu. Ao vê-lo tomar a direção da casa, Callie saiu da janela. Ele se aproximou da escada, os guizos tilintando, e tornou a se afastar, tilintando. Chegando até a porta, ela viu que ele deixara a fita, cuidadosamente dobrada numa folha de begamassa com um ovo a segurá-la. Só havia ficado com dois.

Callie sorriu e tornou a entrar.

— Obrigada — disse, acenando com a fita. O rapaz acenou de volta.

Poderia ter dado a ele uma fatia de pão.

— Por que não pensei nisso? — falou, voltando para a cozinha. Cortou uma fatia grossa, espalhou manteiga e pôs o pão na escada, dentro de um pires. — Tem pão para você.

Ela o esperou, atrás da porta de tela, sem se preocupar dessa vez em enganchá-la.

— Dois ovos não são lá um grande café. Achei que você gostaria de acompanhar com pão.

— A senhora já fez mais que o suficiente. Vou lhe dar mais fita — disse ele com um sorriso.

— Não precisa. Aproveite seu café.

Jetta Carleton

Alguns minutos depois, ela tornou a sair com uma tigela de maçãs em calda. Já ia chamá-lo quando lhe ocorreu que seria uma tolice fazê-lo correr de um lado para o outro. Caminhou apenas até a porteira. Ele estava de joelhos diante do fogo, de costas para ela, e, como não a tinha visto ainda, ela foi em frente.

— Trouxe um doce para você.

— Oh, olá — disse ele, ficando de pé num salto. — O que é isso que a senhora trouxe para mim?

Ele não era tão alto quanto Matthew, porém mais alto que ela.

— São maçãs — disse Callie.

— Eu gosto de maçãs. — Enfiou o dedo na tigela e lambeu. — Delícia.

— Eu adoro. Tem gente que não gosta — comentou ela, ficando ali parada um instante ou dois. Não encontrando nada mais para dizer, virou-se para ir embora.

— Não vai ficar?

— Ah, não, eu tenho...

— A senhora tem trabalho a fazer. Bom, eu sei como é isso. Eu mesmo estou tão ocupado quanto uma abelha, cozinhando, varrendo e tirando o pó da mobília... — Saltitou para lá e para cá, passando o lenço por cima do toco e da capinadeira. Limpou, então, o assento de metal desta. — Sente-se! — convidou, com o mesmo sorriso maroto.

Ela não conseguiu conter o riso.

— Preciso voltar.

— Mas está um dia tão bonito!

— É, está mesmo — concordou ela, olhando para o céu, azul como jamais vira na vida.

O mascate abriu os braços.

— Veja, o inverno acabou! — gritou — O sol brilha e os pássaros cantam, aproveite para colher sua pata-de-vaca enquanto pode, ou seja o que for que diz a Bíblia.

— Você embaralhou tudo — disse ela rindo. — A Bíblia não fala nada sobre roubar pata-de-vaca.

— Ora, fala, sim — afirmou ele, com expressão solene.

Aproximando-se do toco, pescou um pequeno livro do bolso do casaco.

— Tenho uma Bíblia bem aqui, posso provar. — Folheou o livro e fingiu ler. — "Colhei vossa pata-de-vaca enquanto pode na terra de leite e mel!" Tome, leia com seus próprios olhos — insistiu, enquanto jogava para ela o livro com uma risada alegre. — Bom, de todo jeito, soa como a Bíblia, não? E está fazendo um dia lindo. A senhora viraria as costas para o Senhor se ficasse dentro de casa num dia como este.

— Bom, vou me demorar aqui um instantinho.

Subiu na capinadeira e se acomodou no assento de metal. Estava quente do sol e provocou uma sensação gostosa no seu traseiro.

— Ora, se isso não é agradável! — exclamou o mascate, empoleirando-se no toco. Atirou os ovos para cima e começou a fazer malabarismo com eles, como Callie vira um homem fazer no piquenique do Quatro de Julho.

— Troquei por um ovo e consegui tudo isso: carne, pão e maçãs. E boa companhia também. — Aparou os ovos com as mãos e desatou a cantar. — *Louvado seja Deus, de quem provêm todas as bênçãos!* — Era mais gritaria do que cantoria e, se Deus não estivesse ouvindo, só podia ser totalmente surdo. O galo vermelho fugiu para se esconder. — Olhai as aves no ar, elas não labutam nem fiam, mas o Senhor em Sua misericórdia provê, e eu sou Salomão em sua glória! — Deu uma cambalhota para descer do toco, ficou de cabeça para baixo e aterrissou em pé.

Callie tinha o olhar fixo nele, mesmerizada. O rapaz estava um pouco atarantado, mas, se isso se devia a um banho gelado no mato ou ao tônico do dia ensolarado, não dava para saber. De todo modo, ele parecia tão serelepe quanto um potro, o que a fez rir.

— Não sei como você pode ter tanta energia antes de tomar o café — disse ela.

— Ah, eu gosto de sentir fome quando sei que vou comer. — Abaixando-se junto ao fogo, quebrou os ovos dentro da frigideira. Eles chiaram na gordura, se enroscando nas pontas, como toalhinhas de renda engomadas. — Mas, se ficar um pouquinho mais faminto, não vou conseguir comer. Vou morrer de fome. E eu detestaria morrer num dia como este e desperdiçar um café da manhã assim. À sua saúde, minha senhora, e à minha — disse ele, levantando a frigideira, que pousou no toco. — Bom pão, boa carne, louvado seja Deus, e vou comer.

E, tendo agradecido, atacou a comida.

Comeu vorazmente, mas, ainda assim, com uma espécie de delicadeza, sem devorar, porém com rapidez, com um prazer que a fez quase saborear com ele. Era uma lisonja alimentá-lo. Ela o observou curiosa, fascinada por aqueles movimentos rápidos e suaves. Havia ali um lustro, um brilho limpo e saudável no cabelo e na pele. Calculou que fosse jovem, provavelmente não tinha mais que vinte anos, embora não desse para ter certeza. Num minuto se comportava como se tivesse dez anos, no outro parecia mais velho que ela. A despeito da sandice, ela sentiu que ele havia sido bem-criado, que tinha educação.

— Meu marido lê o tempo todo — observou ela, revirando a pequena Bíblia nas mãos.

— Hummm?

— Todos os minutos quando não está trabalhando, e às vezes até no trabalho. Mal sei dizer como ele é quando está em casa, porque vive com a cara enfiada num livro.

O mascate sorriu.

— A senhora gosta de ler?

— Bem, não tenho muito tempo. Dou uma olhada na Bíblia. É uma coisa boa você viajar com ela.

— É parte do meu estoque.

— Oh!

— Leio às vezes, quando paro para descansar. O som é bonito.

— Você lê em voz alta sozinho?

— É a melhor maneira, principalmente ao ar livre. Soa melhor ao ar livre.

— Não vejo a diferença que isso faz — disse ela, sorrindo.

— Experimente e verá. Leia alguma coisa.

— Agora?

— Claro.

— Ora, você mesmo pode ler, não?

— Estou ocupado — respondeu ele com a boca cheia.

— Bem... Não leio muito bem.

— Não faz mal, desde que leia em voz alta.

Relutantemente, ela abriu o livro. A impressão da página era tão delicada que ela mal conseguia ver as letras, quanto mais ler as palavras. Folheou devagar e, finalmente, com os olhos fixos na página, começou a recitar, pulando ou inventando nos trechos em que a memória lhe falhava:

— "Pois Deus amou tanto o mundo que entregou o seu único Filho, para que todo o que nele crê não pereça, mas tenha a vida eterna."

— Viu? — disse o mascate. — Não soa melhor aqui fora?

— Soa bem.

— Continue, leia um pouco mais.

Ela virou várias páginas.

— "Não julgueis para não serdes julgados; não condeneis para não serdes condenados; perdoai e sereis perdoados."

Fez uma pausa e ergueu os olhos. Como ele parecesse esperar mais, virou outras páginas e recomeçou:

— "O Senhor é meu pastor, nada me faltará. Em verdes pastagens me faz repousar. Para as águas tranquilas me conduz e restaura minhas forças. Sim, ainda que eu caminhe por vale tenebroso, nenhum mal temerei, pois estás junto a mim... Diante de mim preparas a mesa à frente dos meus opressores; unges minha cabeça com óleo, e minha taça transborda. Decerto felicidade e amor me seguirão por todos os dias da minha vida; minha morada é a casa do Senhor por dias sem-fim."

Callie fechou a Bíblia e ergueu os olhos. O mascate estava encostado no toco observando-a com os olhos semicerrados.

— A senhora lê muito bem — disse ele, passado um momento.

— Ora, nem tanto. — Ela aceitou o elogio, ainda assim tentando mentalmente encontrar alguma justificativa para ele. Podia aceitá-lo pela boa memória; isso seria justo. Sorriu calorosamente para o rapaz. Era agradável ficar sentada ali ao sol com alguém para conversar. A solidão crescia quando Matthew passava o dia todo fora. Quando voltava, afinal, para casa, também não falava muito. Baixando os olhos, Callie pegou o rapaz fitando-a com uma expressão estranha, sorridente.

— Está olhando para o quê? — perguntou pouco à vontade.

— Para a teia de aranha.

Ela se virou e viu a teia pairando acima do próprio ombro, uma daquelas redes fininhas que parecem pender do céu, o filamento tecido pelo cuspe de uma aranha e deslocado da teia pelo sopro do vento. Tocou-o com o dedo. O mascaste deu um risinho leve.

— Está rindo de quê?

— Ela brilha!

Parecia um bom motivo.

Ela sorriu, acomodando-se novamente e olhando à volta. O ar estava inusitadamente cristalino. A mata verdejante, o céu azul, o galo vermelho a desfilar e até mesmo a velha madeira esbranquiçada do celeiro davam a impressão de ser dotados de luz própria. Era uma espécie de coro, em que tudo se unia ao sol e refletia essa radiância sobre o dia. E havia um silêncio absoluto que, por si só, produzia música.

O mascate escorregou para o chão e pôs as mãos atrás da cabeça.

— Agora estou com sono, como um cachorro de barriga cheia.

— O café nem foi tão grande assim.

— Do tamanho ideal.

— Talvez você sinta fome antes de conseguir comer de novo. Eu podia preparar um almoço para você levar.

— Ah, muito obrigado, mas não é preciso.

— Não existem outras casas no caminho até o entroncamento.

— Quem sabe eu não pego outro peixe? — disse ele, de olhos fechados.

— Você parece não se preocupar muito.

— De que adiantaria?

— Ora, sei lá, mas acho que seria bom saber de onde vai sair sua próxima refeição.

— O céu proverá. Ou uma senhora boazinha.

Ela riu.

— Você gosta de ser mascate, de perambular de um lugar para outro?

— Gosto bastante.

— Dá a impressão de se cansar um bocado.

— Às vezes, sim.

— Não é solitário?

— Às vezes.
— Mas acho que ganha um monte de dinheiro.
— Não muito.
— Nossa, por que então faz isso?
— Para poder me sentar aqui ao sol.
— O sol não brilha todos os dias.
— Brilha, sim, em algum lugar.

Ele tinha razão. Sentado, com os olhos fechados e um leve sorriso nos lábios, ele a fez pensar por um instante que estava adormecido. Passado um momento, porém, o rapaz se empertigou, animado.

— Sim, é uma vida boa — falou. — Sou mascate já faz dois dias agora!

— Foi o que eu pensei — disse ela, rindo.
— E agora preciso ir andando.
— É melhor mesmo.
— Que caminho eu pego? O mesmo que peguei na vinda?
— Bem, pode ser. É um pouco mais rápido assim, cortando pela mata. Mas a estrada é mais fácil para quem está a pé. Você vai por ali, sobe o morro e continua andando até chegar a uma encruzilhada, onde vira à direita. O entroncamento fica a uns cinco quilômetros dali.

— Eu encontro... Se não me perder de novo.
— Se não sair da estrada, não tem como se perder.
— Foi muito agradável por aqui — disse ele, vestindo o casaco.
— Bem, eu também gostei. Espero que você volte para nos visitar se vier de novo para estas bandas.

— Obrigado, mas acho que não vou bater por aqui de novo.
— Não?
— O mundo é grande.
— Suponho. — Ela o observou pendurar a sacola no ombro. — Parece um bocado pesada.

DAMAS-DA-NOITE

— Está mais leve agora, sem aquela peça de fita — disse ele, estendendo a mão. — Obrigado pelo café da manhã.

— Você pagou por ele.

— Mesmo assim, obrigado. — Com um rápido floreio, beijou a mão dela. Então, ergueu os olhos com um sorriso de pura malícia. — E agradeça ao seu marido... Que está trabalhando no celeiro. Adeus! — Ajeitando com um peteleco o chapéu na cabeça, desceu o caminho marchando, como se fosse um pelotão inteiro.

Callie ficou ali desconcertada, pega numa mentira que havia esquecido. Uma mentira boba, aliás, pelo visto, já que o jovem sabia o tempo todo que não havia mais ninguém em casa e não levantara um dedo para lhe fazer mal. Ela o viu partir, desejando poder se desculpar. Podia, ao menos, acenar, se ele olhasse para trás, mas o rapaz continuou sem se virar e desapareceu morro acima.

Callie voltou devagarzinho para casa e levou para dentro os colchões de penas, imaginando o que faria em seguida. O dia havia sido totalmente comprometido. Pelo tanto de manhã que o visitante lhe deixara de sobra, bem podia ter ficado para almoçar. Callie vagou pela casa, tirou a poeira da banqueta do piano com a mão, abriu uma janela, voltou para a cozinha e, vendo a broa ali à mão, cortou uma fatia e comeu. Mastigou distraída, contemplando o dia tão reluzente. A casa estava fria e estranhamente silenciosa sem a presença das crianças. Desejou que as meninas estivessem em casa; ela as levaria para um piquenique.

Lá fora, um guincho de ofensa cortou o ar quando uma galinha escapou de um galo. Vendo-a sair rebolando e ajustando as penas, Callie se lembrou da sua galinha choca. Deu um pulo da mesa. Essa era uma boa hora para mais uma busca por aquele ninho. Pegando o chapéu de sol, lá se foi ela, grata por qualquer tarefa que a tirasse de dentro de casa.

Durante quase uma hora, examinou cuidadosamente moitas e arbustos nas fímbrias da mata. Nem sinal da galinha. Apreciando o passeio, porém, Callie prosseguiu através do arvoredo e saiu do outro lado da Casa da Velha Chaminé. A chaminé calcinada podia ser vista a alguma distância, cercada por uma moita de sumagre, um arbusto em flor e ameixas silvestres.

— Ora, vou dar uma olhada ali — disse ela. Parecia um lugar provável para esconder um ninho.

Quando cruzou a ravina, tirou o chapéu e desabotoou a gola do vestido, desnudando a garganta, para aproveitar o calorzinho gostoso. O sol estava alto no céu e um aroma doce permeava o ar. Seus passos espantaram da grama uma cotovia, que voou na direção da estrada e cujo assovio soou doce e solitário naquele silêncio. Tudo estava quieto sob o calor do meio-dia, descansando, como um viajante no topo de um morro. Ela pensou no mascate encostado ao toco, o rosto voltado para o sol. De certa forma, lamentava sua partida. Ele parecera uma parte natural do dia ensolarado e algo se perdeu quando ele se foi.

O mato crescia em todos os lados do terreno da velha casa, emparedando-o, deixando no centro uma clareira onde a grama crescia macia e basta no verão. Ela e as meninas costumavam fazer piqueniques ali. Tendo procurado nas beiradas, ela abriu a vegetação em determinado ponto e passou por ali a caminho da clareira. A grama do lado de dentro já estava verde, salpicada de dentes-de-leão. Então, a uns cinco metros de distância, viu o mascate deitado, o peito nu, profundamente adormecido ao sol.

A boca de Callie se abriu numa exclamação muda, embora, para ser franca, a cena não lhe causasse tanta surpresa. Vai ver ela o invocara com o próprio pensamento. O safadinho! Não seguira a estrada, como ela recomendara. Ficou absolutamente imóvel e contemplou-o com um prazer furtivo, como contemplaria um tordo em seu ninho ou um lagarto tomando sol sobre um tronco. Estava deitado de costas, com as mãos acima da cabeça. O cabelo se enroscava, negro e sedoso, debaixo dos braços. Enroscava-se, igualmente, na testa. E o rosto virado para o céu estampava um pequeno sorriso, como se estivesse tendo um sonho agradável. Callie não queria acordá-lo. Os dois ficariam sem graça se ela fosse pega espionando. Observou-o com carinho um momento a mais e, depois, com enorme cuidado, virou-lhe as costas.

— Olá! — disse o mascate.

Ela olhou por sobre o ombro e uma estranha dormência lhe subiu dos pés à cabeça.

— É bom ver a senhora de novo — disse ele.

— Eu não sabia que você estava aqui — justificou-se ela num tom ofegante. — Estava procurando a minha galinha choca.

— Procurando o quê?

— Minha velha galinha choca. Ela está escondida em algum lugar por aqui.

— Tive a esperança de que estivesse procurando por mim. — Pôs-se de pé, sorrindo. — Estava pensando em você.

Os joelhos dela começaram a tremer. Deu um passo atrás, insegura.

— Quer que eu ajude a procurar? — indagou o mascate, aproximando-se.

— Não... Posso deixar para outro dia.

— Aonde você vai?

Ela não perdeu tempo respondendo. Mergulhou entre os arbustos, o coração batendo forte na garganta.

Ele a alcançou antes que ela chegasse muito longe.

— Não vá! Sou melhor do que uma galinha choca.

— Me solte!

O safanão não a libertou, apenas o aproximou ainda mais. Ele a puxou para si, apertando-lhe a mão contra o peito nu, no qual ela enfiou as unhas com toda a força.

— Então vamos ter que lutar! — disse ele, entristecido.

Ela ergueu a mão livre para acertá-lo. Ele sorriu ao deter o golpe no ar, e os dois deram início a uma luta.

Combateram em silêncio, ouvindo-se apenas o som da respiração de ambos e, de vez em quando, um breve riso do mascate. Ele lutava como um garoto brincalhão. Era um esporte aquilo, um jogo que sabia ser capaz de vencer. Mas lutava bravamente porque precisava. A pele dela ardeu no lugar em que ele a agarrou, e um dos joelhos se dobrou, fazendo-a cair. O mascate caiu com ela, empalando-a no chão.

— Pronto! — exclamou, ofegante. Pôs as mãos nos ombros dela e se escorou, erguendo o corpo e recuperando o fôlego. — Você é mais forte do que eu pensei... É boa à beça! Inclinou-se e beijou-a com força na boca. Então, sem qualquer aviso, soltou-a e se acocorou a seu lado. — Agora que ganhei, deixo você ir embora.

Aconteceu tão depressa que, por um instante, Callie ficou espantada demais para se mexer. Encarou-o, descrente.

— Pode ir — disse ele. — Se quiser.

Ela lutou para se pôr de pé e vacilou com um grito de dor quando o joelho machucado cedeu sob seu peso. Ele a aparou.

— Ai, você se machucou! — exclamou ele com carinho. Puxou-a mais para perto e começou a sussurrar numa linguagem que ela não entendia, mas cujo significado conhecia, consolo e carinho, como se falasse com uma criança. Inerte nos braços dele, ela soluçava impotente.

— Não chore — disse o mascate. — Vamos ser felizes um pouquinho. Você vai gostar de mim... Sou limpo, não vou lhe passar doença. Sou cuidadoso. Fique comigo.

E o murmúrio dele ribombou como uma concha no ouvido dela.

3

Callie voltou para casa aos soluços na tarde amena. Sentia a brisa e ouvia o canto da calhandra, além de sentir o aroma do pomar que despertava para a vida. O dia tinha sido lindo — e continuava assim —, mas ela o maculara. A vida toda fora virtuosa; homem algum, exceto Matthew, jamais a tocara. Guardou-se para o amor e entregou-se a ele, fresca e pura. Isso agora havia mudado. O ar doce e cristalino e os sons suaves partiam seu coração. Entrou em casa e trancou a porta. Escondendo o rosto no velho casaco de Matthew, chorou amargamente, chorou por ele. Pelo mal que lhe fizera tanto quanto a si mesma. Algo que pertencia ao marido havia sido profanado.

Sem qualquer outro desejo senão correr para ele, destrancou a porta e correu para o celeiro, onde pegou a sela e as rédeas, na intenção de encontrar a égua alazã e cavalgá-la até a cidade. No entanto, enquanto se dirigia ao pasto, algo — uma apreensão que brotou sem aviso — diminuiu seu passo e, correndo pelo terreno, ela parou e olhou para trás, para o lugar onde o mascate fizera sua fogueira. De repente, toda a cena tornou a lhe surgir diante dos olhos: os dois rindo e conversando, aproveitando o dia lindo juntos. *Como iria soar a sua história?*

E, com essa pergunta, outras vieram aos borbotões, amontoando-se em sua cabeça. Ouviu-as na voz de Matthew: *Por que você deixou que ele ficasse, para começo de conversa? Você estava sozinha, era um convite ao desastre. Por que não ficou dentro de casa? Por que o seguiu quando ele foi embora?* (Havia seguido, sim, de certa forma; a estrada por onde ele voltaria passava ao lado da Casa Velha da Chaminé, e ela sabia que caminho ele pegaria.) *Será que não viu logo que uma coisa dessas poderia acontecer? Você não tem um pingo de juízo?* Perguntas furiosas, perguntas acusadoras. E como ela haveria de responder?

Tinha sido uma tola. Via isso agora. Para qualquer um menos avisado, poderia parecer que ela *convidara* o mascate! Não para Matthew. Ele jamais seria capaz de acusá-la de infidelidade. Mas, com certeza, e muito provavelmente, poderia acusá-la de estupidez. Andava tão irritado ultimamente. Talvez ela merecesse a raiva dele; ainda assim, só de pensar nisso, se encolhia toda. Por que ele precisava saber? Ela não era obrigada a contar tudo. Podia deixar de fora a parte do café da manhã e até mesmo o fato de o mascate ter ido até a casa. Tudo que precisava dizer era que topara com ele inesperadamente — o que era verdade — quando procurava pela galinha choca. O marido só precisava saber dessa parte. A menos que — deu-se conta com alarme —, a menos que o mascaste contasse a versão *dele*! Mas não faria isso — não era nenhum bobo! Pegaria o primeiro trem e iria para bem longe. Mas imagine — imagine, apenas — que o rapaz permanecesse por ali alguns dias, e imagine que Matthew chamasse a polícia! Não era impossível. Matthew nada tinha de violento, mas era um homem e tinha o direito de vingar sua honra.

Desabou no toco, a cabeça latejando com os ecos de tragédias familiares — maridos ciumentos, amantes culpados, carnificinas e catástrofe. E se o mascate fosse a julgamento? Ele contaria sua versão da história e, mesmo que dissesse somente a verdade, já era o suficiente para condená-la. Sim, ela podia dizer que lutara com ele. Isso era verdade. Mas também era verdade que tinha sido leviana; sentara-se com ele durante uma hora ou mais, como se estivesse na companhia da esposa de um vizinho. Riram e conversaram. Ele beijou a mão dela! Jamais poderia encará-lo e negar — do mesmo jeito que não podia negar gostar dele.

Cobriu o rosto, envergonhada. Queria nunca mais ter de vê-lo, mas, enquanto ele esteve ali, gostara dele. Encostado ao toco, o rapaz cintilara ao sol. Recitou aos berros a Bíblia como se cantasse — Deus é amor e a vida é um louvor. Ele era só alegria, liberdade e inocência. Como poderia vê-lo punido, um mero rapazinho! Imaginá-lo preso, surrado ou até mesmo pior que isso (homens enforcavam outros homens por coisas assim) partiu-lhe o coração. Ele errara e merecia ser castigado — mas apenas pelo que fizera a Matthew, não pelo que fizera a ela. Essa era a parte mais amarga da história. Uma coisa que deveria ser vergonhosa e feia não era nada disso. Nem para o mascate nem para ela. Havia algo nele, mesmo na sua transgressão, que o impedia de ser maléfico. Descera a estrada cheio de animação e euforia, intoxicado pelo clima primaveril, tomando posse das boas coisas do dia como suas por direito, e Callie havia sido uma delas. Ele a possuiu de coração leve, pela pura alegria de fazê-la sua, tão facilmente quanto roubara um galho de pata-de-vaca. E, durante um breve momento ali, debaixo do céu azul, na grama recém-nascida, ela o amou.

Mas era por Matthew que sentia amor de verdade. O marido simples, honesto e trabalhador, que tentava acertar, ainda que nem sempre conseguisse, que havia sido bom para ela, delicado e carinhoso.

Partia-lhe o coração o fato de tê-lo, durante um instante e contra a vontade, abandonado.

Ele não poderia saber jamais. "Oh, Senhor", pediu em prece, "será que parte da verdade já não basta?". Teria de bastar. Independentemente de tudo o mais que acontecesse, e para o bem de todos, o mascate não podia ser pego.

Enxugou o rosto na saia rasgada, sabendo o que precisava fazer agora, e começou a fazê-lo. Trabalhando apressada, juntou os gravetos queimados da fogueira e os levou para o fogão da cozinha. De volta ao terreno, espalhou as cinzas e cuidadosamente espalhou areia sobre a terra enegrecida. Quando todos os vestígios da fogueira haviam sido removidos e a frigideira e os pratos, guardados, pegou uma pá e caminhou um bocado pasto abaixo. Acima do rio, cavou um buraco fundo e enterrou a fita de cetim azul. A fita, jazendo ali, parecia limpa e bonita. Viu a terra úmida cair-lhe em cima e chorou. Então, empurrou algumas folhas de modo a cobrir o local e voltou para casa.

Depois de se lavar e trocar de roupa, voltou a sair e examinou todo o quintal. Segura de que não restara qualquer sinal do mascate, respirou com mais facilidade. Contaria a Matthew, mas isso poderia esperar até amanhã. Então, quando ele voltasse da escola, ela diria: "Aconteceu hoje de manhã." Àquela altura, o mascate estaria a dois dias de distância.

Muito antes do pôr do sol, Callie começou a vigiar a estrada, ansiosa para vê-lo, esperando que algum milagre mandasse o marido para casa mais cedo. À noitinha, deu o jantar às crianças e as pôs para dormir. As vacas vagavam pelo pasto, as tetas inchadas. Com pena delas, Callie foi lá e as ordenhou. Já estava escuro quando Matthew chegou de carro.

Ela correu para recebê-lo.

— Que bom que você chegou!

— O que houve? — perguntou ele com irritação.

— Nada. Só estou feliz de ver você, só isso. Estava começando a ficar preocupada.

Ele desceu do carro, evitando-a.

— Leva uma eternidade, com a carroça. As meninas chegaram bem?

— Vieram a pé. Entre. Eu desatrelo o cavalo.

— Não, eu faço isso.

— Mas você está cansado — insistiu ela. — Entre, meu bem, seu jantar está esperando.

— Quero fazer a ordenha primeiro.

— Eu já fiz.

— E por que, posso saber? — indagou, exasperado. — Você abusa até acabar doente, é isso que você faz.

— Mas você demorou tanto para chegar...

— Eu estava ocupado! — retrucou Matthew. — Agora, não me venha com essa. Volto para casa o mais cedo que posso.

— Eu só disse que...

— Um monte de imprevistos acontece o tempo todo. Você devia saber. Tento explicar, mas você não tem o menor interesse pelo meu trabalho.

Deu uma palmada no lombo do cavalo e partiu zangado.

Callie encostou a cabeça na carroça. Ultimamente, não importava o que ela fizesse ou dissesse que ele sempre encontrava defeito. Parecia até que procurava, torcendo para encontrar. Qualquer coisa para desculpá-lo. Ele se sentia culpado, era isso. Existia outra mulher, sem dúvida. Bateu de leve com o pé na roda. Por outro lado (lembrou-se daquela manhã), ela também não estava isenta de culpa; talvez tivesse errado mais com Matthew do que ele com ela.

— Mas não tive a intenção — disse em voz alta. Talvez ele também não. Algumas coisas acontecem a despeito da nossa vontade. Ela sentia muito por ele. Começou a se dirigir para o celeiro, mas, pensando melhor, deu meia-volta.

Ele chegou a seu tempo e sentou-se para jantar. Ela o observou por cima da mesa. Tinha emagrecido. Os ossos se destacavam em seu rosto. Parecia que o rosto estava encovado e os olhos, fundos. Caía-lhe bem, de certa forma, tal aparência. Ficava bonito assim, mas também digno de pena; dava a impressão de estar com problemas. Mesmo assim, ela sentia muito por ele. Seu ressentimento se transferiu sutilmente dele para a outra. Que tipo de mulher faria isso com esse homem, atormentando-o até quase enlouquecê-lo a ponto de não ser mais capaz de dormir nem de comer?

— Você parece cansado — disse ela.

— E estou. — Cruzou os talheres sobre o prato e pôs a cabeça entre as mãos.

— Vou ficar contente quando terminarem as aulas, para você não precisar fazer as duas coisas ao mesmo tempo.

— É...

— É bom quando você pode ficar em casa o dia todo.

— É.

— Bom para mim também. Sinto medo às vezes, sozinha aqui.

— Não carece. Você tem a pistola, em caso de necessidade.

— Mas ela não é grande companhia.

Fez-se uma pausa.

— Eu talvez volte para a escola — disse ele.

— Agora, no verão?

— Preciso me atualizar.

— Mas anda trabalhando tanto... Precisa descansar!

— Bom, Callie — disse ele com severidade. — Não posso negligenciar a minha instrução se pretendo chegar a algum lugar.

— Sei disso — concordou ela com um suspiro. — Mas Clarkstown fica tão longe.

— Andei pensando. Não sei com certeza se vou para Clarkstown desta vez.

Alguma coisa comichou dentro dela, tocou um nervo.

— Iria para onde então? — indagou, observando o rosto dele.

— Ah, não sei... — Ergueu os olhos inocentemente (expressão tão culpada ela jamais vira na vida). — Pensei em St. Louis.

— St. Louis? Como foi que pensou nisso?

— Eles têm belas escolas, grandes universidades. Além disso, a vida cultural de uma cidade grande, o ambiente e o grupo são coisas tão importantes quanto qualquer conhecimento adquirido em sala de aula.

— Você... A gente iria com você, as crianças e eu?

— Bom — começou ele, em tom de desculpa —, sairia caro. Tenho medo. Não sei se daria para sustentar todos nós lá. Talvez eu tenha de passar o verão morando sozinho.

Então era isso que ele pretendia! Havia alguém por trás. Ele jamais fizera um movimento na vida, salvo por insistência de alguém.

— Vou me sentir sozinha. — Foi tudo que ela disse.

— Serão umas poucas semanas apenas.

— E o trabalho?

— Aqui? Achei que os seus irmãos poderiam ajudar. Talvez Thad e Wesley possam vir ficar com você enquanto eu estiver fora.

Ele já tinha tudo planejado.

— Mas não sei — disse ele, levantando-se. — Talvez eu não possa. Veremos. — Pegando um lampião, preparou-se para sair. — Vou ver o feno dos animais.

— Cuidado com esse lampião no celeiro — recomendou ela.

Ficou ali sentada, de olhos fixos na chama da lamparina. Ele estava disposto a deixá-la. O que quer que estivesse enfrentando era maior do que imaginara. Não se tratava de uma mulher boboca e ociosa do campo, mas de alguém de fora, e alguém do tipo de Matthew, que lia livros e falava a língua dele. Uma mulher *instruída*. Seu olhar varreu, sem ver, a cozinha. Essa era a única coisa contra a qual ela não sabia lutar.

Podia ter aprendido a ler! Era suficientemente inteligente, podia ter aprendido.

— Vou aprender! — gritou. — Vou, sim, Matthew!

Mas era um pouco tarde para isso. Quando conseguisse aprender a ler, talvez já o tivesse perdido. E não podia perdê-lo agora. Ela o queria para si. Ele não era perfeito, mas ela preferia os seus defeitos às virtudes de qualquer outro. Mais do que isso, precisava dele. Tinha um problema. E talvez isso fosse bom, pensou de repente. Problemas às vezes unem as pessoas. Talvez tudo isso tivesse acontecido para o bem de ambos. Levantou-se, ansiosa para contar ao marido, mas, ao chegar à porta, recuou. Era melhor aguardar, dar ao mascate uma chance. Amanhã seria uma hora boa o bastante.

Ela encobrira os rastros do mascate com todo cuidado. Nenhum vestígio dele sobrara, nem de qualquer outro estranho. De manhã, porém, depois de uma noite exaustiva, Callie acordou assustada, lembrando-se de ter esquecido um detalhe. O detalhe era Leonie. Na véspera, a menina tinha ido para a escola. Hoje, ficaria em casa. Se um estranho aparecesse, Leonie saberia. Se ninguém aparecesse, ela também saberia. Callie se desesperou com a própria burrice. De alguma maneira, precisava livrar-se da filha. Uma hora bastaria, talvez até meia hora. Mas ela precisava de algum tempo sozinha, com Leonie suficientemente longe para nada ouvir.

Em qualquer outra época, ela teria conseguido. As filhas muitas vezes brincavam longe de casa, a uma distância suficiente para não perceberem a presença de um terceiro. Nesse dia, porém, Leonie estava atacada. De mau humor e chorona, exaurida pelas delícias do dia anterior. Callie não conseguia contornar a situação. Armou uma casinha de bonecas no pomar, mas Leonie seguiu-a de volta para casa. Mandou a filha até o pasto para colher primaveras, mas a menina estava de volta passados dez minutos. Enviada para o depósito de feno, voltou em cinco. Callie sugeriu um piquenique no arvoredo de nogueiras, tortas de lama à beira do rio. Leonie não quis ir sozinha. Num estupendo ataque de malcriação, recusou-se a tirar um cochilo. Ninguém a faria de idiota — ela sabia quando sua companhia não era bem-vinda. Como retaliação, nada fez o dia todo senão ficar grudada nos calcanhares da mãe. Callie estava à beira da histeria. Com os nervos à flor da pele, perdeu a paciência e deu uma surra na menina. Leonie olhou-a com uma expressão triste estampada no rosto manchado de lágrimas. Callie tomou-a nos braços e chorou com ela. Não havia sido a sua caçula quem se portara mal.

Quando Matthew chegou em casa naquela noite, uma de suas terríveis enxaquecas a atacara, suplantando qualquer lembrança do mascate, bem como remorso, culpa e medo. Nada sobrou, salvo a náusea triunfante e a constante aleluia da dor.

Naquela noite, Callie dormiu de total exaustão e acordou tarde no dia seguinte. Matthew havia preparado o café para ele e para as filhas e saído para a escola. Leonie, serelepe como um cachorrinho, espadanava água da bacia de louça, decidida a ajudar a mãe. Ajudou-a o dia todo, ostensivamente. Callie não encontrou coragem nem energia para convencê-la a sair do caminho.

Dois dias e duas noites já se haviam passado, e o terror dela duplicara. Quanto mais esperasse, mais impossível seria evitar contar a verdade. Não podia dizer que o episódio se dera hoje ou ontem, precisava ter ocorrido na ocasião correta. E que desculpa daria para ter esperado? Talvez, pensou, animada por uma esperança desesperada, não precisasse contar nada. Mas essa era uma esperança falsa, tão sem sentido quanto relâmpago durante a seca. Com um gemido, apertou o próprio corpo, como se já sentisse dor no útero. Não podia ser! Mas *podia*, sim, para castigá-la. Não teria certeza até dali a uma semana inteira. Antes disso, precisava contar a Matthew.

Mas, quando ele chegou naquela noite — tarde novamente, rabugento e arredio —, faltou-lhe coragem. Sentaram-se juntos à mesa, em silêncio, e ela o observou. Se uma única vez ele a tivesse encarado e perguntado se estava nervosa, se tivesse se dado ao trabalho de perguntar por que, ela desembucharia a história toda e ficaria grata por isso. Mas ele permaneceu de olhos baixos, o pensamento distante. O relógio tiquetaqueava alto e agourento. O tempo passava e ela estava com medo.

Era estranho e impressionante como o medo fizera com que ela o visse de outra forma. Até então, sempre o encarara do alto da própria virtude, de onde era inatacável. Agora, em sua aflição, sentindo-se culpada, começou a vê-lo por outro ângulo. A visão que tinha do marido se distorceu, reduzindo sua condição humana e aumentando sua intolerância. Já não parecia possível que ele a perdoasse — sobretudo porque já não a amava. Essa ideia era recorrente. Matthew se envergonhava dela por causa da sua ignorância.

— Matthew? — chamou timidamente. — Assim que eu tirar a mesa, a gente podia praticar a minha escrita de novo, não? Você não me dá uma aula faz tempo.

Ele ergueu os olhos e franziu o cenho.

— Ah, já é tão tarde. Passei o dia todo dando aula.

— Mas eu ando querendo...

— Preciso ir dormir. Uma outra hora, talvez.

Ele subiu para o quarto. Passado um tempo, ela o seguiu. Entrou no quarto na ponta dos pés.

— Matthew? — chamou baixinho. Não houve resposta.

Deitaram-se de costas um para o outro. Ele ficou acordado, assim como ela, mas, nem por obra da graça divina nem pela paz de espírito da própria alma, Callie conseguiu se obrigar a falar. Por volta da meia-noite, ouviu o marido se levantar e sair de casa. Era uma noite clara, enluarada, e ela pôde vê-lo da janela. Matthew ficou um bom tempo parado, imóvel, olhando à volta. Então, passou devagar pela porteira e atravessou o terreno em direção ao pasto. Pegando o xale, ela o seguiu.

Encontrou-o numa clareira, junto a um pilriteiro em pleno desabrochar. Dava para vê-lo no escuro. Ficou ali parada por um instante com as mãos sobre o coração aos pinotes. Tinha uma chance e a agarrou.

— Me ajude, Senhor — disse ela, saindo das sombras e se expondo ao luar.

Tendo amado o mascate por um instante, ela amou Matthew como nunca dantes. De todo o coração, desejou que o filho fosse dele. Muito antes que o bebê nascesse, deu-lhe o nome do marido.

Quando a filha nasceu, perfeita, com as feições da mãe inequivocamente estampadas no rosto, Callie agradeceu ao Senhor. "... A mulher, sendo enganada, caiu em transgressão; salvar-se-á, todavia, dando à luz filhos." O Senhor lhe mandara uma prova da Sua misericórdia.

Não foi senão mais tarde, quando a natureza da menina começou a se revelar, que a mãe mais uma vez foi atormentada pela dúvida. Ainda assim, em seu coração, fizera dela a filha de Matthew e se agarrara a isso. E dali em diante não houve nada que deixasse de fazer para agradá-lo, nenhum lugar a que não fosse, nada que a impedisse — embora relutantemente — de perdoá-lo.

Os anos se passaram e os pequenos acontecimentos cotidianos se assentaram como folhas e neve. Enterrada sob eles, a lembrança da própria culpa jazia inerte. Então, Mathy morreu, e a culpa ressurgiu, selvagem, para assombrá-la. O Senhor esperara a hora oportuna para, afinal, enviar Seu castigo.

Depois, porém, quanto mais refletia sobre isso (vagando sozinha, perdida em pensamentos durante longos momentos), Callie chegou à conclusão de que não era bem assim. Não morremos por causa dos pecados um do outro; só Cristo fez isso, e não o fez para punir, mas para salvar. Para o restante de nós, a morte é uma ocorrência natural. A morte de Mathy não foi para castigar ninguém, assim como sua vida não havia sido. Viva, ela lhes dera alegria. Embora sua morte os tivesse feito sofrer, Mathy não morrera com essa finalidade. Não era assim que Deus agia. Deus é misericórdia, Ele é amor. Está na Bíblia.

— E não dou a mínima para o resto que está lá, sei que é assim que é.

Estava sentada na grama, perto da velha chaminé em ruínas. Respirou fundo e olhou em frente.

— Eu me pergunto onde estava aquela galinha velha! — disse ela. E, pondo-se de pé, tomou o rumo de casa, de alma lavada.

4

Isso acontecera há muito tempo.

Agora, nessa manhã de agosto, com setenta anos nas costas e uma eternidade à sua frente, ela estava novamente com problemas. Pensou que talvez, afinal, o seu Deus e o de Matthew fossem diferentes. Havia criado o dela mentalmente, mas Matthew era inteligente, sabia ler. Talvez o seu Deus da ira fosse o genuíno e todas as palavras da Bíblia fossem verdadeiras, embora algumas amargassem como fel. Se era assim, então a morte de Mathy realmente fora o alerta que ela deveria ter ouvido. Talvez não bastasse confessar ao Senhor — deveria ter confessado a Matthew, dito tudo a ele, preparada para aguentar as consequências, inclusive a de perdê-lo.

Em vez disso, dera um jeitinho com Deus e fizera com que Ele se adequasse às suas próprias necessidades. Permanecera em sua paisagem verdejante. Não perdera o marido nem a casa confortável. Tinha o amor e o respeito das filhas.

— Fui feliz! — exclamou pesarosa.

Havia sido e era. Embora muito lhe tivesse sido tirado e muito não lhe tivesse sido dado, ela era feliz.

— É pecado, Senhor, levando em conta o que fiz?

No meio do pasto, cheia de remorso, segurava o balde de amoras.

Um flash de alvura entre as árvores a distraiu. Ela aguçou a vista para enxergar morro abaixo onde o rio se espraiava em fios-d'água e escorria para o brejo. Uma garça, pensou. Uma garça-branca, a primeira que via na vida. Adiantou-se ansiosa, cuidando para não fazer barulho. O pássaro, parado com o pescoço arqueado na direção da água rasa, não reparou nela. Callie continuou andando até chegar a poucos centímetros dele. Criatura estranha, corcunda... Como era grande, branca e orgulhosa! A garça andava num passo picado, erguendo os pés com todo o cuidado e voltando a pousá-los, como faz uma mulher que tenta evitar uma poça-d'água. Estava à procura de sapos e peixes pequenos. Logo ergueu a cabeça, o pescoço comprido formando um S, e deu a impressão de estar à escuta. Está me vendo, pensou Callie; pássaros não precisam virar a cabeça para enxergar. As duas ficaram assim por um bom tempo, ela e a garça, contemplando uma à outra. Então, lentamente, a garça levantou a pata e abriu as grandes asas brancas. Callie achou que ela voaria para longe. Em vez disso, a garça dobrou as asas e as alinhou juntinho ao corpo, arqueando novamente o pescoço e tomando o rumo do brejo.

Que visão incrível aquela! Callie considerou-a um bom agouro. Seria um bom dia. Voltou pelo mesmo caminho e, lembrando-se de tudo que o dia lhe reservava, sentiu-se zonza de felicidade. Queria saltitar, se mostrar. Cantou a plenos pulmões em sua voz pequena:

Se uma árvore não lhe cair na cabeça,
Você há de viver até morrer!

Olhando à volta, pensou como aquilo tudo era bonito. Porque Deus tanto amou o mundo! Muito, tanto, como se ama um filho, com orgulho e esperança e também com sofrimento. O amor de Deus é infinito, além de toda a compreensão. Como, então, deve ser grande, além da compreensão humana, o sofrimento de Deus! Pois, quando Seus filhos erram, isso deve Lhe doer, assim como dói em todos nós.

— Oh, Deus! — gritou ela, cheia de compaixão. Ela O ferira. Ela errara e, a bem da verdade, não se arrependia (e não tinha aprendido a ler). O que precisava fazer para compensar? Como poderia consolá-Lo?

Refletiu sobre isso um instante.

— Eu amo o Seu mundo — falou simplesmente. Era o que podia fazer.

Olhou à volta para as coisas boas que recebera — campos verdejantes, bom pasto, tempo claro. O ar era fresco, os pássaros cantavam e ela vira uma garça. Matthew a esperava. As filhas estavam chegando. E todos assistiriam ao desabrochar das damas-da-noite. Ah, se jamais chegasse ao céu, isso já bastava, essa terra deslumbrante com o sol brilhando, suas manhãs e tudo que valia a pena aguardar com ansiedade (a Terra tinha *essa vantagem* sobre o céu!).

Olhou para o céu sem nuvens.

— Obrigada — agradeceu. E foi para casa tomar o café da manhã.

Impresso no Brasil pelo
Sistema Cameron da Divisão Gráfica da
DISTRIBUIDORA RECORD DE SERVIÇOS DE IMPRENSA S.A.
Rua Argentina 171 – Rio de Janeiro, RJ – 20921-380 – Tel.: 2585-2000